ROCKY MOUNTAIN KISS

Band 15 der Rocky Mountain-Serie

von

Virginia Fox

Dragonbooks

ISBN 978-3-906882-38-3

DIE AUTORIN

Virginia Fox, geboren 1978, war bereits im Alter von vier Jahren mit ihren zwei Hauptleidenschaften infiziert: mit der Liebe zu Büchern und Texten in jeglicher Form und der Liebe zu den Pferden. Nach dem Lesen zahlreicher Bücher und dem Schreiben verschiedener Kurzgeschichten und Essays startete sie ihr bis her größtes Projekt: Die Drachenschwestern-Trilogie. Nach der Fertigstellung der Trilogie musste sie feststellen, dass sich der Schreibvirus nicht abschütteln lässt. Im Dezember 2014 veröffentlichte sie Band 1 der neuen Rocky Mountain Serie: Rocky Mountain Yoga. Weitere Bände folgen in regelmäßigen Abständen.
Die Autorin lebt zusammen mit ihrer Tochter, ihrem Australian Cattle Dog und einem launischen Kater in Zürich.

Mehr über die Autorin auf Facebook
facebook.com/authorvirginiafox, Twitter @fox_virginia oder
virginiafox.com.

Bei Dragonbooks von Virginia Fox auch erhältlich:

Die Rocky Mountain Serie:

(Genre: Liebesroman/Spannung)

Band 1 – Rocky Mountain Yoga
Band 2 – Rocky Mountain Star
Band 3 – Rocky Mountain Dogs
Band 4 – Rocky Mountain Kid
Band 5 – Rocky Mountain Secrets
Band 6 – Rocky Mountain Fire
Band 7 – Rocky Mountain Life
Band 8 – Rocky Mountain Race
Band 9 – Rocky Mountain Lion
Band 10 - Rocky Mountain Gold
Band 11 - Rocky Mountain Crime
Band 12 - Rocky Mountain Heat
Band 13 - Rocky Mountain Snow
Band 14 - Rocky Mountain Horses
Band 15 – Rocky Mountain Kiss
Band 16 – Rocky Mountain Games (September 2018)
Band 17 – Rocky Mountain Love (Dezember 2018)

Drachenromane:

Die Drachenschwestern Trilogie

(Genre: Frauenromane mit einem Hauch Fantasy)

Band 1 - Die Drachenschwestern
Band 2 - Das Drachenkind
Band 3 - Das Drachenpferd

Das Drachenmädchen

(Genre: Jugend-/Fantasy)

Band 4 - Das Zeichen des Drachen
Band 5 - Die Drachen der Neuen Welt

Alle Neuerscheinungen und Preisaktionen werden unter virginiafox.com oder auf FB (authorvirginiafox) angekündigt.

1

Mr. Wilkinson, der Bürgermeister von Independence, einer kleinen Stadt hoch in den Rocky Mountains mit knapp über 1.000 Einwohnern, war sehr zufrieden mit sich selbst. Vor ungefähr einem Jahr hatte er die geniale Idee gehabt, Start-Ups sowie kleinen und größeren Unternehmen den Umzug in die Berge mit einer Prämie und Steuergeschenken schmackhaft zu machen. Independence verfügte nicht über ein weitläufiges Skigebiet wie das benachbarte Breckenridge. Dieser Umstand machte das Erschließen anderer Einnahmequellen zur Notwendigkeit, wenn er wollte, dass seine Gemeinde wuchs und gedieh. Die erstklassige Schule für alle Altersstufen vor Ort sowie das Erhalten der Infrastruktur kostete Geld. Viel Geld. Also war es notwendig, dafür zu sorgen, dass die Einwohnerzahl und somit die Zahl der Steuerzahler wuchs.

Und heute war ihm ein besonderer Coup gelungen. Freudig rieb er sich die Hände. Diesmal war er der VGI einen Schritt voraus. Kurz nachdem seine Kampagne angelaufen war, hatten sich die Geschäftsfrauen von Independence zu einer Vereinigung zusammengeschlossen. Auf privater Basis förderten sie die Unternehmen von Frauen, die dem Gemeinschaftsleben einen Mehrwert brachten. Sie unterstützten das Projekt der Gemeinde grundsätzlich. Allerdings waren sie der Meinung, dass die Auswahl der Firmen zu einseitig erfolgte. Laut Nadine Saunders, der Schulleiterin des Bezirks, und Brenda Carter, dem Familienoberhaupt einer einflussreichen Familie, waren neben der Höhe des prognostizierten Umsatzes auch andere Kriterien von Belang.

Seither befanden sie sich in einer Art stillem Wettstreit, wer die meisten Leute nach Independence bringen konnte und auf welche Art sie von der Bevölkerung wahrgenommen wurden.

Als Allererstes hatten sie einer jungen Frau, Anna Merck, dabei geholfen, ihre Vision eines Spas umzusetzen und Realität werden zu lassen. Das war bei allen, aber vor allem bei den Frauen, die bislang mindestens bis nach Breckenridge hatten fahren müssen, sehr gut angekommen. Als Nächstes hatten sie eine Apothekerin davon überzeugt, im Ort eine Apotheke zu eröffnen. Auch dieses Projekt fand natürlich großen Anklang bei den Leuten, logisch. Seine Start-Ups, wie zum Beispiel die junge Firma, die Computerspiele entwickelte, zahlten zwar viele Steuern, waren aber für alle anderen weitgehend unsichtbar. Das musste sich dringend ändern, wenn er nicht wollte, dass ihm bei der nächsten Wahl Nadine Saunders den Rang ablief. Sie hatte zwar nie den Wunsch geäußert, Bürgermeisterin zu werden. Er konnte sich jedoch auch nicht vorstellen, dass sie ablehnen würde, sollte ihr Name im Wahlkampf als mögliche Kandidatin auftauchen.

Aus diesem Grund freute er sich diebisch auf seinen nächsten Bewerber. Ein Sternekoch von der Westküste. Jeder wusste, dass die Verpflegung eins der wichtigsten Dinge war, wollte man eine Revolution vermeiden. Also würde er seinen Bürgern Essen vom Feinsten liefern. Dementsprechend gespannt war er auf das Bewerbungsgespräch mit Gregory Dumont.

*

„Fabelhaft“, sagte Brenda Carter zu Avery Stone, von allen nur kurz Vi genannt.

Die beiden Frauen saßen sich im Diner gegenüber. Rund um den großen Tisch saßen die anderen Mitglieder der Vereinigung der Geschäftsfrauen von Independence, kurz VGI genannt.

Alle nickten zufrieden, als Brenda und Vi per Handschlag ihre Abmachung besiegelten.

Vi lachte.

„Ich habe Gänsehaut. Habe ich eben meine Seele dem Teufel verkauft?“

Zelda, die Apothekerin, die zusammen mit Vis Schwester Astrid die Apotheke führte und sie in den letzten Wochen sehr gut kennengelernt hatte, fiel in das Lachen ein.

„Einer Einzelgängerin wie dir muss das ja so vorkommen. Mitglied in einer Vereinigung. Ein Geschäftskredit.“

„Ich verspreche dir, der VGI gehören nur Engel an“, ließ sich die selbstsichere Stimme von Anna Merck vernehmen.

Auch Anna hatte dank eines Kredits der VGI ihren Spa im Bed & Breakfast der Disney Sisters eröffnen können.

„Mein Geschäft läuft wie am Schnürchen, und ich konnte meinen Kredit ohne Sanktionen früher als geplant zurückzahlen.“

„Kein Wunder“, brummte Vi. „Jeder will sich von dir die Haare machen oder den Rücken massieren lassen. Ich bin nicht sicher, ob meine Tattoos gleichermaßen populär sein werden.“

*

Die rauchige Stimme ließ Gregory Dumont, der an der Bar stand und ein kühles Bier trank, aufschauen. Als er die Besitzerin der sexy Stimme erblickte, musste er zweimal hinschauen. Sie war klein und zierlich, mit den Rundungen an den richtigen Stellen, wie ihm sein scharfer Blick verriet. Hohe Wangenknochen verstärkten den elfenhaften Eindruck. Die dunklen Haare betonten die Blässe ihrer Haut. Dank der hohen Temperaturen, immerhin hatte es seit Tagen über zwanzig Grad, trug sie nur ein Tanktop und eine kurze, ausgefranste Jeans.

Fasziniert nahm er die unzähligen Tätowierungen wahr, die sich über ihren linken Arm und die schön definierte rechte Schulter zogen. Wie konnte man sich das nur antun? Aus einer künstlerischen Perspektive fand er die Muster sehr schön. Er verstand nur nicht, wie sich jemand so etwas freiwillig antun konnte. Unwillkürlich überlief ihn ein Schauer, als er an die unzähligen Nadelstiche dachte, die nötig waren, um ein Motiv dieser Größe fertigzustellen.

Als hätte sie seinen Blick gespürt, wandte sie den Kopf und schaute ihn direkt an. Als sie sein Interesse an den Motiven auf ihren Armen bemerkte, lächelte sie spöttisch. Verlegen, bei seiner intensiven Musterung ertappt zu werden, ließ er seine Aufmerksamkeit erst zu ihren vollen Lippen und dann zu ihren Brüsten wandern, bevor er die Augen langsam wieder hob. Eigentlich hatte er mit einem ebenso spöttischen Lächeln kontern wollen. Doch bei der Betrachtung ihres Körpers und der ihm wortlos gestellten Herausforderung erfasste ihn ein intensives Verlangen. Am liebsten hätte er sie sich über die Schulter geworfen und sie neandertalermäßig nach nebenan in seine Höhle, äh, sein Zimmer im Bed & Breakfast geschleppt.

Etwas von seinen Gefühlen musste sich in seinem Blick abgezeichnet haben. Ihre Augen weiteten sich unmerklich. Die Luft zwischen ihnen lud sich elektrisch auf. Es war ein Wunder, dass keine Blitze zu sehen waren. Unwillkürlich fasste er sein Glas fester. Ihr linker Mundwinkel hob sich wissend, bevor sie sich wieder ihren Tischnachbarn zuwandte.

Er blinzelte. Was war denn das gewesen? So eine intensive, sofortige Verbindung, so einen Hunger hatte er überhaupt noch nie gespürt. Und das ausgerechnet jetzt, wo er überhaupt keine Zeit für irgendwelche Tändeleien hatte. Diese Erkenntnis hielt ihn jedoch nicht davon ab, sie weiter zu beobachten. Während sie mit ihren Tischnachbarinnen plauderte, wandte sie den Kopf auf die andere Seite. Abermals wurde er überrascht. Die linke Seite ihres Kopfes hatte sie kurz geschoren, während ihr die Haare auf der rechten Seite bis auf die Schulter reichten. In der Nase trug sie einen glitzernden Stecker. Diese Entdeckung versetzte ihm erneut einen elektrischen Schlag.

Alles in allem ein sehr exotischer Anblick, mit dem er in diesem kleinen Kuhkaff, in dem er gelandet war, nicht gerechnet hatte. Vielleicht würde es hier in seinem selbstgewählten Exil nicht ganz so langweilig werden, wie er gedacht hatte, spekulierte er. Gleichzeitig versuchte er, sich in Erinnerung zu rufen, dass er zum Arbeiten hier war. Und für nichts anderes.

*

Der Kerl hatte vielleicht Nerven, dachte Vi nach dem unerwarteten Blickaustausch mit dem Fremden. Andererseits kam sie nicht umhin, die lässige Art zu bewundern, wie er sein unverhohlenes Interesse zum Ausdruck gebracht hatte. Sein großspuriges Grinsen verriet, dass er sich durchaus bewusst war, wie gut er selber aussah. Das hatte ihn jedoch nicht davon abgehalten, ihr mit den Augen ein Kompliment zu machen. Verwundert stellte sie fest, dass sie dafür nicht unempfänglich war. Innerlich zog sie eine Grimasse. Vor allem in ihrem jetzigen Zustand. Sie nahm an, dass sie sich in Kürze wie ein unbeholfenes Hippo fühlen würde. Also würde sie Komplimente sammeln, so lange noch welche in ihre Richtung abgegeben wurden.

Sie hatte gar nicht gewusst, wie sehr ihr das gefehlt hatte. An vielen Orten, an denen sie während der letzten Jahre gelebt hatte, war sie entweder unsichtbar gewesen, weil sie eine Frau war, oder hatte sich dank ihres Ausländerstatus, der sie automatisch zum Freiwild erklärte, anzügliche Blicke eingefangen. Nachdem ihr beide Varianten nicht wirklich zugesagt hatten, hatte sie ihr Möglichstes getan, um unauffällig zu bleiben. Zurück in den Staaten hatte sie sich Hals über Kopf in eine flüchtige Romanze gestürzt. Mit dem Resultat, dass sie jetzt hier war. In ihrer winzigen Heimatstadt. Wobei der Begriff Stadt in diesem Fall sehr großzügig verwendet wurde. Auf jeden Fall dort, von wo sie mit achtzehn unbedingt hatte flüchten wollen. Jetzt brachte sie ein wenig von ihren Erfahrungen an all den exotischen Orten zurück nach Independence. Ob die Kleinstadt für sie und ihr Tattoostudio bereit war, würde sich zeigen.

Eben zog Brenda einen Plan der Kleinstadt aus ihrer Mappe und schob ihn ihr hin.

„Wir haben uns bereits Gedanken gemacht, wo die beste Location für deinen Shop wäre. Aber sieh es dir einfach erst einmal selber an."

Vi unterdrückte einen Seufzer. Vermutlich hatten sie in irgendeinem Hinterhof einen alten Schuppen ausfindig gemacht. Aber was soll's, in der Not frisst der Teufel Fliegen, dachte sie und griff schweren Herzens nach dem Plan.

Als sie die Karte betrachtete, riss sie erstaunt die Augen auf. Ungläubig hob sie den Kopf.

„Ihr wollt was? Mein Studio an der Hauptstraße platzieren?"

„Na klar", antwortete Rose McArthy mit einem entschiedenen Kopfnicken. „Gleich neben dem Yoga- und Tanzstudio ist noch ein kleinerer Raum frei." Ihre Enkelin Jaz führte das Yogastudio über dem Tanzstudio von Tyler und Pat. „Vorne hast du ein Schaufenster – ich bin sicher, meine Enkelin oder Pat und Tyler können dir weiterhelfen, falls du Milchglasscheiben benötigst, damit nicht jeder reinschauen kann." Sie runzelte die Stirn. „Oder braucht man das beim Tätowieren nicht?", überlegte sie laut.

Offenbar stellte sie sich die tätowierwilligen Leute allesamt als sehr freizügig vor. Vi entschlüpfte ein Glucksen.

„Irgendeinen Sichtschutz brauchen wir definitiv", beruhigte sie Rose. „Stell dir vor, jemand will sich den Hintern tätowieren lassen. Ich glaube nicht, dass das jeder sehen muss, der vorbeigeht."

„Na ja…", meinte Miss Daisy gedehnt, die gerade mit der Kaffeekanne vorbeikam. „Wenn dieser heiße junge Kerl bei dir auf der Liege liegen würde, hätte ich nichts gegen einen Platz in der ersten Reihe."

Vi schnappte überrascht nach Luft. Wie alt waren die Disney-Sisters? Sechzig? Oder älter? Auf jeden Fall schienen sie den Anblick eines knackigen Männerkörpers nach wie vor zu würdigen.

„Das habe ich gehört", donnerte Kurts Stimme aus der Küche. Kurt war das Oberhaupt der örtlichen Bikergang *True Warriors* und zufälligerweise auch Miss Daisys Lover.

*

Gregory verfolgte den absurden Austausch mit wachsendem Unglauben. Redeten die etwa über ihn? Im Ernst jetzt? War er gerade von der Bed & Breakfast-Inhaberin anerkennend beäugt worden? Das gab dem Wort Cougar eine völlig neue Bedeutung. Heute Abend würde er definitiv seine Tür abschließen. Sicher war sicher.

Gerade als er dachte, ohne weitere zweideutige Komplimente davonzukommen, stürmte ein Mann von beeindruckender Statur durch die Schwingtür und pflanzte sich auf seiner Höhe hinter die Bar. Sein Vollbart verlieh ihm eine gefährliche Aura. Mit dem Kopftuch, das um die halblangen Haare geschlungen war und der speckigen Lederweste, die unzählige Aufnäher verschiedener Motorrad-Clubs aufwies, über der Schürze, sah er ganz und gar nicht wie die Bedienung eines gutbürgerlichen Diners aus. Oder wie ein möglicher Partner für die rundliche, Geborgenheit ausstrahlende Miss Daisy.

Als er den erbosten Blick des mindestens einen Meter neunzig großen Mannes sah, stand er hastig auf. Beinahe wäre der Hocker umgefallen, so eilig hatte er es.

„Ich wollte gerade gehen", versicherte er dem anderen.

„Grandiose Idee", gab Kurt stoisch zurück. „Das Bier geht aufs Haus."

Da konnte es wohl jemand nicht erwarten, dass er das Diner verließ. Aber wenn ihm das ein gratis Bier einbrachte, sollte es ihm recht sein. Er stand auf und verließ das Lokal mit einem letzten Blick auf die faszinierende Fremde mit dem sexy Lachen. Natürlich ertappte sie ihn dabei und zwinkerte ihm frech zu. Sein Mundwinkel zuckte. Wenn ihn nicht alles täuschte, war er in einem Dorf, okay, einer Kleinstadt, mit lauter Irren gelandet. Das konnte ja heiter werden. Aber so lange sie bei ihm aßen, und das würden sie, schließlich hatte er einen Geheimplan, war ihm alles recht.

Ein Blick auf die Uhr verriet ihm, dass er genau rechtzeitig zu seinem Treffen mit dem Bürgermeister kommen würde. Hervorragend. Seine Zukunft wartete auf ihn. Jetzt musste er die Chance nur noch ergreifen. Er klopfte sich auf die Brust, um sicherzugehen, dass sein größter Schatz, ein kleines Büchlein, noch immer sicher in seiner Lederjacke steckte.

*

Nach dem Treffen wanderte Vi los, um sich die Räumlichkeiten anzuschauen, von denen Brenda gesprochen hatte. Anschließend würde sie der Buchhandlung einen Besuch abstatten. Oben drüber befand sich eine kleine Wohnung, die momentan leer stand. Offenbar hatte ursprünglich die Buchhändlerin mit ihrem Sohn dort gewohnt, bevor sie mit ihrem Freund außerhalb von Independence in ein Haus gezogen war. Sie konnte ihr Glück kaum fassen.

So halb hatte sie sich schon mit dem ätzenden Gedanken abgefunden, zurück zu ihren Eltern zu ziehen. Nachdem sowohl Astrid als auch Anabelle ausgezogen waren, wäre dort im Prinzip genügend Platz. Doch sie hatte während ihrer wilden Teenagerjahre genug mit ihren Eltern gestritten. Das brauchten weder sie noch der Wurm in ihrem Bauch. Mit dem geographischen Abstand hatte sich die Beziehung zu ihren Eltern sehr gebessert. Das wollte sie nur ungern aufs Spiel setzen, indem sie von einem Extrem ins andere fiel und nach jahrelanger Abwesenheit wieder zurück ins Elternhaus zog. Seit sie von ihrer letzten Auslandreise so unverhofft zurückgekehrt war, hatte sie abwechselnd auf Sofas von Freunden oder bei ihren Schwestern gewohnt. Auf Dauer wurde das allerdings mühsam. Eine eigene Wohnung wäre genial.

Sie ließ ihren Blick über die Milchglasfassade des Yoga-, Tanz- und Kampfkunstzentrums gleiten. Interessante Kombi, dachte sie bei sich. Auch wenn die drei Sportarten erstaunlich viel gemeinsam hatten, waren sie selten am selben Ort anzutreffen.

„Das spricht eigentlich für die Aufgeschlossenheit der Kunden“, murmelte sie zu sich selbst, während sie zwei Frauen zunickte, die aus der Tür traten. Ihr Herzschlag beschleunigte sich, als sie die nächste Tür erblickte. Das war vielleicht bald schon ihr ganz persönliches Reich mit ihrem eigenen kleinen Geschäft. Gespannt beugte sie sich vor. Eine Hand gegen das Glas gepresst, um besser sehen zu können, spähte sie durch die schmutzige Scheibe.

*

„Ein beeindruckendes Resümee!“, stellte der Bürgermeister fest und klopfte die Papiere auf der Oberfläche seines Schreibtischs zu einem ordentlichen Stapel zusammen.

Gregory bemühte sich um ein bescheidenes Kopfnicken, auch wenn es ihn fast umbrachte. Am liebsten hätte er laut verkündet, dass er ein Genie in der Küche war und es höchste Zeit wurde, dass das jemand bemerkte. Solche Ausbrüche waren es allerdings gewesen, die dafür gesorgt hatten, dass er in diesem Nest gelandet war. Im ständigen Wettstreit mit seinen Mitbewerbern, kombiniert mit seinem unberechenbaren Temperament, hatte er ein ums andere Mal den Kürzeren gezogen und wiederholt seine Stelle als Koch in renommierten Restaurants verloren. Schließlich war ihm klar geworden, dass er nur Erfolg haben würde, wenn er sich selbständig machte.

Eine großartige Idee. Nur praktisch unmöglich umzusetzen. Nachdem er lange Jahre an Ausbildung gefolgt von schlecht bezahlten Praktikumsstellen hinter sich hatte, war an die Eröffnung eines eigenen Restaurants gar nicht zu denken. Sein Gespartes reichte nicht einmal für einen klapprigen Foodtruck aus zweiter Hand. Knapp davor, den ganzen Plan aufzugeben, hatte er ein Inserat entdeckt. Ein kleines Kaff mitten in den Rocky Mountains bot bares Geld und Starthilfe für potentielle Unternehmer.

Ohne auch nur eine Sekunde nachzudenken, hatte er seine Sachen gepackt, seinen Hund Julia bei seinem Vater abgeholt und Kalifornien den Rücken gekehrt. Was er mit Julia machen sollte, sobald er wieder voll arbeiten musste, wusste er noch nicht. Aber irgendeine Lösung würde sich bestimmt finden.

Mr. Wilkinson maß ihn mit einem prüfenden Blick. Auweia. Hatte er etwas verpasst?

„So wohlklingend Ihre Referenzen auch sind, ändert es nichts an der Tatsache, dass Sie noch nie ein eigenes Geschäft geführt haben und keinerlei Eigenkapital miteinbringen“, sagte der Bürgermeister gerade streng.

„Das ist mir bewusst“, antwortete er glatt. „Aber ich habe etwas viel Besseres. Ich bin hoch motiviert, liebe es zu kochen und bringe sämtliche kulinarischen Geheimnisse einer Spitzenköchin mit.“

Genau diese Geheimnisse befanden sich in seiner Brusttasche. Genau genommen waren es die Rezepte seiner Großmutter, die zu ihrer Zeit ein sehr bekanntes Restaurant in Boston geführt hatte. Viele hatten bereits nach diesem Büchlein gesucht. Niemand wusste, dass er es in seinem Besitz hatte.

„Geheimnisse. So, so.“

Insgeheim schwitzte Gregory Blut und Wasser. Doch eher wäre er gestorben, als sich das anmerken zu lassen. Es wurde Zeit zu bluffen. Er stand auf und hielt dem Bürgermeister seine Hand hin.

„Vielen Dank für Ihre Zeit.“

Er stand auf und beugte sich über den Tisch, um nach seinen Unterlagen zu greifen.

„Nicht so schnell, junger Mann“, unterbrach Mr. Wilkinson ihn mit nervtötender Herablassung und legte eine Hand auf die Papiere. „Ich habe nicht gesagt, dass es keine Möglichkeit gibt.“

Gregory knirschte mit den Zähnen, während er seinen Arm langsam zurückzog. Hier kamen sie, die Bedingungen. Es wäre ja auch zu schön gewesen, um wahr zu sein.

„Was für Möglichkeiten?“, zwang er sich zu fragen.

Ablehnen konnte er immer noch. Erst einmal würde er zuhören, was der wichtige Mann zu sagen hatte. Auch wenn es ihm völlig gegen den Strich ging. Seine Möglichkeiten, seinen Traum aus eigener Kraft zu schaffen, waren leider begrenzt. Die Frage war nur, ob er mit den an ihn gestellten Bedingungen leben konnte. Diesbezüglich hatte er keine großen Hoffnungen. Mit seinen dreißig Jahren hatte er eine recht realistische Einschätzung von seinen Stärken und Schwächen. Leider waren die Schwächen ungleich zahlreicher als die Stärken.

*

Eine Viertelstunde später befand sich Gregory auf dem Weg zu seinem zukünftigen Restaurant. Eins musste er dem Bürgermeister lassen. Er hatte nicht lange gefackelt. In drei Sätzen hatte er seine Bedingungen gestellt. Ein Initialkredit für die Renovierung und die Einrichtung. Völlige Transparenz über die Ausgaben. Eine Testphase über ein Jahr. Waren die Einnahmen dann nicht zufriedenstellend, würde er sein Lokal, sprich seine Zukunft, verlieren. Alles in allem faire Bedingungen, das musste er zugeben. Zumindest auf den ersten Blick. Wenn sich herausstellen sollte, dass er um den Kauf jeder Serviette streiten musste, würde er seine Zusage nochmals überdenken. Aber fürs Erste bedeutete es vor allem eines: Eine Chance, seinen Traum endlich zu verwirklichen.

Das Adrenalin ließ das Blut in seinen Ohren rauschen, als er sich mit federnden Schritten der Adresse näherte, die ihm Mr. Wilkinson angegeben hatte. Die Lokalität befand sich direkt an der einzigen Hauptstraße des Ortes. Befriedigt ließ er seinen Blick über die existierenden und, so wie es aussah, florierenden Geschäfte an der Straße schweifen.

Er entdeckte ein kleines, überraschend mondän aussehendes Café, das einen Hauch von Pariser Chic verströmte. Etwas weiter vorn erblickte er einen Buchladen, welcher mit einem Aufsteller vor der Eingangstür für den Buchclub warb. Ein paar Geschenkläden versuchten Touristen, denen der Geldbeutel locker saß, anzulocken. Neben allerlei Ramsch konnte er einige Highlights entdecken, die höchstwahrscheinlich von örtlichen Künstlern und Handwerkern stammten. Auf der gegenüberliegenden Seite befand sich so etwas wie ein Fitnesstempel. Er kniff die Augen zusammen. Kampfsport? Tanz und Yoga? Seltsame Kombi. Kampfsport ja. Es war immer gut zu wissen, wo der nächste Sandsack war, an dem man die Frustrationen des Alltags loswerden konnte. Aber Tanz und Yoga? Er grinste spöttisch. Ihn würde man dort sicher nie finden. Wenn er sich entspannen wollte, kochte er. Funktionierte immer.

Eine weitere Inspektion der Straße zeigte allerdings auch mehrere verlassene, mit Brettern vernagelte oder einfach heruntergekommene, leere Shops. Es war deutlich zu sehen, dass sich die Gemeinde bemühte, der Kleinstadt neues Leben einzuhauchen. Ihn störten die leerstehenden Geschäfte nicht. Für ihn stellten sie in erster Linie Potenzial dar. Nicht nur für ihn, auch für andere angehende Unternehmer.

Nach einem letzten prüfenden Blick auf die Angaben auf seinem Zettel überquerte er die Straße auf der Höhe des Kampfsportstudios. Irgendwie musste er das Ding ja nennen. Er hatte definitiv nicht vor, sich auf Yoga oder gar Tanz zu beziehen. Bei dem Schauder, der ihn bei dieser Vorstellung überlief, zog er die Schultern ein und ignorierte das restliche Angebot. Als Gäste waren ihm die yoga- und tanzbegeisterten Leute herzlich willkommen. Er konnte sich gut vorstellen, eine kleine Karte mit schnellen, aber gesunden und wohlschmeckenden Snacks anzubieten. Diejenigen, die keine Zeit für ein ausgiebiges Dinner am weiß gedeckten Tisch hatten, konnten so zu einem günstigen Preis das Ambiente und die Qualität des Essens kennenlernen. Der beste Weg, um neue Kunden zu gewinnen.

Auf der anderen Seite angekommen sah er, dass neben dem Studio jemand durchs Schaufenster spähte. Sofort loderten besitzergreifende Gefühle in ihm auf. Das waren seine Räumlichkeiten! Hatte er etwa Konkurrenz? Er traute es dem Bürgermeister durchaus zu, dass er einen zweiten Kandidaten eingeladen hatte. Er beschleunigte seine Schritte, entschlossen, diese Diskussion gleich im Ansatz zu ersticken.

Als er näher kam, erkannte er den schön definierten und vor allem kunterbunten Arm der faszinierenden Fremden aus dem Diner. Da flog seine Chance auf eine kurze Affäre mit der schönen Unbekannten dahin. Diese Erkenntnis erfüllte ihn mit leisem Bedauern.

Entschlossen schob er diese nutzlosen Gefühle in den hintersten Winkel seines Bewusstseins. Jetzt war nicht der Moment, sich von seinen Gefühlen leiten zu lassen. Dafür stand zu viel auf dem Spiel.

2

Vi stattete in Gedanken bereits ihren Laden aus, als ihr bewusst wurde, dass jemand neben sie getreten war. Überrascht erkannte sie den attraktiven Fremden, der sie im Diner so unverblümt gemustert hatte. Sie lächelte.

„Oh. Hi. Was machst du denn hier?“

Ihr Herz klopfte plötzlich laut. Von Nahem war er noch viel beeindruckender als aus der Ferne. Zudem nahm sie seinen Körpergeruch wahr. Sie erkannte Holz, Zimt und … sie blähte die Nasenflügel und versuchte die dritte Komponente zu erraten. Citrus? Bergamotte?

„Was machst du vor meinem Laden“, grollte er ohne jegliche Einleitung.

Vi blinzelte. Erst jetzt fiel ihr auf, dass er ihre Freude, ihn so unverhofft zu treffen, nicht zu teilen schien. Unbehaglich trat sie einen Schritt zurück und stieß an die Fensterscheibe. Hatte sie sich einen Serienkiller angelacht? Verstohlen warf sie einen Blick auf seine Hände. Puh, keine Kettensäge in Sicht, stellte sie erleichtert fest.

Als sie nicht sofort antwortete, trat Gregory noch ein wenig näher und platzierte seine Hände links und rechts von ihrem Kopf an der Glasscheibe.

Vi schielte von links nach rechts, wo er sie effektiv mit seinen Armen einsperrte. Erst jetzt registrierte sie seine Worte. Sie verengte die Augen zu schmalen Schlitzen. Leute, die sie kannten, hätten spätestens jetzt die Flucht ergriffen. Der Fremde hingegen lebte anscheinend gerne gefährlich. Oder er war einfach dumm. Das wäre wirklich jammerschade bei diesem vielversprechenden Körper, dachte sie bedauernd.

„Dein Laden?“, fragte sie gefährlich leise. „Denk noch mal scharf nach, Freundchen. Das hier ist mein Geschäft.“

Sie hielt ihm unaufgefordert den Zettel vor die Nase. Da er so nahe bei ihr stand, versetzte sie ihm dabei glatt einen Nasenstüber. Ups. Tja. So was konnte schon mal geschehen, wenn man jemanden bedrängte!

Widerstrebend nahm er den Zettel entgegen und studierte ihn. Als er die Adresse erblickte, schaute er nach oben und registrierte die Hausnummer. 18. Nicht 20.

„Oh“, sagte er lahm. „Anscheinend sind wir ab sofort Nachbarn. Ich, äh …“

„Ja?“, fragte Vi und wartete mit hochgezogenen Augenbrauen auf die dringend fällige Entschuldigung.

Gestresst fuhr er sich mit der Hand über sein Gesicht.

„Tut mir leid. Es ist nur …“, er gestikulierte zu dem anschließenden Gebäudeteil, „ich habe eben die Möglichkeit bekommen, hier mein Geschäft zu eröffnen und bin deswegen ziemlich aus dem Häuschen.“

Vi lächelte verständnisvoll.

„Das kann ich verstehen. Geht mir genauso.“

Sie streckte ihm die Hand hin.

„Ich bin übrigens Vi.“

Seine Miene hellte sich auf.

„Hallo Vi. Freut mich, dich kennenzulernen. Mein Name ist Gregory“, erwiderte er und ergriff ihre Hand. Ein elektrischer Funke sprang über. Nur zögernd ließ er sie wieder los.

„Cool. Was machst du denn?“, fragte er, ehrlich interessiert und inbrünstig hoffend, dass sie keine Kebab-Bude eröffnen wollte.

„Das wird mein Tattoo-Studio.“

Entsetzt starrte er sie an. Ein Tattoo-Studio? Augenblicklich trauerte er seiner Vorstellung von einer Kebab-Bude nach. Die hätte wenigstens potentielle Gäste vor seine Eingangstür gebracht! Aber ein Tattoo-Studio? Visionen von undurchsichtigen, zwielichtigen Gestalten, die in ihrem Studio ein und aus gingen und all seine potentiellen Gäste vergraulten, stiegen vor seinem inneren Auge auf.

„Nur über meine Leiche", platzte er vehement heraus.

Perplex starrte Vi ihn an. Hatte sie eben richtig gehört? Sie blinzelte. Natürlich war sie es gewohnt, dass die meisten Leute mit ihrem Beruf nicht viel anfangen konnten. Aber seine Aussage war doch eine etwas extreme Reaktion. Bevor sie sich eine schlagfertige Erwiderung ausdenken konnte, ganz ehrlich, sie machte die verflixten Schwangerschaftshormone dafür verantwortlich, die ihr Hirn in einen trägen Brei verwandelten, fuhr er mit seiner Tirade fort.

„Das geht auf keinen Fall. Hier kommt mein Nobelrestaurant hin. Für ein Tattoo-Studio ist das absolut der falsche Platz." Er tätschelte ihren Arm. „Keine Sorge. Ich spreche mit dem Bürgermeister. Er hat sicher etwas Vergleichbares in einem Hinterhof."

Ungläubig musterte Vi sein Gesicht, fest überzeugt davon, dass er nur einen schlechten Witz machte. Als er sie stattdessen nur abwartend anschaute, als würde er davon ausgehen, dass sie ihm widerspruchslos zustimmen und das Feld räumen würde, dämmerte es ihr, dass er das alles ernst gemeint hatte. Was für ein arrogantes, kleingeistiges Arschloch. Zugegebenermaßen ein gutaussehendes, aber nichtsdestotrotz ein Arschloch. Sie riss ihm ihre Papiere aus der Hand, stemmte die Arme seitlich in die Hüften und stellte sich auf die Zehenspitzen, bis sich ihre Nasenspitzen beinahe berührten.

„Ach ja? Das werden wir ja sehen. Ich bin fest entschlossen, hier mein Studio zu eröffnen. Was du oder deine kleinkarierten Gäste davon halten, wird sich ja zeigen. Offen gesagt glaube ich nicht, dass es ein Problem sein wird. Dazu müsstest du erst einmal Gäste haben. Was ziemlich unwahrscheinlich ist, wenn ich deine gewinnende Persönlichkeit in Betracht ziehe“, schloss sie ironisch und stemmte kampfeslustig die Arme in die Hüften.

Fasziniert von den Blitzen, die aus ihren Augen schossen, der leichten Röte auf ihren Wangen und der bebenden Bewegung ihrer Brust, als sie tief Luft holte, hörte Gregory nur die Hälfte ihrer Worte. Sein Blick blieb an ihren vollen Lippen hängen. Unmerklich beugte er sich ein wenig vor.

Vollgepumpt mit Adrenalin von dem hitzigen Austausch nahm Vi seine Nähe mit jeder Faser ihres Körpers wahr. Ein sauberer, leicht würziger Duft stieg ihr in die Nase. An seinem Hals pochte eine Ader. Der unerklärliche Drang, ihn genau dort zu beißen, überkam sie. Unwillkürlich verlagerte sie ihr Gewicht auf ihre Zehenspitzen.

Als er die unerwartete Bewegung registrierte, war es um seine Selbstbeherrschung geschehen. Seine Augen verdunkelten sich. Mit einem Laut, der wie ein Knurren klang, schlang er einen Arm um ihre Hüfte, zog sie fast grob an sich – und küsste sie.

Die Plötzlichkeit seiner Handlung, die Dringlichkeit des Kusses, die fordernde Berührung seiner Lippen auf den ihren löste einen wahren Sturm der Gefühle in Vi aus. Schnell wich ihre anfängliche Verblüffung über das Geschehen einem rasenden Hunger. Ihre Hand krallte sich in sein Hemd, da, wo sie sich an seiner Brust abgestützt hatte, um nicht das Gleichgewicht zu verlieren. Voller Enthusiasmus erwiderte sie seinen Kuss. Sämtliche Gedanken an den eben stattgefundenen Streit waren vergessen.

Gregory stutzte. Eigentlich hatte er fest damit gerechnet, sich eine saftige Ohrfeige von ihr einzufangen. Stattdessen war er auf einmal in den Kuss seines Lebens verwickelt. Sein zynischer Verstand versuchte ihm klarzumachen, dass das bestimmt ein Trick war. Eine geschickte Manipulation der Situation. Seinen Körper interessierte das allerdings keinen Deut. Der war mehr als glücklich über die neueste Entwicklung und drängte ihn dazu, aus dem Augenwinkel nach der nächsten flachen Oberfläche Ausschau zu halten. Nur für den Fall, dass sich die Dinge weiterhin so gut entwickelten.

Ein scharfer Schmerz zuckte durch seine Unterlippe, dort, wo sie ihn gebissen hatte, bevor ihre Zunge alles wieder gut machte. Sein Arm schloss sich fester um ihre Taille. Himmel. Sie war eine richtige kleine Wildkatze. Ein Stöhnen entschlüpfte ihm.

Vis Hände waren inzwischen auf Wanderschaft gegangen und versuchten verzweifelt, irgendwo ein Stück nackter Haut zu erwischen. Sie fühlte sich wie ein Wanderer in der Wüste, der nach einer langen Dürreperiode endlich beim Wasser angelangt war. Idiotisch eigentlich. Schließlich war es nicht so, als hätte sie in den letzten drei Monaten keinen Sex gehabt. In ihrem Bauch befand sich der lebendige Beweis dafür. Trotzdem kam sie nicht gegen den Drang an, Gregory so nahe wie möglich sein zu wollen.

Verloren in der leidenschaftlichen Umarmung hätten sie vermutlich noch ewig weitergemacht, wenn nicht plötzlich hinter ihnen ein Auto gehupt und sie aus ihrer Trance gerissen hätte.

Ernüchtert fuhren sie auseinander. Die Realität meldete sich ungefragt zurück. Ungläubig und etwas erschrocken starrten sie einander an, als könnten sie nicht glauben, was da eben passiert war.

„Was zum Teufel war denn das?“, platzte es schließlich aus Gregory heraus.

Er konnte es sich wirklich nicht erklären. Er mochte weder Tattoos noch stand er auf funky Frauen. Beides zusammen neben seinem zukünftigen Restaurant schon gar nicht.

„Was weiß ich. Ich mag dich nicht einmal!“

Angewidert von sich selber wischte sie sich über den Mund, als könnte sie es nicht erwarten, alle Spuren von ihm zu beseitigen. Dabei versuchte sie nur verzweifelt, das wunderbare, verführerische Prickeln loszuwerden, das sie daran erinnerte, wie großartig der Kuss gewesen war.

„Keine Angst. Ich dich auch nicht", schoss er zurück und verschränkte seine Arme vor der Brust.

Keiner von ihnen bewegte sich. Nur Vis Atem war stoßweise zu hören. Ihre Wangen waren gerötet. Bei dem Anblick grinste er selbstgefällig.

„Ob du mich magst oder nicht, gefallen hat es dir anscheinend."

Ihre Augen funkelten mörderisch.

„Ha! In deinen Träumen vielleicht. Wenn du auf eine Wiederholung hoffst, hast du dich geschnitten."

Beim Aufblitzen ihres Temperaments verspürte er erneut pochendes Verlangen in der Lendengegend.

„Ach ja? Ist das etwa eine Herausforderung?", fragte er gedehnt.

Sie verengte die Augen zu Schlitzen. Dann lächelte sie. Aber es war kein freundliches Lächeln. Mit einem berechnenden Blick in den Augen beugte sie sich vor, bis sich ihre Nasenspitzen fast berührten, und hakte einen Finger in seinen Hosenbund ein.

Obwohl er ihren Absichten misstraute, konnte er nicht vermeiden, dass sich seine Bauchmuskeln bei ihrer Berührung erwartungsvoll zusammenzogen. Er hielt den Atem an. Was würde sie wohl als Nächstes tun? Ihn abermals Küssen? Sein Atem ging schneller, als sie ihre Fingerspitzen über seinen Hosenstall gleiten ließ. Die Spannung war kaum auszuhalten.

Da griff sie ihm blitzschnell in den Schritt und drückte zu. Nicht so fest, dass sie wirklich Schaden angerichtet hätte, aber doch so stark, dass er unwillkürlich zusammenzuckte und aufschrie.

„Was soll das? Spinnst du?"

Hastig brachte er sich mit ein paar Schritten in Sicherheit.

Triumphierend hob sie das Kinn.

„Lass dir das eine Warnung sein. Ich mag es nicht, wenn jemand versucht, mit mir Spielchen zu spielen. Du lebst dein Leben und ich leb meins. Komm mir einfach nicht in die Quere."

Gregory biss die Zähne zusammen. Wenn einer dem anderen in die Quere kam, war das ja wohl sie! Nicht nur, dass sie ihr unmögliches Tattoo-Studio direkt neben seinem Laden einrichten wollte, sie hatte es auch geschafft, ihm unter die Haut zu gehen. Er hatte immer noch ihren Duft in der Nase. Wilder Salbei und noch etwas, das er gerade nicht einordnen konnte.

Mit einem lässigen Winken wandte sie sich ab.

„Wo willst du hin?", platzte er heraus.

„Ich muss los. Du weißt schon. Vertrag unterschreiben. Schlüssel abholen. Mein Tattoo-Studio einrichten. Wichtige Dinge halt."

Nach einem letzten amüsierten Lächeln schlenderte sie davon.

3

Ein wenig fassungslos starrte Gregory Vi nach. Sie hatte eine sehr ökonomische Art und Weise, sich fortzubewegen. Ihre langen, zielstrebigen Schritte erinnerten ihn an eine gefährliche Dschungelkatze. Mit Krallen und Zähnen. Er fühlte sich ein wenig, als hätte er eine Naturkatastrophe miterlebt. Fasziniert und überwältigt zugleich. Anscheinend hatte er Independence unterschätzt. Die erwartete Ruhe oder gar Langeweile würde er hier offenbar nicht finden. Eine Tatsache, die gemischte Gefühle in ihm auslöste.

Seufzend drehte er sich zu seinem eigenen, zukünftigen Ladenlokal um. Vor lauter Streiten und Küssen hatte er noch nicht einmal einen Blick darauf geworfen. Er musste wirklich dringend an seinem Fokus arbeiten. Genau. Fokus war alles. Zumindest, wenn er es schaffte, diesen von dem Gefühl von Vis Brüsten an seinem Oberkörper oder ihrem süßen Geschmack auf seiner Zunge auf sein Restaurant umzulenken. Ein Kinderspiel. Das sollte es zumindest sein. Schließlich war dieses Restaurant die Verwirklichung seines Traums. Sein Baby. Trotzdem verfolgte ihn Vis glühender Blick, als er die paar Meter zu seinem Ladenlokal zurücklegte.

Entschlossen, endlich seine Zukunft anzupacken statt einem Paar faszinierender Augen hinterherzuträumen, steckte er den Schlüssel ins Schloss und schob die Glastür auf. Staub tanzte in den Sonnenlichtstreifen, die durch die vielen Fenster an der Vorder- und Rückseite des Gebäudes fielen. Langsam durchschritt er den Raum. Nicht zu groß und nicht zu klein, stellte er zufrieden fest. Der Boden war alt, aber aus soliden Holzbrettern, wie er nach kurzer Inspektion feststellte. Einmal abgeschliffen würde er wie neu aussehen. Sein Blick wanderte in die Höhe. Spinnweben hatten sich in den Ecken angesammelt. Die Wände darunter sahen gut aus. Keine Risse oder feuchten Stellen. Fast ehrfürchtig strich er über die alten Mauern. So viel Potenzial.

Während er in Gedanken bereits mit der Einrichtung beschäftigt war, setzte er seine Erkundungstour fort. Die Hintertür war verschlossen. Um sie zu öffnen, brauchte er einen dieser alten Schlüssel mit Bart. Leider war an dem Schlüsselbund, den ihm der Bürgermeister gegeben hatte, keiner dabei. Frustriert wollte er sich abwenden, als er ihn entdeckte. Er hing an einem Nagel, der oben am Türstock eingeschlagen war. Ein belustigtes Lächeln hob seine Mundwinkel. Das konnte natürlich nicht so bleiben. Aber ihm kam der pragmatische Aufbewahrungsort aktuell natürlich sehr gelegen.

Er nahm den Schlüssel vom Haken und schob ihn in das alte Schloss. Nach einigen Versuchen mit gleichzeitigem Drücken und Schieben an der Klinke, während er den Schlüssel drehte, sprang die Holztür mit einem Knarren auf. Ein warmer Windstoß wehte ein paar trockene Blätter in den Raum. Gregory grinste breit, als er den großzügigen Hinterhof entdeckte. Hervorragend. Der Platz eignete sich ideal, um im Sommer Tische und Bänke aufzustellen. Einige Papierlaternen oder farbige Glühbirnen würden dem Restaurant an lauen Sommerabenden zusätzliches Flair verleihen.

Stirnrunzelnd nahm er zur Kenntnis, dass sein Gebäudeteil nicht der einzige war, der eine Tür nach hinten raus hatte. Vis zukünftiges Tattoo-Studio hatte ebenfalls eine. Er konnte nur hoffen, dass sie sie verschlossen halten würde. Er konnte sich direkt vorstellen, wie seine gehobene Klientel, die ihm vor seinem geistigen Auge vorschwebte, auf ein paar grölende, Bier trinkende Biker reagieren würde.

Kurz spielte er mit dem Gedanken, ihre Tür bei Gelegenheit einfach zumauern zu lassen. Mit einem genervten Schnauben verwarf er die Idee wieder. Vermutlich würde sie sein Restaurant anzünden, sollte er so etwas versuchen. Es blieb ihm nur die Hoffnung, dass ihr Geschäft nicht lief und sie das Studio wieder aufgeben musste. Die Chancen dafür standen ziemlich gut. Aus seinen eigenen Recherchen wusste er, dass zwei von drei Unternehmen bereits im ersten Jahr scheiterten.

Er schüttelte den Kopf, als ihm seine zynischen Überlegungen bewusst wurden. Was war nur mit ihm los? Seit wann plante er seinen eigenen Erfolg auf Kosten anderer? Normalerweise wünschte er allen anderen selbständigen Unternehmern so viel Erfolg wie nur möglich. War er so ein oberflächlicher Bastard, dass all seine hehren Prinzipien zum Fenster rausflogen, sobald er seinen eigenen Vorteil verschwinden sah? Angewidert schüttelte er den Kopf. Er warf einen letzten Blick über das spärliche Gras, den einzelnen Baum und die Büsche, die sein Grundstück von Vis trennten. Ein Zaun. Er würde einfach einen zwei Meter hohen Zaun ziehen. Das war viel besser, als ihr Misserfolg an den Hals zu wünschen.

Wieder einigermaßen im Reinen mit sich und seinem Gewissen, trat er zurück ins Haus. Die fortgesetzte Inspektion brachte drei weitere Räume zutage. Im ersten würde er die Küche einrichten. Glänzende Visionen aus blitzendem Edelstahl flackerten durch sein Hirn. Der Raum war größer, als er zu hoffen gewagt hatte. Platz war beim Kochen unbezahlbar. Allerdings würde dann die Einrichtung auch teurer werden. Unwillkürlich zuckte er zusammen, als er daran dachte, was für ein Loch diese Kosten in seine Reserven reißen würden. Nicht zum ersten Mal überlegte er, ob er vielleicht nicht doch ein Talent zum Bankräuber in sich trug. Aber leider, leider war Kochen das Einzige, was er gut konnte.

Immerhin gab es schon einen Kühlraum, dachte er. Einigermaßen besänftigt durch diese Entdeckung zog er die schwere Tür auf, die einen Spalt offenstand. Dunkelheit begrüßte ihn. Klar. Der Strom war ja noch abgestellt. Hoffentlich funktionierte das Teil überhaupt.

Mit der Taschenlampen-App seines Telefons leuchtete er die Schwärze aus. Regale an beiden Seiten boten Platz für Lebensmittel. Im hinteren Bereich befand sich eine extra Tür, welche vermutlich den Tiefkühler beherbergte.

Der letzte Raum entpuppte sich als großes Lager. Ausgezeichnet. Wenn er es geschickt anstellte, konnte er sogar noch einen Teil abtrennen und so einen Aufenthaltsraum für die Angestellten kreieren.

Leise vor sich hin pfeifend verließ er das Ladenlokal und machte sich auf den Weg zum Baumarkt. Dass ihm nach wie vor eine exotisch wirkende Fremde namens Vi im Kopf herumspukte, ignorierte er geflissentlich. Bestimmt war das nur ein vorübergehendes Phänomen. Wenn er erst einmal in die Renovierung seines Restaurants vertieft war, würde diese unerwünschte Schwärmerei von alleine ihr Ende finden.

*

Vi kochte immer noch, als sie mit langen Schritten zum Diner zurückeilte. Was fiel diesem unverschämten Mann eigentlich ein? Erst beleidigte er ihren Beruf und somit auch sie und besaß dann die Frechheit, sie zu küssen. Dass sie ihn enthusiastisch zurückgeküsst hatte, tat hier nichts zur Sache. Schließlich war sie nur schwanger. Nicht tot. Oder blind. Zudem flogen zwischen ihnen so die Funken, dass es schon fast für ein offizielles Feuerwerk reichte. Natürlich hatte sie ihn zurückgeküsst.

Das bedeutete noch lange nicht, dass sie ihn mochte. Im Gegenteil. Sie konnte ihn nicht ausstehen. Diesen arroganten, eingebildeten Snob! Gehobene Klientel! Pah. Darauf konnte er hier in diesem Kaff sowieso noch lange warten. Sie musste es wissen. Schließlich war sie hier aufgewachsen. Und genau aus diesen Gründen von hier weggegangen, sobald sie achtzehn geworden war. Wahrscheinlich hätte sie ihr Vagabundenleben noch jahrelang weitergeführt, wenn sich nicht das Schicksal in Form des Wurms eingemischt hätte. Unbewusst legte sie eine Hand auf ihren aktuell noch ziemlich flachen Bauch.

Sie musste allerdings zugeben, dass sich das Nachhausekommen besser anließ, als sie es sich vorgestellt hatte. Vor allem der regelmäßige Kontakt zu ihren Schwestern sagte ihr sehr zu. Es war fast so, als hätte sie auf einmal zwei beste Freundinnen, stellte sie verwundert fest und blieb stehen. Seltsam. All die Jahre hatte sie auf der ganzen Welt flüchtige Freundschaften gepflegt und gemeint, das sei alles, was sie brauche. Ob es noch andere Dinge gab, in denen sie sich so fundamental geirrt hatte? Ungeduldig schüttelte sie die unproduktiven Gedanken ab. Ihren aktuellen Seelenzustand konnte sie auch nachts im Bett bis ins letzte Detail analysieren. Jetzt beeilte sie sich lieber. Wenn sie Glück hatte, traf sie noch jemanden von der VGI im Diner an. Je schneller sie den Schlüssel zu ihrem zukünftigen Studio in den Händen hielt, desto schneller konnte sie mit den dringend nötigen Renovierungen beginnen.

Sie gab sich einen Ruck und trat ins Diner. Leider stand der Tisch, an dem sie vorhin alle gesessen hatten, leer und verlassen da. Sie zögerte. Was sollte sie jetzt tun? Nach Hause gehen? Endlich ihre letzten Kisten auspacken? In Ermangelung einer besseren Idee wollte sie sich schon umdrehen und gehen, als Miss Minnie sie erblickte.

„Hey, schon zurück? Wie war dein Eindruck?“

Beim Klang ihrer lauten Stimme zog Vi verlegen den Kopf ein. Das hatten jetzt bestimmt alle Gäste gehört. Herrje. Es war sowieso ein Ding der Unmöglichkeit, in diesem Kaff etwas für sich zu behalten. Aber war es wirklich nötig, alle quasi gleich per Megaphon zu informieren? Zügig ging sie auf Miss Minnie zu.

Vielleicht konnte sie so verhindern, dass sie alle weiteren Details ihrer Abmachung quer durchs Restaurant schrie.

Die gespannte Erwartung, die sich deutlich sichtbar auf Miss Minnies Gesicht abzeichnete, entschädigte sie allerdings für die Indiskretion. Es war einfach unmöglich, jemandem böse zu sein, der an ihren Plänen so viel Anteil nahm.

„Habt ihr etwa bereits Wetten abgeschlossen, ob ich den Raum nehme oder nicht?", neckte sie die Patronin.

Die Disney Sisters führten das berühmt-berüchtigte schwarze Wettbüchlein und hüteten es wie ihren Augapfel. Jeder durfte eine Wette starten. Dabei war es ganz egal, ob es sich um den erwarteten Geburtstermin eines Babys, den ersten Schneefall des Jahres oder um den Zeitpunkt eines ersten Kusses handelte. Der Gewinner erhielt seinen Einsatz zurück und ein Essen für zwei Personen im Diner. Der Rest wurde für wohltätige Zwecke verwendet. Das konnte ein Stipendium für einen guten Schüler sein, aber auch die Bezahlung einer Arztrechnung, wenn jemand knapp bei Kasse war, oder die Bezahlung der Requisiten fürs Schultheater. Irgendjemand brauchte immer irgendetwas. Das war auch der Grund, dass die Wetten schon fast ein fester Bestandteil des sozialen Lebens waren, auch wenn es von Zeit zu Zeit immer wieder vorkam, dass ein paar ganz kleinkarierte Leute versuchten, diesem lasterhaften Brauch, wie sie es nannten, ein Ende zu setzen.

„Na klar. Was hast du denn geglaubt?"

Miss Minnies Augen wurden kugelrund, als wäre das die einzig logische Antwort. Was es wahrscheinlich auch war.

„Und? Worauf haben sie gewettet?"

„Natürlich darauf, dass du dir heute Nachmittag den Schlüssel bei mir abholst." Sie grinste verschmitzt und griff sich über ihrem ausladenden Busen in die Brusttasche ihrer Schürze. Dort hielt sie einen Moment inne.

„Stimmts oder habe ich recht?"

Vi lachte.

„Sie haben natürlich recht. Wie immer."

Zufrieden zog Miss Daisy den Schlüssel aus der Tasche und reichte ihn ihr.

„Hier. Hast du schon mit deinen Nachbarn gesprochen?"

Alleine schon der Gedanke an Gregory ließ sie rot sehen. Okay. Nicht nur der Gedanke an ihn. Auch ihre Reaktion auf seinen Kuss ärgerte sie. Wieso war sie nicht einfach völlig unberührt geblieben? Allerdings war das auch kein normaler Kuss gewesen. Sondern ein phantastischer Kuss. Unbewusst tastete sie mit ihren Fingerspitzen nach ihren Lippen.

„... Vi, sag mal, hörst du mir überhaupt zu?", fragte Miss Minnie stirnrunzelnd.

Ertappt blinzelte Vi.

„Sorry, ich war grad in Gedanken."

„Das merke ich." Sie verschränkte die Arme vor der Brust, was ihre gewaltige Oberweite noch mehr zur Geltung brachte. „Die Frage ist nur, welche Gedanken das waren."

Sie warf ihr einen berechnenden Blick zu.

„Ähm ...", stotterte Vi. Was war die beste Antwort auf diese Frage, ohne gleich wieder die gesamte Gerüchteküche zum Brodeln zu bringen?

„Hat das eventuell etwas mit dem neuen ..."

„Farbe", platzte Vi hastig heraus. „Und, äh ... Einrichtung." Nicht sehr einfallsreich, aber hoffentlich gut genug, um Miss Minnie von ihrem gefährlichen Gedankengang abzulenken. Sie war nämlich eine schrecklich schlechte Lügnerin. Sollte Miss Minnie Gregory auch nur erwähnen, würde sie bestimmt knallrot werden. Das war eben die Krux daran, an einem Ort zu leben, wo alle einen kannten. Das verhinderte den Gebrauch der üblichen Höflichkeitsfilter und machte jegliche Hoffnung auf ein wenig Privatsphäre zunichte. Sprich, jeder hatte das Gefühl, er könnte jeden alles fragen, egal, wie persönlich oder intim das Thema gerade war.

Miss Minnies Mundwinkel zuckten belustigt, während ihre Augen wissend funkelten.

„Hammer?“, schlug sie hilfreich vor.

Vi lachte, während ihre Gedanken natürlich unverzüglich zu Gregory und seinem *Hammer* wanderten. Eigentlich war es auch egal, wenn Miss Minnie erriet, woran sie gedacht hatte. Wen kümmerte das schon.

„Also gut. Ja. Ich habe Gregory getroffen. Und ja, er sieht gut aus. Es ist nur …“

Miss Minnie wartete geduldig ab, bis Vi nicht anders konnte, als mit dem Rest herauszuplatzen.

„Er will irgend so ein piekfeines Restaurant eröffnen.“ Sie runzelte die Stirn. „Seine Gäste sind offensichtlich so zartbesaitet, dass sie reihenweise in Ohnmacht fallen werden, wenn sie auf dem Weg in sein Edellokal an meinem Tattoo-Studio vorbeigehen müssen.“

„Das hat er gesagt? Was für ein Spießer!“

Die Entrüstung in Miss Minnies Worten wärmte ihr das Herz.

„Ja. Lächerlich, nicht wahr?“

„Und wie“, pflichtete sie ihr bei. „Auf solche Gäste kann er lange warten. Solche gibt es hier gar nicht.“ Sie tätschelte Vis Hand und hielt ihr erneut den Schlüssel vor die Nase. „Ich bin sicher, dein Laden wird ein Erfolg!“ Sie beugte sich verschwörerisch vor. „Ich werde auch deine erste Kundin.“

Vis Augen wurden groß. Alles hatte sie erwartet. Moralischen Support. Mund zu Mund Werbung, damit die VGI auch sichergehen konnte, dass sie ihren Kredit wieder zurückbekam. So was in der Art halt.

„Sie?“, fragte sie überrascht und nahm den Schlüssel entgegen.

Miss Minnie stieß ein bellendes Lachen aus, als sie den verwunderten Gesichtsausdruck der jüngeren Frau sah.

„Da staunst du, was?“

„Kann man wohl sagen! Ich finde das natürlich wunderbar", schob sie hastig hinterher.

Miss Minnie hob das Kinn und deutete in Richtung Küche. „Meine Schwester ist nicht die Einzige, die wild sein kann", verkündete sie mit einem trotzigen Zug um den Mund. „Sie tut gerne so, mit ihrem Rocker-Schrägstrich-Biker-Liebhaber."

Rivalität unter Schwestern verstand Vi nur allzu gut. Als Jüngste hatte sie jahrelang versucht, sich irgendwie von den beiden Großen abzuheben. Um endlich aus ihrem Schatten herauszutreten, war sie sogar um die halbe Welt gereist. Nicht, dass es etwas genützt hätte. Sie hatte immer noch das Gefühl, etwas aufholen zu müssen. Aber immerhin hatte sie die Reaktion inzwischen als das erkannt, was sie war, nämlich ein Überbleibsel aus ihrer Kindheit, und folgte nicht mehr jedem Impuls. Das hatte das Verhältnis zwischen ihr und ihren Schwestern extrem entspannt. Ganz befreien konnte man sich aber offenbar nie, dachte sie, als sie sich Miss Minnies Worte durch den Kopf gehen ließ.

„Ich hoffe, Ihre Schwester zu übertrumpfen ist nicht der einzige Grund für den Wunsch nach einem Tattoo", merkte sie vorsichtig an. Schließlich war so eine Tätowierung doch ziemlich dauerhaft.

„Pff", winkte Miss Minnie ab. „Natürlich nicht. Das ist nur ein netter Nebeneffekt!"

„Okay, alles klar. Was hatten sie sich denn vorgestellt?", fragte sie, ehrlich interessiert.

Vermutlich eine Rose. Oder ein Sternchen. Irgendetwas Kleines halt, vermutete sie.

„Ach, das verrate ich dir erst, wenn ich in deinem Studio sitze."

„Das ist aber gemein. So lange wollen Sie mich noch auf die Folter spannen?"

„Umso mehr ein Grund, unverzüglich mit dem Umbau zu beginnen", meinte Miss Minnie und tätschelte ihr die Schulter.

„Husch, husch. Wenn du dich beeilst, kannst du gleich heute Abend damit beginnen, die ersten Wände zu streichen."

Vi wusste, wann sie aufgeben musste. Zudem juckte es sie in den Fingern, den Laden endlich auch von innen zu sehen.

„Muss ich noch etwas unterschreiben? Den Erhalt des Schlüssels quittieren?"

„Nicht nötig. Inzwischen wissen sicher bereits alle VGI-Mitglieder, dass du dich für das Ladenlokal entschieden hast."

„Die berühmt-berüchtigte Buschtrommel", murmelte Vi sarkastisch und schüttelte den Kopf.

„Denk einfach darüber nach, wie viel du dadurch an Werbekosten sparen wirst."

Vi kaute auf ihrer Unterlippe.

„Auch wieder wahr. Also dann, bis bald einmal."

Miss Minnie winkte ihr zu und eilte zum nächsten Gast.

*

Der Schlüssel brannte Vi fast ein Loch in die Handfläche, so fest hielt sie ihn umklammert, als sie zurück zur Ladenzeile ging. Als sie endlich den Schlüssel ins Schloss steckte, kam sie nicht umhin, einen Blick ins Nebengebäude zu werfen. Eine einzelne Glühbirne hing von der Decke und beleuchtete einen leeren Raum. Gregory konnte sie nirgends entdecken. Was er wohl gerade machte? Ob er es auch nicht erwarten konnte, mit dem Umbau anzufangen? Streng ermahnte sie sich selber, dass sie das überhaupt nichts anging. Er hatte schließlich keine Zeit verloren, seiner Missbilligung für ihr Studio Ausdruck zu verleihen. Anscheinend hatte er nichts für Freigeister übrig, die nicht ganz der sozialen Norm entsprachen.

Als er dich küsste, war ihm das anscheinend egal, flüsterte die leise, ganz und gar unwillkommene Stimme der Erinnerung in ihrem Hinterkopf. Hitze schoss von ihrem Bauch zwischen ihre Beine und hoch zu ihrem Hals. Hastig steckte sie den Schlüssel ins Schloss und drehte ihn um. Lautlos schwang die Tür auf. Gespannt hielt Vi den Atem an, als sie nach dem Lichtschalter tastete.

Endlich fand sie ihn. Erst ertönte ein Summen, dann erwachte eine altmodische Stehlampe in der hinteren Ecke zum Leben und tauchte den Raum in ein freundliches, gedämpftes Licht. Fasziniert ließ sie ihren Blick von einer Wand zur nächsten gleiten, während das Strahlen auf ihrem Gesicht immer breiter wurde. Das kleine Lokal war perfekt. Sicher, der Boden und die Wände brauchten ein paar Streicheleinheiten. Aber das war kein Problem. Sie war insgeheim schon immer ein Do-it-yourself-Freak gewesen. Während ihrer Reisen in fremde Länder hatte sie sich verschiedene Fertigkeiten angeeignet, die ihr beim Aufhübschen des Raums bestimmt zugutekommen würden. Entgegen der weitläufigen Meinung hatte sie ihre Zeit im Ausland durchaus produktiv verbracht. Die meisten dachten, eine Weltreise wäre mit einer endlosen Ferienzeit gleichzusetzen. Als ob sie einen Goldesel im Gepäck gehabt hätte, dachte sie belustigt.

Hinter einem Vorhang entdeckte sie eine Nische, die eine Küchenzeile, einen Einbauschrank und die Tür zu einer winzigen Toilette beherbergte. Wieder kam ihr nur das Wort perfekt in den Sinn. Spontan griff sie nach ihrem Handy, schoss ein paar Fotos aus verschiedenen Blickwinkeln und schickte sie an ihre Schwestern.

Hier entsteht das neue Tattoo-Emporium von Independence.

Cool, textete Astrid umgehend zurück. *Ich freue mich für dich.*

Du bist natürlich meine zweite Kundin! Ich bestehe darauf.

Vi schmunzelte, als sie das schrieb. Trotz ihres Berufs als Apothekerin, bei dem sie öfter mit Spritzen in Kontakt kam, hatte Astrid insgeheim Angst vor Nadeln. Primär, wenn es sich um ihre eigene Haut handelte, die damit gestochen werden sollte.

Was heißt zweite Kundin?, kam es empört zurück. *Ist Anabelle etwa die erste?*

Amüsiert schüttelte Vi den Kopf. Anscheinend war sie nicht die Einzige, die ab und an noch einen Anflug der ehemaligen Geschwisterrivalität verspürte.

Nein. Miss Minnie, tippte sie schnell ins Telefon.

Miss Minnie?! Du machst Witze!

Wirklich. Ehrenwort!

Krass. Aber das ist natürlich in Ordnung.

Dann wollen wir also deinen Termin festlegen?

Termin?

Na, für deine Tätowierung.

Aaah. Stimmt. Kunden von dir lassen sich tätowieren. Jetzt, wo ich es mir überlege, bin ich leider komplett ausgebucht bis … hm … ins Jahr 2040.

Dein Bikerfreund wäre sicher begeistert, konnte sie es nicht lassen, ihre Schwester zu necken.

Der ist auch so begeistert.

Vi ließ das Handy sinken. Das war wohl wahr. Mouse, der belesene Biker, den sich ihre Schwester geangelt hatte, war Hals über Kopf in Astrid verliebt. Mit so einer Kombination hätte sie im Leben nie gerechnet. Ihre Schwester, der stille Bücherwurm und Streber, und der unnahbar wirkende Biker, der sein Geld mit dem Schreiben von Krimis verdiente. Eine Welle der Sehnsucht überkam sie. Jemanden zu haben, auf den man sich verlassen konnte, der das Leben alleine durch seine Anwesenheit erträglich machte, musste schön sein.

„Aber wir schaffen das auch allein!“, murmelte sie laut und legte beschützend eine Hand auf den flachen Bauch. Sie machte sich keine Illusionen, dass der Wurm sie verstehen könnte. Aber insgeheim hoffte sie, dass wenigstens das Gefühl ihrer Entschlossenheit zu ihm durchdrang.

Sie stopfte die letzten selbstmitleidigen Gedanken in den hintersten Winkel ihres Hirns und rappelte sich vom Boden hoch, wo sie sich während des Nachrichtenschreibens hingesetzt hatte. Das Ladenlokal war ein voller Erfolg. Jetzt musste nur noch die Wohnung passen, dann war sie für alles, was die Zukunft für sie bereithalten mochte, gewappnet.

4

Terry fluchte laut, als er sah, dass wieder einer seiner Praktikanten die Beilagen bei der nächsten Bestellung verwechselt hatte.

Danny, der dafür verantwortlich war, zog nur den Kopf ein und verschwand durch die Tür ins Lager. Sandra, die hinter einem Berg von Kartoffelschalen fast verschwand, stellte sich blind und taub.

Frustriert arrangierte er die Teller neu. Prompt fiel eine Gabel, die Danny liegengelassen hatte, zu Boden. Ein Grollen stieg aus seiner Kehle. Am liebsten hätte er Danny fristlos entlassen. Sandra gleich mit. Faules Pack, alle beide. Keiner wusste sein Genie zu schätzen. Er erlaubte sich einen Moment der Reue, als er daran dachte, wie er den einzigen vielversprechenden Hilfskoch vor ein paar Wochen hochkant rausgeschmissen hatte. Der vertraute Ärger stieg in ihm hoch. Grimmig knirschte er mit den Zähnen. Er hatte keine andere Wahl gehabt. Schlimm genug, dass die Gäste öfter nach dem Gregory-Special gefragt hatten als nach den Gerichten auf der Karte. Er hätte sich gar nie dazu überreden lassen sollen, Gregory die Möglichkeit zu geben, seine eigenen Gerichte auszuprobieren. Da die Kasse klingelte, hatte er das zähneknirschend in Kauf genommen. Doch dann hatte er plötzlich bemerkt, wie seine Freundin Lorena angefangen hatte, um den jungen Kerl herumzuschwänzeln. Nein. Es war wirklich besser so.

Ein lautes Klirren im Hintergrund ließ ihn zusammenfahren. Er schloss die Augen und rieb sich die Nasenwurzel, während er eine Reihe wütender Schimpfwörter auf seine unfähigen Angestellten niederprasseln ließ. Prompt schnitt sich Sandra in den Finger.

Klar. War ja logisch.

„Kannst du nicht besser aufpassen?"

Sandra erwiderte nichts. Stumm wickelte sie unbeholfen Küchenpapier um den blutenden Finger. Unbeteiligt sah er zu, bis es ihm zu blöd wurde.

„Los, hol dir ein Pflaster. Worauf wartest du noch? Du bist sowieso schon im Verzug mit deiner Arbeit."

Sie nickte furchtsam und verschwand in Richtung Angestelltenraum.

Danny, der, durch den Lärm angelockt, sein Versteck in der Vorratskammer verlassen hatte, machte Anstalten, ihr zu folgen.

„Wo willst du hin?", rief Terry ihm nach.

„Ihr helfen?", antwortete er unsicher. Es klang wie eine Frage. Als er Terrys Blick sah, zog er den Kopf ein und murmelte: „Oder auch nicht."

„Das schafft sie auch alleine. Ich hingegen wäre wirklich froh, wenn wenigstens einer von euch arbeiten würde!"

Danny duckte sich und nahm das Messer in die Hand.

*

Fünf Stunden und eine anstrengende Schicht später kam er zu Hause an. Im Wohnzimmer brannte Licht. Offenbar war Lorena noch wach. Müde schob er den Schlüssel ins Schloss und öffnete die Tür.

„Hallo", rief er ins Wohnzimmer. Keine Antwort. Nur das Geräusch des Fernsehers drang an sein Ohr. Ob sie wohl vor dem Fernseher eingeschlafen war? Fast hätte er es vorgezogen. Die Erschöpfung von dem langen Arbeitstag saß ihm in den Knochen. Lorena hingegen hatte den Tag vermutlich auf der Couch verbracht. Oder beim Shoppen, dachte er, als ihm eine weitere Kreditkartenrechnung in die Hände fiel. Seine Augen wurden groß, als er den Betrag las. Ohne weiter darüber nachzudenken, stürmte er ins Wohnzimmer. Zu seiner Überraschung war sie wach und starrte wie hypnotisiert in den Bildschirm.

„Sag mal, spinnst du eigentlich?“, warf er ihr anstelle einer Begrüßung an den Kopf.

„Was?“, fragte sie, ohne die Augen von dem Fernseher zu lösen.

Terry sah rot. In zwei großen Schritten durchquerte er das Wohnzimmer und stellte das Gerät kurzerhand ab.

Das brachte Leben in Lorena.

„He! Das wollte ich gerade schauen!“

Terry ignorierte sie und wedelte stattdessen mit den Papieren vor ihrer Nase rum.

„Kannst du mir das erklären? Was soll das!“

Sie warf einen kurzen Blick darauf und zuckte dann gelangweilt mit den Schultern.

„Ach, das.“

Ungläubig starrte er sie an.

„Ist das alles, was du dazu zu sagen hast?“

Er musste sich richtig Mühe geben, um nicht zu schreien. Sein Restaurant lief in letzter Zeit immer schlechter, die guten Besprechungen in den Zeitungen waren schon eine Weile ausgeblieben, und Lorena hatte nichts Besseres zu tun, als Schulden anzuhäufen?

„Was soll ich schon dazu sagen? Du weißt, dass ich schöne Dinge brauche.“

Sie zog einen Schmollmund.

Seine Hände zitterten, als er ihr die Rechnung in den Schoß warf.

„Dann schlag ich vor, dass du dir einen Job suchst. Ich habe nämlich kein Geld übrig für *schöne Dinge*!“

Diese Information entlockte ihr endlich eine Reaktion. Ihr Gesicht verzog sich zu einer Fratze, und sie setzte sich auf.

„Wie meinst du das, du hast kein Geld übrig?“

Müde ließ er sich am gegenüberliegenden Ende auf die Couch fallen. Er war das alles so leid. Der tägliche Kampf, erfolgreich zu sein, zermürbte ihn. Dabei war es noch gar nicht lange her, da war er der Liebling der Gastro-Experten gewesen. Die hartnäckige Stimme in seinem Hinterkopf, die ihn hämisch darauf hinwies, dass das alles Gregorys Verdienst gewesen war, ignorierte er. Das war gar nicht möglich. Gregory war nur ein Hilfskoch gewesen. Kein richtiger Koch wie er.

„Genau so, wie ich es sage. Das Restaurant läuft schlecht. Ich weiß nicht, wie lange ich es noch halten kann.“

„Das ist alles deine Schuld“, keifte Lorena und stürzte sich mit ausgestreckten Händen, die Finger wie zu Krallen geformt, auf ihn.

Im letzten Moment drehte er den Kopf zur Seite und entging ihren langen, scharfen Fingernägeln. Als er seine Überraschung überwunden hatte, griff er blitzschnell nach ihren Handgelenken und hielt sie fest.

„Wie meinst du das genau? Was ist alles meine Schuld?“

„Du hast keine Ahnung, was?“, höhnte sie. „Der große Starkoch! Dass ich nicht lache! Die guten Kritiken sind ab dem Moment eingetrudelt, wo du Gregory eingestellt hattest. Ist dir das noch nicht aufgefallen?“

Als ihre Worte genau das bestätigten, was er insgeheim befürchtet hatte, aber sich zu glauben weigerte, verstärkte er seinen Griff um ihre Handgelenke. Irgendwo in seinem Kopf hörte er ein hämisches Lachen. Grimmig knirschte er mit den Zähnen und versuchte beides abzublocken.

Lorena zuckte zusammen. Er tat ihr weh, doch sein geschockter Gesichtsausdruck tröstete sie darüber hinweg. Gespielt mitleidig schüttelte sie den Kopf.

„Jetzt, wo er weg ist und die Leute langsam, aber sicher feststellen, dass dein Essen im Gegensatz zu den Preisen nur durchschnittlich ist, weil der wahre Sternekoch weg ist, jammerst du rum."

Sie entwand ihm ein Handgelenk, führte ihren Daumen und Zeigefinger dicht zusammen und hielt sie ihm vor die Nase.

„Ich war so dicht dran", zischte sie, „so dicht dran, ihm seine Geheimnisse zu entreißen. Aber nein, du musstest ja deinen inneren Neandertaler rauslassen und ihn feuern."

„Aber du … er!" Terry versuchte, in dem Gehörten einen Sinn zu finden. Ohne Erfolg. „Welche Geheimnisse?"

„Das weißt du nicht? Es ging mir nie um ihn, du Blödmann! Auch wenn ich ihn nicht von der Bettkante gestoßen hätte", fügte sie fast nachdenklich hinzu. „Es ging mir um das Rezeptbuch."

Terry konnte sie nur anstarren. Zu viel war in den letzten Minuten auf ihn eingeprasselt. Die Beleidigungen und Andeutungen wirbelten durch seinen Kopf und flüsterten wie Geister unablässig auf ihn ein. Was für ein Rezeptbuch? Welche Geheimnisse mochte es wohl enthalten, wenn Lorena bereit gewesen war, dafür mit ihm ins Bett zu gehen? Eine ganze Menge, vermutete er. Lorena interessierte sich nur für Lorena. Da machte er sich nichts vor. Grob schob er sie von sich runter und stand auf.

„Wo gehst du hin?", fragte sie, als er seine Autoschlüssel von der Kommode nahm.

„Raus. Ich muss nachdenken", antwortete er knapp.

„Dann sieh zu, dass du zum richtigen Schluss kommst", rief sie ihm drohend hinterher. „Sonst bin ich nämlich weg."

„Das wäre vielleicht nicht das Schlechteste", murmelte er vor sich hin und schlug die Tür hinter sich zu. Jetzt, wo er Bescheid wusste, würde er sich höchstpersönlich um die Beschaffung dieser Rezepte kümmern. Wenn er erst wieder auf dem Weg an die kulinarische Spitze war, würde er Lorena ganz bestimmt nicht mitnehmen.

*

Lorena starrte mit zusammengekniffenen Augen die Tür an, durch die Terry verschwunden war. Zu blöd, dass ihr hitziges Temperament mit ihr durchgegangen war. Sie hatte nicht vorgehabt, ihm etwas von den Rezepten zu erzählen. So wie sie ihn kannte, würde er unverzüglich versuchen, diese in die Finger zu bekommen. Nachdenklich kaute sie auf ihrer Unterlippe. Vielleicht würde sich ihr loses Mundwerk als positiv erweisen. Wenn sie es richtig anstellte, würde Terry sie direkt zu den Rezepten führen. Sie lächelte zufrieden. Wenn es so weit war, würde sie bereit sein und ihm die wertvolle Fracht abnehmen.

*

Am nächsten Tag machte sich Vi auf den Weg, die Wohnung über der Buchhandlung anzuschauen. Gestern hatte sie es nicht mehr geschafft. Nachdem sie per Zufall ihre Schwester Anabelle getroffen hatte, hatten sie gemeinsam Astrid abgeholt und anschließend auf der Stone Ranch Vis Start in die Selbständigkeit gefeiert. Ein richtig schöner Abend, auch wenn sie sich wegen dem Wurm auf Traubensaft hatte beschränken müssen. Immerhin hatte sie sich so den Kater erspart, unter dem ihre beiden älteren Schwestern heute ganz offensichtlich litten. Allerdings nicht die Übelkeit. Sie legte eine Hand auf ihren Magen, der sich immer noch ziemlich flau anfühlte. Eigentlich hatte sie gehofft, dass ihr die Morgenübelkeit erspart bleiben würde. Mehr als eine Stunde hatte sie zwischen Kloschüssel und Waschbecken verbracht. Jedes Mal, wenn sie gedacht hatte, es sei vorbei und versucht hatte aufzustehen, hatte ihr Magen protestiert. Erst als ihr Astrid ein Stück Zwieback und Pfefferminztee ins Badezimmer gebracht hatte, hatte er sich beruhigt.

Voll gespannter Erwartung betrat sie den Buchladen und sah sich neugierig um. Endlos scheinende, dicht mit Büchern bestückte Holzregale reihten sich aneinander. Da und dort verriet ein farbiges Schild, dass an dieser Stelle ein Bestseller, ein Klassiker oder eine Neuerscheinung zu finden war. Am Ende jedes Ganges fand sich ein Lehnstuhl, der dazu einlud, sich für ein paar Minuten niederzulassen oder in einem Buch zu schmökern. Eine tolle Idee. Es juckte sie in den Fingern, sich das neue Buch ihrer Lieblingsautorin, das sie gerade entdeckt hatte, zu schnappen und für ein paar Stunden in einer der gemütlichen Leseecken mit einer Tasse Tee den Herausforderungen der kommenden nächsten Wochen zu entfliehen.

Mit einem letzten sehnsüchtigen Blick auf das Buch und dem festen Vorsatz, es bei der nächstbesten Gelegenheit zu holen, ging sie weiter, bis sie beim Tresen ankam. Vor der Kasse stand eine erstaunlich lange Schlange älterer Frauen. Was machten die alle hier?

Charlie, die Inhaberin der Buchhandlung, wirkte leicht gestresst, als sie ihr zuwinkte.

„Ich habe gerade keine Zeit …“, sie gestikulierte etwas hilflos in die Richtung der wartenden Frauen.

„Kein Problem …“

Charlie unterbrach sie.

„Ich habe Kat angerufen. Sie sollte gleich hier sein. Dann kann sie dir die Wohnung zeigen.“

„In Ordnung.“

Wieder sich selbst überlassen, trugen sie ihre Füße wie von selbst zu dem Regal mit dem Liebesroman zurück. Sie zog es aus dem Regal, überflog den Klappentext und steckte es sich unter den Arm. Jetzt hatte sie wenigstens am Abend etwas zum Lesen. Das würde sie hoffentlich davon abhalten, in vollen Panikmodus zu verfallen. Es geschah schließlich nicht jeden Tag, dass man selbständige Unternehmerin wurde. Die schiere

Ungewissheit und all die Dinge, die sie noch erledigen musste, bevor sie starten konnte, erdrückten sie fast.

Die Glocke über der Tür klingelte, als Kat Orlow in den Laden trat. Die langen schwarzen Haare hatte sie zu einem unordentlichen Pferdeschwanz zusammengebunden. Ihre hellblauen Augen blickten sich suchend um, bis sie bei Vi anlangte. Wollte sie etwa zu ihr?

Blitzschnell versuchte sich Vi in Erinnerung zu rufen, was sie über Kat wusste. Ursprünglich auch aus Seattle wie Jaz, war sie irgendwann in den letzten Jahren ebenfalls nach Independence gezogen. Mittlerweile lebte sogar ihre aus Russland stammende Mutter hier und war komplett in die Gemeinschaft in Independence aufgenommen worden. Kat selber war inzwischen mit einem der Carter-Brüder liiert. Dem Hockeyspieler, wenn sie sich richtig erinnerte. Aus Überzeugung hatte sie den Safe Haven, das örtliche Tierheim, ins Leben gerufen. Finanziert wurde es durch Spendengelder. Zusätzlich erstellte sie Trainingsvideos für Hundebesitzer und betrieb eine kleine Hundepension.

Vi klemmte sich ihr Taschenbuch unter den Arm und machte sich gedanklich eine Notiz, damit sie nachher nicht vergaß, es bei Charlie zu bezahlen, bevor sie Kat entgegentrat.

„Hey Kat. Danke, dass du dir die Zeit nimmst, mir die Wohnung zu zeigen. Oder hast du dich freiwillig gemeldet, um gleichzeitig einen Termin in meinem Tattoostudio auszumachen?“, scherzte sie.

Kat grinste etwas verlegen, während sie das große, unkenntliche Etwas, das mit einem weißen Laken abgedeckt war, von einer Hand in die andere wechselte.

„Mit dem Gedanken habe ich auch schon gespielt“, gab sie zu. „Aber ich brauche noch ein Weilchen, bis ich genügend Mut aufbringe.“

„Kein Problem. Eine Tätowierung ist nicht für jeden was. Du hast nur so ausgesehen, wärst du auf einer Mission.“

„Das stimmt. Ich bin hier, weil mich Charlie gebeten hat, dir die Wohnung zu zeigen."

Sie deutete mit dem Kinn in Richtung Kasse.

„Jedes Mal, wenn der Strickclub aufs Neue auf die Idee kommt, zusätzlich ein Buchclub zu sein, hat sie beide Hände voll zu tun."

„Aufs Neue?"

„Entweder man trifft sich, um Bücher gemeinsam zu besprechen, oder eben nicht. Anscheinend kriegen sie sich immer wieder in die Haare, wie jetzt das Buch zu interpretieren ist, sodass sie das Projekt wieder aufgeben und sich nur noch dem Stricken widmen. Ein paar Monate später starten sie einen neuen Anlauf. Dazu brauchen sie aber jedes Mal neue Bücher, weil die alten ja schon zu Streit geführt haben."

„Aaah", antwortete Vi, als würde sie die Logik dahinter verstehen. Was sie nicht tat. Vermutlich war sie einfach nicht alt genug.

„Genau. Deshalb musst du jetzt mit mir vorliebnehmen."

„Kein Problem. Ich freue mich."

Sie deutete auf das Ding in Kats Hand.

„Willst du das hierlassen? Es sieht schwer aus."

„Nein, nein", antwortete Kat hastig. „Das ist für dich. Es gehört sozusagen zur Wohnung."

Vi beugte sich vor und wollte ihr die Last abnehmen. Doch Kat brachte es geschwind aus ihrer Reichweite. Okay? Na gut, dann halt nicht.

„Dann lass uns gehen. Die Treppe rauf?", fragte sie stattdessen und deutete in den hinteren Bereich des Ladens, wo eine alte Holztreppe in den oberen Stock führte.

„Genau."

Vor der Tür angekommen zog Kat einen Schlüssel aus ihrer Jeans und reichte ihn ihr.

„Hier. Du darfst dein zukünftiges Zuhause selber aufschließen."

Vi grinste.

„Toll. Gestern das Studio, heute die Wohnung … Wenn die Wohnung auch so toll ist wie das Studio, bin ich ein richtiger Glückspilz."

Kat schenkte ihr einen rätselhaften Blick, den sie nicht entziffern konnte. Sie zuckte mit den Schultern und schob die Tür auf.

Ein paar Minuten später drehte sie sich strahlend im Wohnzimmer um die eigene Achse. Sie konnte ihr Glück kaum fassen. Die Wohnung war nicht sehr groß, um nicht zu sagen winzig. Sie hatte zwar drei Zimmer und eine Küche, doch die einzelnen Räume waren recht klein. Dennoch gemütlich. Einzig die Küche war großzügig angelegt. Allerdings nahm ein seltsamer, mit Draht verschlossener Schrank ein Drittel des Raumes ein. Das Ding war mindestens zwei mal zwei Meter groß. Vielleicht konnte sie das Ding abbauen und einen Tisch dort hinstellen? Nachher würde sie sich das Konstrukt genauer ansehen. Vorher interessierte sie sich mehr für den Backofen und den Kühlschrank.

Abgesehen von dieser Kleinigkeit war die Wohnung perfekt. Perfekt für sie und den Wurm. Sie würden hier zu zweit wunderbar miteinander zurechtkommen.

Ein urtümliches Krächzen erschallte aus der Küche. Hatte sich Kat irgendwo eingeklemmt? Alarmiert stürzte sie über den schmalen Gang in die Küche.

„Alles in O … Was um Himmels willen ist denn das?!"

Ungläubig starrte sie auf den riesigen Käfig, der unter dem Bettlaken verborgen gewesen war. Eine dumpfe Vorahnung machte sich in ihr breit. „„Nein, nein, nein", murmelte sie vor sich hin, während ihre Augenbrauen immer weiter nach oben wanderten.

„Nicht was, sondern wer", korrigierte Kat sie. „Das ist Jack. Ein Graupapagei."

Ein Graupapagei. Als würde das alles erklären.

„Und was macht er da?“, platzte Vi heraus.

„Er wohnt hier.“

„Hier?“

Kat nickte.

„Aber … ich dachte, die Wohnung sei für mich?“

„Na klar. Er ist nur dein Hausgast.“

„Von einem Papagei stand aber nichts im Mietvertrag“, argumentierte sie schwach. „Überhaupt, der ist ja riesig. Hattest du keine Wellensittiche im Angebot?“

„Keine Angst“, antwortete Kat, sie absichtlich missverstehend. „Er bleibt nicht lange alleine. Das Weibchen, das wir für ihn ausgesucht haben, ist bereits unterwegs.“

„Bereits unterwegs?“, wiederholte Vi und klang dabei selber fast wie ein Papagei. Na großartig. Das hieß offensichtlich, dass in Kürze nicht nur einer, sondern gleich zwei dieser gefiederten Gesellen in ihrer Küche wohnen würden. Der Vogel mit dem grauen Gefieder und den leuchtend roten Schwanzfedern beobachtete sie abwartend mit seinen Knopfaugen. Plötzlich öffnete er den Schnabel, reckte den Kopf ein wenig nach vorn und krächzte.

„Heiße Schnalle! Bring mir ein Bier. Dalli, dalli!“

Entgeistert starrte sie den Vogel an, der auf seinem Ast von einem Bein aufs andere trat und sie erwartungsvoll anblinzelte, als hätte er gerade etwas Großartiges geleistet. Hatte er ja auch. Sie konnte es nur gerade nicht richtig schätzen.

„Bitte was?“

„Keine Sorge. Das Sprechen sollte weniger werden, sobald er eine Gefährtin hat“, unterbrach Kat ihre Unterhaltung mit dem Federvieh. „Andererseits kannst du froh sein, wenn er spricht.“

„Froh sein, wenn er mir unflätige Schimpfworte an den Kopf wirft?“

„Ja. Solange er spricht, schreit er nicht. Glaub mir, sprechen ist definitiv vorzuziehen. Vielleicht kannst du ja sein Vokabular erweitern?“ Ohne ihr eine Chance zu geben, etwas auf den Vorschlag zu erwidern, fuhr sie fort: „Gefällt dir die Wohnung?“

„Die Wohnung? Ja. Die Wohnung ist toll. Aber …“ Sie deutete etwas hilflos auf den Käfig.

„Jack darf heute noch in seine Voliere übersiedeln“, erklärte Kat, als wäre das selbstverständlich, und deutete auf die Drahtkonstruktion. „Hier ist die Pflegeanleitung.“ Sie drückte Vi einen dicken Stapel Zettel in die Hand. „Alles Nötige findest du in den zwei Umzugskartons. Ich muss leider los.“

„Warte … Kann ich nicht die Wohnung ohne Vögel haben? Ich meine, ich habe keine Ahnung, was so ein Vogel braucht.“

„Ich habe keinen anderen, der sich um sie kümmern kann. Zudem haben wir hier extra die Voliere installiert.“ Sie zuckte entschuldigend mit den Schultern. „Die Wohnung kommt mit den Vögeln. Zudem …“

„Ja?“

„In dem Vertrag der VGI gibt es im Kleingedruckten eine Klausel, welche dich verpflichtet, dem Safe Haven in Notzeiten auszuhelfen.“

„Kaum zu glauben, dass ich dich eigentlich mal ganz nett gefunden habe“, murrte Vi.

„Keine Sorge, das kommt schon wieder“, versicherte ihr Kat zuversichtlich. Für ihre Tiere war sie gerne bereit, vorübergehend auf jemandes schwarzer Liste zu stehen. Im Normalfall legte sich das, sobald sich die Leute in ihre Tiere verliebten. Auch bei Vi würde das nicht lange dauern.

Einstweilen verschwand sie besser. Meist brauchten die Leute einen Moment, um sich an die neuen Umstände zu gewöhnen. Sie ließ den Transportkäfig auf dem Boden stehen und verabschiedete sich mit einem hastig gemurmelten Gruß, bevor sie aus der Tür schlüpfte.

Plötzlich allein, beäugten sich Vi und der Vogel misstrauisch. Der Papagei legte den Kopf schräg und blinzelte, bevor er anfing, sich die Federn zu putzen. Ab und zu unterbrach er seine

Tätigkeit und krächzte ein Wort. Eines unverschämter als das andere. Zimtzicke. Heiße Schnalle. Oder Hopp, Hopp, ein anderer seiner Lieblingsausdrücke. Sie wollte gar nicht wissen, in welchen Verhältnissen er gelebt hatte, dass er all diese Wörter aufgeschnappt hatte. Jetzt, wo sich die erste Überraschung etwas gelegt hatte, regte sich in ihr Mitleid für den Vogel. Armer Kerl. Kat hatte ihn vermutlich aus elenden Verhältnissen gerettet. Soviel wusste sie über Kats Arbeit.

„Heiße Schnalle. Bring mir ein Bier", wiederholte er den Satz von vorhin.

Vi verdrehte die Augen, ihr aufkeimendes Mitleid war vorübergehend verflogen. Sie starrte auf die Papiere in der Hand. Anscheinend war das für die artgerechte Haltung von Papageienvögeln notwendige Wissen ähnlich komplex wie die Grundlagen der Quantenphysik. Mit einem ergebenen Seufzer ließ sie sich auf den Boden sinken und begann die mannigfaltigen Anweisungen zur artgerechten Haltung von Papageienvögeln zu lesen.

5

Gregory schnappte sich die Leine. Julia, die immer ganz genau wusste, ob sie im Hotelzimmer warten musste oder mitkommen durfte, stand wedelnd neben ihm und schaute ihn erwartungsvoll an.

„Ja, natürlich darfst du mitkommen“, informierte er sie und strich ihr über das raue Fell. „Wir gehen in den Park. Dort warten schon deine Freunde, die Enten, auf dich.“

Als hätte sie ihn verstanden, drehte sie sich einmal um die eigene Achse und stieß ein begeistertes Bellen aus. Die beigefarbene Mischlingshündin begleitete ihn, seit er sie vor fünf Jahren hinter den Müllcontainern des Restaurants, in dem er damals gearbeitet hatte, gefunden hatte. Damals war sie ein mageres kleines Ding gewesen, das nach allem und jedem geschnappt hatte. Vom ersten Augenblick an hatte er eine seltsame Verbindung zu dem heimatlosen Hund verspürt. Drei Kilogramm Fleischreste und eine Woche später, die er auf den Knien in besagtem Hinterhof verbrachte, hatte sie sich zum ersten Mal anfassen lassen. Zugegeben, es war nicht immer einfach gewesen, ihr gerecht zu werden. Die Arbeitstage als Hilfskoch waren lang und in keiner Weise darauf ausgelegt, Zeit für einen Hund zu haben. Überraschenderweise hatte sich sein Vater, zu dem er ein eher angespanntes Verhältnis hatte, bereit erklärt, auf sie aufzupassen, nachdem er sie ein paarmal getroffen hatte.

Sein Entschluss, nach Independence zu ziehen, hatte seinen Vater hart getroffen. Weniger, weil er dann seinen Sohn nicht mehr regelmäßig sehen, sondern weil er die aufgeweckte Hündin vermissen würde, wie Gregory insgeheim vermutete. Er hatte ihm vorgeschlagen, sich doch einen eigenen Vierbeiner anzuschaffen. Die Antwort auf diesen Vorschlag war ein unbestimmtes Grunzen gewesen. Nachdem es kein definitives Nein gewesen war, war er guter Hoffnung, dass sein Vater es vielleicht in Betracht ziehen würde. Während er die Hauptstraße überquerte – es überraschte ihn nach den verkehrsreichen Straßen in Los Angeles immer noch, dass das möglich war, ohne Leib und Leben zu riskieren – machte er sich gedanklich eine Notiz, im Diner nach einem Hundesitter zu fragen. Solange er am Renovieren war, konnte Julia gerne mitkommen. Aber später, wenn er tagtäglich in der Küche stand, konnte er sie leider beim besten Willen nicht mitnehmen.

Im Park angekommen, ließ er Julia von der Leine. Sofort stürzte sie begeistert auf den kleinen, künstlich angelegten See zu und stöberte nach Enten. Nachdem er wusste, dass sie sich damit zufriedengeben würde, sie von ihrem Ruheplatz aufzuscheuchen und nicht ernsthaft jagte, ließ er sie gewähren.

Die Sonne im Gesicht, hob er seine Nase in den Wind und atmete befreit auf. Bis jetzt war seine Entscheidung hierherzukommen ein voller Erfolg. Gestern hatte er bereits die ersten Maschinen im Baumarkt gemietet und Materialien wie Farbe, Pinsel und anderes Werkzeug gekauft. Voller Euphorie hatte er die Räume ausgemessen und seine Küche gedanklich eingerichtet. Mit diesen Informationen in der Hand hatte er sich an den Computer gesetzt und ein Vermögen ausgegeben, während er die nötigen Geräte und Arbeitsflächen zusammengestellt und bestellt hatte. In zwei Wochen wurde alles geliefert. Bis dahin musste er den Rest geschafft haben. Er war zwar kein Handwerker, war aber zuversichtlich, sich das nötige Wissen mit Hilfe von Do-it-yourself-Videos aneignen zu können. Wir schwer konnte es schon sein, ein paar kosmetische Renovierungen vorzunehmen?

Er konnte es nicht erwarten anzufangen. Voller Tatendrang nahm er seinen Spaziergang wieder auf. Julia gesellte sich zu ihm. In der Schnauze trug sie einen gewaltigen Ast, der offensichtlich eine Weile im Wasser gelegen hatte. Er bückte sich, um ihn ihr abzunehmen. Die Mischlingshündin verstand seine Geste als eine Aufforderung zum Spiel und rannte um ihn herum. Prompt blieb sie mit dem einen Ende an seiner Kniekehle hängen. Gregory jaulte auf. Erschrocken ließ sie den Ast fallen und versuchte besorgt, an ihm hochzuspringen.

Während er mit einer Hand die schmerzende Stelle rieb, versuchte er mit der anderen Julias enthusiastische Trostversuche, oder was auch immer sie damit bezweckte, abzuwehren.

„Ist ja gut. Ich lebe noch. Knapp."

Trotzdem konnte er nicht verhindern, dass sie ihm ein paar Mal quer übers Gesicht leckte. Hinter ihm erklang ein ersticktes Lachen. Na großartig. Jetzt hatte er auch noch Publikum. Innerlich stöhnend drehte er sich um, bereit, den amüsierten Zaungast zu begrüßen. Möglicherweise war es ja ein zukünftiger Gast. In einem so kleinen Ort war es sehr empfehlenswert, sich mit den Einwohnern gut zu stellen.

Als er entdeckte, wer ihn bei seinem Zusammenstoß mit dem Baum, der sich als Stöckchen verkleidet hatte, und seinem Kuschelmonster von Hund beobachtet hatte, musste er sich zusammenreißen, um nicht genervt die Augen zu verdrehen.

Natürlich war es Vi, die das Ganze beobachtet hatte. Wer denn sonst. Er bemühte sich darum, eine möglichst unbeteiligte Miene aufzusetzen, und schenkte ihr ein höfliches Lachen.

„Auch unterwegs an diesem schönen Morgen?"

Vis linke Augenbraue wanderte nach oben. Wenn sie nicht gerade mit eigenen Augen gesehen hätte, wie er mit seinem Hund herumalberte, hätte sie vermutlich irgendetwas Sarkastisches geantwortet. Der Mann war ein wandelnder Widerspruch. Er sah aus wie der Teufel persönlich, sündhaft gut und äußerst verführerisch, liebte offensichtlich Hunde, und gleichzeitig verhielt er sich, als gäbe es einen Preis in der Kategorie „größter Spießbürger" zu gewinnen. Wirklich schade, dachte sie, während sie einen anerkennenden Blick über seine kurz geschnittenen braunen Haare, die ausgeprägten Gesichtszüge mit dem markanten Kinn, die breite Brust und die schmalen Hüften warf. Selbst seine stahlblauen Augen schienen nicht so richtig zu wissen, was sie wollten. Der Ausdruck in ihnen wechselte fließend zwischen widerwilliger Bewunderung und Ablehnung hin und her.

Die unverhohlene Abneigung und sein offensichtlicher Widerwille, sich seine Faszination einzugestehen, reizten sie. Ehrlich, bestimmt wäre es viel gesünder, der Chemie, die ganz offensichtlich zwischen ihnen herrschte, nachzugeben und miteinander ins Bett zu gehen. Anschließend konnten sie immer noch dazu übergehen, einander zu ignorieren. Leider schien sein Plan eher in die Richtung zu gehen, sie gleich zu ignorieren und den Teil mit dem Sex zu überspringen. Schade eigentlich. Während ihre neu gefundene, vernünftige Seite erleichtert aufatmete und das mit dem Ignorieren als hervorragende Idee befand, saß auf ihrer Schulter ein kleines Teufelchen und flüsterte ihr alle möglichen Dinge ins Ohr, die sie tun oder sagen könnte, um den schönen Mann von ihrer Sicht der Dinge zu überzeugen.

Nachdem das Teufelchen ein alter Freund und die Vernunft eher eine neue, noch nicht sehr gefestigte Bekanntschaft war, gewann das Teufelchen. Sie grinste in sich hinein, als sie den Abstand zwischen ihnen überwand und sich bückte, um den bezaubernden Hund zu streicheln. Dass sie dabei darauf achtete, mit dem Rücken zu ihm zu stehen, sodass er einen ausgezeichneten Blick auf ihren Hintern hatte, war natürlich purer Zufall. Dass sie zufälligerweise ihre Lieblingsjeans trug, die wie eine zweite Haut saßen, schadete auch nicht.

Gregory war wie gelähmt und konnte seine Augen nicht von ihrem festen, runden Hinterteil lösen. Es sollte verboten sein, so gutsitzende Jeans zu tragen. Wie sollte Mann da noch einen klaren Gedanken fassen können? Er unterdrückte den Drang, sich ebenfalls zu bücken und hineinzubeißen. Es half auch nicht, dass sie ein loses Tanktop trug, das ihm einen großzügigen, seitlichen Einblick auf die sanfte Rundung ihrer kleinen Brüste bot. Der Sport-BH, den sie darunter trug, sorgte dafür, dass sie komplett angemessen gekleidet war. Das hielt sein Hirn allerdings nicht davon ab, sie gedanklich auszuziehen. Was war noch mal der Grund, weshalb es eine schlechte Idee war, sie in sein Hotelzimmer zu entführen? Es wollte ihm beim besten Willen nicht einfallen.

Inzwischen hatte sich Vi in die Hocke begeben und kraulte Julia hinter den Ohren. Den halbgeschlossenen Augen seiner Hündin nach war sie eine Kraulexpertin. Natürlich fragte er sich nach dieser Feststellung sofort, wie sich ihre Hände wohl auf seinem Körper anfühlen würden.

In diesem Moment hob Julia den Kopf und leckte Vi einmal quer übers Gesicht. Gregory verspannte sich innerlich, überzeugt davon, dass Vi sich angeekelt abwenden würde.

Entgegen seinen Erwartungen lachte sie nur und schob die übereifrige Hundeschnauze freundlich, aber bestimmt zur Seite.

„Nicht so schnell, meine Süße", murmelte sie. „Normalerweise lass ich mich erst auf einen Drink einladen, bevor ich zu Zungenküssen übergehe."

Gregory blinzelte überrascht. Nahmen die Wunder denn kein Ende? Abgesehen davon, wie gut sie aussah, war sie auch noch tierlieb und hatte offensichtlich Sinn für Humor. Wenn da nur nicht ihr Beruf wäre. Er legte die Stirn in Falten, als er sich vorstellte, wie sie fremden Männern den Hintern tätowierte. Sein Hals wurde eng, und er ballte seine Hände zu Fäusten. Diese Vorstellung gefiel ihm gar nicht. Noch ein Grund mehr, weshalb sie ihr Tattoo-Studio dringend irgendwo anders, nur nicht neben seinem Restaurant, eröffnen durfte. Sie würde ihn wahnsinnig machen. Es war ihm durchaus bewusst, dass ihn das alles überhaupt nichts anging. Doch er weigerte sich stur, das anzuerkennen.

Julia hingegen wedelte bei Vis Worten, als wären das die besten Neuigkeiten, die sie seit dem Frühstück gehört hatte. Möglicherweise hing es auch damit zusammen, dass Vi sie immer noch kraulte. Diesmal an ihrer Lieblingsstelle am Rücken. Gregory konnte sie nur zu gut verstehen. Er war selber versucht, sich vor Vis Füßen auf den Rücken zu werfen, nur um herauszufinden, ob sie ihm dann den Bauch kraulen würde. Oder andere Körperteile in der unmittelbaren Nähe. Es war einfach unfair. Er unterdrückte ein Stöhnen, als ihm bewusst wurde, dass er eifersüchtig war. Auf seinen eigenen Hund. Die Frau war eine Gefahr für die Allgemeinheit. Oder zumindest für die männliche Population.

Vi hob den Kopf. Shit. Hatte sie das unterdrückte Stöhnen etwa gehört? Dem amüsierten Blitzen in ihren blauvioletten Augen nach war es sehr wahrscheinlich. Er musste dringend hier weg, dachte er panisch.

Den letzten Rest seiner angeschlagenen Würde zusammenkratzend, nickte er Vi steif zu und pfiff nach Julia. Die Mischlingshündin löste sich nur widerstrebend von ihrer neuen besten Freundin. Treulose Seele, dachte er, auch wenn er ihr Zögern völlig verstehen konnte. Himmel. Seine Gedanken und Gefühle waren ein heilloses Durcheinander. Besser gesagt, er war ein heilloses Durcheinander. Vielleicht konnte er sie davon überzeugen, auszuwandern? Nach Europa oder so? Hauptsache, weit weg.

*

Vi schaute ihm nach, als er nach einem knappen Gruß mit langen Schritten vor ihr flüchtete. Sie gestattete sich ein zufriedenes Lächeln. Das hatte ja hervorragend geklappt, dachte sie. Nur schade, dass er ihre wortlose Einladung nicht angenommen hatte. Aber nachdem sie Nachbarn sein würden – sie schnitt eine Grimasse, als sie an sein Entsetzen dachte, als er das herausgefunden hatte – würde sich bestimmt bald wieder eine Gelegenheit ergeben, ihn von ihrer Sicht der Dinge zu überzeugen. Bis dahin würde sie sich mit ihrem Liebesroman begnügen. Oder ihrem Vibrator. Und einer kalten Dusche. Sie grinste. Immerhin bot er eine willkommene Abwechslung. Es gelang ihm hervorragend, sie von all ihren Sorgen und Vogelproblemen abzulenken. Apropos Vogel. Der kleine Scheißer! Es wurde Zeit, Kat einen Besuch abzustatten und mit ihr ein ernstes Wort zu reden.

*

„Hallo!“, rief Kat und begrüßte Vi mit einem Lächeln, während sie mit eisernem Griff eine Ziege am Halsband festhielt.

„Äh, brauchst du Hilfe?“, fragte Vi, hielt aber vorsichtshalber die Autotür zwischen sich und der Ziege.

„Nein, nein. Ich muss den Ausbrecherkönig hier nur zurück in sein Gehege bringen, bevor er alles, was nicht niet- und nagelfest ist, auf seine Essbarkeit überprüft.“

Die Ziege fand diese Idee unmöglich und sträubte sich entsprechend. Einer von Kats Hunden machte einen großen Bogen um die flinken Hufe und rannte zum Auto, um den Neuankömmling schwanzwedelnd zu begrüßen. Der ganze Körper wackelte und zitterte vor Begeisterung, als sie um Vi herumsprang. Vi bückte sich und wollte ihr über das glatte Fell streicheln. Blitzschnell sprang die Hündin außer Reichweite und warf ihr einen misstrauischen Blick zu.

Vi blinzelte überrascht, als sie den Hund genauer betrachtete.

„Was ist denn das für ein Hund? Sie ist … wie soll ich sagen …?“

„Hässlich wie die Nacht?“

Vi zuckte schuldbewusst zusammen.

„Das hat jetzt du gesagt, nicht ich. Ich meinte eigentlich vor allem scheu“, schwindelte sie.

„Das ist Bella, ein Pitbullmischling, die in ihrem früheren Leben für Hundekämpfe eingesetzt wurde“, klärte Kat sie auf. „Deshalb lässt sie sich von Fremden nicht gerne anfassen. Sie fühlt sich eigentlich nur mit mir oder Sam richtig wohl.“

„Oje, das ist ja furchtbar.“

Vi konnte gar nicht glauben, was sie hörte. Wie jemand so herzlos sein konnte, Hunde zum Spaß gegeneinander aufzuhetzen und Verletzungen oder sogar den Tod zu riskieren, konnte sie nicht verstehen. Die Hündin beobachtete sie aus sicherem Abstand, wedelte aber immer noch. Vermutlich allerdings mehr aus Unsicherheit als aus Freude.

„Sie war mein letzter Tierschutzfall, den ich behalten habe.“ Kat zerrte mehr oder weniger erfolglos am Halsband des Ziegenbocks, während sie weiter erzählte. „Nachher musste ich leider aufhören, alle zu behalten. Ich hatte ja bereits Rocky und Nikita, meine beiden Bordeauxdoggen. Zum Glück bot sich gleich darauf die Gelegenheit, den Safe Haven zu gründen. Jetzt konzentriere ich mich darauf, für all meine Schützlinge ein neues Zuhause zu finden.“

Das war das Stichwort, auf das Vi gewartet hatte.

„Genau … Ein neues Zuhause“, meinte sie gedehnt. „Wie für bestimmte gefiederte Zeitgenossen.“

„Ach ja, Jack! Wie hat er die Nacht überstanden?“

Vi, die nicht mehr mitansehen konnte, wie die Ziege Kat einmal dahin und einmal dorthin zerrte, bückte sich und schob das störrische Tier an den Hinterbeinen an.

„Hat der kleine Teufel hier einen Namen?“

„Natürlich. Darf ich vorstellen, das ist Houdini.“

„Treffender Name, wie ich vermute“, grunzte Vi und widmete sich mit neuer Energie ihren Bemühungen, Houdini vom Fleck zu bewegen. Zu zweit waren sie deutlich erfolgreicher. Innerhalb weniger Minuten war der Ziegenbock wieder zurück in seinem Gehege und machte seinem Unmut über die unfaire Behandlung mit lautem Gemecker Luft.

„Danke. Er kann ab und zu etwas schwierig sein."

Vi grinste.

„So gesehen sollte ich wohl froh sein, dass Jack und nicht Houdini in meiner Obhut gelandet ist."

Kat warf ihr einen berechnenden Blick zu.

„Richtig. Komm. Du kannst mir helfen, die Jungmannschaft zu füttern. Währenddessen haben wir viel Zeit, alles zu besprechen."

Zehn Minuten später saß Vi mit dem Rücken zur Wand auf dem Boden. In ihrem Schoß lag eines von fünf mutterlosen Kätzchen und nuckelte eifrig an dem Schoppen.

„Das nennt man dann wohl psychologische Kriegsführung", murmelte sie, während sie mit den Fingerspitzen über den flauschigen Bauch strich.

„Ich habe keine Ahnung, wovon du sprichst."

Kats Tonfall war unschuldig, doch ihre Augen glitzerten vergnügt.

„Es ist unmöglich, sich zu ärgern, während man kleine Katzenkinder füttert."

Das zufriedene Lächeln auf Kats Gesicht sprach Bände. Anscheinend hatte sie genau mit diesem Effekt gerechnet.

„Was ist denn das Problem?", erkundigte sie sich schließlich doch.

Vi hob eine Augenbraue.

„Ich dachte, wir sprechen nicht über meinen Hausgast?"

„Doch, natürlich. Ich will nur das Beste für meine Schützlinge. Das schließt auch die jeweiligen Pflegefamilien ein. Ich habe nur für eine wohlwollende Grundstimmung gesorgt, wenn du so willst."

Vi schüttelte amüsiert den Kopf.

„Du solltest als Mediatorin arbeiten."

Kat schauderte.

„Auf keinen Fall. Mir sind Tiere tausend Mal lieber als Menschen. Brr."

Die kleine Tigerkatze auf Vis Schoß strampelte und fiel in der nächsten Sekunde in einen tiefen Schlaf. Das Miniatur-Fläschchen war leer. Vi stellte es neben sich auf den Boden. Das Kätzchen in ihrer Hand geborgen rappelte sie sich auf, legte es in das Katzenbett und schnappte sich den nächsten Kandidaten, diesmal mit pechschwarzem Fell.

Als sie sicher war, dass der kleine Schwarze trank und die Pfoten gut am Fläschchen platziert hatte, hob sie den Kopf und schaute zu Kat hinüber.

„Jack kackt überall hin. Im Käfig ist es ja eine Sache, aber als ich ihn gestern rausgelassen habe, ist alle fünf Minuten ein kleines Missgeschick passiert. Markieren die Vögel so ihr Gebiet? Oder hat er Verdauungsprobleme oder was?"

„Oje, das hätte ich dir sagen sollen, stimmt. Er war bestimmt sehr nervös. Dann kann es schon mal vorkommen, dass sie einen nervösen Magen haben und öfter mal müssen. Keine Angst. Bald hat er sich an dich gewöhnt. Dann werden die Zeitabstände größer."

„Hm. So richtig befriedigend finde ich die Antwort nicht."

„Du kannst ihn natürlich auch immer in der Voliere lassen."

„Was? Nein! Natürlich nicht! Der muss doch Platz haben, um zu fliegen!" Vi klang ernsthaft entrüstet.

„Dann bleibt nur noch eins: Du musst mit ihm trainieren, bis er stubenrein ist."

„Trainieren?"

Vi schluckte ungläubig.

„Einen Papagei trainieren. Ich weiß nicht. Die ganze Situation überfordert mich, wenn ich ehrlich bin." Sie legte sich eine Hand auf den Bauch. „Kannst du ein Geheimnis für dich behalten?"

Kat starrte sie prüfend an. Dann nickte sie langsam.

„Ich bin schwanger. Der Wurm kommt in ca. sieben Monaten zur Welt.“

„Oh. Das wusste ich nicht.“

Vi lächelte schwach.

„Ich weiß es auch noch nicht lange. Es war für mich auch eine Überraschung. Bis dahin muss ich mein Leben auf die Reihe kriegen, sprich das Tattoo-Studio renovieren, meine Wohnung einrichten …“

Kat biss sich auf die Lippen.

„Sorry. Das wusste ich alles nicht. Da kann ich verstehen, weshalb dir eine zusätzliche Verantwortung Kopfzerbrechen bereitet.“

„Das konntest du ja auch nicht wissen. Es weiß noch niemand Bescheid. Ich wollte es noch eine Weile für mich behalten, bis ich mich ein wenig an den Gedanken gewöhnt habe.“

„Der Vater …?“, fragte Kat vorsichtig.

„Ist im Bilde, hat aber keine Absicht, Teil der Familie zu werden.“

„Oh.“

Vi schnaubte.

„Keine Sorge. Das ist kein großer Verlust. Es ist nicht so, als wären wir ein Paar gewesen. Wir sind besser dran ohne ihn.“

„In diesem Fall hole ich Jack natürlich heute Nachmittag ab und suche eine andere Lösung für ihn“, versicherte ihr Kat ernsthaft.

Die Vorstellung, dass Jack wieder auszog, behagte Vi gar nicht, wie sie überrascht feststellte. Wenn sie ehrlich war, graute es ihr davor, jeden Abend alleine in eine leere Wohnung zurückzukehren. Begrüßt zu werden, und wenn es nur vom unflätigen Schimpfen ihres Papageis war, erschien ihr plötzlich sehr wünschenswert.

„Nicht so schnell. Wenn du mir versprichst, dass er das lernen kann, nicht überall hinzukacken, dann versuch ich das erst mal.“

„Wirklich?“

„Wirklich. Und außerdem kommt ja noch sein Weibchen dazu.“ Sie verengte misstrauisch die Augen. „Muss die dasselbe Training durchlaufen?“

„Vermutlich schon.“

„Oje. Worauf hab ich mich da bloß eingelassen?“

Kat grinste.

„Keine Angst. Es ist alles halb so wild. Auf S. 54 in der Anleitung findest du den Trainingsaufbau. Hier …“ Sie griff in die Tasche und brachte ein kleines Gadget zum Vorschein, das aussah wie einer dieser knackenden Blechfrösche, mit denen sie früher gespielt hatten.

„Hu, was ist denn das?“

„Das ist ein Clicker.“

6

Die nächsten Tage vergingen wie im Flug. Jeden Morgen zwang sich Vi, ein Stück Zwieback zu essen und etwas Tee aus der Thermoskanne zu trinken, den sie am Abend vorbereitete. Wenigstens unterhielt ihr Papagei sie in dieser Viertelstunde mit seinem unflätigen Mundwerk. Sie war wirklich neugierig, wo er all diese Ausdrücke aufgeschnappt hatte. Nach diesen fünfzehn Minuten war es ihr möglich, aufzustehen, sich anstatt dreimal nur einmal zu übergeben und einigermaßen unbeschwert in den Tag zu starten. Trotzdem hoffte sie, diese mühsame Begleiterscheinung der Schwangerschaft bald hinter sich lassen zu können. Sie hatte mehrere Blogs zum Thema gelesen. Leider schien es keine Garantie zu geben, dass es nach den ersten drei Monaten tatsächlich besser wurde, aber noch war sie zuversichtlich.

Auch heute hatte sie die schlimmste Übelkeit bereits hinter sich. Jetzt stand sie in ihrem zukünftigen Studio und studierte die Wände. Das kleine Badezimmer und den Raum im hinteren Bereich, den sie als ihr Büro nutzen wollte, um Entwürfe zu machen, hatte sie als Erstes in Angriff genommen. Den Behandlungsraum hatte sie sich bis zuletzt aufgespart. Sie hatte zuerst sehen wollen, wie geschickt sie mit Farbe und Pinsel war, um sicherzugehen, dass sie das Schmuckstück ihres zukünftigen Arbeitsplatzes nicht verschandelte. Während sie jetzt die Wände musterte, widerstrebte es ihr allerdings plötzlich, sie einheitlich in einer Farbe zu streichen. Was, wenn sie die Mauern als Leinwand brauchte, um ihren Kunden einen direkten Einblick in ihre Kunst zu geben? Ein Wandbild? Prüfend strich sie über die Oberfläche. Sollte sie es wagen?

Es würde natürlich einiges mehr an Zeit in Anspruch nehmen als ein einfacher Anstrich. Erst musste sie eine Grundierung aufbringen und trocknen lassen. Diese Zeit konnte sie nutzen, um einen Entwurf zu machen. Ein Entwurf war bei einer Arbeit in der Größe unverzichtbar, auch wenn sie sich vermutlich nicht lange daran halten würde. Sie zog die Nase kraus, während sie über ihre eigene Unfähigkeit nachdachte, sich an einen Plan zu halten. So gesehen konnten sich ihre Kunden glücklich schätzen, dass sie nicht mit einem Dinosaurier auf der Schulter rausgingen, nachdem sie sich einen Plüschhasen oder etwas ähnlich Idiotisches gewünscht hatten. Zu ihrem Glück hatte sie ein Talent dafür, den Kunden Vorschläge zu machen, die zwar auf deren ursprünglichen Ideen basierten, aber doch etwas ganz anderes waren. Nur Sternchen oder Herzchen machte sie schon lange nicht mehr. Allerdings konnte es gut sein, dass sie ihre Prinzipien über den Haufen würde werfen müssen. Wenn sie nicht genügend Kunden hatte und diese wenigen Kunden auch noch zu einem großen Teil aus Touristen auf der Durchreise bestanden, würde ihr wohl nichts anderes übrig bleiben. Das war nämlich genau die Sternchen-Clique.

Sie schob die unangenehmen Gedanken beiseite und zog ihr Handy hervor. Um nichts zu vergessen, notierte sie die zusätzlichen Materialien und Farben, die sie brauchen würde, in ihrer Notizen-App. Zufrieden mit der Tatsache, dass sie an alles gedacht hatte, schob sie das Telefon zurück an seinen Platz, als es plötzlich laut rumpelte und krachte, als würde in der nächsten Sekunde das Gebäude einstürzen.

Hektisch blickte sie von links nach rechts, um zu bestimmen, welches Versteck bei einem Erdbeben den meisten Schutz bieten würde. Nachdem sich kein stabiler Tisch in dem leeren Raum materialisierte, sprintete sie unter den Türrahmen. Besser als nichts. Mit klopfendem Herzen wartete sie auf das nächste

Beben. Ein paar Sekunden verstrichen. Nichts passierte. Das Rauschen in ihren Ohren ließ langsam geringfügig nach. Erst jetzt hörte sie die farbenfrohen Flüche aus dem Nebengebäude. Sie runzelte die Stirn. Gregory?

Beim Klang der Stimme ihres Nachbars fiel ihr auch wieder ein, dass sie sich nicht mehr in einem erdbebengeplagten Gebiet befand, wie es in den letzten Jahren schon mal vorgekommen war, sondern in den stabilen Rocky Mountains. Sich über ihre eigene Dummheit ärgernd, schnaubte sie und stieß sich von ihrem stabilen Türpfosten ab. Wie sollte sie auch wissen, dass im Nebengebäude jemand war. Sie hatte Gregory die ganze letzte Woche nicht gesehen. Ganz schön hinterhältig von ihm, sich einfach einzuschleichen und sie prompt zu erschrecken. Dem würde sie was erzählen!

Ohne weiter darüber nachzudenken, marschierte sie zur Tür, riss sie auf und legte die paar Meter zum Nebengebäude zurück. Entschlossen klopfte sie an die Tür. Als nach einigen Sekunden keine Reaktion erfolgte, drückte sie kurzerhand die Türklinke runter und trat ein.

„Gregory?“, rief sie.

„Hier hinten.“

Neugierig folgte sie dem gedämpften Klang seiner Stimme. Zwei Räume weiter fand sie ihn. Er saß mit dem Rücken zur Wand. Eine umgekippte Leiter lag neben ihm. Ein Brett mit angeschlagener Kante stand schräg an der Wand. Sie hob die Augenbrauen.

„Tornado?“

„Ha, ha. Sehr witzig“, grummelte er.

„Dann eine Meinungsverschiedenheit mit dem …“, sie betrachtete das Brett an der Wand, „Regal? Oder was auch immer das ist“, murmelte sie. „Was wolltest du damit?“

„Es an der Wand befestigen. Was denn sonst!“

Vis Mundwinkel zuckte, als sie hörte, wie schlecht gelaunt er war. Ohne ihn zu beachten, ging sie zur Wand und begutachtete den Schaden. Nach einem prüfenden Blick schüttelte sie ungläubig den Kopf.

„Die Dübel sind viel zu groß für die verwendeten Schrauben. Kein Wunder, dass dir das Zeugs um die Ohren fliegt."

„Ja, ja. Reib's mir nur unter die Nase", grummelte er.

„Ich nehme an, du bist kein Hobby-Handwerker?"

„Was glaubst du denn. Ich bin Koch", antwortete er indigniert.

„Hm. Brauchst du Hilfe?", fragte sie ihn schließlich widerwillig.

„Von dir?"

„Natürlich von mir. Oder siehst du sonst noch irgendwelche Freiwilligen?"

„Ich bin mir nicht sicher, ob ich einem Regal traue, das du aufgehängt hast."

„Keine Sorge. Wenn ich will, dass es dir auf den Kopf fällt, dann tut es das auch."

„Das hatte ich befürchtet", grummelte er prompt.

Vi ignorierte ihn und beschäftigte sich mit dem Inhalt seiner Werkzeugkiste, die halb offen am Boden stand. Triumphierend hielt sie größere Schrauben und Dübel hoch.

„Es kann losgehen. Los, hoch mit dir. Ich brauche einen Handlanger."

Schwerfällig erhob sich Gregory. Die Hände in den Hosentaschen vergraben, stellte er sich neben sie. Seine schlechte Laune war so offensichtlich, dass sie den Impuls unterdrücken musste, ihm aufmunternd über die kurzen Haare zu streichen und ihm zu versprechen, dass alles gut werden würde.

Fachmännisch schob sie die größeren Dübel in die großzügigen Löcher. Bingo. Diese hier passten und ließen sich nicht wieder herausziehen. Die Schrauben passten auch. Zufrieden griff sie nach dem Bohrer und verpasste dem Brett die nötigen Löcher an den entsprechenden Stellen.

„Sieht ganz so aus, als hättest du alles bestens im Griff. Am besten, ich verziehe mich und lass dich in Ruhe arbeiten."

„Nichts da. Du bleibst. Sonst lernst du ja nichts."

Gregory biss die Zähne zusammen. Wenn er für die nächsten zehn Jahre keinen Hammer oder andere unnütze Teile sah, sollte es ihm recht sein.

„Wer hat dir denn diese tolle Werkzeugkiste geliefert?", fragte sie beiläufig.

„Vielleicht ist es ja meine?", antwortete er irritiert.

Vi lachte. Die Idee war einfach lächerlich.

„Das glaube ich nicht. Wenn du dich tatsächlich so gut auskennen würdest, wie diese Werkzeugkiste verspricht, hättest du kaum deine zukünftige Küche geschrottet."

„Du meinst, der Schaden ist irreparabel?", fragte er bestürzt.

Vi hielt inne. Er klang ehrlich beunruhigt.

„Nein, nein. Das war ein Scherz. Keine Sorge, wenn ich damit fertig bin, werden keine Spuren des Beinahe-Desasters sichtbar sein."

„Puh!"

Den Handrücken an die Stirn gelegt, lehnte er sichtlich erleichtert an die Wand. Anscheinend lag ihm sein Restaurant genauso am Herzen wie ihr das Tattoo-Studio. Verdammt. Dabei hatte sie ihn doch schon als eingebildeten, oberflächlichen Menschen abgestempelt.

„Reichst du mir mal das Brett?", bat sie ihn brüsk, um von den widerstreitenden Gefühlen in ihrem Inneren abzulenken.

„Aber klar doch, Boss."

Während er das Brett an der richtigen Stelle an die Wand hielt, wieder wegnahm, damit sie ihren Zauber mit der Bohrmaschine, den Dübeln und den Schrauben wirken konnte, und ihr ganz allgemein im Weg stand, musterte er sie von der Seite. Unter der Haut ihrer schön definierten Oberarme spielten die Muskeln. Die Brauen hatte sie konzentriert zusammengezogen. Ab und zu erschien ihre Zungenspitze. Ihre flippige Frisur, die er erst unmöglich gefunden hatte, erschien ihm heute so sexy wie der Rest von ihr. Kompetenz in jeglicher Form war sehr attraktiv. In Gestalt einer hübschen Frau mit einem Bohrer umso mehr. Wahrscheinlich machte ihn das zu einem in Klischees verhafteten Neandertaler, aber es war nun mal so.

Er hätte ihr stundenlang dabei zuschauen können, wie sie Herausforderungen furchtlos begegnete und in Angriff nahm. Ihr unerschütterliches Selbstvertrauen stellte seltsame Dinge mit seinen Gefühlen an. Er konnte sich nicht erinnern, je mit einer Frau auf diese Art und Weise Zeit verbracht zu haben. In Kalifornien hatte er dank seines hektischen Berufs und der Konzentration auf seine Karriere immer nur kurzweilige Affären gehabt. Diese Frauen waren alle mehr daran interessiert gewesen zu erfahren, welcher Promi letztens in seinem Restaurant gesehen worden war. Nicht, dass er die Absicht hatte, mit Vi auszugehen, erinnerte er sich eilig. Unwillkürlich blitzte eine Erinnerung an den Kuss in seinem Kopf auf. Bei dem Gedanken rutschte ihm prompt das Regalbrett aus den Fingern. Bis er es wieder auffing, war der Schaden bereits angerichtet.

„Verdammt!", fluchte sie und steckte sich den Daumen in den Mund, der bei Gregorys Unachtsamkeit eingeklemmt worden war.

Bei diesem Anblick verließ das Blut seinen Kopf vollends und strebte südlicheren Gefilden zu. Er stöhnte innerlich. Irgendetwas stimmte nicht mit ihm, wenn ihn der Anblick ihres Daumens zwischen ihren rosafarbenen Lippen antörnte, nachdem er ihn fast zerquetscht hatte.

„Sorry", murmelte er zerknirscht.

Sie warf ihm einen bösen Blick zu und stemmte das Brett wieder auf die gewünschte Höhe.

Streng ermahnte er sich, mit den Tagträumen aufzuhören. Das war gefährliches Territorium. Wenn er nicht aufpasste, würde er sich noch an sie gewöhnen. Dabei war es immer noch sein erklärtes Ziel, sie von der Notwendigkeit eines Standortwechsels zu überzeugen. Wieso nur wurde ihm bei dem Gedanken, sie nicht mehr in seiner Nähe zu haben, eng in der Brust? Er blinzelte. Vermutlich der Stress. Oder Asthma. Mit Vi hatte das bestimmt nichts zu tun.

„Fertig“, verkündete sie eben und trat einen Schritt zurück, um ihr Werk zu bewundern. Neugierig blickte sie sich um. Große Kartons standen im ganzen Raum verteilt. Es schien, als sei ein Großteil seiner Einrichtung angekommen. „Schaffst du den Rest alleine, ohne dabei zu Tode zu kommen, oder brauchst du meine Hilfe noch?“

Gregory druckste herum.

„Hm, ich weiß nicht. Ich denke, ich komme klar.“

Misstrauisch musterte sie ihn aus zusammengekniffenen Augen.

„Bist du sicher? Hast du mit dem Schwierigsten angefangen?“

Gregory kämpfte kurz mit seinem männlichen Stolz, der sich empört zu Wort meldete. Als er allerdings daran dachte, wie viel Arbeit ihm noch bevorstand und wie viel mehr Spaß es machen würde, wenn ihm Vi Gesellschaft leistete, räusperte er sich.

„Äh, wenn ich ehrlich bin, eher mit dem Einfachsten. Das hier“, er gestikulierte zu den verschlossenen Boxen, „ist die Kücheneinrichtung. Aber es liegen ja Beschreibungen dabei. Es wird schon nicht so schwierig sein.“ Zumindest hoffte er das. Zweifelnd studierte er die Pakete.

Vi verdrehte theatralisch die Augen.

„Besser, wir finden es heraus, so lange ich noch hier bin.“

Entschlossen marschierte sie zu dem größten Karton. Auf dem Weg dorthin zog sie ein Teppichmesser aus der Hosentasche ihrer verblichenen, locker sitzenden Jeans.

Ein Teppichmesser, dachte Gregory verzückt. Wieso nur war das so sexy? Vielleicht sollte er sich einen Therapeuten suchen. Anscheinend verlor er langsam, aber sicher den Verstand.

Eine Stunde und zahlreiche Flüche später ließ sich Vi erschöpft neben Gregory auf den Boden fallen. Gregorys Hündin Julia, die die vergeblichen Anstrengungen der beiden aus sicherer Entfernung aufmerksam verfolgt hatte, ließ sich mit einem Grunzen zur Seite fallen. Offenbar spürte sie, dass in den nächsten Minuten nichts Spannendes passieren würde.

Der Herd stand unangetastet in der Mitte der zukünftigen Küche. Sämtliche Versuche, ihn gemeinsam wenigstens in die Richtung seines endgültigen Standplatzes zu bewegen, waren gescheitert. Die glänzenden Küchenabdeckungen waren nicht viel kooperativer gewesen. Zwar waren die einzelnen Teile leichter und konnten ohne Probleme bewegt werden. Dafür war die Montageanleitung komplett unverständlich. Das musste ein besoffener Inder übersetzt haben, der sich einen Spaß daraus machte, nichtsahnende Hobbyküchenbauer in den Wahnsinn zu treiben.

„Wer hätte gedacht, dass Kücheneinrichtungen so störrisch sind?“, murmelte sie und zog ihr Handy hervor.

„Was hast du vor?“

„Ich rufe die Kavallerie.“

„Die Kavallerie?“

Bilder von schwitzenden Pferden und grimmigen Männern in Uniform galoppierten durch seinen Kopf.

Vi ignorierte ihn und fuhr fort, fieberhaft auf ihrem Handy rumzutippen.

„Warts ab, du wirst es gleich sehen“, murmelte sie.

Wenn sich Independence in ihrer Abwesenheit nicht komplett geändert hatte, würde bald Hilfe da sein. Sicherheitshalber hatte sie sämtliche Mitglieder der VGI informiert sowie ihre Schwestern mit ins Boot geholt. Sie warf einen Blick auf die Uhr. An der Hilfsbereitschaft der Einwohner zweifelte sie nicht. Es war nur die Frage, wer mitten am Nachmittag Zeit hatte.

Vis Magen knurrte.

Gregory warf ihr einen Seitenblick zu.

„Hungrig?“

Sie nickte zögerlich. Am liebsten hätte sie es abgestritten. Aber das wäre nicht sehr zielführend gewesen, nachdem ihr Bauch sich so lautstark geäußert hatte. Zudem musste sie auch an den Wurm denken. Nachdem sie ihn schon um ein anständiges Frühstück brachte, hatte er ein Anrecht auf ein Mittagessen.

Gregory spürte, wie sich ihr Widerstand langsam in Luft auflöste. Seine Chance witternd, stand er auf und streckte ihr die Hand aus.

„Komm. Lass uns gehen, bevor der Hilfstrupp eintrifft.“

Julia sprang begeistert auf. Alles war besser, als den beiden Menschen nochmals eine Ewigkeit zuzusehen, wie sie mit Kartonschachteln kämpften. Zumindest vermutete er, dass das ungefähr ihre Gedanken waren. Den einen Arm immer noch in Richtung Vi ausgestreckt, streichelte er mit der freien Hand über den Kopf seiner vierbeinigen Freundin.

„Gehen?“, fragte sie, bevor sie widerwillig seine Hand ergriff.

Wie sie befürchtet hatte, sprang ein Funke zwischen ihnen über, kaum berührten seine Fingerspitzen ihre Haut.

„Ja, zu Sweets“, erklärte er. „Dort finden wir bestimmt etwas, um deinen Bärenhunger zu befriedigen.“

Sweets klang nach einer wunderbaren Idee. Alleine der Gedanke an all die Petit Fours und Canapés, die Aileen jeden Tag frisch machte, ließ ihr das Wasser im Mund zusammenlaufen.

„Also gut“, gab sie nach und folgte ihm aus der Tür. „Aber du zahlst.“

Gregory grinste. Das hatte er sowieso vorgehabt.

„Aye, aye, Ma’am.“

*

Vi steckte sich das letzte Thunfischbrötchen in den Mund, als das Piepsen ihres Telefons sie auf eine soeben eingegangene

Nachricht aufmerksam machte. Sie wischte sich die Hände an einer der Papierservietten ab und entsperrte ihr Handy. Ein Blick aufs Display verriet ihr, dass der Hilfstrupp eingetroffen war. Sie sprang auf.

„Danke“, nuschelte sie mit einem widerwilligen Nicken in Gregorys Richtung.

„Gern geschehen“, murmelte er. Er warf ein paar Scheine auf den Tisch, um die beträchtliche Rechnung zu begleichen. Mehr als ein bisschen überwältigt folgte er Vi aus dem kleinen Café. Ihr beim Essen zuzusehen war eine Offenbarung gewesen. Obwohl er Koch war, hatte er noch nie eine Frau gesehen, die so unbefangen solche Mengen an Essen vertilgt hatte. Der Ausdruck auf ihrem Gesicht, als sie das erste Schokoladencroissant in den Mund gesteckt hatte, war unvergesslich. Seither juckte es ihn in den Fingern, für sie zu kochen. Einzig die Zusammenstellung des Menüs bereitete ihm noch Kopfzerbrechen. Sie schien einen äußerst exzentrischen Geschmack zu haben. Dem schokoladigen Anfang war ein Käseküchlein, ein Petit Four und zuletzt ein Thunfischbrötchen gefolgt.

Kurz darauf bogen sie in die Hauptstraße ein. Das Bild, das sich ihm vor seinem zukünftigen Restaurant bot, veranlasste ihn zu einem Vollstopp. Unzählige Motorräder standen am Rande der Straße und auf dem Gehsteig. Kurt, der ihn an seinem ersten Tag im Diner bedient hatte, stand in seiner vollen Motorradkluft neben einem in ähnlichem Stil gekleideten Typen, der rauchte und ab und zu zustimmend mit dem Kopf nickte. Andere Biker saßen noch auf ihren Maschinen oder lehnten an seiner Fensterfront.

Vi grinste zufrieden, als sie fast alle Mitglieder der *True Warriors* vor dem Restaurant entdeckte. Hervorragend. Mithilfe der hier versammelten Fertigkeiten und der kombinierten Kräfte würde Gregorys Küche innerhalb Kürze Form annehmen. Sie drehte sich um, um Gregory die frohe Botschaft zu verkünden. Erst da merkte sie, dass sie ihren Begleiter irgendwo verloren hatte. Er stand wie angewurzelt an der Ecke und schaute entsetzt zu der Ansammlung der rauen Kerle vor seinem Laden. Julia saß neben ihm und schaute zu ihm hoch. Oje. Sie hatte wohl sein zart besaitetes Gemüt nicht ausreichend bedacht. Sie seufzte und ging zu ihm zurück.

„Was ist los?", fragte sie ungeduldig und ergriff seine Hand, um ihn mit sich zu ziehen. Leider hatten ihre Bemühungen in etwa den Effekt, als würde sie an einem Felsen rütteln. Störrisch wie eh und je.

„Hat irgendjemand die Hells Angels eingeladen?"

Vi stieß einen weiteren, leidgeplagten Seufzer aus.

„Hat dir schon mal jemand gesagt, dass du ziemlich engstirnig und stur bist?"

Er warf ihr einen bösen Blick zu.

„Nur, weil ich nicht Best-Buddies mit der örtlichen Bikergang bin, heißt das nicht, dass ich engstirnig bin."

Vi schnaubte.

„Also gut. Wie ist es dann mit Drama-Queen? Passt dir diese Bezeichnung besser?"

„Drama-Queen?", wiederholte Gregory ungläubig.

„Ja. Du bist immer gleich so dramatisch. Erst, als du herausgefunden hast, dass neben deinem Restaurant ein Tattoo-Studio entsteht und jetzt, weil dir die fahrbaren Untersätze und die Kleider deiner freiwilligen Helfer nicht passen. Dabei weißt du gar nichts über sie."

„Was gibt es denn da zu wissen", grummelte er. „Vermutlich wollen sie die monatlichen Schutzgeldzahlungen besprechen."

„Drama-Queen", wiederholte sie.

„Okay, dann erklär es mir."

Er verschränkte die Arme vor der Brust und schaute sie herausfordernd an. Durch die Bewegung schoben sich die Muskeln an seinen Oberarmen deutlicher hervor. Vi blinzelte und zwang sich wegzuschauen, bevor sie anfing zu sabbern. Dafür war jetzt definitiv nicht der richtige Zeitpunkt. Herrgott noch mal, sie war praktisch am Streiten mit dem Dickschädel.

Sie holte tief Luft und bat die aktuell zuständigen Götter um eine extra Portion Geduld.

„Die True Warriors sind keine Bikergang im eigentlichen Sinne. Sie haben zwar direkt am Highway auf der Strecke zwischen Independence und Breckenridge ein Clublokal, wo sie sich ab und zu treffen, eine Runde Billard spielen und Bier trinken. Direkt an das lange, ebenerdige Gebäude ist eine Garage mit allem möglichen Werkzeug angeschlossen, sodass alle Mitglieder die Möglichkeit haben, an ihren Motorrädern rumzuschrauben. Donovan, dem das Gas'n'Go gehört, ist ebenfalls ein Mitglied der True Warriors. Er hilft regelmäßig aus, wenn jemand ein technisches Problem hat.

Außerdem gibt es noch zwei Schlafzimmer. Grundsätzlich steht es jedem frei, eines davon zu benutzen, wenn er eines braucht. Ursprünglich gedacht für Leute, die vielleicht einen über den Durst getrunken haben, sind sie allerdings inzwischen zu einer Art Übergangslösung umfunktioniert worden. Zurzeit wohnt nur Jason dort."

Sie deutete auf den Biker, der mit Kurt immer noch ins Gespräch vertieft war.

„Jason hat eine hässliche Scheidung hinter sich und kämpft seither um das Sorgerecht für seine beiden Kinder. Eine böse Geschichte. Aber der Club steht ihm zur Seite."

„Kinder", krächzte Gregory schwach. Das, was Vi erzählte, passte so gar nicht zu seinem Bild einer Bikergang, das zugegebenermaßen seinen Ursprung im Fernsehen hatte.

„Ja, genau. Kinder. Plural. Zudem ist er Bauunternehmer. Die ideale Person also, um deine Küche zusammenzubauen. Des Weiteren sind die True Warriors an verschiedenen wohltätigen Aktionen beteiligt, das letzte Mal bei der Weihnachtsfeier, die meine Schwester und ihr Freund Mouse, übrigens auch einer der Biker, organisiert haben."

„Okay, okay", gab Gregory mit schwacher Stimme nach. Ihre Argumente waren leider, leider schlüssig, sodass jeglicher Widerstand von seiner Seite lächerlich erschien. Widerwillig setzte er sich in Bewegung.

„Verrätst du mir auch, was man tun muss, um in diesen erlauchten Kreis aufgenommen zu werden?"

Vi grinste triumphierend.

„Du meinst, außer ein ultracooles Bike zu kaufen?"

„Genau."

„Die Aufnahme bei den True Warriors unterliegt einem demokratischen Verfahren. Die Mehrheit muss für den Neuling stimmen. Anschließend wird eine Probezeit festgelegt, deren Länge sich an der Anzahl der Gegenstimme orientiert."

Gregory lächelte schief.

„Du meinst, ich sollte mich besser zusammenreißen und mich von meiner besten Seite zeigen?"

Vis Augen funkelten diabolisch.

„Das wäre sehr zu empfehlen. Nicht, dass sie dich doch noch in irgendeinem barbarischen Ritual um die Ecke bringen."

„Ha, ha. Sehr witzig."

7

Die nächsten Stunden brachten viele Flüche, ebenso viel Gelächter und ehrlich erarbeiteten Schweiß. Vi schielte aus dem Augenwinkel in Richtung Gregory. Nach der ersten halben Stunde hatte sich der Schock in seinen Augen gelegt, sodass er nicht mehr ganz den Eindruck eines Häschens vor der Schlange erweckte. Jetzt scherzte er gutmütig mit Jason, während er ihm half, den Herd anzuschließen. Vielleicht wurde er mit der Zeit doch noch ein wenig lockerer? Es erstaunte sie, dass jemand, der aus dem farbenfrohen Kalifornien kam, so ein Prinzipienreiter war. Wahrscheinlich fehlte ihm einfach das richtige Tattoo. Es juckte sie in den Fingern, seine kräftigen Schultern mit einem extra für ihn entworfenen Design zu verzieren. Oder sein wohlgeformtes Hinterteil, das sich äußerst vorteilhaft unter seinen abgetragenen Jeans abzeichnete. Ihr Zeichen zu hinterlassen, dachte sie ein wenig schuldbewusst.

Er hatte sie ziemlich beeindruckt, als er ihre Hilfe angenommen hatte. Ihrer Erfahrung nach fiel es den meisten Männern schwer zuzugeben, dass sie etwas nicht konnten. Vor allem, wenn derjenige, der seine Hilfe anbot, eine Frau war. Als er es dann zusätzlich geschafft hatte, den Mund zu halten, als sie ihre abenteuerliche Lunchbestellung aufgab, hatte er sich zusätzliche Pluspunkte eingefangen. Ein Lächeln umspielte ihre Lippen, als sie an den gemeinsamen Kuss zurückdachte. Vielleicht entspannte ihn der Nachmittag in der Gesellschaft der *True Warriors* ja genug, dass sie ihn von den Vorzügen einiger heißer

Nächte überzeugen konnte? In Kürze würden ihr solch vergnügliche Stunden verwehrt bleiben. Wieso also nicht gemeinsam die gegenseitige Anziehungskraft erforschen? Anschließend konnte jeder von ihnen seine eigenen Wege gehen.

„Was brütest du wieder aus?“, fragte Kurt sie mit einem Zwinkern in den Augen.

„Ich?“, fragte sie unschuldig. „Gar nichts. Wie kommst du denn darauf?“

„Vielleicht, weil du unseren neuen Starkoch anschaust, als wäre er die beste Erfindung, seit es Eiscreme gibt?“

Unwillkürlich spürte Vi, wie ihr die Röte ins Gesicht stieg. Herrje, sie war seit der Grundschule nicht mehr rot geworden. Was war nur mit ihr los? Wahrscheinlich lag es daran, dass Kurt trotz seiner Motorradkluft diese großväterlichen Vibes ausstrahlte.

Sie bemühte sich um einen nonchalanten Gesichtsausdruck und hob eine Augenbraue.

„Du bist sicher, dass Daisy kein Problem damit hat, wenn du Gregory als Starkoch bezeichnest?“

Eilig warf er einen Blick über die Schulter, als würde er erwarten, seine Freundin dort stehen zu sehen. Seine Sorge war nicht ganz unberechtigt. Miss Daisy hatte einen siebten Sinn, wenn es darum ging, saftigen Klatsch und Tratsch aufzufangen. Und sollte sie einmal trotzdem nicht zur Stelle sein, konnte sie sich darauf verlassen, dass ihr die relevanten Neuigkeiten (also alles), prompt von jemand anderem zugetragen wurden. Nicht ohne Grund war das Diner der gesellschaftliche Mittelpunkt von Independence. Daran würde auch die Eröffnung eines weiteren Restaurants nichts ändern.

Als er niemanden hinter sich entdeckte, atmete Kurt so erleichtert auf, dass Vi sich ein Lachen verbeißen musste.

„Glaub nur nicht, dass du mich hinters Licht führen kannst, junge Lady.“

Vi bemühte sich zerknirscht dreinzuschauen, was ihr allerdings gründlich misslang.

„Du meinst, mein subtiler Versuch, das Thema zu wechseln, ist misslungen?"

Kurt wollte das eben bejahen, als einer seiner Kollegen ihn holte. Anscheinend gab es irgendwo ein neues Problem.

„Wir sind noch nicht fertig", warnte er sie und wackelte mit dem Zeigefinger in ihre Richtung.

„Ja, ja. Ich zittere vor Angst", murmelte sie, nur halb im Scherz.

Kurt machte ganz schön Eindruck auf sie. Sie nahm sich vor, ihm die nächsten Tage aus dem Weg zu gehen. Sie konzentrierte sich lieber auf einen gewissen Chefkoch. Der Mann brauchte dringend eine Auflockerung à la Vi. Sie schaute zu dem Objekt ihrer Begierde hinüber. Ihre Blicke trafen sich. Sie lächelte. Der Gedanke an die Pläne, die sie mit ihm hatte, ließ ihre Augen vergnügt und etwas diabolisch funkeln. Der arme Kerl würde nicht wissen, wie ihm geschah, wenn sie ihre Charmeattacke startete. Gut gelaunt fing sie an zu pfeifen und widmete sie sich wieder ihrer Aufgabe, die Küchenfronten an ihren vorgesehen Platz zu hieven.

*

Gregory, der Vi beobachtet hatte, wie sie mit dem alten Biker flirtete, und dabei eine unerwartete und komplett fehlgeleitete Welle der Eifersucht verspürt hatte, spürte ihren Blick. Unvermittelt lächelte sie. Überwältigt von dem Strahlen in ihrem Gesicht, blinzelte er. Sie war atemberaubend. Und absolut die falsche Frau für ihn. Sie war sexy. Sicher. Ein Blinder konnte das sehen. Und er war weder blind noch tot. Trotzdem waren alle Gedanken, die Vi involvierten, natürlich nackt, weder zielführend noch hilfreich. Er hatte einen Plan. Ziele. Um diese zu erreichen, konnte er Ablenkungen in Form der exotischen Vi nicht gebrauchen. Nach dieser strengen Standpauke versuchte er, sich wieder auf Jason zu konzentrieren.

„Himmel, dich hat's ganz schön erwischt", stellte dieser gerade lakonisch fest.

„Erwischt? Nein. Mich doch nicht. Ich bin kerngesund", antwortete er, ihn absichtlich missverstehend.

Jason schnaubte amüsiert.

„Was auch immer du dir einredest. Ich weiß, was ich sehe."

„Wir mögen uns nicht einmal", protestierte Gregory.

„Als wenn das jemals ein Hindernis für einige vergnügliche Stunden im Bett gewesen wäre."

Gregory setzte zu einer Erwiderung an, klappte dann aber den Mund wieder zu. Manchmal lohnte es sich nicht, zu widersprechen. Vor allem, wenn der Gesprächspartner der Wahrheit gefährlich nahekam. Ein paar Minuten arbeiteten sie schweigend. Jasons Worte hallten in seinem Kopf nach. Irgendwie hatte er recht. Zudem hatten Vi und er während der letzten Stunden praktisch Seite an Seite gearbeitet, ohne dass sie sich gestritten hatten. Vielleicht gab es doch noch Hoffnung? Sie mussten ja nicht gleich heiraten … Geschockt hielt er inne. Woher bitte war dieser Gedanke gekommen? Was war nur los mit dieser Stadt, dass er auf solch absurde Ideen kam? Heiraten! Ausgerechnet jetzt, wo er endlich die Chance hatte, seine Pläne zu verwirklichen.

„Du siehst aus, als hättest du einen Geist gesehen", murmelte Jason um die drei Schrauben herum, die er sich zwischen die Lippen geschoben hatte.

„Ich lasse nur die Weisheit deiner Worte auf mich wirken."

Jason lachte schallend.

„Auweia. Vielleicht sollte ich dich vorher lieber einen Vertrag unterschreiben lassen, der mich von jeglicher Verantwortung entbindet."

„Das wäre vermutlich klug", antwortete Gregory. Seine Nerven hatten sich noch nicht ganz von dem gewaltigen Gedankensprung erholt, den sein Hirn eben geleistet hatte. Seit wann brachte er eine unverbindliche Affäre mit Heiraten in Verbindung? Entweder hatte das Wasser hier in den Rockies unerwartete Qualitäten oder Vi hatte ihn verhext. Das musste es sein, beschloss er. Vi und ihre blauvioletten Hexenaugen hatten ihn in ihren Bann geschlagen. Aber solange er auf der Hut war, stand einem rein physischen Techtelmechtel ja nichts im Weg.

Zufrieden, eine Erklärung gefunden zu haben, weshalb sie ihm nicht mehr aus dem Kopf ging, stürzte er sich auf die Montage seiner Küche. Es sah ihm gar nicht ähnlich, sich so viele Gedanken zu machen. Er würde einfach die Gesellschaft einer schönen Frau genießen und fertig.

*

Gegen sieben Uhr abends tauchten auf einmal die Disney Sisters auf. Schwer beladen mit riesigen Brätern platzten sie in die Küche. Mit einem erleichterten Seufzer stellten sie ihre wohlduftende Last auf die soeben fertig gestellte Kücheninsel. Angelockt von dem leckeren Essensduft schlenderte Vi unauffällig hinüber und lupfte einen der Deckel.

„Mmmm. Himmlisch", stöhnte sie und umklammerte besitzergreifend einen der Töpfe. „Meins", verkündete sie und schenkte jedem, der ihr zu nahe kam, einen bösen Blick.

„Ts, ts", schalt Miss Minnie und klopfte ihr mit einer Schöpfkelle auf die Finger. „Es gibt genug für alle."

„Das sagst du so leicht", grummelte Vi und trollte sich zu Astrid und Anabelle, die dabei waren, die zuletzt zusammengebauten Schränke auf Hochglanz zu polieren.

„Nie wird einem was gegönnt", pflichtete ihr Astrid, die das Ganze beobachtet hatte, bei.

„Wie, was? Hab ich schon wieder was verpasst?"

Anabelle blinzelte müde. Sie war seit fünf Uhr morgens wach und auf den Beinen. Trotzdem hatte sie nicht widerstehen können, zu sehen, wofür Vi den Hilfstrupp von Independence organisiert hatte.

„Nein, nicht wirklich. Nur, wie sich unsere Schwester von einer hübschen jungen Frau in einen hungrigen Vielfraß verwandelt."

„Als wenn das eine neue Entwicklung wäre", schnaubte Anabelle, beruhigt, dass sie nicht schon im Stehen eingeschlafen war.

Astrid hob die Augenbrauen und schenkte Vi einen bedeutungsvollen Blick, den diese geflissentlich ignorierte. Sie hatte ihre eigene Theorie entwickelt, was der Grund für Vis auffälliges Verhalten war. Sicher, ihre Schwester hatte schon ihr ganzes Leben einen gesegneten Appetit gehabt und den dazu erforderlichen Stoffwechsel. Aber solch ein großer Hunger war selbst für Vi extrem. Anstatt sie direkt darauf anzusprechen, würde sie lieber warten, bis sie sich ihr freiwillig anvertraute. Wenn sie mit ihrer Vermutung recht hatte, würde ihr in ein, zwei Monaten sowieso nichts anderes übrig bleiben, als der Familie (und dem Rest von Independence, das war sowieso unvermeidlich) reinen Wein einzuschenken.

Vi wurde von schlechtem Gewissen geplagt. Sie wusste auch nicht, weshalb sie ihren Schwestern nicht einfach alles erzählte. Astrid sah sie schon immer ganz wissend an und auch Anabelle würde nicht mehr lange brauchen, um eins und eins zusammenzuzählen. Sie dachte an den Wurm im Bauch. Eins und eins ergaben nun mal zwei.

Um sich von ihren Gewissensbissen abzulenken, ließ sie ihren Blick durch den Raum wandern. Nach Feierabend hatten sich zusätzlich zu den Mitgliedern der *True Warriors* überraschend viele andere Einwohner eingefunden. Thor diskutierte mit Nadine, der Schulleiterin des Bezirks. Der Bürgermeister begutachtete mit einem zufriedenen Grinsen die Küche, während Miss Daisy ihn misstrauisch beobachtete. Charlies Sohn Ethan hing in einer Ecke mit Paulas Mädchen ab. Leslie, die

Ältere der beiden, hatte Cammie, Jaz' Tochter, auf den Hüften. Der Sheriff fachsimpelte mit Donovan über die unterschiedlichen Eigenschaften verschiedener Verbrennungsmotoren, während er Cammies Schwester Hazel, die in ein Tragetuch gewickelt an seiner Brust schlief, über den Kopf streichelte. Der schwarze Königspudel Rambo, der auch zur Familie gehörte, balgte sich mit seinem besten Freund Rocky, einer von Kats Bordeauxdoggen, unter dem einzigen Tisch im Raum. Die alte Mischlingshündin Princess saß hoheitsvoll zu Beccas Füßen und genoss die Aufmerksamkeit ihrer Herrin, die ihr abwesend die Ohren kraulte, während sie sich mit Lara über Pferde unterhielt. Tyler Carters ehemaliger Polizeihund Ranger hingegen flirtete dezent mit Gregorys Mischlingshündin Julia. Sie war sich nicht sicher, was sie mit der unerwarteten Aufmerksamkeit anfangen sollte, schien aber nicht abgeneigt, ihn ein wenig besser kennenzulernen.

Vis Mundwinkel bewegten sich nach oben. Sie konnte die konfliktbehafteten Gefühle der Hündin gut nachempfinden. Ihr erging es mit ihrem Herrchen nicht anders. Überrascht stellte sie fest, dass sie den Abend genoss. Zum ersten Mal seit langer Zeit war sie einfach zufrieden, da zu sein, wo sie gerade war. Wieso hatte sie so lange damit gehadert, zurückzukommen? Independence bot alles, was sie auf ihren Reisen immer gesucht und auch oft gefunden hatte. Eine farbenfrohe Gemeinschaft, wo die Leute einander gegenseitig aushalfen.

Ihr Blick fiel auf Gregory. Sehr viel entspannter als noch vor ein paar Stunden lehnte er neben den Männern ihrer Schwestern, Mouse und Jerome, an der Wand. Als hätte er ihren Blick gespürt, schaute er zu ihr hinüber. Die Energie, die zwischen ihnen aufflammte, fühlte sich an, als wäre sie ein eigenständiges, lebendiges Wesen.

Vi biss sich auf die Lippen, weigerte sich aber, den Blickkontakt zu unterbrechen. Ihr Herz klopfte bis zum Hals, als sie beobachtete, wie seine Augen immer dunkler wurden. Anscheinend war sie nicht die Einzige mit lustvollen Gedanken.

Jerome, der die knisternde Chemie zwischen den beiden beobachtet hatte, verschränkte die Arme vor der Brust.

„So. Du und Vi."

Gregory blinzelte. Mouse, der auf seiner anderen Seite stand, stieß sich von der Wand ab und warf einen prüfenden Blick erst auf Vi, dann auf Gregory. Er verschränkte ebenfalls die Arme und trat einen Schritt näher.

„Ja. Erzähl mal."

„Da gibt es nichts zu erzählen."

Mouse schnaubte.

„Ja, richtig. Deshalb ist vor ein paar Sekunden auch dein Hemd – oder ihres – fast in Flammen aufgegangen."

„Scheint mir fast so, als würdest du uns etwas verheimlichen. Nicht gut. Schließlich ist sie sowas wie unsere Schwester. Wie heißt das Wort?" Er stupste Mouse mit der Zehenspitze an. „Hilf mir, Mann, du bist doch der Wortzauberer."

Mouse seufzte. Seit sein Geheimnis ans Licht gekommen war und alle wussten, dass er unter einem Pseudonym mehrere preisgekrönte Krimis geschrieben hatte, schien es, als wollten sich alle ständig vergewissern, dass er auch das nötige Vokabular dazu vorweisen konnte.

„Schwägerin. Aber eigentlich ist die offizielle Bezeichnung völlig unerheblich. Es ist ganz einfach. Unser Leben ist am schönsten, wenn unsere Frauen glücklich sind. Ist Vi glücklich, sind Anabelle und Astrid auch glücklich."

„Ich würde Vi gerne sehr glücklich machen", entschlüpfte es Gregory, bevor er es verhindern konnte.

„Das hatte ich befürchtet", murmelte Jerome. „Schau einfach zu, dass es dabei bleibt … Sonst …"

„Sonst?"

„Denk dir was aus", gab Mouse spöttisch zurück. „Ich bin sicher, du hast genügend Ideen, was wir dann mit dir anstellen werden."

Gregory schluckte. Ihm wäre eine konkrete Drohung lieber gewesen. Jetzt würde er sich tausend Gedanken machen, was Mouse gemeint haben könnte.

„Du fährst Motorrad?", fragte ihn Mouse und haute ihn kameradschaftlich auf die Schulter.

„Äh …", druckste Gregory herum.

„Hervorragend. Ich hol dich morgen früh ab."

Mit diesen Worten schlenderte er davon, in Richtung Buffet.

„Wurde ich eben zu einer Motorradfahrt zwangsrekrutiert?"

„Sieht ganz so aus", gab Jerome vergnügt zurück und klopfte ihm ebenfalls auf die Schulter. „Keine Angst. Du machst das schon."

Da war sich Gregory nicht so sicher. Vielleicht brachte er heute Nacht besser sein Testament auf den neuesten Stand.

Im nächsten Moment brach ein Tumult an der Kücheninsel auf.

„Was höre ich da?", rief Miss Minnie gerade erbost und zog den gefüllten Kochlöffel wieder zurück.

Betrübt schaute Vi zu, wie ihre Portion der Mexikanischen Reispfanne wieder in dem großen Bräter verschwand.

„Was ist denn jetzt los?", flüsterte Anabelle ihr zu, einen verwirrten Ausdruck in den Augen.

„Keine Ahnung." Vi zuckte frustriert mit den Schultern. „Ich weiß nur, was immer es ist, es steht zwischen mir und meinem Abendessen", knurrte sie.

Schwungvoll stemmte Miss Minnie ihre Fäuste mitsamt dem Kochlöffel in die Hüften. Reis und Hackfleisch flog nach allen Seiten. Blitzschnell klaubte Vi die Überreste von Anabelles Pullover und stopfte sie sich in den Mund.

„He!"

„Was? Es ist lecker. Ich bin hungrig. Oder wolltest du dir das für später aufheben?"

„Pst", mischte sich Astrid ein. „Sonst verpassen wir noch den Grund für Miss Minnies Ärger."

Belustigt musterte Vi ihre Schwester.

„Ich wusste gar nicht, dass du auch schon so von dem Klatsch-und-Tratsch-Virus infiziert bist?"

Astrid verdrehte die Augen.

„Bin ich nicht. Aber je schneller wir herausfinden, worüber sich Miss Minnie so aufregt, desto einfacher wird es für uns, das Problem aus der Welt zu schaffen und endlich an unser Essen zu kommen."

Das hingegen leuchtete Vi ein.

Miss Minnie drehte sich in ihre Richtung.

„Ich kann euch sagen, was mein Problem ist. Der hier …", sie deutete mit dem Kochlöffel auf Gregory, der sich bei der überraschenden Attacke am liebsten in einem Mauseloch verkrochen hätte. Miss Minnie war allgemein eine imposante Erscheinung. Wenn sie wütend war, steigerte sich dieser Eindruck zu furchterregend. Vielleicht konnte er Mouse überreden, den Motorradausflug vorzuverlegen? Auf jetzt, sofort?

„Der hier", wiederholte sie und verlieh ihren Worten wieder mit dem Kochlöffel mehr Gewicht, „ist ein Projekt des Bürgermeisters."

„Um Himmels willen", fuhr Mr. Wilkinson dazwischen. „Ihr hattet ja wirklich genug Erfolg mit eurer VGI. Wäre doch schön, wenn auch eines meiner Projekte so richtig abhebt. Wir wollen doch alle dasselbe. Das Beste für Independence."

„Ha! Und dazu hast du dir ausgerechnet jemanden ausgesucht, der dem Diner Konkurrenz machen wird?"

„Das Diner ist unersetzlich", versuchte er sie zu beruhigen. „Das wissen wir doch alle."

Gregory folgte dem Schlagabtausch aufmerksam. Sie hatte Angst um das Diner? Aber wieso? Sie hatten doch eine ganz andere Zielgruppe. Das musste doch auch Miss Minnie klar sein.

Er wollte gerade etwas Entsprechendes sagen, als ihn Kurt mit einem entschiedenen Kopfschütteln davon abhielt.

Inzwischen standen sich der Bürgermeister und Miss Minnie wie zwei Kampfhähne gegenüber. Gregory war sich nicht sicher, aber er glaubte, gesehen zu haben, wie Miss Minnie buchstäblich die Zähne bleckte. Unwillkürlich wich er an die Wand zurück. Vielleicht war es tatsächlich besser, sich nicht direkt in die Gefechtslinien zu stürzen. Aktuell fühlte es sich so an, als würde es gar nicht so sehr um ihn als um eine persönliche Rechnung gehen, die die beiden miteinander offen hatten.

„Das mag schon sein. Trotzdem verwehre ich mich dagegen, dass unser Notfallkomitee dazu missbraucht wird, deine Pläne zu unterstützen."

Jetzt wurde es Vi zu bunt. Sie war todmüde, ihr Magen knurrte und ihre Geduld war am Ende.

„Um Himmels willen, jetzt reißen Sie sich mal zusammen. Ich habe den Hilfstrupp organisiert, als klar wurde, dass wir zwei", sie deutete auf Gregory und sich, „es nicht alleine schaffen. Das ist es doch, was wir hier in Independence machen. Einander helfen. Wenn ich dabei irgendein Protokoll verletzt habe…", sie zuckte mit den Schultern, „dann ist das alleine mein Fehler. Und jetzt …", sie warf einen scharfen Blick in Miss Minnies Richtung, „essen wir zusammen. Nachdem alle, die hier sind, hervorragende Arbeit geleistet haben, fände ich es mehr als recht, wenn wir jetzt zum gemütlichen Teil des Abends übergehen könnten."

Demonstrativ hielt sie ihren Plastikteller in Miss Minnies Richtung. Zu ihrem Erstaunen tauschten die beiden Streithähne einen zerknirschten Blick aus, bevor Miss Minnie ihre Hand nach Vis Teller ausstreckte.

„Wow", meinte Gregory hinter ihr, der sich unbemerkt angeschlichen hatte. „Vielleicht sollte ich bei dir einen Workshop buchen. *Wie zähme ich Drachen* oder so ähnlich. Erinnere mich daran, nie zwischen dich und deine nächste Mahlzeit zu geraten."

Vi warf ihm einen misstrauischen Blick über die Schulter zu. Machte er sich etwa über sie lustig? Nein, er schien ehrlich beeindruckt zu sein. Langsam breitete sich ein Lächeln auf ihrem Gesicht aus.

„Ich bin selber überrascht, wie gut es geklappt hat", gab sie zu.

Nachdem auch Gregory sein Essen gefasst hatte, ließen sie sich nebeneinander in einer Ecke der Küche nieder. Julia, die heilfroh zu sein schien, den anderen Hunden und den vielen Menschen für einen Moment zu entkommen, drückte sich an die Wand und verkroch sich hinter seinem breiten Rücken.

„Armes Ding. Du bist so viel Trubel nicht gewohnt."

Liebevoll strich er ihr über die Hinterläufe, die einzige Stelle, die er überhaupt erwischte, ohne sich zu verrenken.

Vi deutete auf die Hündin.

„Hast du sie schon lange?"

Gregory nickte.

„Ja. Aber die meiste Zeit hat sie bei meinem Vater verbracht. Mein hektischer Alltag und meine Arbeit in der Küche machten das nötig."

„Trotzdem hast du sie mitgenommen?"

„Na klar. Hier wird ja alles anders. Sie kann vielleicht nicht in der Küche sein. Aber nachdem hier sowieso in jedem Restaurant Hunde erlaubt sind, kann sie hinter der Theke schlafen. Oder vielleicht finde ich auch einen guten Hundesitter."

Abrupt brach er ab. Das Bild, das Vi eben bot, war unwiderstehlich. Mit Genuss leckte sie die letzten Reste des Reiseintopfs von ihrer Gabel ab.

Vi, nichtsahnend, wohin seine Gedanken gewandert waren, so sehr war sie auf die letzten Reiskörner konzentriert, murmelte mit vollem Mund: „Du könntest sonst auch Kat fragen.

Soviel ich weiß, bietet sie manchmal auch Hundepension an. Allerdings musst du aufpassen, dass du am Ende des Tages nicht mehr Tiere nach Hause mitnimmst, als du hingebracht hast." Die letzten Worte waren von einem wissenden Unterton begleitet.

Bei ihrem Tonfall tauchte Gregory aus seiner Ü-18-Fantasie auf. Die Bilder waren so lebendig gewesen, dass er tatsächlich zweimal hinschauen musste, um festzustellen, dass sie leider, leider tatsächlich Kleider trug. Was für eine Enttäuschung. Er schluckte und versuchte, seine wild gewordenen Hormone unter Kontrolle zu bringen.

„Was meinst du damit?"

Beim Klang seiner Stimme liefen allerlei nicht jugendfreie Filmszenen in Vis Kopf ab. Alle involvierten eine horizontale Oberfläche und Gregory und sie in den Hauptrollen. Sie seufzte genüsslich.

„Was für Tiere willst du nicht mit nach Hause nehmen?", hakte er nach. Nicht, dass ihn die Antwort so brennend interessiert hätte. Aber wenn er sich nicht zusammenriss und wenigstens den Anschein eines normalen Gesprächs erweckte, würde er sich auf sie stürzen. Ohne Rücksicht darauf, dass sie halb Independence als Publikum hatten. Er bezweifelte allerdings, dass sie das schätzen würde. Deshalb seine Zurückhaltung. Obwohl … starrte sie auf seine Lippen? Erinnerte sie sich vielleicht ebenfalls an den heißen Kuss?

Vi riss sich aus ihren Tagträumen und räusperte sich.

„Mir hat Kat auch ein Tier aufs Auge gedrückt. Genau genommen zwei. Papageien."

„Papageien? Und ich dachte schon, es wäre ein wildes Krokodil. Oder ein hungriger Vielfraß", witzelte er.

„Ha! Du meinst wohl, passend zu meiner gewinnenden Persönlichkeit?"

Er schielte unter gesenkten Lidern zu ihr hinüber.

„Wow. Sinn für Humor. Wenn du nicht aufpasst, fange ich noch an, dich zu mögen.“

„Soso. Und das wollen wir um jeden Preis vermeiden, vermute ich.“

Er zuckte mit den Schultern.

„Ich mag mein Leben ganz gerne in schwarz-weiß“, gab er zu. „Vereinfacht das Leben ungemein.“

„Was du nicht sagst. Wäre ich nie darauf gekommen“, murmelte sie. Lauter meinte sie: „Aber stell dir vor, dass du mir die Betreuung eines Krokodils oder eines Vielfraßes zutraust, macht dich schon fast sympathisch.“

Gregory barg das Gesicht in den Händen und täuschte Entsetzen vor.

„Ich will gar nicht wissen, was es braucht, um dich tatsächlich zu beleidigen.“

Er kam nicht umhin festzustellen, dass er einen Mordsrespekt vor ihr hatte. Ihr unkonventionelles Äußeres verbarg eine sehr empathische, loyale Person, die einem jederzeit den Rücken freihielt.

Ohne sich bewusst zu sein, mit welchem Aha-Erlebnis er gerade rang, lachte Vi laut, als sie seine letzte Bemerkung hörte.

„Das kann ich dir verraten. Flauschige Häschen. Kleine Kätzchen. Alles, was in die Regenbogen-und-Einhörner-Kategorie fällt.“

„Keine Einhörner?“, fragte er zweifelnd.

Amüsiert schüttelte sie den Kopf.

„Definitiv nicht.“

Er lachte und sprang auf. Spontan streckte er die Hand aus, um ihr hoch zu helfen. Verwirrt ergriff sie sie und ließ sich hochziehen.

„Du bist eine großartige Frau. Freunde?“

Vis Augen weiteten sich erst vor Erstaunen, bis sie sie zu schmalen Schlitzen verengte.

„Freunde? Du willst tatsächlich mein Freund sein?“

„Äh, ja?“

Als sie ihn nur weiterhin missbilligend anschaute, runzelte er die Stirn.

„Spricht etwas dagegen, befreundet zu sein?“

„Das spricht dagegen“, stieß sie hervor, bevor sich ihre Hand in die Knopfleiste seines Hemds krallte und ihn zu sich heranzog.

8

Der Kuss, so wild, erregend und einfach wunderbar, stieg Gregory zu Kopf wie ein guter schwerer Wein. Sämtliche Gedanken verloren sich in dem Ansturm der Gefühle. Vor allem sämtliche platonischen Gedanken lösten sich auf der Stelle in Luft auf. Mit einem Knurren in der Kehle griff er nach Vis Taille.

In dem Moment, wo er ihre Hüfte berührte, löste sie ihren Klammergriff, mit dem sie ihn zu sich herangezogen hatte, und stieß ihn mit der flachen Hand vor die Brust, während sie einen Schritt zurücktrat. Rings um sie herum waren sämtliche Gespräche verstummt. Alle Anwesenden beobachteten gespannt, wie sich die Situation entwickeln würde. Im Hintergrund war ein leises Gemurmel zu hören. Na großartig, dachte sie genervt. Vermutlich lief das Wettbüro der Disney Sisters gerade heiß. Egal. Sie hatte gerade anderes zu tun, als sich mit der lästigen Tendenz zum Glückspiel der Einwohner von Independence auseinanderzusetzen.

„Vergiss es, *Freund*."

„Vielleicht war ich etwas voreilig", gab er schwer atmend zu und wollte wieder nach ihr greifen. Er hatte kein Problem, einen Irrtum einzugestehen. Vor allem dann nicht, wenn es ihm Zugang zu Vis samtener Haut und den sanften Kurven ihres Körpers verschaffte.

Abermals entzog sie sich seinem Griff.

„Oh, nein. Du brauchst erst mal Zeit, dich wieder abzukühlen. Du sollst schließlich die Gelegenheit haben, mit einem klaren Kopf über die Vor- und Nachteile einer platonischen Freundschaft mit mir nachzudenken."

Sie beugte sich ein wenig vor. Ihr warmer Atem strich über seinen Hals. In Sekunden überzog Gänsehaut seinen ganzen Körper. Prickelnde Vorfreude erfasste ihn. Was hatte sie vor?

„Insbesondere angesichts der Tatsache, dass ich nach wie vor beabsichtige, meinen ach so anrüchigen Tattoo-Shop nebenan zu eröffnen."

Überrascht von der Vehemenz in ihrer Stimme, wich er einen Schritt zurück. Ihre Augen verengten sich. „Dachte ich's mir doch. Viel Spaß mit deiner Küche." Sie deutete eine ausladende Geste in Richtung der Küchengeräte und -einrichtung an, die sie den ganzen Tag installiert hatten. Dann machte sie auf dem Absatz kehrt und marschierte aus dem Lokal.

Julia, die von dem plötzlichen Abgang ganz überrascht war, sprang auf und sah ihr hinterher. Gregory tat es seinem Hund gleich und bewunderte den Schwung von Vis schmalen Hüften, bis sie durch die Tür verschwunden war. Er seufzte.

Mouse haute ihm eine Pranke auf die Schulter.

„Hattest du schon immer ein Talent, Frauen zu verärgern, oder ist das ein neues Hobby von dir?"

„Keine Ahnung", antwortete er. „Bis vor Kurzem waren Frauen eher ein vorübergehendes Phänomen in meinem Leben. Das Kochen stand immer im Mittelpunkt."

„Das freut mich zu hören", mischte sich Mr. Wilkinson, der sich zu ihnen gesellt hatte, in das Gespräch ein. „Wir wollen ja nicht, dass ich meine Entscheidung, dich in unser Sponsorenprogramm aufzunehmen, bereue."

Mouse schenkte ihm einen schiefen Blick, dann lächelte er Gregory fast mitleidig an.

„Viel Glück damit. Und vergiss nicht unser Date morgen früh."

Gregory stöhnte. Auch das noch. Er sah besser zu, dass er all die Leute loswurde, sonst kam er überhaupt nicht mehr zum

Schlafen. Er ließ seinen Blick über die Menge schweifen. Die Gespräche waren wieder in vollem Gange, Alkohol floss reichlich. Alle schienen sich großartig zu unterhalten. Eigentlich schade, das jetzt zu unterbrechen. Er warf einen sehnsüchtigen Blick zur Tür. Der Sirenengesang seines Betts im Bed & Breakfast rief ihn mit aller Macht.

„Geh ruhig", meinte Miss Daisy, die offenbar erriet, in welche Richtung seine Gedanken geschweift waren.

„Aber … Mein Restaurant. Ich muss doch abschließen."

„Vertrau mir. Ich kümmere mich darum."

Verschwörerisch blinzelte sie ihm zu.

Vertrauen? Dieses Konzept war ihm fremd. Die Einzigen, denen er vertraute, waren sein Dad und sein Hund. Vis herausfordernder Blick fiel ihm ein. Was würde sie an seiner Stelle tun? Bevor er in Frage stellen konnte, wann die faszinierende Frau mit dem unkonventionellen Äußeren sein neues Vorbild geworden war, zog er die Schlüssel zum Gebäude aus seiner Gesäßtasche und legte sie Miss Daisy in die ausgestreckte Hand.

„Danke."

„Keine Angst", zog sie ihn auf. „Ich verspreche, dich anzurufen, falls ein Feuer ausbricht."

„Haha", murmelte er.

Erleichtert über die Aussicht, sich bald hinlegen und in aller Ruhe über den Kuss, Vi und was das alles bedeutete nachdenken zu können, begann er seine Runde durch den Raum, um sich noch einmal bei jedem Einzelnen zu bedanken und sich von allen zu verabschieden.

*

Mit wütenden, langen Schritten tigerte Vi in ihrer Küche hin und her.

Der Vogel verfolgte ihre Tirade mit schräggelegtem Kopf. Ab und zu ließ er ein paar weise Worte fallen.

„Looser. Taugenichts. Dalli, dalli."

Es war äußerst angenehm, jemanden zu haben, der ihr still zuhörte, unerschütterlich auf ihrer Seite war und ab und zu ein paar angemessene Schimpfwörter verteilte. Vielleicht war es gar nicht so schlecht, einen vorlauten Papagei als Haustier zu haben. Vielleicht sollte sie daran arbeiten, sein Vokabular zu erweitern? Nur, damit er für alle Fälle die geeigneten Wörter parat hatte?

Jack, der ihre eingehende Musterung spürte, beschloss, dass es Zeit war, das Thema zu wechseln.

„Heiße Schnalle", krächzte er.

„Eben", pflichtete sie ihm bei und nahm ihren Dialog wieder auf. „Da trifft er eine heiße Frau wie mich, die Funken fliegen und was macht der Idiot?"

„Idiot!"

Sie warf wild die Hände in die Luft.

„Er will mit mir befreundet sein!"

„Was für eine schreckliche Person", erklang Anabelles Stimme hinter ihr.

Vi wirbelte herum und erblickte ihre beiden Schwestern im Eingang.

„Was macht ihr hier? Und wie seid ihr in die Wohnung gelangt?"

„Die Tür war offen", erklärte Astrid. „Offenbar warst du abgelenkt, als du nach Hause gekommen bist."

„Oder du hast dich schon richtig eingelebt in Independence", schlug Anabelle als weitere Möglichkeit vor. In Independence verschlossen die wenigsten ihre Türen. Auch wenn es durchaus auch hier ernstzunehmende Kriminalität gab, waren die meisten der Meinung, dass es sie schon nicht treffen würde.

„Ich habe euch gar nicht gehört", stellte Vi etwas perplex fest.

„Du warst ja auch in eine spannende Diskussion verwickelt", witzelte Anabelle.

Astrid war inzwischen an den großen Käfig herangetreten. Sie und der Vogel beäugten sich gegenseitig.

„Wer ist das überhaupt?"

„Das ist Jack, mein Papagei, ein Geschenk von Kat."

„Hat dich niemand vor den verschlungenen Wegen gewarnt, die sie einschlägt, um ihre Tiere zu platzieren?"

Vi seufzte und ließ sich auf den Küchenstuhl fallen.

„Doch. Aber er kommt mit der Wohnung. Sie hat da irgend so eine Vereinbarung mit der VGI getroffen. Anscheinend bin ich verpflichtet, ihr in Notfällen auszuhelfen."

„Sei froh, dass es kein Krokodil ist", bemerkte Astrid mit einem Grinsen.

„Du bist schon die Zweite, die das sagt", meinte sie missmutig.

„Hast du nachgeprüft, ob diese Klausel im Vertrag mit der VGI überhaupt existiert?" Anabelle schlenderte ebenfalls zum Käfig.

„Heiße Schnalle!", gab Jack zum Besten.

Überrascht wich Anabelle einen Schritt zurück.

„Echt jetzt?"

„Recht hat er ja", grinste Astrid.

„Das hat er mir eben auch versichert", ließ Vi ihre Schwestern wissen. „Ihr wisst schon, bei dem wichtigen Gespräch, das wir eben geführt haben."

„Ach, macht nur weiter", wies Anabelle sie mit einer großzügigen Geste an. „Vielleicht können wir ja noch was lernen?"

„Haha", brummte Vi und rieb sich müde mit beiden Händen übers Gesicht.

„Ich mein das ernst." Sie legte die Stirn in Falten, als würde sie angestrengt nachdenken. „Ihr wart grad bei der unverschämten Aufforderung dieses unglaublich gutaussehenden neuen Kochs", sie fächelte sich demonstrativ Luft zu, „Freunde zu sein."

Astrid biss sich auf die Innenseite ihrer Wange, um sich das Lachen zu verbeißen.

„Wirklich. Was für eine Frechheit!"

„Was nützt mir denn der heiße Körper, wenn der Mann beschließt, mein guter Freund zu sein?“, wollte Vi aufgebracht wissen.

„Ich glaube, das war ein Irrtum seinerseits“, gab Anabelle zu bedenken.

„Angesichts der Tatsache, dass er kurz später seine Zunge in deinem Hals hatte und keinerlei Anstalten machte zu flüchten, ist ihm das auch ziemlich schnell aufgefallen.“

Vi verdrehte die Augen.

„Weil ich ihn quasi genötigt habe!“

Anabelle und Astrid brachen in lautes Gelächter aus. Sie lachten so sehr, dass sie sich die Bäuche halten und Tränen aus den Augen wischen mussten.

„Ich bin wirklich froh, zu eurer Unterhaltung beitragen zu können“, stellte Vi trocken fest.

„Glaub mir, Schwesterchen, eine platonische Freundschaft war das Letzte, was der Typ im Kopf hatte, als du mit ihm fertig warst“, ließ Astrid sie grinsend wissen.

Anabelle schnappte immer noch nach Luft.

„Gut“, sagte Vi nur.

„Futter. Dalli, dalli.“

Automatisch stand sie auf, holte eine Packung Erdnüsse aus dem Schrank und hielt ihm eine hin. Vorsichtig nahm er sie entgegen. Während er die Erdnuss auspackte, gurrte er leise vor sich hin.

„Der hat dich auch schon gut trainiert“, beobachtete Anabelle.

„Er war den ganzen Tag alleine“, verteidigte Vi ihre Aktion

„Du bist einfach ein großer Softie unter deiner harten Schale.“

Anabelle legte einen Arm um die Schultern ihrer Schwester und drückte sie liebevoll. Vi seufzte und lehnte ihren Kopf an ihre Schulter.

„Was ist jetzt dein Plan?“

Astrid hatte ebenfalls nach einer Nuss gegriffen und hielt sie Jack hin. Der Vogel war ein großer Charmeur und wusste genau, wie er die Leute in seiner Umgebung um den Finger wickelte. Nur Anabelle schaffte es, seine erwartungsvollen Blicke zu ignorieren. Das lag vermutlich am jahrelangen Training durch ihre eigenen Tiere. Bei dreißig Kühen, plus minus zwölf Pferden, vier Hunden und einer hochnäsigen Katze blieb ihr wahrscheinlich nichts anderes übrig.

„Hast du vor, ihn zu behalten?“, fragte Anabelle sie.

Astrid grinste.

„Sprichst du jetzt von dem Koch oder dem Vogel?“

„Egal. Mich interessiert die Antwort zu beiden Fragen“, konterte Anabelle schlagfertig.

Vi ließ den Kopf auf die Tischplatte fallen.

„Ihr seid unmöglich“, murmelte sie.

„Du liebst uns trotzdem.“

„Erstaunlicherweise ja.“

Sie hob den Kopf wieder.

„Den Vogel werde ich behalten. Nächste Woche bekommt er einen Freund. Dann ist er nicht mehr so alleine.“

„Und Gregory?“, hakte Astrid hartnäckig nach.

„Nicht seinen Namen nennen. Das fehlt mir noch, dass Jack den Namen aufschnappt und nichts anderes mehr sagt.“

„Irgendwie komme ich mir vor wie in einem Harry Potter-Film“, flachste Anabelle.

Vi verdrehte die Augen. Schwestern musste man haben.

„Ich werde ihn in den Wahnsinn treiben. Was denn sonst?“

„Ich kauf schon mal Popcorn“, murmelte Astrid.

Anabelle nickte zustimmend.

„Gute Idee.“

*

„Sind wir endlich da?“, lamentierte Lorena vom Rücksitz.

Terry biss die Zähne zusammen und umklammerte das Lenkrad fester.

Seit sechzehn Stunden waren sie unterwegs. Seit fünfzehn Stunden und zehn Minuten wünschte er sich, dass er Lorena zu Hause gelassen hätte. Aber als er nach seiner Frühstücksschicht nach Hause gekommen war, hatte sie mit gepackten Koffern auf ihn gewartet. Müde, wie er gewesen war, war ihm nichts eingefallen, wie er sie davon abhalten konnte, mitzukommen. Seither waren ihm mehrere Optionen eingefallen. Eine davon beinhaltete einen kurzen, schmerzlosen Tod durch Strangulation. Er müsste sich nicht mal Gedanken darüber machen, wie er ihre Leiche loswurde. In diesem gottverlassenen Teil des Landes genügte es, die Autotür aufzumachen, sie rauszustoßen und die Tür wieder zuzumachen. Fertig. Den Rest würden die Bären oder die Geier, oder welches Getier auch immer hier sein Unwesen trieb, erledigen. Er unterdrückte die mörderischen Impulse und konzentrierte sich wieder auf die Straße im Scheinwerferlicht.

Was zum Teufel machte ein Spitzenkoch wie Gregory hier am Arsch der Welt? Seit einer Ewigkeit fuhr er diese kurvigen Bergstraßen hoch. Ab und zu blinkte ein einsames Licht auf. Abgesehen davon war die Landschaft menschenleer. Nur Steine. Felsen. Und ein paar kümmerliche Bäume. Zugegeben, es war dunkel. Aber er bezweifelte, dass er der Gegend bei Tageslicht mehr abgewinnen würde. Der einzige Grund, weshalb er hier war, waren die geheimnisvollen Rezepte, von denen Lorena gesprochen hatte. Bargen sie vielleicht tatsächlich das Geheimnis zu Gregorys Erfolg? Ein leichter Schweißfilm bildete sich auf seiner Stirn. Falls nicht, war er gänzlich aufgeschmissen. Sein Restaurant würde die plötzliche Schließung nicht überleben, wenn er nicht mit einer spektakulären Wiedereröffnung sämtliche bösen Zungen zum Verstummen brachte. Über den Ausfall der Einnahmen traute er sich gar nicht nachzudenken. Blieb nur zu hoffen, dass er die Angelegenheit schnell hinter sich bringen konnte. Er hatte noch keinen wirklichen Plan. Er vermutete mal, dass Gregory ihm die Rezepte nicht freiwillig überlassen würde. Hm.

„Wie weit ist es noch? Kannst du nicht schneller fahren? Nichts klappt, wenn du involviert bist."

Terry spürte, wie die Wut in ihm hochkochte.

„Ach ja? Wer ist denn die ganze Strecke gefahren?"

„Wegen wem müssen wir überhaupt mitten in die Pampa fahren?", schoss sie zurück.

„Wenn du mich eingeweiht hättest, wären wir jetzt nicht hier", erinnerte er sie scharf.

„Als wenn du mir zugehört hättest!", schmollte sie.

Nun riss ihm endgültig der Geduldsfaden. Er brauchte dringend fünf Minuten frische Luft, einen Baum oder einen Graben zum Pinkeln und Zeit, um sich wieder in den Griff zu kriegen. Abrupt brachte er das Auto zum Stehen.

„Hey", kreischte Lorena vom Rücksitz, die ganz ordentlich nach vorn geworfen wurde.

Terry grinste. Geschah ihr ganz recht. Er öffnete die Tür und stieg aus.

Lorena rieb sich die Stirn und sah ihm nach, wie er sich immer weiter vom Wagen entfernte. Was für ein arrogantes Arschloch. Wozu brauchte sie ihn überhaupt noch? Geld hatte er praktisch keins mehr. Das, was er noch hatte, war aktuell hier im Auto. Ein Plan begann in ihrem Kopf Form anzunehmen. Bevor sie es sich anders überlegen konnte, war sie über die Mittelkonsole nach vorn geklettert und startete den Wagen.

*

Terry entleerte gerade seine Blase und schaute nachdenklich in Richtung Tal, als er den Motor starten hörte. Hastig beendete er sein Geschäft, stopfte seinen Schwanz zurück in die Hose und verfiel in einen Sprint.

„Gottverdammte Schlampe! Halt sofort an!"

Lorena ignorierte ihn. Kies spritzte und traf ihn schmerzhaft an der Wange, während er dem Fahrzeug hinterherrannte. Eine Abgaswolke hüllte ihn ein und brachte ihn zum Husten. Die roten Rücklichter wurden immer kleiner, bis sie in der Dunkelheit verschwanden. Geschlagen verlangsamte er sein Tempo und blieb stehen. Ungläubig starrte er in die schwarze Nacht, bis ihn die Kälte dazu zwang, sich in Bewegung zu setzen. Was für ein Desaster! Das Erste, was er in diesem Scheißkaff machen würde, war, sein Auto als gestohlen zu melden. Diese falsche Schlange würde damit nicht durchkommen. Ihn einfach hier sitzenzulassen. Mitten im Niemandsland. Versuchsweise zog er sein Handy hervor, warf einen Blick auf das Display und steckte es seufzend wieder ein. War ja klar. Kein Empfang.

*

Lautes Klopfen riss Gregory aus dem Schlaf.

„Was", stöhnte er.

Julia bellte aufgeregt. Als ihr Herrchen keine Anstalten machte, aufzustehen, sprang sie aufs Bett und begann ihn enthusiastisch abzulecken.

„Iiih, geh runter", brummte er.

Die Tür klickte. Sofort war Julia, ganz der scharfe Wachhund, der sie war, schwanzwedelnd zur Stelle und begrüßte den frühmorgendlichen Besuch.

„Du bist eine Feine", gurrte eine männliche Stimme.

Gregory schloss enttäuscht die Augen. Kurz hatte er fantasiert, dass es sich bei dem Besucher vielleicht um Vi handelte. Aber da war wohl der Wunsch der Vater des Gedankens.

„So, raus aus den Federn."

Mouse lehnte lässig am Türrahmen und sah aus, als könnte er Bäume ausreißen. Gregory selber fühlte sich höchstens Büschen gewachsen. Oder Gras. Gras ginge vielleicht.

„Ich werde mich ganz bestimmt nicht beeilen, um zu meinem Date mit dem Sensenmann zu gelangen“, maulte er schlecht gelaunt unter der Bettdecke hervor.

„Ich habe Kaffee.“

„Das ist Bestechung“, murrte Gregory, schwang aber die Beine über die Bettkannte und stand auf.

„Alles, was nötig ist. Du musst dringend ein bisschen lockerer werden.“

Gregory griff sich an die Nasenwurzel.

„Womit habe ich das verdient?“

„Glaub mir, es wird dir gefallen. Hier …“

Er warf dem anderen eine Lederjacke zu.

„Zieh das an. Den Helm habe ich draußen gelassen.“

„Yes, Ma'am. Hast du einen Kurs bei den Disney Sisters besucht?“

„Ts, ts. So undankbar. Ich warte draußen auf dich. Dein Hund, wie heißt er eigentlich?“

„Die treulose Seele ist Julia. Eigentlich hätte sie dich fressen sollen, sobald du zur Tür reinkommst.“

„Ich bin halt unwiderstehlich“, flachste Mouse.

Gregory warf ein Kissen nach ihm. Blitzschnell und dabei lauthals lachend verschwand er hinter die Tür. Julia, die sich mehr Unterhaltung von dem bereits munteren Mouse versprach, wischte gerade noch durch den Spalt, bevor sie hinter ihr zufiel.

Müde rieb er sich über das Gesicht. Was war das bloß für eine seltsame Stadt. Immer noch ganz verwundert über die Geschehnisse der letzten vierundzwanzig Stunden schüttelte er langsam den Kopf. Schließlich stand er auf, ging ins Badezimmer, um sich ein wenig kaltes Wasser ins Gesicht zu spritzen, und widmete sich dann dem Kaffee, den Mouse auf die Kommode gestellt hatte. Aaah. Schon besser. Einigermaßen wach zog er sich die Kleider von gestern über und wanderte ins Erdgeschoss und dann nach draußen. Suchend blickte er sich um.

Zwar standen zwei Motorräder da, doch von Mouse und Julia war keine Spur zu sehen. Nicht ganz sicher, was er als Nächstes tun sollte, kratzte er sich am Kopf und gähnte. Gestern war auch ein anstrengender Tag gewesen. Und aufregend, dachte er, sich an den Kuss erinnernd, mit dem ihm Vi zu verstehen gegeben hatte, was sie von seinem Freundschaftsantrag hielt. Er grinste, während die Erinnerung seinen Blutkreislauf sehr effektiv in Gang brachte.

Sein Blick verlor sich in der Ferne, während er jedes Detail dieses Kusses noch einmal durchlebte. Ihre Entschlossenheit, die Weichheit ihrer Lippen, das Gefühl ihrer samtweichen Zunge auf seiner, ihre Zähne, die in der Hitze des Gefechts aufeinandergeprallt waren. Ihr scharfes Einatmen und sein unwillkürliches Stöhnen. Ihre zarte Haut unter seinen Fingerspitzen.

Selten hatte er einen so idiotischen Vorschlag gemacht. Sie waren auf keinen Fall dazu bestimmt, eine platonische Freundschaft zu pflegen. Freunde mit gewissen Vorzügen schon eher. Er lächelte in sich hinein. Vielleicht sollte er einen zweiten Versuch wagen? Mit dem angepassten Angebot? Er konnte sich lebhaft vorstellen, wie sie darauf reagieren würde. Vermutlich würde sie ihm erst eine knallen. Sein Lächeln vertiefte sich. Aus irgendeinem Grund machte diese Vorstellung die Sache für ihn nur noch attraktiver. Vielleicht hatte ihn das Regalbrett gestern doch härter getroffen, als er gedacht hatte?

„In welchem Universum schwebst du denn, Mann!“

„Hä? Ich? Nirgends.“ Seinen schuldbewussten Blick auf Julia lenkend, die sich mit hängender Zunge an seine Beine drückte, wich er dem prüfenden Blick des Bikers aus. Himmel. Hatte er tatsächlich die letzten Minuten gedankenverloren dagestanden? Und was für Gedanken! Das durfte nicht so weiter gehen.

Mouse studierte ihn skeptisch.

„Ich dachte, sie hätte dich gestern abblitzen lassen? Hat dir das nicht gereicht?“

„Ich liebe Herausforderungen“, konterte er, während er sich gleichzeitig innerlich ermahnte, sich endlich auf das zu konzentrieren, was wichtig war. Sein Restaurant. Seine Karriere. Erfolg! Und nicht ein hübsches Gesicht mit einer scharfen Zunge.

„Das war ja klar“, stöhnte Mouse. „Na, dann komm. Hier wartet die nächste Herausforderung auf dich.“

Auf diese Challenge hätte Gregory gut und gern verzichten können. Aber gut. Da musste er jetzt wohl durch. Er pfiff nach Julia, brachte sie zu Miss Minnie und bezirzte sie, bis sie einwilligte, die freundliche Hündin in ihrem Restaurant abhängen zu lassen.

Dann holte er tief Luft und straffte die Schultern. Augen zu und durch. Auch diese Motorradfahrt würde er überleben. Hoffentlich.

9

Langsam, aber sicher hatte sie ihre morgendlichen Badezimmersessions satt, stellte Vi schlecht gelaunt fest, während sie über der Kloschüssel hing und darauf wartete, dass die Übelkeitswelle vorüberging. Die letzten Tage hatte nicht einmal mehr der Trick mit dem Zwieback und dem Tee geholfen. Innert Minuten war sie beides wieder losgeworden. Als ihr Magen den Anschein machte, für die nächsten Minuten Ruhe zu geben, stemmte sie sich hoch. Ein Blick in den Spiegel ließ sie zurückweichen. Ugh. Was für ein Glück, dass sie gestern Nacht alleine nach Hause gegangen war. Der Zombielook, den sie aktuell spazieren führte, hätte jeden Mann schreiend in die Flucht gejagt. Auch Der-dessen-Name-nicht-genannt-wurde. Der Spitzname, den sie Gregory gestern im Beisein ihrer Schwestern verpasst hatte, zauberte wenigstens ein schwaches Lächeln auf ihr Gesicht. Harry Potters Zauber war grenzenlos.

Sie putzte sich die Zähne, doppelte mit Mundspülung nach, um den ekligen Geschmack aus ihrem Mund und ihrer Kehle zu vertreiben, und wusch sich Gesicht und Nacken mit einem kalten Waschlappen. Danach fühlte sie sich halbwegs wieder menschlich. Es war einfach unfair. Da war sie gezwungen, in allen Situationen nüchtern zu bleiben, und endete trotzdem jeden Morgen über der Kloschüssel. Wenn das nicht besser wurde, musste sie wohl oder übel zum Arzt. Oder zumindest ihre Schwester Astrid ins Vertrauen ziehen. Was hieß, auch Anabelle alles zu erzählen. Ab da war es nur eine Frage der Zeit, bis ihre Umstände auf der Facebookseite von Independence diskutiert wurden. Ja, ja. Die Vor- und Nachteile des Kleinstadtlebens. Andererseits war es sowieso eine Illusion zu glauben, dass sie ihre Schwangerschaft noch viel länger würde geheim halten können. Sie hatte die Blicke, die ihre Schwestern gestern ausgetauscht hatten, als sie den Vorschlag, eine Flasche Wein zu öffnen, ignoriert und stattdessen Tee aufgesetzt hatte, gesehen. Ein Wunder eigentlich, dass sie nicht die Gelegenheit ergriffen hatten, sie mit Fragen zu löchern.

Während sie sich eine neue Kanne Tee kochte, startete sie ihren Laptop, den sie der Einfachheit halber in der Küche auf dem Tisch neben der Voliere installiert hatte.

„Schlafmütze!“, begrüßte Jack sie freundlich.

„Danke, danke. Ich liebe dich auch.“

„Futter. Dalli, dalli.“

Diesmal klang er weniger freundlich.

Sie schenkte ihm keine Beachtung. Seinen Vorrat an Körnern hatte sie bereits aufgefüllt. Sein Wasser war auch frisch. Jetzt waren sie und der Wurm dran. Entschlossen riss sie ein neues Paket Zwieback auf.

Jack beobachtete ihr Tun interessiert. Mit seinem schiefgelegten Kopf und seiner nervösen Angewohnheit, von einem Fuß auf den anderen zu treten, schien es fast, als ob er in seinem unglaublich smarten Papageienhirn einen Plan aushecken würde. Tatsächlich versuchte er es gleich darauf mit einer anderen Taktik.

„Heiße Schnalle.“

Vis Mundwinkel schnellte nach oben. Eigentlich ganz cool, ein Haustier zu haben, das einem unaufgefordert erzählte, wie toll man war.

Jack schien ihre Mimik so zu interpretieren, dass er sich auf dem richtigen Weg befand.

„Heiße Schnalle. Schätzchen.“

„Wow. Ein neues Wort. Du wirst immer besser.“

Angespornt von ihrer Aufmerksamkeit, schien der Vogel erst richtig warm zu laufen. Leider machte er den Effekt durch seine nächste Wortwahl zunichte.

„Bring mir ein Bier! Netter Arsch!“

Fast hätte Vi ihren Tee in hohem Bogen durch die Küche gespuckt. Stattdessen verschluckte sie sich an der heißen Flüssigkeit und hustete, was das Zeug hielt.

„An deiner Trefferquote müssen wir noch arbeiten“, murmelte sie, als sie sich wieder einigermaßen beruhigt hatte.

Erschreckt durch die Husterei hatte sich Jack in die hinterste Ecke des Käfigs geflüchtet und ließ den Kopf hängen.

Vi seufzte und schnitt die Banane auf, die sie sich eigentlich mit ins Studio hatte nehmen wollen.

Mit einem Stück Banane in der Hand stand sie auf und öffnete mit der anderen die Käfigtür.

„Hier“, sagte sie und streckte den Arm in seine Richtung.

Jack beäugte sie misstrauisch, als würde er erwarten, dass sie jede Sekunde wieder anfangen würde, seltsame Geräusche von sich zu geben.

„Kein Husten mehr“, gelobte sie feierlich und bewegte die Banane verführerisch in der Luft.

Endlich schien er beschlossen zu haben, dass die unmittelbare Gefahr vorbei war, und flatterte in ihre Richtung. Auf einem Ast in Reichweite der Banane setzte er sich hin und pflückte die Frucht aus ihrer Hand.

„Siehst du? War gar nicht so schlimm“, murmelte sie.

Vorsichtig strich sie mit dem Rücken ihres Zeigefingers über sein graues Federkleid an der Brust. Erstaunlicherweise ließ er sich das gefallen. Die roten Schwanzfedern hoben sich leuchtend von dem Grau des restlichen Gefieders ab. Plötzlich hatte sie eine Eingebung, wie ihr Wandbild aussehen könnte. Ein Graupapagei in Übergröße, vielleicht sogar zwei, mit einem Dschungel rundherum in Aquarelltechnik, unterbrochen von grafischen Mustern in schwarz-weiß.

Von der Inspiration gepackt, zog sie ihren Arm zurück, wischte sich die Hände an den Jogginghosen ab und holte ihren Skizzenblock hervor. In wenigen Sekunden hatte sie alles rund um sich herum vergessen.

*

Terry wäre beinahe vor Erleichterung auf die Knie gefallen, als er das Ortsschild von Independence erreichte. Gottseidank! Endlich hatte er es geschafft. Ein Ortsschild bedeutete Zivilisation, Menschen und hoffentlich Kaffee und ein All-you-can-eat-Frühstück. Seine Hand fuhr zu seiner Gesäßtasche, wo er normalerweise seine Geldbörse verstaute. Als seine Hand nur flachen Stoff spürte, brach ihm der Schweiß aus. Wo war sein Geld? Hatte er es etwa verloren? Eine Erinnerung blitzte auf. Nach den ersten paar hundert Meilen war es unangenehm gewesen, darauf zu sitzen. Also hatte er die Geldbörse in die Mittelkonsole gelegt. Was so viel hieß, dass Lorena nicht nur mit seinem Auto unterwegs war, sondern auch noch sein Geld ausgab. Womit hatte er das verdient?

Niedergeschlagen setzte er sich auf einen Felsbrocken, der einige Meter weiter vorn lag. Was sollte er jetzt machen? Ohne Geld war er ziemlich aufgeschmissen. Er kannte hier keine Menschenseele. Wie sollte er überleben? Selbst wenn er es schaffen sollte, an Gregorys geheimes Rezeptbuch zu kommen, was mit jeder Minute, die verstrich, unwahrscheinlicher schien, wusste er nicht, wie er zurück nach Kalifornien kommen sollte. Während er so da saß und in Selbstmitleid zerfloss, stutzte er plötzlich. Das stimmte ja gar nicht. Er kannte sehr wohl jemanden. Gregory! Das war die Lösung seiner Probleme. Schließlich war es im Prinzip allein seine Schuld, dass er in diesem Schlamassel saß! Da war es nur fair, wenn er ihm auch wieder raushalf. Sollte ihm dabei auch noch das Rezeptbuch in die Finger fallen, umso besser. Voller Tatendrang sprang er auf und nahm seine Wanderung in Richtung Stadtzentrum auf. Blieb nur zu hoffen, dass sich diese erbärmliche Imitation einer Stadt nicht über mehrere Kilometer erstreckte. Er brauchte dringend Kaffee und etwas zu essen.

*

Währenddessen streckte sich Lorena gemütlich in ihrem Bett und kuschelte sich tiefer in die Daunendecke. Bis jetzt konnte sie sich nicht über mangelnde Gastfreundschaft beklagen. Als sie mitten in der Nacht angekommen war, hatte sie ihre Zweifel gehabt, ob überhaupt jemand im Bed & Breakfast auf ihr stürmisches Klingeln reagieren würde. Schließlich war das kein Fünf-Sterne-Hotel in Los Angeles mit 24-Stunden-Service. Eine ältere Frau, die eindeutig an Adipositas litt, sie schauderte immer noch, wenn sie an die ausladenden Hüften und den wogenden Busen dachte, hatte verschlafen die Tür geöffnet. Schnell hatte sie ein paar Tränen produziert und etwas von verirrt und verlassen gemurmelt. Ohne weitere Fragen hatte die Frau sie in den Arm genommen und direkt in die Küche des Diners geführt. Bei einer Tasse Kaffee und einer köstlichen Mahlzeit hatte die Frau, Minnie oder so ähnlich hieß sie, was für ein lächerlicher Name, sie sanft ausgefragt.

Zum Glück war sie darauf vorbereitet gewesen. Nicht umsonst stammte sie aus einem ähnlichen kleinen Kaff mitten im Nirgendwo. Mit achtzehn hatte sie ihrem Heimatort den Rücken zugekehrt und es nie bereut. All diese gutmeinenden Leute, die ihre Nasen in anderer Leute Angelegenheiten steckten, unter dem Deckmäntelchen der Nächstenliebe. Wirklich zum Kotzen. Aber dank ihres früheren Lebens hatte sie genau gewusst, wann sie den Tränenfluss wieder zuschalten musste, um ihren zusammenhanglosen, geschluchzten Worten mehr Gewicht zu verleihen.

Sie musste einen hervorragenden Auftritt hingelegt haben. Innerhalb kurzer Zeit hatte sich Miss Minnie darauf beschränkt, beruhigende Worte zu murmeln und ihr mitfühlend die Hand zu tätscheln. Anschließend hatte sie ihr ein Zimmer zu einem vergünstigten Preis offeriert. In diesem Moment hatte sie tatsächlich einen Anflug von Gewissensbissen verspürt. Aber nur fast. Selber schuld, wer so naiv durchs Leben ging.

Von draußen hörte sie Geräusche. Frühstück wäre gut. Sie grinste, als sie daran dachte, dass es wohl noch eine Weile dauern würde, bis Terry ein Frühstück sah. Geschah ihm recht, diesem Wichtigtuer. Konnte er mal sehen, wie es war, auf andere angewiesen zu sein. Vielleicht hatte ihn auch ein Bär gefressen. Doch leider hatte sie den Verdacht, dass selbst Bären angewidert einen großen Bogen um ihn machen würden. Was hatte sie nur in ihm gesehen? Ach ja, er war ein Promikoch gewesen. Doch wie sich herausgestellt hatte, war das Gregorys Verdienst gewesen und nicht seiner. Selten hatte sie sich so verkalkuliert. Aber sie konnte ja schlecht mit dem Hilfskoch gesehen werden, Potential hin oder her.

Sie seufzte. Wieso mussten Männer alles immer so verkomplizieren? Aber genug davon. Erst einmal würde sie sich ein Festmahl gönnen und anschließend dem Spa einen Besuch abstatten. Sie hatte es verdient, ein wenig verwöhnt zu werden!

*

Vi schleppte verschiedene Farbkübel aus dem Kofferraum ihres Autos zur Tür ihres zukünftigen Studios. Sie hatte sich in ihren Skizzen verloren, bis sie ein gewisser Vogel zu Tode erschreckt hatte, als er unvermittelt auf ihrer Schulter gelandet war. Offenbar hatte er die offene Tür des Käfigs entdeckt und prompt den Drang verspürt, seine Freiheit zu erkunden. Immerhin hatte er diesmal keine ganz so große Sauerei hinterlassen. Als sie gesehen hatte, dass es schon zehn Uhr war, hatte sie Jack eilig in seine Voliere zurückverfrachtet. Er hatte das gar nicht geschätzt, gemessen an der Flut von Schimpfwörtern, die auf sie niedergeprasselt waren. Sie musste wirklich dringend damit anfangen, an seinem Vokabular zu arbeiten. Sonst würde der Wurm fluchen wie ein Kutscher, wenn er anfing zu sprechen.

Nach einem ausgiebigen Shoppingtrip im örtlichen Bau- und Futterhandel war sie bereit, mit ihrem Herzensprojekt anzufangen. Sie war sowieso schon in Verzug, dank der nachbarschaftlichen Hilfsaktion von gestern. War nur zu hoffen, dass sich Gregory daran erinnerte, wem er seine Küche verdankte, wenn er das nächste Mal beim Gedanken an ihr *anrüchiges* Gewerbe Schnappatmung bekam.

„Darf ich dich was fragen?"

Den Schlüssel in ihrer Hand drehte sie sich zu der unbekannten Stimme um. Der Mann trug staubige Turnschuhe, als wäre er lange in ihnen unterwegs gewesen. Der Rest von ihm sah nicht viel besser aus. Seine Kleider waren zwar von guter Qualität, wirkten aber, als hätte er in ihnen geschlafen. Das alles hätte Vi in keiner Weise gestört, schließlich hatte sie auf ihren Reisen oft ähnlich, wenn nicht sogar schlimmer ausgesehen. Doch sein Blick behagte ihr gar nicht. Sämtliche Alarmsignale gingen in ihrem Körper los, als sie den verschlagenen Ausdruck in seinen Augen sah. Unstet huschten seine Augen von ihren Brüsten, als ob es da so viel zu sehen gegeben hätte, dachte sie mit einem innerlichen Augenrollen, zu dem Gebäude hinter ihr und wieder zurück. Die Wanderung wurde nur von gelegentlichen, verstohlenen über die Schulter geworfenen Blicken unterbrochen.

„Ja", fragte sie misstrauisch.

„Ich suche einen Freund von mir. Gregory?"

Vis Miene verriet nichts, als sie Gregorys Name hörte. Erst würde sie sich anhören, was der Typ zu sagen hatte. Die Leute hier mochten Klatsch und Tratsch zwar zu einer olympischen Sportart erhoben haben. Das hieß aber noch lange nicht, dass sie nicht aufeinander aufpassten. Und Gregory gehörte spätestens seit gestern zur Gemeinschaft dazu. Ob er wollte oder nicht.

„Und weiter?"

Der Mann lachte gekünstelt. Er schien überrascht, dass sie ihm nicht freiwillig all ihre Geheimnisse verriet. Typisch Mann. Wahrscheinlich betrachtete er sich selbst als eine Art Gottesgeschenk für alle Frauen. Gut sah er aus, das musste sie ihm lassen. Wenn er es darauf anlegte, konnte er vermutlich sogar ganz charmant sein.

Sie hatte recht. Kaum merkte er, dass sie ihm nicht so ohne Weiteres zu Füßen fallen würde, änderte er seine Taktik.

„Verzeih mir", meinte er und langte nach ihrer Hand.

Geschickt wich sie ihm aus und wuchtete einen der Farbeimer auf die Hüfte, um weitere Annäherungsversuche seinerseits von vornherein zu unterbinden.

Abermals von ihrer Reaktion aus dem Konzept gebracht, trat er von einem Fuß auf den anderen und fuhr sich nervös mit der von ihr verschmähten Hand durch die Haare.

„Wie gesagt, Gregory und ich sind befreundet. Ich kam zufällig hier vorbei und dachte, ich statte ihm einen Besuch ab. Weißt du, wo ich ihn finden kann?"

Was für ein großer Haufen Sch... Unsinn! Sie glaubte ihm kein Wort. Allerdings fiel ihr gerade kein triftiger Grund ein, weshalb sie ihm nicht sagen sollte, wo Gregorys Lokal war. Früher oder später würde es ihm sowieso jemand sagen. Sie hatte zwar nicht das Bedürfnis, ihm Zeit und Aufwand zu ersparen, doch der Eimer in ihrem Arm war verdammt schwer. Sie hatte das dumpfe Gefühl, dass sich der Typ nicht so leicht abwimmeln lassen würde. Bevor sie sich also in eine lange Diskussion verwickeln ließ und unter ihrer Last zusammenbrach, gab sie ihm besser, was er wollte.

So unbeteiligt wie möglich zuckte sie mit einer Schulter.

„Sein Restaurant entsteht nebenan. Heute habe ich ihn allerdings noch nicht gesehen."

Der Fremde lächelte sie an, als hätte sie ihm gerade das Zauberwort zu Ali Babas Versteck verraten. Hoffentlich bereute sie ihre Entscheidung nicht. Sie biss sich auf die Lippen und nickte ihm knapp zu, bevor sie sich durch die Tür schob. Drinnen angekommen, stellte sie den Farbkübel auf den Boden und schloss sich in ihrem Studio ein. Zu schade, dass sie keine Vorhänge hatte, sonst hätte sie sich hinter ihnen verstecken und ihm nachspionieren können.

Wie sich herausstellte, gab es gar nichts zu spionieren. Der Mann, er hatte ihr nicht einmal seinen Namen genannt, wie ihr verspätet auffiel, legte nur die paar Schritte zu Gregorys zukünftigem Restaurant zurück und ließ sich auf die Stufen fallen. Verdammt. Er sah tatsächlich erschöpft aus. Schuldbewusst rollte sie ihre Schultern, um die Spannung loszuwerden, die sich aufgebaut hatte, seit der Fremde sie angesprochen hatte. Sollte sie ihm eine Flasche Wasser anbieten? Unentschlossen kaute sie auf ihrer Unterlippe. Es wäre das angemessene Verhalten unter diesen Umständen. Auf der anderen Seite stellten sich ihr in seiner Nähe sämtliche Nackenhaare auf.

„Ach, scheiß drauf", murmelte sie und holte eine Wasserflasche aus dem kleinen Vorrat, den sie vor ein paar Tagen angelegt hatte. Der Rest ihrer Materialien befand sich sowieso noch im Auto, sprich es führte kein Weg daran vorbei, wieder nach draußen zu gehen. Da konnte sie dem Typen auch ein Wasser mitbringen. Sie war sich bewusst, dass sich ihr Vokabular nicht sehr von dem ihres Papageis unterschied. In diesem Moment konnte sie ihn sehr gut verstehen.

Mit dem Getränk bewaffnet, entriegelte sie die Tür und trat nach draußen.

„Hier", sagte sie und reichte ihm das Wasser.

„Danke."

Er schaute sie überrascht an, als hätte er das nicht erwartet. Vermutlich wäre es ihm nie in den Sinn gekommen, dachte sie biestig.

„Kein Problem", antwortete sie knapp und kehrte zu ihrem Auto zurück.

„Ich heiße übrigens Terry", rief er ihr nach und schenkte ihr ein strahlendes Lächeln.

Bäh. Jetzt bildete er sich vermutlich auch noch etwas darauf ein. Männer und ihr Ego. Furchtbar.

Nach mehreren Abstechern zu ihrem Auto hatte sie endlich alle Utensilien ins Studio verfrachtet. Sie warf Terry einen bösen Blick zu. Seine Freude über das Wasser hatte sich nicht in plötzliche Hilfsbereitschaft transformiert. Man stelle sich vor. Ihre schlechte Meinung über den Fremden wurde dadurch weiter zementiert.

*

Ein paar Stunden später wurde sie von männlichen Stimmen aus ihrer schöpferischen Trance geweckt. Sie blinzelte und trat einen Schritt zurück, um etwas mehr Distanz zwischen sich und ihrer Arbeit zu schaffen. Die harte Arbeit hatte sich gelohnt. Mit Kreide hatte sie alle nötigen Umrisse auf die Wand übertragen. Der Papagei war bereits fertig. Die Schwanzfedern leuchteten rot auf dem vormals langweiligen Weiß. Der Pinsel, der vergessen in ihrer Hand lag, tropfte rote Farbe auf den Boden. Sie starrte den Fleck an und überlegte, ob sie sich darüber aufregen sollte oder ob der Spritzer zur allgemeinen Atmosphäre des Studios beitragen würde. Sich für Letzteres entscheidend, stellte sie den Pinsel in eine Dose mit Sonnenblumenöl.

Den Geruch von Terpentin konnte sie nicht ausstehen. Eine Künstlerin, die sie auf einer ihrer Reisen in Indien kennengelernt hatte, hatte ihr den Trick mit dem Öl verraten. Die Pinsel ließen sich damit toll reinigen und blieben wunderbar geschmeidig. Das verschmutzte Öl ließ sie dann einfach stehen. Nach einer Weile, wenn sich die Farbpigmente am Boden abgesetzt hatten, konnte man das nunmehr wieder saubere Öl umfüllen und erneut zum Reinigen verwenden. Eine sehr günstige und vor allem sehr viel umweltfreundlichere Lösung als Terpentin.

„… was um Himmels willen machst du hier?"

Gregorys Stimme wurde durch das offene Fenster zu ihr getragen. Er klang nicht sehr erfreut über den unverhofften Besuch. Vi grinste. Offensichtlich hatten ihre Instinkte sie nicht getrogen. Gut zu wissen, dass sie sich auf ihre Intuition nach wie vor verlassen konnte. Unwillkürlich trat sie einen Schritt näher ans Fenster. Um frische Luft zu schnappen natürlich. Nicht zum Lauschen.

„... das Restaurant ... keine Gäste ... musste den Laden schließen."

„Das kann ich mir nicht vorstellen. Wir waren doch immer zwei Wochen vorher ausgebucht?" Gregorys Stimme klang nach wie vor skeptisch. Gut so, dachte Vi.

„... immer mehr Konkurrenz .... Neues Lokal Downtown ..."

„Und jetzt? Was ist dein Plan?"

„Nach diesem Schlag musste ich mir eine Auszeit nehmen. Meine Gedanken sortieren. Ein Ausflug in die Rocky Mountains schien dazu genau das Richtige. Schön ist es hier. Die Umgebung und die Nachbarn. Ich kann verstehen, dass du dich inspiriert fühlst."

Vi schnaubte lautstark. Sie konnte sich direkt vorstellen, wie Terry anzüglich mit den Augenbrauen wackelte und in Richtung ihres Studios nickte.

„Zudem habe ich dein Talent in der Küche immer bewundert", fuhr er fort.

„Tatsächlich?"

Gregory klang immer noch nicht überzeugt.

„Ja, wirklich. Ein großer Teil des Erfolgs des Restaurants war dir zu verdanken."

Diesmal musste Vi laut lachen. Der Typ legte wirklich dick auf. Hoffentlich fiel Gregory nicht auf diesen Schleimer rein.

„Lass uns reingehen", war Gregorys Stimme zu hören

Mist. Offenbar hatte er sie gehört und seine Schlüsse gezogen. Amüsiert schüttelte Vi den Kopf und verließ ihren Posten am Fenster. Zeit für ein kurzes Mittagessen. Dann hatte sie genug anderes zu tun. Gregorys Freundeskreis war wirklich nicht ihr Problem. Sie hatte weiß Gott genug eigene, um die sie sich kümmern musste.

10

Die Tür hinter ihr klickte, doch Vi war zu beschäftigt damit, dem Grün des Dschungels ein wenig mehr Tiefe zu verleihen. Sie war fast fertig und spürte jeden Knochen der Zehnstundenschicht, die sie eingelegt hatte. Es fehlte nur noch der letzte Schliff, den sie soeben in Angriff genommen hatte. Wer auch immer hereingekommen war, konnte ein paar Minuten warten. Vermutlich war es sowieso nur eine ihrer Schwestern. Sonst besuchte sie keiner. Ihre Eltern waren nicht desinteressiert, aber es genügte ihnen, sie jeweils sonntags am Familientisch zu sehen. Nachdem sie ihnen gerade eine ganze Menge von dem, was in ihrem Leben passierte, verschwieg, passte ihr das ganz gut.

Das Klicken von Hundepfoten auf dem glatten Boden verriet ihr, dass es sich bei dem unangekündigten Besuch vielleicht doch nicht um ihre Schwestern handelte. Anabelles Hunde verbrachten eigentlich ihr Leben auf der Ranch und Astrid hatte keinen Hund, oder? Ganz sicher konnte man sich nie sein. Kat war recht einfallsreich, was das Verteilen ihrer Schützlinge anging.

Ihre Haut prickelte und die Haare an ihrem Nacken stellten sich auf, als wäre sie in ein elektrisches Feld getreten. Yepp, definitiv keine ihrer Schwestern. Stur konzentrierte sie sich weiterhin auf ihr Wandgemälde, gespannt, was sich ihr platonischer Freund als Nächstes einfallen lassen würde.

Julia kam zu ihr und leckte über ihre unbeteiligt herabhängende Hand. Hinter ihr räusperte sich Gregory.

„Das nächste Mal versuche ich auch Julias Herangehensweise“, murmelte er.

Eine Welle heißer und völlig unangebrachter Lust spülte durch Vis Adern. Der Typ wollte ihr *Freund* sein. Sonst nichts.

Deshalb antwortete sie nur leichthin: „Das funktioniert aber nur, wenn du auch vier Pfoten und eine feuchte Schnauze vorweisen kannst.“

Sie hörte das Grinsen in seiner Stimme, als er erwiderte: „Ich wusste gar nicht, dass du einen speziellen Fetisch hast.“

Nur mit Mühe schaffte sie es, sich ein Lachen zu verbeißen. Das war das erste Mal, dass sie ihn so verspielt und locker erlebte. Was wohl der Grund dafür war? Widerstrebend ließ sie von der Liane ab, die sie gerade bearbeitete, und drehte sich um. Langsam ließ sie ihren Blick anzüglich über seinen Körper wandern. Sie konnte es einfach nicht lassen, ihn aus der Reserve zu locken. Diesmal war der Effekt verschwindend gering. Er hob nur eine Augenbraue und grinste.

„Gefällt dir, was du siehst?“

„Die Antwort darauf kennst du bereits“, gab sie zurück.

„Touché.“

„Wolltest du etwas Bestimmtes?“, fragte sie schließlich, als er keine Anstalten machte, etwas zu sagen.

„Ich wollte eigentlich …“, er brach ab und deutete auf das Wandbild hinter ihr. „Aber zuerst, wow! Ist das dein Werk?“

Er klang so beeindruckt und gleichzeitig überrascht, dass Vi wütend wurde.

„Was hast denn du geglaubt? Dass ich nur Strichfiguren zeichne? Ich bin Künstlerin. Und verdammt gut in dem, was ich tue. Wäre schlecht, wenn das anders wäre. Meine Kunden tragen meine Kunstwerke ihr Leben lang!“

Immerhin hatte er genug Anstand, verlegen zur Seite zu schauen.

„Ja, äh, genau. Darüber wollte ich noch mit dir sprechen.“ Sichtlich nervös fuhr er sich durch die kurzen Haare.

Vi verpasste sich eine mentale Ohrfeige, als sie sich dabei ertappte, wie sie sich vorstellte, wie sich seine Haare wohl unter ihren eigenen Fingern anfühlen würden. Wenn sie sich nicht konzentrierte, würde sie noch den großartigen Moment verpassen, wie Gregory sich entschuldigte. Zumindest ging sie davon aus, dass es das war, was ihn so aus der Fassung brachte. Vermutlich eine völlig neuartige Situation für ihn, vor jemandem zu Kreuze zu kriechen. Sie grinste.

„Es tut mir leid, dass ich so abfällig über dein Studio gesprochen habe", murmelte er schließlich.

Vi hielt sich die Hand hinters Ohr.

„Entschuldige, aber ich habe dich nicht richtig verstanden. Kannst du das noch einmal wiederholen?"

Er rollte die Augen gegen die Decke.

„Das habe ich vermutlich verdient. Also gut. Es tut mir leid, okay?"

Vi beschloss, ihn von dem, was augenscheinlich eine Tortur für ihn war, zu erlösen.

„Schon gut."

„Wie, einfach so? Du bist nicht mehr böse auf mich?"

Sie zuckte mit den Schultern.

„Böse war ich nie. Nur genervt, dass du die Frechheit hattest, mir vorzuschlagen, einen anderen Standort für mein Studio zu suchen. Das war definitiv daneben. Aber nachdem ich zu keiner Zeit vorhatte, auf dich zu hören …"

Er verengte die Augen. War er ihr etwa gleichgültig? Der Kuss gestern hatte eine andere Sprache gesprochen.

Bevor er es verhindern konnte, platzte er heraus: „Hattest du nicht?"

Sie runzelte ungläubig die Stirn, als sie diese idiotische Frage hörte. Wollte er den Effekt seiner Entschuldigung gleich vollständig zunichtemachen?

„Natürlich nicht! Es kümmert mich nicht, was du von mir denkst." Das war vielleicht eine klitzekleine Übertreibung. Aber das musste er ja nicht wissen. Entschlossen fuhr sie fort: „Mein Mietvertrag ist genauso gültig wie deiner. Wenn dir was nicht passt, kannst du dir eine neue Location suchen. Allerdings hoffe ich, dass du dich dagegen entscheidest, nachdem gestern die halbe Stadt geholfen hat, deine Küche zu renovieren."

Gregory ließ den Kopf hängen, holte tief Luft und fuhr sich mit einer Hand übers Gesicht.

„Hör zu."

„Das tue ich schon die ganze Zeit", antwortete sie zuckersüß, „es macht nur nicht viel Sinn, was du sagst!"

„Also gut, nochmals von vorn. Es tut mir leid, dass ich an deinem Talent und deiner Kunst gezweifelt habe. Oder deinen Freunden mit Misstrauen begegnet bin. Meine einzige Entschuldigung ist, dass ich unter enormem Stress stehe. Ich hatte mir das alles so perfekt ausgemalt." Er zog eine Grimasse. „Dieses Restaurant ist meine große Chance, endlich meinen eigenen Laden zu führen. In meiner Vorstellung war da kein Platz für unkonventionelle Nachbarn." Er machte einen Schritt auf sie zu und legte seine Hände auf ihre Hüften.

Vi zog scharf die Luft ein. Falls er jetzt wieder anfing, von Freundschaft zu faseln, musste sie ihm wohl oder übel mit ihrem Pinsel ein Auge ausstechen.

„Vor allem nicht für eine unkonventionelle Nachbarin, die mich alles andere vergessen lässt."

„Du musst dich auf dein Geschäft konzentrieren", vermutete Vi, während sie die kreisenden Berührungen genoss, die er mit seinen Daumen auf ihrem Bauch zeichnete.

„Genau."

Aber anstatt von ihr wegzutreten, wie seine Worte es eigentlich implizierten, kam er noch näher, bis sie so dicht beieinanderstanden, dass sie seine definierten Muskeln praktisch von Kopf bis Fuß spürte.

„Und was gedenkst du, gegen diese unerfreuliche Ablenkung zu unternehmen?", fragte sie ein wenig atemlos und mit ehrlichem Interesse. Ihre Müdigkeit war verflogen. Stattdessen kursierte erwartungsvolle Energie durch ihren Körper und brachte ihr Blut zum Kochen.

Gregory neigte den Kopf und atmete ihren Duft ein. Farbe. Blumen. Sommer. Er rückte noch einen Zentimeter näher und strich mit seinem Mund federleicht über ihre Lippen.

„Mmmh“, murmelte er genießerisch. „Ich bin zum Schluss gekommen, dass es besser ist, der Versuchung nachzugeben. In der Hoffnung, dass sich meine Faszination anschließend auf einem normalen Level einpendelt und ich mich wieder konzentrieren kann.“

Vis Lippen prickelten von dem flüchtigen Kontakt und verlangten lautstark nach mehr Aufmerksamkeit. Ihr Kopf war allerdings nicht ganz so schnell bereit, die Idee gutzuheißen. Im Grunde sagte er nichts weiter, als dass er der Meinung war, sie sich nach einer Nacht aus dem Kopf schlagen zu können. Nicht sehr schmeichelhaft. Andererseits … Eigentlich war das doch perfekt für sie. Sie fühlte sich von ihm angezogen, fand ihn sehr sexy. Was also sprach gegen eine kurze Affäre? Für etwas anderes hatte sie in ihrem Leben so oder so keinen Platz. Wer wollte schon eine Beziehung mit einer Frau, die mit dem Kind eines anderen Mannes schwanger war? Niemand. Wieso also nicht die Chance auf ein wenig Spaß ergreifen, die sich ihr hier bot? Wer wusste schon, wann sich das nächste Mal die Gelegenheit ergeben würde? Vermutlich dann, wenn der Wurm achtzehn war.

Die Entscheidung gefällt, verlor sie keine Zeit. Den Pinsel achtlos zu Boden fallen lassend, griff sie mit beiden Händen seitlich seinen Kopf und zog ihn zu einem Kuss heran. Sie war gerade noch geistesgegenwärtig genug, sie beide ins nächste Zimmer zu steuern, bevor sie gegen ihr noch feuchtes Wandbild taumelten. Kleider flogen achtlos durch die Luft. Finger und Lippen fochten einen Kampf um Zugang zu nackter Haut. Vi verlor jegliches Gefühl für Raum und Zeit und überließ sich ganz den rasenden Empfindungen, die Gregory in ihr auslöste.

*

Lorena ging rastlos in ihrem Zimmer auf und ab. Obwohl der Tag sehr gut angefangen hatte, war sie unzufrieden. Sie hatte sich eine langweilige Geschichte nach der anderen anhören müssen. Ihr Nacken und ihre Gesichtsmuskeln taten schon weh von dem unablässigen Nicken und Lächeln. Haare und Nägel schön, hatte sie eigentlich vorgehabt, mit Terrys Kreditkarte shoppen zu gehen, zu irgendwas musste der Bastard ja gut sein, und anschließend Gregory aufzusuchen. Ihr Plan war simpel gewesen. Ihn treffen, flachlegen und ihm die Rezepte abnehmen. Ein Kinderspiel eigentlich. Wenn sich nur nicht die ganze Welt gegen sie verschworen hätte.

Die erste Enttäuschung war gewesen, dass es keine Designerläden gegeben hatte, die ihren Ansprüchen genügten. Sie wusste beim besten Willen nicht, wie sich dieses Kaff über Wasser hielt. Richteten sie sich etwa nicht nach den Bedürfnissen der Touristen? Jedes Kind wusste, dass die Rockies nur zum Skifahren gut waren. Dem ach so berühmten Panorama jetzt im Sommer konnte sie gar nichts abgewinnen. Sie rümpfte die Nase und starrte hinaus in die Dämmerung. Nachdem sie neben einem Geschenkladen, einem Mini-Markt und der Apotheke nur noch einen Bau- und Futterhandel und ein Sportgeschäft entdeckt hatte, war sie mit leeren Händen zum Diner zurückgekehrt.

Immerhin hatte sie dort innert Minuten herausgefunden, wo sie Gregory finden würde. Zu ihrem Entzücken wohnte er ebenfalls im Bed & Breakfast. Allerdings war sie zu ungeduldig gewesen, um bis zum Abend zu warten und hatte sich auf den Weg zu seinem Restaurant gemacht. Zukünftigen Restaurant, verbesserte sie sich. Wie er aus dieser Bruchbude je ein Sterne-Lokal zaubern wollte, überstieg ihre Vorstellungskraft. Es interessierte sie auch nicht wirklich. So lange er damit zufrieden war, hier für diese Hinterwäldler zu kochen, konnte er ihr gestohlen bleiben. Sie brauchte die Aufregung und die Ablenkung, die das Großstadtleben ihr bot. Den Glitzer und den Glamour.

Was sie nicht vorhergesehen hatte, war Terrys Sturheit. Anscheinend war es ihm gelungen, den Rest des Weges zu Fuß zurückzulegen. Als sie bei der Adresse ankam, die ihr Miss Minnie gegeben hatte, war sie fast in Ohnmacht gefallen, als Terrys Stimme an ihr Ohr gedrungen war. Zum Glück hatten sie dank des warmen Sommertags die Fenster offenstehen gehabt. Nicht auszudenken, was passiert wäre, wenn sie angeklopft hätte und Terry gegenüber gestanden wäre. Also war sie unverrichteter Dinge abgezogen und hatte einen Abend unter den Fittichen der Disney Sisters und anderen wohlmeinenden Gästen des Diners verbracht. Angewidert schüttelte sie den Kopf. Wie konnten Leute nur andauernd so nett sein? Ihre Haut brach in Pusteln aus, wenn sie nur schon daran dachte. Die Show, die sie heute den ganzen Tag abgezogen hatte, hatte sie um Jahre altern lassen. So fühlte sie sich zumindest.

Sie warf einen Blick auf die schmale Golduhr an ihrem Handgelenk. Es war schon spät. Fast neun. Es sah ganz so aus, als würde sie bis morgen warten müssen, um ihren Plan in die Tat umzusetzen. Sie seufzte.

*

„Wow“, brach es aus Vi heraus, sobald sie wieder einigermaßen klar denken konnte. Sie drehte den Kopf und schielte zu Gregory.

„Das war … unerwartet gut“, stimmte er ihr zu.

Vi ließ den Kopf wieder nach hinten fallen und zuckte prompt zusammen, als ihr Schädel mit dem harten Boden kollidierte.

„Hier“, meinte er und schob seinen Arm unter ihren Nacken.

Dankbar kuschelte sie sich an seinen warmen Arm und lauschte seinem Herzschlag. Jeder in seine Gedanken versunken, lagen sie still da. Seine Hand zeichnete leichte Muster auf ihre erhitzte Haut.

Vi wusste nicht so recht, was hier eben passiert war. Was als eine vergnügliche Art, den Abend zu verbringen, gestartet war, hatte sich zu etwas sehr viel Größerem entwickelt. Sie war sich ziemlich sicher, dass sich die Schicksalsgötter gerade den Bauch hielten vor Lachen.

Gregory räusperte sich neben ihr.

„Ich weiß ja nicht, wie es dir geht. Aber ich wüsste einen bequemeren Ort, um dieses Experiment zu Ende zu führen."

Vis Muskeln verspannten sich. Was meinte er damit genau?

„Experiment? Ich dachte, das wäre abgeschlossen", zwang sie sich zu witzeln.

Er drehte sich zur Seite, stützte sich auf dem Ellbogen auf und strich ihr mit der freien Hand eine widerspenstige Haarsträhne aus dem Gesicht.

„Die Nacht ist noch nicht zu Ende."

Hm. Das war richtig. Und vielleicht würde sie beim zweiten Durchgang feststellen, dass das, was sie eben erlebt hatte, nur das Produkt zu lang unterdrückter Anziehungskraft gewesen war. Beim zweiten Mal würde sie sicher feststellen, dass er auch nur ein Mann wie jeder andere war. Und nicht der Sexgott, zu dem sie ihn erhoben hatte.

„Einverstanden. Aber nur, wenn es etwas zu essen gibt."

„Versprochen. Also los!"

„Mist. Wohnst du nicht im Diner?"

„Ja. Also natürlich nicht im Schankraum, sondern in einem Zimmer des Bed & Breakfast."

„Haha. Sex scheint dich in einen Witzbold zu verwandeln."

„Sex alleine genügt nicht", murmelte er und rieb mit seiner Nasenspitze über ihre Ohrmuschel.

Gänsehaut überzog ihren Körper. Ihr Bauch zog sich zusammen. Großartig. Ihre Hormone waren offenbar erst richtig warmgelaufen.

„Nicht?“, fragte sie abgelenkt.

„Nein. Dazu ist schon großartiger, atemberaubender Sex nötig.“

Sie seufzte.

„Das war es tatsächlich.“

Er gab ihr einen spielerischen Klaps auf den Po.

„Hopp, hopp. Dann mal los.“

„Du klingst wie mein Papagei“, murrte sie und begann ihre Kleider zusammenzusuchen, die sich irgendwie im ganzen Raum verteilt hatten.

Julia, die sich vorher in einer Ecke in Sicherheit gebracht hatte, kam schwanzwedelnd ins Zimmer getappt und streckte sich mit einem lauten Gähnen.

„Ha! Ist das jetzt ein Kompliment oder eine Beleidigung?“

Mit gerunzelter Stirn streichelte er mit einer Hand den Hund, während er gleichzeitig versuchte, seine Jeans hochzuziehen.

Vi grinste.

„Suchs dir aus. Übrigens …“

„Ja?“

„Geh schon mal vor. Ich komm dann in einer Viertelstunde nach.“

Gregory warf ihr einen prüfenden Blick zu.

„Du lässt mich aber nicht einfach sitzen?“

„Natürlich nicht. Ich will nur nicht gemeinsam mit dir im Bed & Breakfast eintreffen und die Gerüchteküche zum Brodeln bringen. Zudem muss ich noch Jack füttern. Der arme Kerl war schon den ganzen Tag alleine. Wird Zeit, dass er eine Gefährtin bekommt.“

„Okay. Das kann ich verstehen.“

Er zog sie an sich für einen letzten Kuss.

„Bis gleich.“

Mit dem Hund dicht auf den Fersen ging er zur Tür.

Kopfschüttelnd, als könnte sie selber nicht ganz glauben, was sie in der letzten Stunde erlebt hatte, sah sie ihm nach, wie er leichtfüßig die drei Stufen hinuntersprang.

Was für ein Tag! Und was für ein Mann.

Mitten auf dem Gehweg hielt er inne und schlug sich mit der flachen Hand auf die Stirn.

„Mist. Das hatte ich ja ganz vergessen."

Verwirrt über den plötzlichen Stopp und das restliche seltsame Verhalten ihres Herrchens setzte sich Julia erst einmal draußen hin. Sie machte ganz den Anschein, als würde sie erstmal abwarten, was ihm sonst noch so einfiel.

Vi schenkte ihm ein freches Lächeln, als er die Stufen zur Tür wieder hochkam.

„Das ist nur fair. Ich wäre ungern die Einzige, deren Denkvermögen sich in der letzten Stunde in Luft aufgelöst hat."

Spontan griff er nach ihr und gab ihr einen langen, genüsslichen Kuss. Er ließ sich Zeit. Vi war eine Frau, die man genießen musste. Sie hatte so viele Schichten, die er nicht erwarten konnte freizulegen und zu entdecken.

Auf der Suche nach ihrem plötzlich verschwundenen Besitzer warf Julia einen Blick ins Innere des Studios. Als sie sah, was dort drinnen vor sich ging, legte sie sich vor der Treppe hin. Das konnte wohl noch länger dauern.

„Du warst definitiv nicht die Einzige", murmelte er schließlich und lehnte seine Stirn gegen ihre.

„Trotzdem bin ich gespannt, weshalb du wieder umgekehrt bist? Hast du so schnell deine Meinung geändert?", zog sie ihn auf.

„Auf keinen Fall!"

Er schien ehrlich entsetzt zu sein, dass sie diese Möglichkeit überhaupt in Erwägung zog. Sie genoss das berauschende Gefühl, das seine Reaktion in ihr auslöste. Sie fühlte sich unbeschreiblich weiblich und begehrt.

Gregory zog eine Grimasse.

„Ich hatte nur ganz vergessen, dass ich aktuell einen Zimmergenossen habe.“

Vi zog eine Augenbraue hoch und löste sich von ihm. Während sie sich damit beschäftigte, ihre Utensilien wegzuräumen, debattierte sie mit sich, ob sie etwas zu dem Thema sagen sollte.

„Was ist los“, fragte er und versetzte ihr mit seiner Schulter einen kameradschaftlichen Stoß. Er bückte sich und half ihr mit den Farbkübeln.

„Nichts. Es ist nur … Bist du sicher, dass der Typ dein Freund ist?“ Hastig fuhr sie fort: „Ich fand ihn ziemlich schräg, verschlagen. Und unfreundlich.“

Gregory beobachtete sie aufmerksam, sagte aber nichts.

„Und heute Nachmittag … da kam ich nicht umhin, euer Gespräch mit anzuhören.“

Sie richtete sich auf und blickte ihn zum ersten Mal direkt an. Ihre blauvioletten Augen blitzten im gedämpften Licht des Studios, als hätten sie ein Eigenleben.

„Er taucht aus dem Nichts auf, erzählt dir eine rührselige Geschichte und Päng“, sie warf dramatisch die Hände in die Luft, „wohnt er bei dir? Best friends forever?“

Die Hände in die Hüften gestützt, brach er in schallendes Gelächter aus, bis er sich schließlich an die Wand lehnte und nach Luft schnappte.

„Oookaay?“

Sie hatte erwartet, dass er mit Unglauben reagieren würde. Oder wütend werden, weil sie ihre Nase in Dinge steckte, die sie nichts angingen. Mit einem Lachanfall hatte sie nicht gerechnet.

„Hat er sich dir so vorgestellt?“

Sie nickte.

„Keine Sorge“, beruhigte er sie. „Terry ist vieles, aber auf keinen Fall mein Freund. Im Gegenteil. Sein plötzliches Auftauchen hier ist sehr verdächtig.“

„Das dachte ich mir eben auch!" Um ihren Worten Nachdruck zu verleihen, schlug sie mit der Faust auf ihre flache Hand. „Wer ist schon zufällig in Independence? Niemand", beantwortete sie die Frage gleich selber.

Gregory nickte bestätigend mit dem Kopf.

„Schon gar nicht Terry. Ein Großstadtmensch, durch und durch."

„Was will er denn von dir?"

Sein Blick wanderte in die Ferne, während er über die Hunderttausend-Dollar-Frage nachdachte.

„Keine Ahnung", sagte er schließlich und fuhr sich durch die Haare.

Eine Geste, die Vi als nervösen Tick erkannte. Offensichtlich beunruhigte ihn Terrys Anwesenheit doch ziemlich.

„Er war mein letzter Chef."

„Der, der dich gefeuert hat?"

Die Geschichte hatte sie aus Bruchstücken, die sie im Diner gehört hatte, zusammengesetzt.

„Woher w…"

Vi sah ihn nur mitleidig an.

„Richtig. Kleinstadt. Ich vergaß. Auf jeden Fall ist er mein Ex-Chef, der mich zuletzt beschuldigt hat, es auf seine Freundin abgesehen zu haben."

„Und?", bohrte Vi nach. „Hattest du es auf sie abgesehen?"

Ein Schauder überlief ihn.

„Natürlich nicht. Du müsstest nicht fragen, wenn du sie kennen würdest. Die Frau ist fürchterlich. Ihr geht es nur ums Image. Terry ist oder war ein sehr renommierter Koch. Sie versprach sich durch die Beziehung zu ihm Zugang zu den Promikreisen."

„Ein Mittel zum Zweck also."

„Genau. Nur, dass sie irgendwann plötzlich beschlossen hatte, ihre Aufmerksamkeit auf mich zu konzentrieren." Er zuckte mit den Schultern. „Wieso, weiß ich auch nicht. Aber es war so.“

„War das nicht ganz angenehm?“

„Lorena tut nie etwas ohne Hintergedanken“, meinte Gregory düster.

„Warst du denn der bessere Koch?“, riet sie ins Blaue hinein.

Verlegen drehte er den Kopf weg und schaute zur Seite.

„Ich fasse das mal als ein Ja auf. Das alles erklärt, weshalb er dich gefeuert hat, aber immer noch nicht, weshalb er jetzt hier anstatt in Kalifornien ist.“

Gregory seufzte.

„Nein. Das tut es nicht. Aber ich dachte mir, besser, ich behalte ihn in der Nähe, wo ich ein Auge auf ihn haben kann. Zudem hat er kein Geld. Was hätte ich machen sollen? Ihn vor die Tür setzen?“

Genau das, dachte Vi für sich, äußerte den Gedanken aber nicht laut. Sie konnte auch seinen Gedankengang nachvollziehen.

„Obwohl, gerade jetzt halte ich das für eine hervorragende Idee“, spiegelte er ihre Gedanken wider. „Dann müsste ich mich nicht mit einem ungewünschten Zimmergenossen herumplagen und könnte dich in meine Höhle schleppen.“

Er zwinkerte ihr zu.

Sie legte ihm die Arme um den Hals, biss ihn spielerisch in die Unterlippe. Die Hände, die er an ihre Hüften gelegt hatte, verstärkten ihren Griff. Sie lächelte.

„Du hast Glück. Ich habe meine eigene Höhle. Oder sollte ich sagen: Schiff? Meine Bleibe kommt stilgerecht mit Papagei.“

„Aye, aye, captain.“

11

Lorena hielt mitten in ihrer nervösen Wanderung inne. Auf der anderen Seite der Wand kratzte ein Schlüssel im Schloss. Angespannt lauschte sie auf weitere Lebenszeichen. Wie der Zufall es wollte, lag ihr Zimmer neben Gregorys. Soviel hatte sie aus Miss Minnie herausgekitzelt. Die Nachbartür schlug zu. Ein Fenster wurde geöffnet.

Aufgeregt eilte sie zu dem Spiegel, der über dem Schreibtisch hing, und betrachtete sich darin. Mit beiden Händen griff sie nach ihren Brüsten und rückte sie unter dem Negligé in Position. Zufrieden nickte sie sich zu. Die beiden waren die beste Investition ihres Lebens gewesen. Sie drehte sich um und ging ins Badezimmer, wo sie ihre Toilettenartikel verstaut hatte. Sie verteilte einen Spritzer Parfum auf die strategischen Stellen und fuhr sich mit der Bürste durch die Spitzen ihrer Haare.

Von nebenan waren immer noch Geräusche zu hören. Sie schaute auf die Uhr. Noch fünf Minuten. Dann würde sie ihren Plan in die Tat umsetzen.

Nach einer gefühlten halben Ewigkeit, während der sie grimmig den Minutenzeiger angestarrt und versucht hatte, ihn mit purer Willenskraft zu einer schnelleren Gangart anzutreiben, war es soweit. Darauf bedacht, unentdeckt zu bleiben, öffnete sie die Tür nur einen Spalt und spähte hinaus. Der Flur war menschenleer. Eilig schlüpfte sie hindurch, schloss hinter sich die Tür ab und ließ den Schlüssel in die Tasche ihres Morgenmantels gleiten.

Vor der Tür holte sie tief Luft und hob die Hand, um anzuklopfen, hielt im letzten Moment aber inne. Was er wohl sagen würde, wenn er sie sah? Sie durfte ihm einfach nicht zu viel Zeit geben, um zu überlegen. Sonst fragte er sich am Ende noch, was ausgerechnet sie in diesem Kaff, weit weg von jeglicher Zivilisation, machte. Ein direkter Angriff mit allen ihr zur Verfügung stehenden Waffen war sicher die beste Strategie. Sie senkte den Kopf und schielte an ihrem Kinn entlang in ihren Ausschnitt. Sehr gut. Ihre beiden Mädels waren immer noch da, wo sie sie vorher hingeschoben hatte.

Am liebsten hätte sie ihn im Dunkeln im Bett überrascht. Doch vermutlich hatte er abgeschlossen. Spontan griff sie in die Tasche ihres Bademantels und tastete nach dem Schlüssel. Moment mal. Die Zimmer wurden mit altmodischen Schlüsseln verschlossen und hatten überhaupt keinen automatischen Schnappverschluss. Wollte man das Zimmer abschließen, musste man händisch den Schlüssel auf der Innenseite nochmals einstecken und bewusst umdrehen. Ein Skandal eigentlich, wenn man es recht bedachte. Aber ihr kam es jetzt zugute. Zumindest, wenn Gregory nachlässig gewesen war und die Tür unverschlossen gelassen hatte. Ob dem so war, würde sich zeigen.

Behutsam stützte sie sich mit den flachen Händen ab und presste ihr linkes Ohr ans Holz. Die Klospülung ging. Wasser rauschte. Sie hielt den Atem an. Verdammt. Wann ging er denn endlich ins Bett? Je länger sie hier draußen auf dem Flur stand, desto größer war die Chance, dass jemand sie entdeckte und sie lästige Fragen beantworten musste. Endlich hörte sie, wie eine Bettdecke zurückgeschlagen wurde. Sollte sie warten, bis er eingeschlafen war? Obwohl einiges für die Idee sprach, nicht zuletzt der größere Überraschungseffekt, war sie zu ungeduldig, um nochmals eine Stunde abzuwarten.

Vorsichtig drückte sie die Klinke runter. Als sich die Tür tatsächlich aufschieben ließ, atmete sie erleichtert aus. Hindernis eins war geschafft. Jetzt musste sie nur noch geschickt ihre weiblichen Reize einsetzen, und die Rezepte würden ihr gehören.

Das helle Licht, das vom Gang ins dunkle Zimmer fiel, im Stillen verfluchend, schob sie rasch die Tür hinter sich zu. Barfuß tappte sie zum Bett. Tiefe Atemzüge durchschnitten die Stille. Irritiert blinzelte sie, als sich bei dem Geräusch eine Art Déjà-vu einstellte. Genauso hatte Terry immer geklungen, dieser Verlierer. Gut, dass sie den los war.

*

Terry drehte sich auf die andere Seite. Der Tag hatte besser geendet, als er gedacht hatte. Er hatte es nicht nur zu Fuß nach Independence geschafft, sondern sich auch eine Mahlzeit und ein Zimmer von Gregory erschnorrt. Der hatte ihm seine rührselige Geschichte von der Restaurantpleite tatsächlich abgenommen und ihn zum Diner geschickt. Die Patronin hatte ihm erst eine heiße Mahlzeit serviert und ihm dann den Schlüssel zu Gregorys Zimmer in die Hand gedrückt. Wo steckte sein neuer bester Freund überhaupt? Hier war er auf jeden Fall nicht. Egal.

Seine Gedanken drifteten ab, weit weg in Richtung Traumwelt, als ihm etwas federleicht über die Stirn strich. Er blinzelte und wollte sich schon umdrehen, doch die Hand wanderte weiter, seinen Hals entlang, über die Rippen und weiter. Das war sehr … angenehm. War das etwa ein Willkommensgeschenk von Gregory? Langsam, aber sicher begann sich sein schlechtes Gewissen zu regen. Der Typ zog wirklich alle Register, um ihn willkommen zu heißen, und er plante seinen Untergang. Doch wie hieß es so schön? Das Gesetz des Stärkeren?

Ein genüssliches Stöhnen entschlüpfte seinen Lippen, als sich die Hand fachmännisch um seinen Schwanz wand. Genüsslich schob er seine Hüften der Hand entgegen und drehte den Kopf ein wenig zur Seite. Ein süßliches Parfum stieg ihm in die

Nase, und er erstarrte. Das war doch … Aber … das konnte doch nicht …

„Du?“, fragte er anklagend, sein Schwanz auf einen Schlag erschlafft.

Die Frau erstarrte. Dann zog sie die Hand weg, als hätte sie sich verbrannt. Einen Moment später knipste sie die Nachttischlampe an.

„Was machst du hier?“, wiederholte er seine Frage.

„Dasselbe könnte ich dich fragen!“, schoss sie zurück. „Ich dachte, ich wäre dich endlich losgeworden.“

Terry lächelte fies und packte ihr Handgelenk.

„Das würde dir so passen. Wo ist mein Auto?“

„Das würdest du wohl gerne wissen.“

„Ich kann dich auch gleich zum Sheriff zerren“, meinte er beiläufig.

Bei seinen Worten erstarrte sie.

„Ich habe das doch nicht so gemeint“, wechselte sie augenblicklich ihre Taktik.

Terry schnaubte abfällig.

„Du hast es ganz genau so gemeint. Und jetzt verschwinde. Ich hol mir meinen Schlüssel morgen. Denk nicht einmal dran, abzuhauen, verstanden?“

Verzweiflung erfasste sie.

„Willst du nicht da weitermachen, wo wir aufgehört hatten?“, flüsterte sie schmeichlerisch.

Er durschaute ihre Absicht sofort. Dieses Spiel hatten sie schon zu oft gespielt. Er war es leid.

„Vergiss es. Gregory kann jeden Moment kommen.“

„Wo ist er überhaupt?“, wollte Lorena wissen und schob ihre Unterlippe vor.

„Keine Ahnung. Ich bin ja nicht sein Kindermädchen.“

„Du musstest wie immer alles verderben“, meinte Lorena bitter und stürmte aus dem Raum, ihre eben noch vorgetäuschten Gefühle für ihn fallen lassend.

Gleichgültig sah ihr Terry hinterher. Über kurz oder lang musste er sich was einfallen lassen, wie er sie loswurde. Die Tatsache, dass sie hier war, anstatt in die nächste richtige Stadt zu fahren, verriet ihm, dass sie ebenfalls immer noch hinter den Rezepten her war. Aber die gehörten ihm. Die würde ihm niemand streitig machen, schwor er sich grimmig. Schon gar nicht Lorena.

*

Nur langsam aus dem tiefen Schlummer erwachend, öffnete Vi die Augen und blinzelte schlaftrunken. Eine Sekunde lang wunderte sie sich über den warmen Körper neben sich. Dann kehrte die Erinnerung mit unerbittlicher Klarheit zurück. Gregory. Wie sie im Studio übereinander hergefallen waren. Wie sie versucht hatten, mit Runde zwei zu beweisen, dass die Intensität des ersten Mals purer Zufall gewesen war.

„Das ist gründlich nach hinten losgegangen", murmelte sie.

Auch beim zweiten Mal hatten sie voneinander nicht genug bekommen. Nach jedem weltbewegenden Orgasmus hatte einer den anderen erneut verführt, bis sie schließlich nach ein paar Stunden mehr oder weniger in einen komatösen Schlaf gefallen waren. Eine leichte Berührung hatte jeweils genügt.

Sie drehte sich um und streckte die Hand nach ihrem Telefon aus. Ein Blick auf das Display verriet ihr, dass sie erstaunlicherweise erst eine Stunde geschlafen hatte. Das erklärte auch, weshalb es draußen noch stockfinster war. Sollte sie ihn nach Hause schicken? Oder schlafen lassen? Sie versuchte sich vorzustellen, wie sie einander am Morgen begegnen würden. Sollte sie Frühstück machen? Oder eben gerade nicht? Abgesehen davon, dass sie jetzt über ihre extreme Kompatibilität im Bett Bescheid wussten, war zwischen ihnen gar nichts klar. Er war immer noch unbeirrt auf seinem Karrierepfad, während sie gerade versuchte, ihr Leben als Ganzes neu zu definieren. Apropos Frühstück … Das war momentan keine gute Zeit für

Gesellschaft. Ugh. Besser, sie schickte ihn auf der Stelle nach Hause. Er würde es ihr sicher danken, wenn er ihrer morgendlichen Kotzerei entging. Nicht, dass sie vorhatte, ihm den Grund für seinen plötzlichen Rausschmiss zu nennen.

„Was geht in deinem Kopf vor? Ich kann buchstäblich die Zahnräder knirschen hören."

„Du bist wach?"

„Ja. Wie du anscheinend auch."

Sie ließ sich auf ihr Kissen zurückfallen, verschränkte ihre Finger mit den seinen und starrte an die Decke.

„Keinen frechen Spruch auf Lager?", erkundigte er sich in gespielter Besorgnis.

„Pst. Ich überlege mir gerade die perfekte Formulierung, um dich vor die Tür zu setzen."

„Autsch."

„Keine Angst, dein Ego überlebt das", versicherte sie ihm.

„Das ist fraglich. Ernsthaft, du willst, dass ich gehe?"

Täuschte sie sich, oder hörte er sich tatsächlich verletzt an? Gewissensbisse plagten sie. Energisch verbannte sie sie in die hinterste Ecke ihres Bewusstseins. Sie weigerte sich, Schuldgefühle wegen etwas zu empfinden, was ganz klar in ihrer beider Interesse lag. Aber sie musste sich deswegen trotzdem nicht wie ein Arschloch benehmen.

„War das nicht der Plan?", sagte sie deshalb leichthin. „Dieser verrückten Anziehungskraft einmal nachzugeben, damit wir anschließend in der Lage sind, uns wieder auf unser Leben zu konzentrieren?"

„Irre ich mich, oder haben wir der Versuchung nicht schon mehrfach nachgegeben?"

„Nur um sicher zu gehen, dass es nicht wieder vorkommt."

„Hat ja hervorragend geklappt", brummte er.

Langsam, aber sicher wurde Vi wütend.

„Tu jetzt nicht so, als ob du geplant hättest, mir heute einen Heiratsantrag zu machen. Es war von Anfang an klar, dass das mit uns keine Zukunft hat.“

Er studierte sie eindringlich, doch in dem dunklen Zimmer konnte er den Ausdruck in ihren Augen nicht erkennen.

„Was schlägst du also vor? Dass wir weitermachen, als wäre das nie passiert?“

Unangenehm berührt schaute Vi zur Seite. Sie wusste ebenso gut wie er, dass das ein Ding der Unmöglichkeit war.

„Wir können ja Freunde bleiben“, sagte sie schließlich.

Gregory schnaubte.

„Freunde. Auf einmal ist eine platonische Freundschaft genug?“

Als sie nichts antwortete, schob er die Decke zurück und stand auf. Im Dunkeln suchte er seine Kleider zusammen und zog sich an. Schließlich kam er zurück ans Bett, betrachtete sie einen Moment lang kopfschüttelnd, bevor er sich hinunterbeugte und sie hart auf den Mund küsste.

Unwillkürlich schlang Vi ihre Hand um seinen Nacken und erwiderte den Kuss. Stürmisch. Wild und ein kleines bisschen verzweifelt.

Schließlich richtete er sich auf, strich ihr ein letztes Mal über die Haare und ging. Erst, als die Haustüre ins Schloss fiel und er weg war, ließ sie ihren Tränen freien Lauf. Das Leben hatte manchmal einen seltsamen Sinn für Humor.

*

Am nächsten Morgen war Vi trotz aller immer noch nachklingenden Sehnsucht sehr froh, dass sie Gregory nach Hause geschickt hatte. Ihre morgendliche Übelkeit war heute besonders schlimm. Schon dreimal hatte sie versucht, die Wohnung zu verlassen. Jedes Mal war sie kurz vor der Tür wieder umgekehrt und ins Badezimmer gerannt. Langsam, aber sicher hatte sie die Schnauze voll. Es gab noch so viel zu tun, bis sie im Studio die ersten Kunden empfangen konnte.

Das hatte sie von ihrer guten Tat, dachte sie missmutig. Wenn sie Gregory nicht mit seiner Küche geholfen hätte, wäre sie auch schon ein gutes Stück weiter. Warum eigentlich hatte sie ihn nicht seinem Schicksal überlassen? Die Muskeln der *True Warriors* und aller anderen hätte sie ganz gut selber gebrauchen können. Aber nein, sie musste ja hingehen und nachbarschaftliche Punkte sammeln.

Irgendwann gegen zehn schleppte sie sich endlich in ihr Studio. Selbst Jack hatte mitbekommen, dass es ihr nicht gut ging. Das Einzige, was er noch gekrächzt hatte, war ein besorgtes „Schätzchen". Vielleicht sollte sie tatsächlich zum Arzt, überlegte sie, wenn sich schon der Vogel Sorgen machte. Im Studio angekommen, blieben ihr ganze dreißig Sekunden Zeit, ihre gestrige Arbeit zu bewundern, bis sie von einer erneuten Übelkeitswelle attackiert wurde. Im letzten Moment schaffte sie es zur Toilette.

*

Unter Thors scharfen Augen verpasste Gregory der Bar, die den hinteren Teil des Restaurants ausmachen würde, den letzten Schliff. Mouse hatte ihm verraten, dass der blonde Hüne, der tatsächlich große Ähnlichkeiten mit dem Schauspieler im gleichnamigen Film hatte, maßgefertigte Möbel schreinerte. Bei einer Flasche Bier waren sie sich schnell einig geworden. Zwischen zwei anderen Aufträgen hatte er seinen Auftrag in Windeseile ausgeführt und war heute mit dem fast fertigen Teil vor der Tür gestanden. Jetzt musste er nur noch entscheiden, in welcher Farbe er es streichen wollte.

„Wenn du dich nicht endlich konzentrierst, wirst du hier bald ein Loch haben", brummte Thor und nahm ihm das Schleifpapier weg.

„He. Ich konzentriere mich sehr wohl."

„Richtig."

Gregory beugte sich vor, um den Schaden, den er offensichtlich angerichtet hatte, zu begutachten. Als er die Delle sah, zog er unmerklich den Kopf ein.

„Okay, okay." Er hob die Hände und wich vor dem schönen Holzmöbel zurück, als hätte er Angst, es durch seine bloße Anwesenheit zu zerstören.

„Es bricht nicht gleich zusammen, wenn du danebenstehst und atmest", zog ihn der Hüne auf. „Aber tu uns doch beiden einen Gefallen und schau mal nach deiner hübschen Nachbarin."

„Wieso sollte ich das tun?"

Thor machte sich keine Mühe, sein beeindruckendes Augenrollen zu verbergen.

„Vielleicht, weil du alle zwei Minuten zum Fenster rausstarrst und gedanklich in ein Paralleluniversum verschwindest?"

„Ich starre n…" Noch während er es abstreiten wollte, wanderte seine Aufmerksamkeit wieder zum Nachbargrundstück. Er konnte es sich selber nicht recht erklären. War es einfach nur das Verlangen, sie nach letzter Nacht wiederzusehen? Oder war der Grund für seine Unruhe der Blick auf Vis bleiches Gesicht, den er erhascht hatte, als sie irgendwann um zehn eingetroffen war? Seither hatte er von der anderen Seite keinen Ton mehr gehört. Klar, Wände malen verursachte nicht viel Lärm. Aber meistens kam sie immer mal wieder raus. Um Kaffee zu holen. Oder mit jemandem auf der Straße zu sprechen. Oder er hörte zumindest, wie sie die Leiter an einen anderen Ort schob. Nur heute nichts. Ob sie ihm nicht gegenübertreten wollte? Waren ihr die Geschehnisse der vergangenen Nacht peinlich? Das konnte er sich so gar nicht vorstellen. Bis jetzt hatte er den Eindruck gewonnen, dass sie ihr Leben nach ihren eigenen Regeln lebte und keinen Deut darauf gab, was andere von ihr dachten.

Thor stöhnte laut.

„Du tust es schon wieder. Stehst da und starrst ins Leere. Oder besser gesagt, in Richtung Vi. Jetzt geh schon.“

Zögernd setzte sich Gregory in Bewegung. Julia wollte ihm folgen, doch er bedeutete ihr, hier mit Thor zu warten. Beleidigt legte sie sich wieder hin und verfolgte ihn mit vorwurfsvollem Blick. Er ignorierte sie. Am Mittag würde er es mit einem ausgedehnten Spaziergang wiedergutmachen.

Entschlossen klopfte er an die Tür von Vis Studio. Die Sekunden verstrichen und niemand öffnete ihm. Er klopfte noch einmal. Lauter und länger. Immer noch keine Reaktion. Das bisschen innere Unruhe verwandelte sich augenblicklich in waschechte Sorge. War sie etwa von der Leiter gefallen? Wurde nicht immer behauptet, dass die schlimmsten Unfälle im Haushalt passierten? Entschlossen drückte er die Türklinke hinunter.

„Vi?“, rief er laut und trat ein.

Das Wandbild war in unverändertem Zustand. Bei Tageslicht war es noch beeindruckender. Doch er war nicht hier, um seinen Sinn für Kunst weiterzubilden. Erst einmal musste er Vi finden. Er rief noch einmal ihren Namen. Diesmal hörte er ein leises Wimmern. Sofort verfiel er in Laufschritt und joggte in den hinteren Teil des Gebäudes, von wo das Geräusch gekommen war. Im hinteren Raum war sie nicht. Also blieb nur noch das Badezimmer übrig. Dort fand er sie, zusammengerollt auf den kalten Platten liegend.

Bestürzt eilte er zu ihr hin.

„Vi!“

Der kleine Raum roch nach Erbrochenem. Hatte sie sich etwa eine Lebensmittelvergiftung zugezogen? Oder einen Magen-Darm-Virus erwischt? Aber vor ein paar Stunden war sie doch noch gesund gewesen?

„Geh weg“, wies sie ihn an, doch ihre Stimme war zu schwach, um überzeugend zu wirken.

Gregory drehte den Kaltwasserhahn auf und griff nach dem türkisfarbenen Handtuch. Mit dem Zeigefinger testete er die

Wassertemperatur. Sobald das Wasser richtig kalt war, machte er das Tuch zur Hälfte nass, wrang es aus und kniete sich damit neben ihr nieder. Sanft strich er ihr übers Gesicht. Stirn, Wangen, Lippen. Schließlich legte er ihr das Handtuch in ihren Nacken und strich ihr eine verschwitzte Haarsträhne aus dem Gesicht.

„Willst du nicht aufstehen? Zu Hause wär's sicher bequemer. Mit einer solchen Grippe gehörst du ins Bett."

„Bin nicht krank", murmelte sie schwach.

„Das sieht man", antwortete er, die linke Augenbraue skeptisch hochgezogen.

Ohne auf ihre Proteste zu hören, schob er seine Arme unter sie und begann sie hochzuheben.

„Nicht!", protestierte sie – doch es war zu spät. In hohem Bogen spie sie den Tee und den Zwieback, an welchem sie vorhin probeweise geknabbert hatte, über seine Schulter. Vi schloss die Augen. Wie peinlich. Das war sogar für sie ein extremes Verhalten.

„Ich sagte doch schon, geh weg."

„Freunde lassen einander nicht im Stich, wenn einer mal krank ist.", sagte er nur und legte sie auf die schmale Sitzbank, welche eigentlich als zukünftiger Wartebereich für Kunden gedacht war.

Abermals holte er das nasse Tuch und wiederholte die Waschprozedur von vorhin. Als er damit fertig war, entledigte er sich seines T-Shirts und warf es in den Müllsack neben der Tür. Anschließend füllte er das Zahnputzglas aus dem Badezimmer und brachte es, zusammen mit einem Putzeimer, zu Vi.

Sie spülte den Mund und spuckte das Wasser in den Eimer, den er ihr hinhielt. Erst dann nahm sie einen vorsichtigen Schluck. Erstaunlicherweise kam die Flüssigkeit nicht augenblicklich wieder hoch. Wenn sie Glück hatte, hatte sie für heute ausgespuckt. Sie gab Gregory das Glas zurück und ließ ihren

Kopf an die Lehne fallen. Eigentlich konnte der heutige Tag auch gleich wieder vergehen, dachte sie erschöpft.

„Hör zu“, sagte Gregory, dem gerade eingefallen war, dass ihre Schwester in der Apotheke arbeitete. „Ich hole dir ein paar Medikamente bei deiner Schwester Astrid in der Apotheke und ein paar isotonische Getränke und Salzstangen im Mini-Markt. Versuche, dich bis dahin ein wenig auszuruhen. Wenn ich zurück bin, bringe ich dich nach Hause.“

Bei der Nennung von Astrids Namen riss Vi die Augen auf und griff nach seinem Handgelenk.

„Nein. Nicht Astrid. Mir fehlt nichts. Alles ist gut.“

Ungläubig runzelte Gregory die Stirn.

„Vergib mir, aber du siehst aus wie ein Zombie und spuckst dir seit Stunden die Seele aus dem Leib. Natürlich gehe ich zu Astrid. Die hat Medikamente gegen die Übelkeit“, erwiderte er streng.

„Nicht gegen diese Übelkeit“, murmelte sie in ihren Ärmel.

„Wie meinst du das?“

Sie riss den Arm vom Gesicht und schenkte ihm einen bösen Blick.

„Weil ich schwanger bin, okay?“

12

Völlig überwältigt von diesen Neuigkeiten taumelte er einen Schritt zurück.

„Schwanger?!“ Er starrte auf ihren Bauch. „Du meinst … da ist ein Baby drin?“

„Gratuliere“, antwortete sie sarkastisch. „Offenbar hast du im Sexualkundeunterricht aufgepasst.“

Offensichtlich völlig geschockt fuhr er fort, ihre Mitte zu fixieren.

„Du sieht aus, als würdest du erwarten, dass in den nächsten Sekunden ein Alien aus meinem Bauch klettert.“

Endlich hob er den Kopf.

„Was? Nein! Ich habe nur darüber nachgedacht, wie viele Therapiestunden wir mit unserem verantwortungslosen Verhalten letzte Nacht verursacht haben.“

„Bitte was?“

Sie verstand nur Bahnhof.

Aufgeregt gestikulierte er mit den Händen, während er seinen Gedankengang zu erklären versuchte.

„Stell dir vor, das Erste, was du in deinem Leben siehst, ist ein Penis. Das arme Kind ist jetzt schon fürs Leben gezeichnet.“

„Das arme Kind ist aktuell etwa so groß wie eine Kidneybohne und ähnelt einem Wurm. Ich denke, wir können beruhigt davon ausgehen, dass es überhaupt nichts mitgekriegt hat“, antwortete sie trocken.

„Da wäre ich mir nicht so sicher“, behauptete er stur.

„Glaubst du etwa, all die schwangeren Paare haben neun Monate lang keinen Sex mehr?“

„Darüber habe ich noch nie nachgedacht.“ Er runzelte die Stirn. „Wenn ich allerdings drüber nachdenke, wundert es mich nicht mehr, dass so viele Gestörte auf der Welt rumlaufen.“

Eine neue Welle der Übelkeit kündigte sich an. Vi gab es auf, Gregory Vernunft einbläuen zu wollen, und flüchtete wieder zur Toilette. Sollte er doch glauben, was er wollte. Das zwischen ihnen war ja sowieso eine einmalige Sache gewesen. Zumindest in der Theorie. Sie würgte. Nach ihrem Spuckfest vermutlich auch in der Praxis. Ein solcher Anblick war nicht gerade attraktiv.

Gregory dachte gar nicht daran, sich aus dem Staub zu machen. Jetzt, wo er seinen ersten Schock überwunden hatte, konnte er zugeben, dass er vermutlich etwas überreagiert hatte. Während er das zum Waschlappen umfunktionierte Handtuch unters kalte Wasser hielt und auswrang, ließ seine anfängliche Überraschung nach und machte ehrlicher Neugierde Platz. Zuvorderst stand die Frage: Wer war der Vater und war er noch Teil von ihrem Leben? Er hoffte nicht. Über den Grund dieser Hoffnung dachte er lieber nicht nach. Viel lieber beschäftigte er sich mit praktischen Überlegungen. Wann war der Geburtstermin? Weshalb machte sie ein Geheimnis daraus? Wie lange würde sie damit noch durchkommen?

Vi hatte inzwischen aufgehört zu würgen und lehnte erschöpft an der Wand in dem engen Badezimmer.

„Hier“, sagte er und reichte ihr abermals das kühl-feuchte Tuch.

„Du bist immer noch da?“, brummte sie. Aus ihrem ablehnenden Tonfall war herauszuhören, dass sie das nicht unbedingt gut fand.

Tja, dachte Gregory. Da hatte sie Pech gehabt. Ihn würde sie nicht so schnell loswerden. Freunde ließen Freunde nicht im Stich. Er zupfte an ihrem Arm und zog sie hoch. Als er sicher war, dass sie fest an der Wand lehnte, holte er das Glas, das er vorhin gefüllt hatte, und reichte es ihr.

„Warum tust du das?“, fragte sie mit geschlossenen Lidern.

„Wärst du denn lieber alleine?“

„Ehrlich gesagt, ja“, antwortete sie unverblümt.

„Vergiss es“, antwortete er freundlich. „Du bist definitiv nicht in der Verfassung alleine zu sein. Also nimmst du entweder mit mir vorlieb, oder ich rufe doch noch deine Schwester an.“

Sie murmelte etwas, das wie „Erpressung“ klang, doch er beschloss, das großzügig zu ignorieren. Stattdessen holte er von nebenan eine Decke und einen Putzeimer. Die Decke bereitete er über Vi aus.

„Das ist eine Hundedecke“, entschuldigte er sich. „Ich habe sie Julia geklaut.“

„Kein Problem.“

„Wenn du dich wieder erbrechen musst, hast du hier einen Eimer.“

Ihre einzige Antwort war ein einsilbiges Grunzen. Ihre Haut leuchtete fahl. Unter den geschlossenen Augen lagen dunkle Ringe. Gregory fluchte leise, als er über die kurz geschnittenen Haare ihrer linken Kopfseite strich. Die Arme war völlig erschöpft, und er hatte sie auch noch die halbe Nacht wachgehalten. Er wollte sich schon wegdrehen, als sie die Hand ausstreckte und ihm am Handgelenk festhielt.

„Ich kann dich schon wieder denken hören. Letzte Nacht war wunderschön. Ich bin selbst verantwortlich für die Anzahl der Stunden an Schlaf, die ich bekomme. Also hör auf, dich schuldig zu fühlen.“

„Gedanken lesen kannst du auch noch?“, fragte er leichthin. Die Frage war allerdings ernst gemeint. Ihre Treffsicherheit war unheimlich.

Vis Mundwinkel hoben sich.

„So ist das mit Hexen.“

Gregory schnaubte.

„Das ist eine mehr als akkurate Bezeichnung für dich. Ich muss los, ein paar Dinge erledigen. Ich schau nachher nochmals nach dir. Also nicht weglaufen."

„Ja, ja. Niemand hat gesagt, du müsstest meine Hand halten."

Gregory grinste auf sie hinunter. Wenn sie schon wieder bissige Bemerkungen machen konnte, ging es ihr besser.

*

Terry pfiff leise vor sich hin, als er an die Tür von Lorenas Zimmer klopfte. In Kürze würde er sein Auto und auch sein Geld wiederhaben. Dann war er endlich nicht mehr auf Gregorys Wohltätigkeit angewiesen. Das saß ihm nämlich ganz schön quer. Wäre die Situation umgekehrt gewesen, hätte er dem anderen keinen zweiten Blick gegönnt, geschweige denn eine Bleibe angeboten. Soviel Großzügigkeit machte ihn nervös. So ein Verhalten war ihm völlig fremd.

Ein Blick in das dicke Register, welches die Disney Sisters altmodisch von Hand führten, hatte ihm verraten, dass sie das Zimmer direkt neben seinem hatte. Zu fragen hatte er sich nicht getraut. Er wusste nicht, was Lorena über ihn erzählt hatte. Und er wollte es lieber nicht herausfinden, indem er direkt nach ihr fragte.

Als ihm bewusst wurde, dass sich hinter der Tür nichts rührte, runzelte er die Stirn. War sie etwa bereits unten beim Frühstück? Oder war sie etwa … Nein! Das würde sie nicht wagen. Doch das ungute Gefühl blieb. Entschlossen, dem Raten ein Ende zu bereiten, drückte er die Klinke hinunter. Er hatte Glück und die Tür ging auf.

Der Anblick des tadellos aufgeräumten Zimmers bestätigte seine schlimmsten Befürchtungen. Lorena war weg. Mit seinem Geld. Und seinem Auto.

Abgereist nach unbekannt, so wie es aussah. Zumindest konnte er keinen Abschiedsgruß entdecken. Er spürte, wie es in ihm zu kochen begann. Anscheinend war seine Drohung nicht klar genug gewesen. Das würde sie büßen! Mitten in den blutrünstigen Rachefantasien fiel ihm wieder ein, dass er ja pleite war.

Frustriert ließ er sich auf das tadellos gemachte Bett fallen. Wieso passierten nur ihm solche Dinge? Er kniff die Augen zusammen und rieb sich über die Stirn. Als Erstes musste er die Kreditkartenfirma anrufen. Eine Ersatzkarte sollte ja aufzutreiben sein. Dann musste er einen fahrbaren Untersatz besorgen. So vorbereitet, würde er sich von Gregory die Rezepte holen, bevor er sich ein für alle Mal um dieses Miststück kümmerte. Nur mit größter Anstrengung gelang es ihm, die Wut, die ihn zu überwältigen drohte, zurückzudrängen.

Sein Plan würde Erfolg haben. Etwas anderes würde er nicht tolerieren.

*

Lorena steuerte das Auto durch die Straßen von Breckenridge. Eigentlich sollte sie dem Mistkerl dankbar sein, dass er ihr einen Grund geliefert hatte, abzuhauen. Die Einkaufsmöglichkeiten hier waren viel besser. In weiser Voraussicht hatte sie bereits bei einem Bankomaten angehalten und das Maximum an Bargeld abgehoben. Es würde bestimmt nicht mehr lange dauern, bis er die Kreditkarte sperrte.

Sie stellte das Auto auf einem Parkplatz ab und stieg aus. Zeit für ein ausgiebiges Powershopping. Anschließend würde sie sich in einem netten Café hinsetzen und ihre nächsten Schritte planen. Auf keinen Fall würde sie Terry einfach die Rezepte überlassen. Ohne sie wüsste er überhaupt nichts von ihnen. Sie musste einfach schneller sein als er. Was nicht sonderlich schwierig sein sollte. Wenn sie erst einmal in ihrem Besitz waren, konnte er sie selbstverständlich haben. Zum richtigen Preis. Und zu ihren Bedingungen.

Zufrieden mit ihrem groben Plan betrat sie eines der sündhaft teuren Kleidergeschäfte, die die Straße säumten.

*

Gregory stand vor der Saftabteilung des Mini-Markts, als ihn jemand ansprach. Die Frau war zwischen fünfzig und sechzig Jahre alt. Durch die Energie, die sie ausstrahlte, war es schwer, das Alter genauer zu bestimmen. Er wusste auch, dass sie mitgeholfen hatte, seine Küche fertigzustellen, doch ihr Name wollte ihm partout nicht einfallen.

Anstatt zu versuchen, diese Tatsache irgendwie zu überspielen, entschloss er sich, das Thema einfach direkt anzusprechen. Bis jetzt schienen die Einwohner von Independence diese Herangehensweise am meisten zu schätzen. Hoffentlich auch die Frau vor ihm.

„Ich weiß, dass ich unter anderem dir für meine fertige Küche zu danken habe“, begann er und setzte sein charmantestes Lächeln auf.

„Aber du hast keinen blassen Schimmer mehr, wer ich bin, stimmt‘s?“

Ihre Augen funkelten amüsiert.

Theatralisch legte er eine Hand auf sein Herz.

„Ertappt.“

„Keine Sorge, das würde mir ähnlich gehen. Das müssen ja an die fünfzig Leute gewesen sein, die an diesem Nachmittag da waren.“

„Das ist richtig. Ich befinde mich immer noch in einer Art erfreuter Schockstarre“, beeilte er sich zu antworten. „Solch eine Solidarität gegenüber Fremden kenne ich nicht.“

Sie warf ihm einen prüfenden Blick zu.

„Gut. Dann wirst du auch nicht überrascht sein, dass diese Unterstützung ihren Preis hat.“

„Preis?“, wiederholte er vorsichtig.

„Genau“, antwortete sie täuschend freundlich. „Du siehst“, erklärte sie beiläufig, „es besteht eine Art interne Fehde zwischen uns und dem Bürgermeister.“

„Uns?“

Er klang wie Vis Papagei, doch etwas anderes fiel ihm in der Eile des Gefechts, und genau so fühlte sich das Gespräch gerade an, nicht ein.

„Wenn ich von uns spreche, meine ich die VGI. Die Vereinigung der Geschäftsfrauen von Independence“, sagte sie, als würde das alles erklären.

Das tat es absolut nicht. Gregory verstand immer noch nur Bahnhof.

„Bis du aufgetaucht bist, lagen wir vorn. Aber jetzt, wo er einen Sternekoch aus dem Ärmel geschüttelt hat, sieht es ganz anders aus.“ Sie zog die Augenbrauen zusammen. „Du bist doch ein Sternekoch, oder?“

Widerwillig nickte er.

„Ja. Ich hatte einen Stern. Aufgrund von …“, er zögerte, nicht sicher, ob es das Richtige war, sich dieser im Grunde genommen fremden Frau anzuvertrauen, die ihm immer noch nicht ihren Namen genannt hatte, „verschiedenen, unglücklichen Umständen war ich zuletzt allerdings gezwungen, die Position eines Hilfskochs anzunehmen.“

Ihre Augenbrauen wanderten in die Höhe, als er das sagte. Damit hatte sie offensichtlich nicht gerechnet. Schließlich nickte sie.

„Deine Ehrlichkeit spricht für dich. Deine Vergangenheit tut auch nichts zur Sache. Zurück zum Thema. So wie der Bürgermeister dich und dein Restaurant als gewinnbringende Ergänzung nach Independence geholt hat und dir einen Start-Up-Kredit gegeben hat, machen wir das mit weiblichen Unternehmerinnen.“

Jetzt dämmerte es Gregory langsam, worauf sie hinauswollte.

„Und Vi mit ihrem Tattoo-Studio ist euer neuestes Projekt“, sagte er langsam.

Zufrieden, dass er sie verstanden hatte, nickte sie.

„Genau. Und da sie nun einen Tag verloren hat, deine Küche zu organisieren, ist es nur fair, wenn wir für sie das Gleiche machen. Findest du nicht?“

Hm. Grundsätzlich schon. Andererseits hatte sie lange nicht so viel zu renovieren wie er. Sie würde sowieso viel früher startbereit sein. Dann fiel ihm wieder ein, in welchem Zustand er sie heute angetroffen hatte. Hilfe bei der Renovierung wäre sicher sehr willkommen. Oder etwa nicht? Wie er aus eigener Erfahrung wusste, konnte sie auch fürchterlich stur sein.

„Habe ich dich etwa falsch eingeschätzt?“

„Nein, nein“, beeilte er sich ihr zu versichern.

„Dann kümmerst du dich darum?“

„Ich? Ich kenne doch niemanden“, protestierte er.

„Doch. Mich zum Beispiel. Ich bin übrigens Brenda Carter und die Mutter des Carter-Clans. Mein Mann Stan ist der Einzige, den du noch nicht kennengelernt hast. Er musste an dem Abend einen Vortrag an der Universität in Boulder halten. Aber meine Kinder kennst du alle.“

Leicht überwältigt von all den Informationen, die auf ihn einprasselten, verlegte sich Gregory wieder darauf, einzelne wichtige Informationen zu wiederholen.

„Kinder?“

„Ja, natürlich. Jake, der Sheriff und seine Frau Jaz, die zwei Häuser neben dir ihr Yogastudio betreibt. Dann meine Jüngste, Tyler, die Tänzerin, sie betreibt zusammen mit Pat das Tanz- und Kampfkunststudio. Paula hast du vermutlich noch nicht kennengelernt. Sie und ihr Mann Nate wohnen auf ihrer eigenen Ranch. Sie haben zwei Töchter, Leslie und Shauna, die praktisch eigenhändig für den Inhalt der Facebookseite von Independence sorgen. Cole ist der Securitytyp, seine Frau heißt auch Avery, wie deine Vi, und mein ältester Sohn ist Sam, der ehemalige Hockeyspieler, und seine Freundin Kat betreibt den Safe Haven." Sie schenkte ihm einen berechnenden Blick. „Hast du schon einen Hund? Katze?"

Lachend hob Gregory die Hände, während er innerlich noch versuchte, mit der Aussage *deine Vi* klarzukommen. Vi gehörte nicht zu ihm. Noch nicht, meldete sich ungefragt in seinem Hinterkopf eine vorwitzige Stimme zu Wort. Entschlossen brachte er sie zum Verstummen. Er hatte keine Zeit für eine Beziehung. Und hatte nicht Vi selber heute Morgen die Freundschaftskarte gezogen? Die Erinnerung versetzte ihm einen Stich. Oder zumindest seinem Ego. Aber es war am besten so, weshalb er sich nicht gestattete, zu lange über seine widerstreitenden Gefühle nachzudenken.

„Oder sonst einen Vierbeiner?", nahm seine Gesprächspartnerin den Faden wieder auf, nachdem er ihr immer noch nicht geantwortet hatte.

„Habe ich. Eine bezaubernde Mischlingshündin namens Julia."

„Stimmt. Die habe ich auch kennengelernt. Sie ist bezaubernd. Schade." Sie dachte kurz nach, dann hellte sich ihre Miene auf. „Hey, vielleicht brauchst du ja einen zweiten Hund? Gesellschaft für die arme Julia?"

„Weiß Kat, dass du aktiv ihre Tiere vermittelst?", fragte er sie belustigt.

„Na klar. Ich muss doch dafür sorgen, dass sie mich in Ruhe lässt", antwortete sie mit einem Grinsen. „Sonst hätte ich bald das ganze Haus voller vierbeiniger Pflegekinder."

„Sehr schlau."

„Ganz recht. Also, ich verlass mich auf dich. Was wolltest du überhaupt in der Saftabteilung?"

„Ich habe nach etwas gesucht, das gegen Magenverstimmung hilft."

Besorgt neigte sie sich ihm zu.

„Fühlst du dich etwa nicht gut?"

„Es ist für … einen Freund“, schloss er etwas lahm.

Ihr wissendes Lächeln verriet, dass sie ihm die Geschichte nicht abnahm.

„Eisgekühlter Orangensaft. Aber besser wäre, wenn du in der Apotheke vorbeischaust.“

„Bei Astrid?“, fragte er schockiert. Wusste sie etwa Bescheid?

„Astrid?“ Brenda legte den Kopf schräg. „Ich nehme an, Astrid weiß auch Bescheid. Aber ich meinte eigentlich Zeldas Heilkräuterlinie. Sie hat allerlei Tees gegen alle möglichen Gebrechen.“

„Ah. Zelda. Gut. Das merk ich mir“, antwortete er, erleichtert, dass Vis Geheimnis vorerst sicher war.

Hastig griff er nach einem Karton mit Orangensaft und verabschiedete sich von ihr.

*

Brenda sah ihm nach, als er den Laden beinahe fluchtartig verließ. Was war denn das gewesen? Was hatte ihn so aus dem Häuschen gebracht? Sie spielte das Gespräch gedanklich noch einmal ab. Es war die Nennung der Apotheke gewesen. Sofort hatte er an Astrid gedacht. Hatte er etwa ein Auge auf sie geworfen? Das konnte sie sich eigentlich nicht vorstellen. Laut ihren verlässlichen Quellen hatte er sich mit Mouse, Astrids zukünftigem Mann, angefreundet. Er erschien ihr nicht der Typ, der sich an die Partner seiner Freunde heranmachte. Weshalb also seine Aufregung?

Oder hatte es etwa mit Astrids Schwester Vi zu tun? Gut möglich, dass die beiden sich näher kennengelernt hatten. Sie waren im Prinzip Nachbarn. Als sie vorhin Vi provokativ als die Seine bezeichnet hatte, war seine Reaktion sehr bescheiden gewesen. Hm. Beide jung, Single, gutaussehend? Vielleicht hatte er einfach ein gutes Pokerface. Sie tippte sich mit dem Zeigefinger an die Lippen, während sie die verschiedenen Möglichkeiten durchspielte.

Ein Lächeln umspielte ihre Lippen, als ihr aufging, dass sie ein neues Geheimnis zu lösen hatte. Sie liebte Geheimnisse. Ihre Freundinnen in der VGI und im Strickclub würden sich freuen, wenn sie ihnen davon erzählte.

*

Die Arme voll mit Einkäufen, stieß Gregory die Tür zu Vis Studio auf. Julia, die er gerade eben von drüben geholt hatte, drückte sich an seinen Beinen vorbei und eilte ins Studio. Thor hatte in der Zwischenzeit seine Bar fertig gemacht und sogar in einem dunklen Grau gestrichen. Wahrscheinlich war er ganz froh gewesen, dass Gregory keine Chance gehabt hatte, noch mehr Schaden mit dem Schleifpapier anzurichten. Über die Kiste Bier, die Gregory ihm in weiser Voraussicht mitgebracht hatte, hatte er sich sehr gefreut. Gregory hatte seine gute Laune gleich ausgenutzt, und ihn gefragt, wie er am besten einen Hilfstrupp für Vi organisieren sollte. Thor hatte nur genickt und gemeint, er würde sich um alles kümmern.

Gregory wollte gar nicht wissen, was „sich um alles kümmern" beinhaltete. Sein Kopf war voll mit all den Details, die er bis zur großen Eröffnung in zwei Wochen noch fertigstellen oder erledigen musste. Der verbleibende Teil seines Hirns war damit beschäftigt, die vergangene Nacht in einer Endlosschleife abzuspielen. Es war ein wenig beunruhigend, wieviel Platz Vi auf einmal in seinen Gedanken einnahm.

Nicht gewillt, sich mit dieser Tatsache auseinanderzusetzen, sah er sich suchend um. Abgesehen von der atemberaubenden Wandmalerei, die Vi gestern geschaffen hatte, war der Raum leer. Sie brauchte dringend irgendeine Art Rezeptionsbereich. Eine Theke beim Eingang, wo sie ihr Terminbuch oder den Computer aufstellen konnte. Er runzelte die Stirn, als er sich dabei ertappte, wie er gedanklich das Studio einrichtete. Das

Studio, von dem er bis vor knapp vierundzwanzig Stunden überzeugt gewesen war, dass es dringend woandershin sollte. Schon seltsam, wie sehr sich eine Perspektive ändern konnte, wenn man mit der Inhaberin ein paar intime Stunden verbracht hatte, stellte er mit einer ordentlichen Portion Selbstironie fest.

Bevor er die Tüten in Ermangelung eines Tisches einfach auf den Holzboden stellte, warf er einen letzten Blick auf die Dschungellandschaft und den übergroßen Papagei an der Wand. Wie auch immer er zu der Tatsache stand, ein Tattoo-Studio neben seinem Restaurant zu haben, war inzwischen irrelevant. Mit dem Wandgemälde hatte sie dem Ort ihren Stempel aufgedrückt. So ein Kunstwerk ließ sich nicht einfach duplizieren. Oder die Wand verschieben. Vor allem, da das die Rückseite seines Restaurants war, dachte er kopfschüttelnd. Trotz dieser ernüchternden Feststellung lächelte er. Oje. Um seinen Geisteszustand stand es schlimmer, als er gedacht hatte.

Sich an die Hühnersuppe erinnernd, die er auf Zeldas Geheiß aus dem Diner geholt hatte, begann er in der Tüte zu wühlen. Als Erstes fielen ihm die Bücher in die Hände. Während er auf die Suppe gewartete hatte, hatte ihm Miss Minnie vorgeschlagen, im Buchladen vorbeizugehen und *dem Freund* Krankenlektüre zu besorgen. Zu diesem Zeitpunkt hatte er den leisen Verdacht entwickelt, dass sich ganz Independence einen Spaß mit ihm erlaubte, indem sie ihm eine Besorgung nach der anderen aufhalsten. Natürlich nur, damit es seinem Freund bald besser ging. Bei der Erinnerung daran schnaubte er spöttisch. Ja, richtig.

Allerdings fand er die Idee inzwischen gar nicht mehr blöd. Vielleicht hatte Vi später tatsächlich Lust, ein bisschen zu lesen. Vorausgesetzt, es ging ihr besser. Er stellte die Tupperwaredose mit der Suppe zur Seite. Wenn Vi hungrig war, würde er kurz nach drüben gehen und die Suppe aufwärmen. Wo steckte sie überhaupt? Und wohin war Julia verschwunden?

Er stieß sich von seiner knienden Position am Boden hoch und ging ins Hinterzimmer. Dort fand er die beiden. Vi lag immer noch auf der Liege, die Augen geschlossen, ein Arm fest um seinen Hund gelegt. Julia schielte unter ihren buschigen Augenbrauen hoch und klopfte mit ihrer Rute auf das Polster, machte allerdings keine Anstalten aufzustehen.

„Ich sehe schon, wo deine Prioritäten liegen“, stellte er flüsternd fest.

Er näherte sich den beiden vorsichtig. Vis Atem ging ruhig und regelmäßig. Ihre Gesichtsfarbe war nach wie vor sehr blass. Das Beste war vermutlich, sie erst einmal schlafen zu lassen. Während er in der Buchhandlung darauf gewartete hatte, dass Charlie ihm ein paar Bücher für Vi aussuchte, war er zufälligerweise in der Ratgebersektion gelandet. Wie von selbst hatten seine Hände nach einem Buch über Schwangerschaft und Geburt gegriffen. Ehe er sich versah, hatte er fasziniert alle Informationen zu den verschiedenen Entwicklungsstadien verschlungen. Vis Aussage nach befand sie sich immer noch im ersten Trimester, welches oft so mühsame Begleiterscheinungen wie morgendliche Übelkeit (die, wie er mit Erstaunen las, auch den ganzen Tag anhalten konnte) und einen riesigen Bedarf an Schlaf mit sich brachte. Kein Wunder, dass sie erschöpft war. Der zusätzliche Stress, ein neues Geschäft zu eröffnen, half da bestimmt nicht.

Behutsam strich er ihr eine widerspenstige Strähne aus dem Gesicht. Mitten in der zärtlichen Geste hielt er inne. Was machte er da eigentlich? Sie war nicht seine Frau, äh, Freundin. Das Kind nicht seins. Und er hatte wirklich auch ohne zusätzlichen Komplikationen genug um die Ohren. Besser, er distanzierte sich, bevor er sich noch mehr verstrickte.

Entschlossen stand er auf und ging nach draußen. Julia zu sich zu rufen brachte er dann aber doch nicht übers Herz. Sie war dort gut aufgehoben, rechtfertigte er seine Entscheidung vor sich selbst und stürzte sich in die Arbeit.

13

Ein paar Tage später klopfte es an der Tür ihres Studios. Vi legte die Rohre, die sie zugeschnitten hatte, um die Wasserleitungen instand zu setzen, beiseite und schaute hinaus. Was war denn das? Wieso standen auf einmal der gesamte Vorstand der VGI sowie Mouse und seine Kumpels von den *True Warriors*, bewaffnet mit Werkzeugkisten, Baumaterial und Farbe, auf der Straße?

Sie ging hinaus und konnte nur mit großen Augen um sich blicken.

„Was macht ihr denn hier?"

„Wir stellen dein Studio fertig", antwortete Mouse vergnügt und gab ihr zur Begrüßung einen schwägerlichen Kuss auf die Wange.

„Äh, danke?"

„Ich muss dir danken", antwortete Jaz und fiel ihr um den Hals. „Ich habe Cammie und Hazel sowie Rambo in der Obhut von Jake zurückgelassen. Also: Danke, danke, danke! Endlich einmal ein paar Stunden für mich, mit meinen Freundinnen, was will man mehr?" Sie wackelte bedeutungsvoll mit den Augenbrauen. „Und stell dir vor, ich muss erst um Mitternacht zu Hause sein. Das bedeutet Drinks im Diner."

O-o, dachte Vi. Gefahr im Anzug. Sie überlegte sich besser eine gute Ausrede, weshalb sie nicht mittrinken konnte.

Sie ließ ihren Blick über die vielen Menschen schweifen, die aktuell noch schwatzend und lachend vor ihrem Studio standen.

„So sehr ich euren Einsatz schätze, meint ihr nicht, es wird etwas eng, wenn wir alle dort drin zu Gange sind?“

„Hat ihr noch niemand die gute Neuigkeit überbracht?“, fragte Brenda ungläubig, die sich erfolgreich einen Weg durch die Menschenmenge gebahnt hatte.

Anabelle, die sich offensichtlich zur Feier des Tages von ihren Pferden losgerissen hatte, Vi wusste, wie selten das vorkam und schätzte es umso mehr, griff nach Vis Hand und zog sie zu den anderen.

„Ich mach das jetzt.“

„Gut. Aber bring sie zu mir zurück, bevor ihr geht. Ich brauche noch die exakten Instruktionen von ihr.“

Instruktionen? Gehen? Wohin? Vis Augen wurden immer größer, während sie versuchte, alles in sich aufzunehmen.

„Wieso fühlt sich das an wie eine Intervention?“, sagte sie laut, zu niemand Bestimmtem.

„Ist es auch“, antwortete Tyler, die sich dazu gesellt hatte, vergnügt.

„Gregory meinte, du hättest einen vergleichbaren Einsatz verdient. Zudem würdest du zu hart arbeiten und hättest einen friedlichen Morgen verdient. Deshalb sind wir erst jetzt hier. Eigentlich wollten wir schon morgens um acht anfangen“, erklärte Zelda.

Gregory! Vi wusste gerade nicht, ob sie sich über seine Aufmerksamkeit und Fürsorge freuen oder ihn für seine Einmischung erwürgen sollte.

„Apropos Gregory. Er schien sehr um deine Gesundheit besorgt zu sein“, stellte Zelda fest. „Zumindest nehme ich an, dass es um dich ging. Er hat von seinem Freund gesprochen.“ Die Gänsefüßchen, die sie mit den Zeigefingern in die Luft zeichnete, während sie das Wort *Freund* aussprach, machten mehr als deutlich, was sie von dieser Bezeichnung hielt.

Die anderen in der Runde schnaubten belustigt. Erwürgen, beschloss Vi. Definitiv erwürgen.

„Er … Mir war vor ein paar Tagen übel und er hat es zufällig mitbekommen. Wie er schon sagte, wir sind Nachbarn und Freunde“, erklärte sie. Sie zog leicht den Kopf ein, als sie sich sprechen hörte. Selbst in ihren Ohren klang das lahm.

„Gegen so einen Freund hätte ich auch nichts einzuwenden“, stellte Marley mit einem wissenden Grinsen fest. Sie war eine der wenigen weiblichen Unternehmerinnen, die nicht über die VGI, sondern über Mr. Wilkinsons Wettbewerb für Start-Ups nach Independence gekommen war. Sie und ihr Team aus mehreren jungen Männern und einer weiteren Frau programmierten Computerspiele. Zu Jaz’ Freude hatte sie ihre gesamte Belegschaft dazu verdonnert, einmal wöchentlich im Yoga zu erscheinen.

Leslie und Shauna drängten sich vor. Shauna, die Jüngere der beiden, hatte ein Handy einsatzbereit in der Hand. Die beiden waren Paulas und Nates Adoptivkinder.

„Wärst du offen für ein Interview?“

Vi blinzelte überrascht.

„Zu welchem Thema?“

Shauna warf ihr einen ungläubigen Blick zu.

„Na, über was wohl? Deine Beziehung zu Gregory natürlich. Die Leute müssen ja wissen, wie sie ihre Wetten abschließen sollen.“

„Was passiert, wenn ich Nein sage?“, erkundigte sich Vi interessiert.

„Das würde ich nicht tun“, erklärte Leslie altklug. „Dann spekuliert sie einfach. Ich bin mir nicht sicher, dass das in deinem Interesse ist.“

„Ist das nicht Erpressung?“

„Gewöhn dich lieber dran“, riet ihr Paula.

„Hat ihr jetzt schon jemand erklärt, wie der Tagesplan aussieht?“, erkundigte sich Anabelle, die langsam ungeduldig wurde.

„Das wolltest du ja machen“, bemerkte Tyler.

„Stimmt. Also, während die anderen das Studio fertig machen, dürfen wir auf einen Ausflug gehen. Wer hat die Liste?“

Irgendjemand reichte ihr einen Zettel.

„Danke. Hier sind sämtliche Flohmärkte in der Region vermerkt. Die klappern wir jetzt ab und helfen dir, die nötigen Dinge zusammenzusuchen.“

„Wow.“ Vi war buchstäblich sprachlos. „Aber wie wissen die da drin, was sie machen müssen?“ Sie warf einen besorgten Blick in Richtung Eingangstür. Als Künstlerin hatte sie sehr klare Vorstellungen, was Farben, Formen und ähnliches anbelangte. Der Gedanke, dass jemand diesen Vorstellungen in die Quere kam, machte sie ganz unruhig. Klar. Die Hilfe war sehr willkommen. Aber einfach das Heft aus der Hand zu geben, behagte ihr gar nicht.

„Genau deshalb will Brenda von dir genaue Instruktionen einholen“, beruhigte Anabelle sie. „Wir wissen doch alle, was für ein Kontrollfreak du bist.“

Erleichtert drehte sich Vi um und hielt nach Brenda Ausschau.

*

Stunden später stand sie überwältigt in ihrem fertig renovierten und komplett eingerichteten Studio.

Auf verschiedenen Flohmärkten waren sie fündig geworden. Eine alte Werkbank diente als Empfangstisch. Das alte verwitterte Holz, gezeichnet von unzähligen Arbeitseinsätzen, gefiel ihr unheimlich gut. Ein altes Sofa auf geschwungenen Beinen, das fast aussah wie eine echte Antiquität, benötigte einen Termin beim nächstgelegenen Polsterer. Der verblichene, grüngoldene Bezug war fürchterlich. Doch mit einem Brokatstoff in dunkelviolett würde es dem Raum zusätzlichen Glanz verleihen und eine Sitzgelegenheit bieten, wenn sie mit Kunden die Entwürfe besprach.

Für den hinteren Raum hatte sie einen dicken, alten Flickenteppich erstanden. Vermutlich würde sie im Behandlungsraum noch einen zweiten brauchen. Sie hatte noch keine Ahnung, was sie mit dem Wurm machen würde, während sie arbeitete. Tätowieren war nicht wirklich eine Arbeit, bei der sie gleichzeitig ein Kleinkind betreuen konnte, überlegte sie. Aber um diese Sorge würde sie sich kümmern, wenn sie aktuell war. Vorerst hatte sie noch mindestens sieben Monate vor sich, während derer sie arbeiten konnte. Vorausgesetzt, diese blöde Übelkeit ließ endlich nach und ihr Bauch nahm keine walartigen Ausmaße an.

Sie schob die vielen Sorgen zur Seite und betrachtete ihr zukünftiges Reich. Jetzt fehlten nur noch ihre Arbeitsutensilien und die Liege. Onlineshopping sei Dank sollte sie bald beides geliefert bekommen. Aufregung erfasste sie. Sobald sie die Flyer gedruckt hatte, konnte sie ihre ersten Kunden empfangen. Unglaublich, was so viele Hände geschafft hatten. Tränen stiegen ihr in die Augen. Verärgert wischte sie sie weg. Der Wurm beziehungsweise die Hormone verwandelten sie in einen Wasserfall. Das sah ihr gar nicht ähnlich.

„Kommst du?“, rief Anabelle von der Tür.

„Ja, gleich.“

Ihre Schwester musste an ihrer Stimme gehört haben, dass sie noch einen Moment brauchte. Kurze Zeit später spürte sie, wie sich ein Arm um ihre Taille schlang. Anabelle legte den Kopf an ihre Schulter.

„Ganz schön überwältigend, nicht?“

Vi nickte.

„Sieht so aus, als würdest du diesmal länger bleiben, Schwesterchen.“

„Sieht ganz so aus.“

„Na komm. Lass uns ins Diner gehen, damit wir eine Chance haben, dir all deine Geheimnisse zu entreißen.“

Diese Befürchtung hatte Vi allerdings auch. Leider wusste sie nur zu gut, dass sie der freundlichen Befragung nicht entgehen konnte. Ihr wurde etwas bange, als ihr klar wurde, dass die Zeit der Geheimnisse in wenigen Minuten abgelaufen sein würde. Was würden die anderen sagen? Und seit wann machte sie sich über diese Frage überhaupt Gedanken?

*

Lorena brachte ihr Auto in einer Seitenstraße zum Stehen. Wenn dem Klatsch und Tratsch Glauben zu schenken war, würde heute im Diner eine große Feier stattfinden. Ihren Insiderressourcen aus dem Spa zufolge würde Gregory auch dort sein. Ihre Haare und Nägel hatten nie besser ausgesehen. Zu ihrem Glück dachte Anna, die Inhaberin des Spas, dass sie eine gelangweilte Touristin war und freute sich, sie täglich zu sehen.

Leider hatte sie nicht herausbringen können, ob Terry auch zu der Party eingeladen war. Aber normalerweise war er immer dort anzutreffen, wo Essen und Trinken gratis zu haben waren. Zudem konnte sie sich nicht vorstellen, dass er sich tatsächlich dazu herablassen beziehungsweise sich die Mühe machen würde, in Gregorys Restaurant einzubrechen, wenn er praktisch freien Zugang hatte. Er wohnte mit dem Typ zusammen, um Himmels willen. Was auch der Grund war, weshalb sie darauf verzichtet hatte, Gregorys Hotelzimmer zu durchsuchen. Wenn dort etwas zu finden gewesen wäre, hätte es Terry bestimmt schon längst entdeckt. Dass er überhaupt noch hier war, wies darauf hin, dass er bislang noch keinen Erfolg gehabt hatte.

Sie grinste. Es hätte sie auch sehr verwundert, wenn er auf einmal etwas zustande gebracht hätte. Das hieß allerdings noch lange nicht, dass sie mehr Glück haben würde. Gut möglich, dass Gregory die verdammten Rezepte inzwischen in Sicherheit gebracht hatte. In einen Safe. Oder ein Bankschließfach. Die Möglichkeiten waren endlos und alle gleichermaßen entmutigend.

Nicht willens, sich schon geschlagen zu geben, stieg sie aus dem Auto. Die Abendluft war erstaunlich warm. Eine angenehm milde Brise wehte durch die Luft. Sie nahm an, dass andere Leute einen Moment innehalten und das spektakuläre Farbenspiel, das die untergehende Sonne auf die majestätischen Wipfel der Rockies malte, bewundern würden. Aber für sie war das alles irrelevant. Sie wollte nur endlich die verdammten Rezepte ihr Eigen nennen, dann würde sie verschwinden. Zurück in die Großstadt, wo sie hingehörte.

Von Kopf bis Fuß in schwarz gekleidet, fühlte sie sich fast wie Catwoman. Sie spannte ihre nicht-existenten Armmuskeln an und genoss das Gefühl, unbesiegbar zu sein. Leichtfüßig schlich sie durch die Hinterhöfe. Diese Sneakers waren wirklich unglaublich praktisch. Fast war sie versucht, ihre Sammlung an hochhackigen Schuhen permanent gegen diese Turnschuhe einzutauschen. Aber nur fast. Sie hatte schließlich gewisse Standards.

Beim richtigen Gebäude angekommen stellte sie zufrieden fest, dass alles dunkel war. Hervorragend. Ihre Quellen hatten anscheinend recht gehabt. Probeweise drückte sie die Türklinke nach unten und konnte ihr Glück kaum fassen, als sich die Tür tatsächlich öffnete. Wie dumm konnte man sein, dachte sie kopfschüttelnd. Drinnen staunte sie nicht schlecht, als sie im Schein ihrer Taschenlampe sah, wie weit der Umbau schon fortgeschritten war. Gregory musste kurz vor der Eröffnung stehen. Wut erfasste sie, als sie daran dachte, wie nahe sie dran gewesen war, ihm sein Erfolgsgeheimnis zu entlocken. Sie konnte sich gar nicht entscheiden, auf wen sie mehr wütend war. Auf Gregory, weil er so ein Geheimnis daraus gemacht hatte, oder auf Terry, weil er ihn gefeuert hatte, bevor sie ihr Ziel erreicht hatte. Ein Grollen entschlüpfte ihrer Kehle. Impulsiv griff sie nach einem Hammer, der in einer Ecke lehnte, und begann auf alles Mögliche einzuschlagen.

Nach ein paar Minuten hielt sie völlig erschöpft inne. Die Zerstörung tat zwar gut, brachte sie ihrem Goal aber nicht näher. Achtlos ließ sie das Werkzeug fallen und sah sich suchend um. Wo würde er die Rezepte am ehesten verstecken? Die Wut von vorhin verraucht, machte sie sich systematisch auf die Suche.

*

Terry lehnte gelangweilt an der Wand des Diners, eine halbleere Flasche Bier in der Hand. Er wusste nicht genau, was er hier sollte. Gregory war verwundert gewesen, ihn in immer noch in seinem Zimmer anzutreffen. Nach ein paar unangenehmen Fragen, wie lange er noch plante, hierzubleiben und ob sich sein Geldproblem schon gelöst habe, hatte er ihn halbherzig zu der Feier eingeladen. Er konnte es ihm nicht mal übelnehmen. Wären die Rollen vertauscht gewesen, hätte er Gregory unter lautem Lachen zum Teufel gejagt.

Der Anlass war irgendein fertiggestelltes Tattoo-Studio. Als wenn ihn das interessierte. Andererseits hatte er nichts anderes vor und umsonst essen und trinken war besser als nichts. Vor allem, nachdem er erfahren hatte, dass seine Ex-Freundin es sich nicht hatte nehmen lassen, das Limit seiner Kreditkarte bis zum Maximum auszuschöpfen. Es hatte einiges an Überredungskunst gebraucht, um den Typen von der Notwendigkeit einer Sperrung der alten Karte, der Zusendung einer neuen Karte per Express und eines Überbrückungskredits zu überzeugen. Wenn er diese Schlampe in die Finger kriegte …

Also war er hier, blockte sämtliche schleimigen Annäherungsversuche der Einheimischen ab und langweilte sich zu Tode. Wenn er wenigstens der Rezeptsammlung einen Schritt näher wäre. Aber seine gründliche Suche in Gregorys Zimmer hatte herzlich wenig zutage gebracht. Als Nächstes würde er sich das Restaurant vornehmen. Aber nicht heute. Moment mal. Wieso eigentlich nicht? Soweit er das beurteilen konnte, war praktisch ganz Independence hier versammelt. Einen geeigneteren Zeitpunkt gab es nicht. In einem Zug leerte er seine Flasche und stellte sie auf die Holzleiste, welche den Abschluss der

Wandverkleidung bildete. Unauffällig schob er sich durch die anwesenden Gäste und wich mehreren neugierigen Hundeschnauzen aus. Noch so ein hinterwäldlerischer Brauch, der für ihn keinen Sinn machte. Hunde in einem Restaurant. Angewidert schüttelte er den Kopf.

Endlich war er draußen. Tief atmete er die frische Luft ein. Was hätte er nicht darum gegeben, zurück im Smog von Los Angeles zu sein. Leider, leider, gab es noch ein paar Dinge zu erledigen, bevor er diesem Kaff und der ganzen Natur den Rücken kehren konnte. Aus purer Gewohnheit sah er sich suchend nach seinem Auto um, bis ihm wieder einfiel, dass die verdammte Lorena seinen fahrbaren Untersatz geklaut hatte. Frustriert stopfte er die Hände in die Hosentaschen und begann, in Richtung von Gregorys Lokal zu gehen. Wenigstens lag hier im Zentrum alles nah beieinander. Die Hauptstraße lag wie ausgestorben da. Unten vom Park rund um den See erklangen ein paar vereinzelte Stimmen. Ansonsten machte es tatsächlich den Anschein, als wären alle schon zu Bett gegangen. Oder bei der lausigen Party im Diner.

Nach fünf Minuten hatte er das Restaurant erreicht. Um sicherzugehen, dass ihn niemand beobachtete, warf er einen Blick über die Schulter. Die Straße war vollkommen verlassen. Keine Menschenseele war zu sehen. Das bedeutete freie Bahn für ihn. Enthusiastisch nahm er die drei Stufen zur Eingangstür in einem Sprung. Auf dem Treppenabsatz angekommen beugte er sich vor und legte beide Hände ans Glas, um ins Innere zu spähen. Alles lag verlassen da. Baumaterialien standen kreuz und quer herum. Ein Stapel Stühle lag umgekippt am Boden. Ebenso wie ein Eimer Farbe. Moment mal. Er konnte sich nicht vorstellen, dass Gregory den Ort so zurückgelassen hatte. Das würde ja heißen, dass ihm diese Schlampe tatsächlich zuvorgekommen war.

Die Ader an seiner Schläfe begann zu pochen. Versuchsweise rüttelte er an dem Türknauf, doch die Tür war verschlossen. Wie war Lorena dann hineingekommen? Während er über dieses Rätsel nachdachte, fuhr er mit den Fingerspitzen über das Holz des Türrahmens. Doch er fand nichts, was auf ein gewaltsames Öffnen hingedeutet hätte. „Dann wäre die Tür jetzt ja auch offen, du Idiot", schimpfte er halblaut mit sich selber.

„Kann ich dir helfen?"

Schuldbewusst fuhr er herum. Auf der Straße stand ein älteres Paar. Der Mann war ganz klassisch in einen schwarzen Smoking gekleidet. In seiner Hand hielt er einen altmodischen Gehstock mit verziertem Silberknauf. Die Frau trug ein zweiteiliges Kostüm in stilvollem Grau. Auf ihrem Kopf thronte ein neckisches Hütchen mit kleinem Schleier. Um den Hals erblickte er eine Perlenkette. War er etwa in einem anderen Jahrhundert gelandet?

Der Mann warf ihm einen misstrauischen Blick zu. Die Frau hätte eine hervorragende Eiskönigin abgegeben. Offenbar trauten die beiden ihm nicht über den Weg. Er fletschte die Zähne und hoffte, dass es als ein Lächeln durchging.

„Ich suche nur meinen Freund."

Der alte Mann zog gekonnt eine Augenbraue in die Höhe.

„Tatsächlich. Im Dunkeln. Wenn offensichtlich niemand zu Hause ist."

Die Frau nestelte an der kleinen Tasche, die an ihrem Handgelenk hing.

„Ich denke, es ist besser, wenn wir Jake informieren, meinst du nicht auch, Dagobert?"

„Du hast wie immer völlig recht, meine Liebe."

Terry stand wie angewurzelt da, während die elegante Dame ihr Handy hervorzog und eine Nummer eintippte. Was machte sie da? Oder besser: Wer war Jake?

„Hallo Polly. Eve am Apparat. Ist der Sheriff da?"

Der Sheriff? Nur, weil er vor einem Haus im Umbau herumlungerte? Terry sah rot. Mit einem Grollen stürzte er sich auf das ältliche Paar.

In seiner Wut entging ihm völlig, dass Dagobert im entscheidenden Moment unauffällig seinen Gehstock nach vorn brachte. Prompt stolperte er darüber und fiel der Länge nach hin. Die Frau trat hastig ein paar Schritte zur Seite. Sonst hätte er sie auch noch zu Fall gebracht. Beim Sturz schlug er hart mit dem Kopf auf. Benommen blieb er einen Augenblick liegen.

Der Mann und die Frau tuschelten miteinander. Gerne hätte Terry sich auf die beiden gestürzt und sie das Fürchten gelehrt. Angesichts seines dröhnenden Schädels musste er jedoch wohl oder übel vorerst darauf verzichten. Stattdessen blieb er liegen und presste beide Hände an den Kopf, in ständiger Erwartung, auf einmal Polizeisirenen zu hören. Stattdessen nahm er vage wahr, wie sich ihre Schritte entfernten. Na endlich. Lange genug hatte es gedauert.

Stöhnend rollte er sich zur Seite. So verschnaufte er einen Moment, bevor er sich mühselig auf die Füße erhob. Scheißkaff. Scheißleute. Das war alles Gregorys Schuld. Versuchsweise bewegte er den Kopf von einer Seite zur anderen. Alles noch ganz. Immerhin würde er den Tag überleben.

Nachdem die lästigen Zeugen endlich verschwunden waren, richtete er sich auf und betrachtete abermals das Gebäude. Wie zum Teufel war Lorena reingekommen? Irgendwo hinter ihm heulte ein Motor auf. Dieses Brummen kannte er doch. Er wirbelte herum und sah gerade noch, wie die Rücklichter seines Autos um die nächste Kurve verschwanden. Eine Reihe von Flüchen in den verschiedensten Sprachen entschlüpfte seinen Lippen. Aber immerhin wusste er jetzt, wie sie es gemacht hatte. Der Hintereingang.

Er ging an der Häuserreihe entlang, bis er an einen Durchgang gelangte, der in den Hinterhof führte. Fast meinte er, Lorenas Parfum in der lauen Sommerluft zu riechen. Doch das war vermutlich mehr eine Illusion als sonst etwas. Die Hintertür stand sogar halb offen. Vorsichtig schob er sie mit dem Fuß noch mehr auf, bis der Durchgang breit genug war, dass er hindurchschlüpfen konnte. Darauf bedacht, nichts anzufassen, schritt er vorsichtig durch das Tohuwabohu, das Lorena hinterlassen hatte.

Nach einem ausgiebigen Rundgang blieb er nachdenklich stehen. Gregory würde alle Hände voll zu tun haben, um das Restaurant rechtzeitig zum bereits angekündigten Eröffnungstermin fertigzustellen. Immerhin ein kleiner Trost. Denn eins war klar: Sollten die Rezepte tatsächlich hier gewesen sein, hatte sie Lorena gefunden. Auch etwas anderes wurde ihm klar, als er seinen schmerzenden Kopf rieb. Seine Zeit auf Gregorys Kosten war somit vorbei. Mit den beiden alten Säcken, die bestimmt jedem erzählten, dass sie ihn hier gesehen hatten, würde der Verdacht sofort auf ihn fallen, wenn der Einbruch entdeckt wurde.

Er hatte zwar noch keine Ahnung wie, aber er würde Lorena aufspüren und sich ein für alle Mal um sie kümmern. Dass sie für ihn die Rezepte besorgt hatte, war nicht mehr als recht, nach all den Schwierigkeiten, die sie ihm bereitet hatte.

14

„Eve! Dagobert!“, freute sich Vi laut, als sie die beiden illustren Gäste im Eingang des Diners entdeckte.

Die beiden waren erst seit Kurzem so etwas wie ein Paar. Zumindest waren sie in letzter Zeit öfter gesehen worden, wie sie gemeinsam unterwegs waren. Die Spekulationen auf Facebook und die Wetten im schwarzen Buch der Disney Sisters liefen heiß. Auf den ersten Blick erschienen die beiden als sehr unwahrscheinliches Paar.

Eve war so etwas wie die Grande Dame von Independence. Sie war für ihre untrügliche Stilsicherheit à la Jackie Kennedy bekannt. Nie verließ sie ihr Haus ohne perfektes Make-Up. Trotz ihres hohen Alters – niemand kannte es so genau, doch es wurde gemunkelt, dass sie weit über achtzig sei – trug sie immer noch hohe Schuhe. Täglich war sie in einer von Jaz' Yogastunden zu Gast und beschämte manch jüngere Teilnehmer mit ihrer Gelenkigkeit. Berühmt-berüchtigt war sie zudem durch ihren Reigen an deutlich jüngeren Verehrern.

Dagobert hingegen war ein wenig ein Mysterium. Er wohnte in einem klapprigen Trailer ganz am Rand von Independence. Als Kat Unterstützung für ihren Safe Haven gebraucht hatte, war er der Erste gewesen, der an sie und ihr Tierheim geglaubt hatte. Als einer, der nicht nur leere Worte sprach, hatte er dem Tierheim eine (theoretisch anonyme, aber was blieb in Independence schon anonym) Spende von 10.000 Dollar übergeben. Es wurde gemunkelt, dass er wie sein Namensvetter aus Entenhausen auf Bergen von Geld saß. Genau wusste es niemand, was die Gerüchteküche noch viel mehr anheizte. Jahrelang war er eine tragische Figur gewesen. Als Stammkunde war er bereits morgens um zehn vor seinem ersten Bier gesessen und hatte den Tag mehr oder weniger betrunken im Diner verbracht. Vor ungefähr einem Jahr oder sogar etwas mehr hatte eine subtile Verwandlung stattgefunden. Obwohl er auf härtere Drinks umgestiegen zu sein schien (Vi hatte ja den Verdacht, dass es sich um Wasser handelte, eine Meinung, die ihre Schwester Astrid teilte), pflegte er sich plötzlich wieder und trat wie ein Gentleman auf. Als er dann letztes Jahr überraschend einen Austauschschüler aus der Schweiz bei sich aufgenommen hatte, schien seine Wandlung noch schneller vonstatten zu gehen.

Langsam, aber stetig begann er Eve zu umwerben. Vi war sich sicher, dass die beiden mehr verband als nur das Alter und der Wohnort. Aber niemand war alt genug, um sich an die Details der Geschichte zu erinnern. Oder sie waren zu schrecklich. Eins von beidem. Auf jeden Fall sah es in letzter Zeit ganz so aus, als ob Dagoberts Plan aufgehen würde. Vi seufzte. So eine romantische Geschichte. Und so ein schmuckes Paar.

Jetzt allerdings fehlte Eves Markenzeichen, ihr strahlendes Lächeln, und auch Dagobert schaute unerwartet ernst drein. Vor allem wenn man bedachte, dass sie gerade zu einer Feier stießen. Besorgt ging Vi auf die beiden zu.

„Ist etwas passiert?“, fragte sie, als sie sie erreichte, und fasste besorgt nach Eves Arm.

„Ist Jake hier?“, fragte Dagobert, ohne auf ihre Frage einzugehen, und wechselte seinen Spazierstock von einer Hand in die andere. „Und unser neuer Koch? Wo steckt der?“

Alarmiert weiteten sich Vis Augen, bevor sie sich umdrehte und in Richtung des Billardtisches deutete.

„Die beiden liefern sich gerade ein Billardmatch …“

„Hol sie doch bitte einmal her.“

Durch Dagoberts und Eves seltsames Verhalten äußerst beunruhigt, beeilte sich Vi, seiner Aufforderung nachzukommen.

„Jetzt zeig ich dir, wie man richtig Billard spielt."

Gregory prustete verächtlich, während er die Spitze seines Queues mit Kreide einrieb.

„Das bezweifle ich. Muss ich dich daran erinnern, dass du zwei Punkte im Rückstand bist?"

„Das war nur die Aufwärmphase", versicherte ihm Jake und beugte sich über den Tisch.

Vi trat zwischen die beiden und unterbrach das freundschaftliche Geplänkel.

„Jake, ich glaube, du wirst in deiner Funktion als Sheriff gebraucht."

Sein Kopf fuhr hoch.

„Was ist denn jetzt los?"

„Keine Ahnung. Aber offensichtlich hat es mit Gregory zu tun."

„Mit mir?"

„Wundert mich gar nicht", zog Jake ihn auf, während er sein Queue an die Wand lehnte. „Was hast du wieder ausgefressen?"

„Ich? Gar nichts!", schoss dieser indigniert zurück. „Ich hatte die letzten Tage so viel um die Ohren, dass es mir schwergefallen wäre, in Schwierigkeiten zu geraten."

Vi senkte den Blick und biss sich auf die Unterlippe, um ihr Grinsen zu verbergen. Auch wenn sie sich wirklich Mühe gab, die gemeinsam verbrachte Nacht aus ihrem Gedächtnis zu verbannen, gelang es ihr nicht. Zu den unpassendsten Gelegenheiten meldete sich die Erinnerung vehement zurück. Ihr Puls beschleunigte sich. Die Schmetterlinge in ihrem Bauch flogen Loopings und ihr Unterleib zog sich freudig zusammen. Nur schade, dass sie offenbar die Einzige war, die diese Probleme hatte. Gregory schien überhaupt keine Mühe zu haben, sie wie einen beliebigen Kumpel zu behandeln. Sie seufzte. Eigentlich auch kein Wunder. Schließlich hatte sie ihm praktisch auf die

Füße gespuckt. Nicht gerade sexy. Das hatte ihn vermutlich ein für alle Mal von jeglicher Anziehungskraft kuriert.

„Am besten, wir gehen mit Vi nach vorn und finden es heraus“, riss Jake sie aus ihren nostalgischen Gedanken.

„Wer hat dich denn ursprünglich losgeschickt?“, wollte Gregory wissen.

„Dagobert.“

Gregory blinzelte verwirrt.

„Dagobert? Ist hier etwa ganz Entenhausen versammelt?“

Vi grinste.

„Du kennst Dagobert noch nicht? Dann wird es höchste Zeit. Er ist so etwas wie unser Stadt-Original.“

Als sie zurückkamen, hatte sich schon eine ganze Traube um das Paar gebildet. Ganz untypisch für die beiden schienen sie jedoch noch nicht mit der Sprache herausgerückt zu sein, warum sie den Sheriff sprechen wollten. Miss Daisy schien sich Eve gekrallt zu haben und setzte ihren ganzen Charme ein, um sie endlich zum Sprechen zu bringen.

„Dagobert, Eve“, grüßte Jake sie mit ernster Miene. „Wollt ihr woanders hingehen, wo wir mehr Privatsphäre haben?“

„Ich glaube, das ist nicht nötig. Wir wollten nur Bescheid geben, dass wir eine verdächtige Person bei deinem Restaurant entdeckt haben. Ein Typ stand an der Tür und hat durchs Fenster in der Tür ins Innere gespäht. Dabei hat er sich immer wieder umgeschaut, als wollte er nicht entdeckt werden. Sehr verdächtig.“

„Natürlich haben wir ihn zur Rede gestellt“, beteiligte sich Eve an dem Gespräch. „Schließlich kann man nicht tatenlos zusehen, wenn man jemanden auf frischer Tat ertappt.“

„Was habt ihr denn nun genau gesehen“, verlangte Jake mit seiner Sheriffstimme zu wissen.

„Das haben wir doch bereits gesagt.“

Dagobert klang nicht so, als beabsichtigte er, die ganze Geschichte noch einmal zu wiederholen.

„Obwohl, wenn man es richtig bedenkt, hast du den besten Teil ausgelassen", warf Eve fast beiläufig dazwischen, während sie den dunkelroten Lack ihrer Fingernägel kritisch begutachtete.

Jake warf einen Blick an die Decke, als würde er um göttlichen Beistand oder zumindest eine extra Portion Geduld bitten.

„Vielleicht würdest du uns einweihen?", schlug er vor, diesmal in freundlichem Plauderton.

Vi kam sich vor, als würde sie einer Einführung in verschiedene Verhörtechniken beiwohnen. Fasziniert hörte sie dem Gespräch zu.

„Nachdem wir ihn angesprochen hatten und der Einbrecher …"

„… mutmaßliche Einbrecher", korrigierte Jake sie milde.

Eve wedelte mit der Hand, als würde das nun wirklich keine Rolle spielen.

„Das sind reine Spitzfindigkeiten. Wir wissen schließlich, was wir gesehen haben, nicht?"

Sie warf einen erwartungsvollen Blick in Dagoberts Richtung. Dieser nickte widerwillig.

„Als sich der Kerl nicht von seinem Platz an der Eingangstür wegbewegen und uns mit einer faulen Ausrede abspeisen wollte, habe ich mein Handy gezückt, um den Sheriff anzurufen."

„Als er hörte, dass wir die Polizei rufen wollten, kam er wie ein Berserker auf uns zu gerannt", empörte sich Dagobert und beteiligte sich nun doch an der Geschichte.

Jake schloss die Augen und rieb sich die Nasenwurzel.

„Hättet ihr euch nicht erst an einen sicheren Ort begeben können? Es ist gefährlich, Leute so zu konfrontieren. Was ist dann passiert? Hat er euch etwas getan?"

Eve schnaubte ganz und gar nicht ladylike.

„Als ob er das geschafft hätte. Nein. Mein Held hier", sie stellte sich auf die Zehenspitzen und küsste Dagobert auf die Wange, „hat ihn ganz allein zur Strecke gebracht."

„Ich bin nicht sicher, dass ich diese Geschichte zu Ende hören will", murmelte Jake.

Dagobert hingegen wurde rot und studierte konzentriert den abgenutzten Dielenboden des Diners.

Eve wartete, bis sich ihre theatralische Pause zu ihrer Zufriedenheit ausgedehnt hatte. Erst dann fuhr sie fort.

„Er hat unauffällig seinen Spazierstock in der Bahn unseres Angreifers platziert."

Sie war offensichtlich sehr stolz auf die mutige Aktion ihres Begleiters.

Bei der Erinnerung daran grinste Dagobert schelmisch.

„Er ist umgefallen wie ein gefällter Baum."

Eve tätschelte Jake die Schulter.

„Wahrscheinlich liegt er immer noch dort. Wenn du dich beeilst, erwischst du ihn gerade noch", versicherte sie ihm ernsthaft.

*

Zurück beim Diner wollte Terry eben die Eingangstür aufstoßen, als er durch die Glasscheibe die beiden Alten erspähte. Sie hatten ihm den Rücken zugekehrt und schienen in eine lebhafte Diskussion vertieft.

Verdammter Mist. Wenn sie ihn zu Gesicht bekamen, wäre er garantiert der Hauptverdächtige, sobald der Schaden im Restaurant entdeckt wurde. Das konnte er nicht riskieren. Auf keinen Fall würde er die Verantwortung für ein Verbrechen übernehmen, das Lorena begangen hatte. Unauffällig trat er zurück, drehte sich um und ging ums Haus herum. Das Bed & Breakfast war zwar durch einen Gang direkt mit dem Diner verbunden. Zusätzlich hatte es jedoch einen separaten Eingang, der direkt an die Rezeption führte. Hier schlüpfte er nun hinein und stahl sich die Treppe hoch. Sein Kopf hämmerte, als hätte er einen Mordskater. Auch seine Hüfte und seine Schulter pulsierten. Eigentlich hätte er den beiden Alten gegenübertreten und sie wegen Körperverletzung verklagen sollen.

Erschöpft schälte er sich aus seinen Klamotten und ließ sich auf sein Bett fallen. Vielleicht würde ihm Gregory ja den Gefallen tun und bei seiner Schnalle schlafen. Das wäre wundervoll, dachte er noch und driftete weg.

*

„Wieso genau stapfen wir jetzt durch die Nacht?", erkundigte sich Gregory bei Jake.

Der Sheriff hatte Dagobert und Eve versprechen müssen, sich um den Einbrecher zu kümmern und bei Gregorys Restaurant nach dem Rechten zu sehen. Sehr löblich, hatte sich Gregory noch gedacht, bis Jake ihm mitgeteilt hatte, dass er bei dieser Erkundungstour mit von der Partie sein würde. Er konnte sich nicht vorstellen, dass irgendjemand in sein Restaurant einbrechen sollte. Wieso auch? Um ein paar Pfannen zu klauen? Wohl kaum.

„Es ist meine Pflicht als Sheriff, die Sorgen der Bürger ernst zu nehmen."

„Das erklärt deine Anwesenheit, aber nicht meine", grummelte er.

Viel lieber hätte er mit Vi weitergefeiert. Dass ihr Studio endlich bezugsbereit war, schien sie sehr zu erleichtern. Zu gern hätte er herausgefunden, ob ihre gute Laune zu mehr Küssen zwischen ihnen geführt hätte. Seit er sie vor ein paar Tagen früh am Morgen alleine im Bett zurückgelassen hatte, ging sie ihm nicht mehr aus dem Kopf. Gegen eine Wiederholung hätte er definitiv nichts einzuwenden. Er war immer noch fest entschlossen, sich auf seine Karriere sprich sein Restaurant zu konzentrieren. Eine Beziehung stand somit außer Frage. Aber ein paar heiße Nächte? Es hieß doch immer, ein regelmäßiges Sexualleben sei genau so wichtig für die Gesundheit wie Broccoli.

„Hör jetzt auf zu maulen. Es ist ja nicht weit. Sicher kannst du auch besser schlafen, wenn du weißt, dass kein bewusstloser Mann vor deiner Tür liegt."

„Hauptsache Drama", grummelte Gregory.

Jake lachte.

„Das sagt ausgerechnet ein Kalifornier."

Sie gingen am Tanz- und Kampfsportstudio vorbei, ließen den Geschenkladen und Vis Tattoo-Studio hinter sich und erreichten das Restaurant.

„Keiner da. Weder am Boden noch vor der Tür", stellte Gregory fest. „Können wir jetzt wieder gehen?"

Jake sah sich um. Die Umgebung lag verlassen da. Trotzdem regte sich in ihm seine untrügliche Intuition. Irgendetwas stimmte nicht. Nur was? Leichtfüßig sprang er die Stufen zum Treppenabsatz hoch und spähte hinein. Vermutlich genau so, wie es der Mann getan hatte, als ihn Dagobert und Eve entdeckt hatten. Als das Innere des Raumes in sein Blickfeld rückte, erstarrte er. Die Straßenlaternen boten nur mäßige Beleuchtung. Doch das Licht reichte, um das Chaos im Inneren zu entdecken.

„Hast du einen Schlüssel?", rief er über die Schulter Gregory zu.

„Einen Schlüssel? Das nicht. Aber die Hintertür ist offen."

Jake rollte mit den Augen.

„Na toll!"

„Was? Ich dachte, ganz Independence lässt seine Haustür offen?", verteidigte sich Gregory.

„Nur die Idioten", murmelte Jake und folgte Gregory bis zur Hofeinfahrt.

„Wieso willst du denn überhaupt rein?", wollte er wissen. „Laut Eve war er ja mehr oder weniger KO, als sie gegangen sind."

„Nenn es eine Vorahnung."

Langsam wurde es Gregory mulmig zumute. Zögernd stieß er die Tür auf, langte hinein und drückte den Lichtschalter. Licht flutete den Restaurantbereich und Gregory erstarrte.

*

Wie ein Tiger im Käfig durchquerte Gregory Vis Küche. Einmal zum Fenster und wieder zurück. Jack schien sehr besorgt. Morgen würde er vermutlich Muskelkater im Nacken haben, so oft musste er den Kopf wenden, um Gregorys Wanderung durch den Raum zu verfolgen.

Vi hielt ihm eine Tasse starken schwarzen Tee vor die Nase. „Willst du Milch oder Zucker dazu?"

Ungläubig starrte er das dampfende Getränk an.

„Hast du britische Vorfahren oder wieso kommst du auf die Idee, Tee könnte die Situation retten?"

„Natürlich kann Tee die Situation nicht retten, aber vielleicht beruhigst du dich etwas, sobald du etwas Warmes getrunken hast."

„Whiskey wäre mir lieber", gab er schlecht gelaunt zurück.

„Dann eben nicht", schnappte Vi, die mit ihrer Geduld am Ende war. Sie war müde von dem langen Tag. Am kommenden Vormittag wollte sie sich noch um die letzten Details kümmern, bevor sie ein paar Stunden später ihren Arzttermin in Breckenridge hatte. Sie hoffte nur, dass ihre Übelkeit nicht wieder so hartnäckig sein würde. Wenn sie alle paar Meilen anhalten musste, um in den Straßengraben zu spucken, würde sie ewig brauchen, um die relativ kurze Strecke zurückzulegen. Nachmittags wollte Kat vorbeikommen und Esmeralda, Jacks neue Gefährtin, vorbeibringen.

Alles in allem wieder ein voller Tag mit hunderttausend Dingen, die zu erledigen waren. Wieder einmal war sie hundemüde. Am liebsten hätte sie die nächsten drei Tage durchgeschlafen. Doch das lag zurzeit einfach nicht drin. Allerdings war sie auch nicht verpflichtet, sich mit einem missmutigen Mann herumzuschlagen.

Mit mehr Kraft als nötig setzte sie die Tasse ab. Prompt schwappte ein Teil der Flüssigkeit über. Einen Fluch murmelnd griff sie nach einem Lappen und wischte die Sauerei auf.

„Hör zu. Ich finde es auch entsetzlich, dass dein Restaurant zerstört wurde. Aber meinen Fußboden mit einem Graben auszustatten, während du wie ein Tiger im Käfig von einem Ende zum andern marschierst und in Selbstmitleid versinkst, hilft dir auch nicht weiter."

„Was würdest du sagen, wenn es dir passiert wäre?"

„Ich würde mich mit einem Wochenvorrat an Schokolade und Tequila in meinem Zimmer verkriechen", gab sie ehrlich zu.

„Aber ich darf nicht?", hakte er ungläubig nach.

„Nicht, wenn es mich um meinen dringend benötigten Schlaf bringt", konterte sie. Vielleicht nicht sehr einfühlsam, doch ihrer Meinung nach brauchte er dringend einen Tritt in den Hintern.

Völlig fertig mit den Nerven ließ er sich auf den zweiten Stuhl fallen. Als er das Chaos im Inneren des Gebäudes gesehen hatte, hatte er erst nicht glauben können, was er da gesehen hatte. Konnte er irgendwie immer noch nicht, so unwirklich kam es ihm vor. Jake hatte erst sichergestellt, dass niemand mehr hier war und ihn dann angewiesen, sich umzusehen, um festzustellen, ob etwas fehlte. „Und ja nichts anfassen", hatte er ihm eingebläut.

„Wieso? Meine Fingerabdrücke sind doch sowieso überall?"

„Du willst doch nicht den vielleicht einzig brauchbaren Fingerabdruck verwischen?"

Wollte er natürlich nicht, weshalb er sich peinlich genau an Jakes Anweisungen gehalten hatte. Soweit er das beurteilen konnte, fehlte nichts. Nicht einmal ein Löffel. Was die ganze Angelegenheit noch seltsamer machte. Anschließend hatte Jake ein Polizeisiegel an der Tür angebracht und sie waren gegangen. Das Spurensicherungsteam würde erst am Morgen kommen. Bis die fertig waren, durfte er nicht an den Tatort zurückkehren.

Er hatte überhaupt keine Lust gehabt, in sein anonymes Hotelzimmer im Bed & Breakfast zurückzukehren. Deshalb war er bereitwillig auf Vis Vorschlag eingegangen, doch noch eine Weile zu ihr zu kommen. Allerdings hatte er nicht damit gerechnet, Tee trinken zu müssen, dachte er verdrossen. Wenn es nach ihm gegangen wäre, hätte er seinen Kummer in etwas Hochprozentigem ertränkt.

„Schau nicht so, als wär grad dein Hund überfahren worden", schalt ihn Vi.

Julia, die unterm Tisch lag und bis gerade eben geschlafen hatte, hob besorgt den Kopf.

„Das mit dem Restaurant ist mindestens so schlimm."

„Ach Quatsch. Es ist mehr Arbeit. Und verursacht zusätzliche Kosten. Aber es ist niemand gestorben."

Gregory nickte missmutig. Richtig. Es war niemand gestorben. Irgendwie heiterte ihn dieser Gedanke nicht wirklich auf.

Vi betrachtete ihn über den Rand ihrer Tasse. Er sah wirklich fertig aus. Sie wusste, wie das war. Diese Momente, wo sich alle vor einem liegenden Hindernisse zu einem riesigen, unbezwingbaren Berg auftürmten und man das Gefühl hatte, es nie zu schaffen. Schließlich fasste sie einen Entschluss. Sie setzte ihre Teetasse ab, stand auf und hielt ihm ihre Hand hin.

„Komm", sagte sie.

Fragend schaute er sie an, stand aber auf und verschränkte seine Finger mit ihren. Wortlos führte sie ihn in ihr Schlafzimmer. Dort hob sie einladend die Decke.

„Du kannst heute gerne hier schlafen."

„Aber ..."

Unentschlossenheit zeichnete sich deutlich auf seinem Gesicht ab.

„Schlafen. Einfach schlafen“, beeilte sie sich, ihm zu versichern. Herrje! Er tat ja gerade so, als hätte sie vor, seinen verletzlichen Zustand auszunutzen und sich bei der erstbesten Gelegenheit auf ihn zu stürzen. Das tat weh, stellte sie erstaunt fest. Hatten sie sich nicht darauf geeinigt, Freunde zu sein?

Nach einer inneren Debatte nickte er und verschwand im Badezimmer.

Vi stieß die Luft aus, die sie unwillkürlich angehalten hatte, als sie auf seine Antwort gewartet hatte. *Lügnerin*, schimpfte sie sich innerlich. Sie hatte durchaus noch ganz andere Ideen als nur zu schlafen. Es gab also keinen Grund, beleidigt zu sein. Gleichzeitig war ihr bewusst, dass Gregory völlig erledigt war und Schlaf dringender als alles andere brauchte. Und sie ebenfalls, erinnerte sie sich streng.

Zwanzig Minuten später trat sie nach ihrer eigenen Badezimmersession ans Bett. Gregory hatte sich zur Seite gerollt und schien so wenig Platz wie möglich einnehmen zu wollen. Sie stemmte die Hände in die Hüften. War das etwa, wie er plante, die Nacht zu verbringen? Alles, was recht war, aber das war völlig lächerlich. Wenn sie steif wie ein Brett im Bett liegen musste, würde sie kein Auge zu tun. Zudem hatten sie schon miteinander geschlafen. Wieso also dieses schüchterne Verhalten?

Entschlossen, das nicht so hinzunehmen, schlüpfte unter die Decke, drehte sich mit dem Rücken zu ihm und schlängelte sich so auf seine Seite hinüber, bis sie mit ihrem Hinterteil seines berührte. Keine Reaktion. Sie wackelte mit ihrem Hintern.

Ein unterdrücktes Knurren erklang von seiner Seite. Vi lächelte in die Dunkelheit. Sie verstärkte ihre Anstrengungen.

„Wenn du mich nicht hier haben willst, musst du es einfach nur sagen“, kam schließlich seine genervte Antwort. „Kein Grund, mich aus dem Bett zu schubsen.“

„Oder du drehst dich einfach um und nimmst mich in den Arm?“, schlug sie vor.

Sekunden verstrichen, ohne dass er etwas antwortete. Hatte sie etwa sein Zartgefühl verletzt? Als ihr ein „Vergiss es!“ auf der Zunge lag, raschelte die Decke und er drehte sich um. Sein Arm schlang sich um ihre Taille und zog sie an seine Brust. Sie seufzte zufrieden. Endlich. Die Situation fühlte sich intimer an als der sensationelle Sex vom letzten Mal. Wieso, wollte sie lieber nicht genauer analysieren.

„Zufrieden“, knurrte er praktisch in ihr Ohr.

Gänsehaut zog sich über ihren Hals, die Brust und weiter nach unten. Am liebsten hätte sie geschnurrt.

„Sehr.“

Sie kuschelte sich dichter an ihn und spürte seine Erektion.

„Wenigstens jemand scheint sich zu freuen“, murmelte sie frech.

Gregory entschlüpfte ein widerwilliges Lachen.

„Kleine Hexe“, murmelte er an ihrem Ohr und verstärkte den Griff an ihrer Hüfte. „Still jetzt. Wir brauchen beide unseren Schlaf, wenn wir morgen nicht wie Zombies durch den Tag wanken wollen.“

Damit hatte er leider recht. Trotz dieser enttäuschenden Tatsache genoss sie es, in seinem Arm zu liegen. Zufrieden schloss sie die Augen und lauschte seinem Atem, bis sie schließlich in einen tiefen, traumlosen Schlaf fiel.

15

Ungeduldig zu erfahren, ob die Polizei mit ihren Ermittlungen schon weitergekommen war, verabschiedete sich Gregory früh am Morgen von Vi. Sie murmelte etwas Unverständliches und drehte sich auf die andere Seite. Die schulterlangen Haare auf ihrer rechten Kopfseite fielen ihr ins Gesicht. Eine Welle von Zärtlichkeit für diese besondere Frau, die so unerwartet in sein Leben getreten war, überkam ihn. Sanft strich er ihr die Haare aus dem Gesicht, bevor er sich hinunterbeugte und sie auf die Stirn küsste.

Mit einem leisen Pfiff rief er Julia zu sich und verließ die kleine Wohnung. Kopfschüttelnd ging er die Treppe zum Buchladen hinunter. Was tat er hier eigentlich? Die Existenz seines Restaurants stand auf dem Spiel und was machte er?

Das Empfangskomitee, das ihn erwartete, als er unten an der Treppe ankam, verhinderte, dass er länger über diese Frage nachdachte. Charlie stand hinter der Kasse. Mehrere Kunden drehten ebenfalls die Köpfe und beobachteten sein Auftauchen aus Vis Wohnung. Großartig. Nun wusste innerhalb von zehn Minuten ganz Independence, wo er die Nacht verbracht hatte. Verlegen fuhr er sich mit der Hand durch die Haare. Wieso eigentlich kam er sich vor wie ein Schuljunge? Er war weiß Gott genug alt, um seine eigenen Entscheidungen zu treffen. Und zu diesen zu stehen. Kampfeslustig hob er das Kinn.

„Guten Morgen allerseits“, grüßte er in die Runde.

Unverhohlene Neugier kam ihm entgegen. Nur Charlies Blick war besorgt. Blackbirds Hund Nelly streckte witternd die Schnauze hinter der Theke hervor. Julia trottete zu ihr hinüber und begrüßte sie freundlich.

„Hast du schon was Neues bezüglich deines Einbruchs gehört?"

Irgendwo zwischen den Regalen kicherte jemand.

„Kaum. Der hatte bestimmt andere Dinge im Kopf", hörte er.

Gregory ignorierte die Person.

„Das will ich jetzt gleich herausfinden. Ich drehe mit Julia eine Runde und geh dann auf der Polizeistation vorbei."

„Gute Idee. Lass uns wissen, wenn wir was helfen können."

„Danke, lieb von dir." Er drehte sich zu seiner Hündin um. „Komm, Julia."

„Pass auf dich auf", ertönte es hinter ihm. Jemand anderes sagte: „Viel Glück."

Gregory hob zum Gruß die Hand und trat auf die Straße. Sicher. Die Leute waren unglaublich neugierig. Sehr nervig. Andererseits musste er zugeben, dass die Kehrseite davon, das Anteilnehmen am Leben der anderen, sehr angenehm war. Sofort fühlte er sich nicht mehr ganz so mutlos. Oder vielleicht waren das auch nur die Nachwirkungen von letzter Nacht. Vi im Arm zu halten, sie zu spüren, hatte ihm ein unerwartetes Gefühl der Ruhe vermittelt. Zu seinem Erstaunen war er innerhalb kürzester Zeit eingeschlafen gewesen. Ein Wunder eigentlich nach den gestrigen Ereignissen.

*

Nach einem ausgiebigen Spaziergang rund um den See und einem kurzen, enttäuschenden Besuch auf der Polizeistation, wo ihm Polly, die rechte Hand des Sheriffs, mitteilte, die Spurensicherung sei noch in vollem Gange und nein, er könne noch nicht zurück ins Gebäude, um mit den Aufräumarbeiten zu beginnen, steuerte er spontan das Café Sweets an. Er würde Vi Frühstück bringen. Als Dankeschön für das Asyl, das sie ihm gestern gewährt hatte.

Du hast viel mehr bekommen, als nur Asyl, flüsterte eine Stimme in seinem Hinterkopf. Ausnahmsweise war die Stimme sogar korrekt. Nichtsdestotrotz verbannte er sie eilig in die hinterste Kiste seines Hirns und schlug den Deckel zu. Er hatte nämlich keine Ahnung, was das bedeutete. Nachdem Vi ihn erst ausgelacht hatte wegen seiner Freundschaftsidee, war sie es gewesen, die nach ihrem intimen Treffen so schnell wie möglich auf die Freundschaftsschiene zurückgekrebst war. Es schien ganz so, als wäre er nicht der Einzige, der nicht wusste, was er wollte. Eigentlich ganz tröstlich, der Gedanke, stellte er fest, während er den Karton mit den Getränken und den Papiersack mit einer Auswahl an leckerem Gebäck entgegennahm.

Julia, die ausnahmsweise draußen auf ihn gewartet hatte, begrüßte ihn wie ein lang verloren geglaubtes Familienmitglied.

„Ist ja gut", lachte er, während er versuchte, in einer Hand seine Einkäufe zu balancieren und mit der anderen die Leine loszubinden.

Julia ignorierte seinen Einwand und versuchte weiterhin, seine Ohren mit ihren feuchten Hundeküssen zu waschen.

*

„Räuber", krächzte Jack.

Vi, die wieder einmal über der Kloschüssel hing, reagierte nicht. Der Vogel hätte „Feuer" schreien können und sie hätte sich nicht wegbewegt. Mit geschlossenen Augen wartete sie ab, ob sich die erneute Welle der Übelkeit wieder legen oder sie nochmals zum Spucken zwingen würde. Wenn das so weiterging, würde sie noch ihren Arzttermin verpassen. Was für eine Ironie, nachdem sie den Termin überhaupt nur ausgemacht hatte, um dieses verdammte Problem in den Griff zu bekommen.

Hundekrallen tapsten über das Parkett. Jack schimpfte in voller Lautstärke. Eine Papiertüte raschelte. Nein, stöhnte Vi innerlich und krallte sich an der Toilettenschüssel fest. Hatte sie sich nicht schon genug vor Gregory blamiert? Es reichte doch wirklich, wenn man einem ehemaligen – oder besser gesagt einmaligen – Lover einmal und nie wieder vor die Füße kotzte. Aber natürlich musste es das Schicksal bei ihr wieder einmal übertreiben.

Erschöpft lehnte sie ihre Stirn an die kühlen Fliesen der Badewanne.

Ein kühler, nasser Lappen berührte ihre Stirn. Wortlos ließ sie die Berührung zu. Besser nicht sprechen. Ihr Magen war heikel. Die Augen ließ sie auch lieber zu. Sie hatte kein Bedürfnis, Ekel oder Mitleid in seinen Augen zu lesen.

Gregory hatte da allerdings andere Ideen.

„Ist das noch nicht besser geworden mit der Übelkeit?"

Diese überflüssige Feststellung bzw. Frage veranlasste Vi, die Augen doch zu öffnen und ihm einen tödlichen Blick zu schenken. War es wirklich nötig, das Offensichtliche nochmals herauszustreichen?

Als sie nichts antwortete, strich er ihr über die Haare.

„Das ist nicht gut. So fehlen dir und somit dem Baby wichtige Nährstoffe."

Vi blinzelte. Was zum Teufel wusste Gregory über Schwangerschaften?

„Bist du jetzt plötzlich ein Schwangerschaftsexperte?"

Vielsagend ließ sie ihren Blick zu seinem Bauch gleiten.

„Haha. Natürlich keine eigene Erfahrung. Aber …", er zögerte, als wäre ihm das, was er gleich sagen würde, peinlich.

„Jetzt spuck's schon aus. Peinlicher als in deiner Anwesenheit meinen Mageninhalt großflächig zu verteilen kann es gar nicht sein."

„Auch wieder wahr."

Schwach boxte sie ihn in den Oberschenkel, der am nächsten bei ihr war. Für einen wirkungsvollen Schlag fehlte ihr leider aktuell die Kraft. Aber wenigstens wurde so der Anschein von Vergeltung hochgehalten.

„Autsch", sagte er ihr zum Gefallen.

„Haha."

Sie ergriff seine ausgestreckte Hand, zog sich hoch und beugte sich über das Waschbecken, um ihren Mund auszuspülen. Als sie sich wieder halbwegs menschlich fühlte, ließ sie sich nach hinten auf den Badewannenrand plumpsen. Kleine Badezimmer hatten durchaus auch ihre Vorteile. Die Wege waren kurz.

„Du hast meine Frage nicht beantwortet."

„Ah … Und ich hatte schon gehofft, ich hätte dich erfolgreich abgelenkt."

„Hör mit der Verzögerungstaktik auf."

Sie brauchte dringend Ablenkung. Irgendetwas. Alles, damit ihr Magen nicht wieder auf abenteuerliche Ideen kam. Wenn sie dabei auch noch Gregory ein wenig triezen konnte, war das ein doppelter Gewinn.

„Ich habe mir ein paar Bücher gekauft. Über Schwangerschaft und Geburt", murmelte er und wandte verlegen den Blick ab.

„Du hast was?", platzte sie ungläubig heraus.

Jack fasste ihren lauten Tonfall als Einladung auf, sich an der Konversation zu beteiligen.

„Bring mir ein Fass! Bring mir ein Fass! Dalli, dalli. Hopp, hopp!"

„Interessantes Vokabular, das dein Vogel hat."

„Du tust es schon wieder. Ablenken, meine ich. Wieso um Himmels willen hast du dir Bücher zu diesen Themen gekauft? Und noch dazu anscheinend auch gelesen?" Sie runzelte die Stirn. „Bist du etwa auch schwanger? Das wäre dann selbst mir zu … schräg", schloss sie lahm.

Immerhin entlockte ihm ihr halber Scherz ein Lächeln.

„Natürlich nicht. Und du hast recht. Das wäre mehr als schräg. Vor allem, nachdem wir … wie auch immer.“ Er schob die Hände in die Hosentaschen und starrte auf seine Zehenspitzen. „Ich hab mir Sorgen gemacht, okay?“

„Oh.“

Vi war … gerührt. Das hatte sie nicht erwartet.

„Und dann bist du losgegangen und hast dir die entsprechende Lektüre besorgt.“

„Hör zu, es war keine große Sache.“

Da war sie anderer Ansicht. Doch das konnte sie später analysieren.

„Und was hast du herausgefunden?“

Erleichtert, dass sich der Fokus des Gesprächs von ihm wegbewegte, zählte er an seinen Fingern alle Punkte auf, an die er sich erinnern konnte.

„Morgendliche Übelkeit ist normal. Mehr als die Hälfte aller schwangeren Frauen leiden darunter. Bei den meisten ist der Spuk nach der vierzehnten Woche vorbei. Manchmal beschränkt sich die Übelkeit nicht nur auf die Zeit nach dem Aufstehen. Dauert die Übelkeit und vor allem das Erbrechen länger als die vierzehn Wochen an oder nimmt es überhand, empfiehlt sich ein Besuch beim Arzt.“

„Na, großartig! Noch weitere elende vier oder fünf Wochen.“

„Warst du schon beim Arzt?“, fragte Gregory streng.

Sie warf ihm einen bösen Blick zu.

„Heute, wenn du es genau wissen willst. Ob ich es in meinem Zustand bis nach Breckenridge schaffe, ist fraglich“, gab sie mürrisch zu.

„Brav“, lobte er sie. „Und natürlich schaffst du es bis zum Arzt.“

Sie hob eine Augenbraue.

„Tatsächlich.“

„Klar. Ich fahr dich und du kriegst einen Putzeimer zwischen die Beine“, erwiderte er fröhlich.

Vi runzelte die Stirn und fuhr fort, ihn mit einem vernichtenden Blick zu bedenken. Der Mann war viel zu gut gelaunt für jemanden, der über ihr Elend sprach. Andererseits hatte sein Angebot etwas für sich. Die Vorstellung, den Weg nach Breckenridge alleine zurückzulegen, ließ sie in kalten Schweiß ausbrechen.

„Musst du nicht wichtige Polizeidinge erledigen? Eine Aussage machen, Anzeige erstatten, solches Zeug halt?“, versuchte sie Zeit zu schinden.

„Das hat Zeit. Die Spurensicherung ist noch an der Arbeit.“ Er schnitt eine Grimasse. „Ehrlich gesagt würdest du mir einen Gefallen tun, wenn ich dich fahren kann. Dann wäre ich wenigstens ein wenig abgelenkt.“

„Na, wenn das so ist …“, antwortete sie großzügig. „Dann gerne.“

Gregory lächelte und streckte seine Hand aus.

„Na dann …“

Zögernd ergriff sie sie.

„Jetzt schon?“

„Wie du willst. Ich habe dir heißen Tee mitgebracht, der inzwischen wahrscheinlich nicht mehr heiß ist, Koffein solltest du ja keines trinken …“

„Hört, hört, Mister Schwangerschaftsexperte …“

Er ignorierte ihren Seitenhieb und fuhr fort: „Zudem habe ich Schokoladencroissants und allerlei andere süße Köstlichkeiten mitgebracht. Ich habe aber keine Ahnung, ob dein Magen da mitspielt.“

„Vielleicht später. Aber den Tee nehme ich gerne.“

„Also los. Tee, Thermosbecher, Putzkübel und auf geht's.“

Leicht überwältigt von seinem plötzlich so bestimmten Auftreten protestierte Vi nicht und folgte ihm auf wackligen Beinen.

*

Terry stöhnte, als er am Morgen aufwachte. Was zum Teufel … dann fiel ihm alles wieder ein. Lorena, die ihm wieder einmal zuvorgekommen war und Gregorys Restaurant durchsucht und demoliert hatte. Die beiden Alten, die ihn bei seinem eigenen Besuch erwischt hatten. Die heimtückische Attacke mit dem Spazierstock. Dafür müsste er die beiden eigentlich büßen lassen. Leider hatte er keine Zeit, diesem Bedürfnis nachzugeben. Erst musste er Lorena finden. Bei seinem Glück war sie inzwischen über alle Berge. Mit seinem Auto. Aber wenigstens versuchen musste er es.

Mühselig setzte er sich auf. Ihm tat jeder Knochen weh. Sein Schädel dröhnte, als wäre darin jemand mit einem Presslufthammer zugange. Oder mit fünfen.

Er brauchte dringend etwas gegen die Schmerzen. Wenn er so lädiert im Diner auftauchte, würden die unangenehmen Fragen nicht lange auf sich warten lassen. Das Letzte, was er brauchte, war jemand, der ihn mit dem Vandalismus in Gregorys Lokal in Verbindung brachte. Das ältliche Paar hatte sich sicher lang und breit über seinen heroischen Akt ausgelassen. Es würde nicht viel brauchen, dass jemand die Verbindung zwischen dieser Geschichte und einem Fremden, der auf einmal hinkte, herstellte. Mürrisch ließ er seinen Blick durch Gregorys Zimmer gleiten. Der glückliche Bastard war gestern wieder nicht in sein Hotelzimmer zurückgekehrt. Er war froh. Als er nichts sah, das wie eine Dose mit Schmerztabletten aussah, schleppte er sich ins Badezimmer.

Erleichtert atmete er auf, als er neben der Zahnpasta ein rezeptfreies Schmerzmittel erblickte. Erpicht darauf, das Hämmern in seinem Kopf und das Stechen in seiner Hüfte auf ein erträgliches Maß zu reduzieren, schraubte er die Dose auf und schüttelte sich ein paar auf die Hand. Nachdem er diese mit einem Schluck Wasser runtergespült hatte, leerte er die halbe Dose und verstaute die Tabletten in der Hosentasche. Bestimmt würde er später nochmals welche brauchen. Achtlos ließ er die Dose offen stehen.

Nach einem schnellen Imbiss im Diner, während dem er so wenig sprach wie nur möglich, erkundigte er sich bei Miss Daisy, wo er hier einen Leihwagen kriegen würde.

„Im Gas'n'Go wirst du bestimmt fündig." Sie kniff die Augen zusammen und musterte ihn kritisch. „Was ist denn mit dir passiert? Du siehst aus, als hättest du eine harte Nacht hinter dir."

Er musste sich zusammennehmen, um unter ihrem scharfen Blick nicht zusammenzuzucken.

„Zu viel getrunken", murmelte er. „Wie komme ich zum Gas'n'Go?"

„Ach ja", plapperte sie zum Glück weiter. „Das ist ein ganz schönes Stück zu Fuß."

Terry seufzte. Natürlich. Wie könnte es auch anders sein. Das hatte ihm heute gerade noch gefehlt.

„Aber ich frag Kurt, ob er dich mitnehmen kann."

Die Naivität dieser Leute hier erstaunte ihn immer wieder. Aber ihm sollte es recht sein, wenn es ihn schneller zu einem fahrbaren Untersatz brachte. Auch wenn das hieß, Zeit in der Gegenwart des furchteinflößenden Bikers zu verbringen. Kurt war ihm ein wenig unheimlich, wenn er ehrlich war. Doch einem geschenkten Gaul und so weiter …

„Gern", zwang er sich höflich zu antworten. „Das wäre wunderbar."

Miss Daisy tätschelte ihm kräftig die Schulter, die geprellte, das war ja klar, und verschwand in der Küche. Erst als sie durch die Schwingtüren verschwunden war, zuckte er verspätet zusammen und rieb sich unauffällig die schmerzende Stelle. Er konnte es nicht erwarten, von hier wegzukommen.

*

Eine Stunde später saß er im Auto, eine alte Karre, die schon bessere Tage gesehen hatte. Aber immerhin war er wieder mobil. Erregung erfasste ihn. Sollte Lorena noch in der Nähe sein, würde er sie finden. Die Navigations-App auf seinem Handy aufrufend, versuchte er sich in seine Ex-Freundin hineinzuversetzen. Wo würde sie am ehesten hingehen, falls sie noch in der Region war? Sein Finger strich über die Ortschaften in der Nähe. Breckenridge. War das nicht einer dieser noblen Skiorte? Mit teuren Geschäften? Die Kreditkartenbelastungen. Er schlug sich mit der flachen Hand auf die Stirn. Weshalb war er da nicht früher darauf gekommen?

Ein Telefonat und eine wichtige Information später schlug er den Weg nach Breckenridge ein. Leider wusste er nicht, ob und wo sie dort abgestiegen war. Doch er würde sie finden. Und wenn es das Letzte war, was er tat. Seine Hände umklammerten das Steuerrad fester, bis die Knöchel weiß hervortraten. Seine Wut auf Lorena steigerte sich mit jedem Tag. Alles war ihre Schuld.

Direkt in der Hauptstraße, wo die teuren Geschäfte waren, entdeckte er einen Parkplatz. Rücksichtslos schnitt er einem wartenden Autofahrer den Weg ab und quetschte sein Auto in die Lücke. Nichts konnte ihn mehr stoppen. Er stieg aus, warf ein paar weitere Schmerztabletten ein, die er trocken hinunterschluckte, und begann die Straße und die edlen Geschäfte nach Lorena abzusuchen.

Das Glück blieb ihm hold. Es schien fast, als wollte ihn das Schicksal für all die schlechten Karten entschädigen, die er in letzter Zeit gehabt hatte. Bereits im dritten Laden entdeckte er seine Ex-Freundin, wie sie eine Markentasche begutachtete. Natürlich, dachte er angewidert. Die siebenundzwanzig Stück, die sie bereits hatte, waren nicht genug. Er drängte die aufsteigende Wut zurück und zwang sich, geduldig vor der Boutique zu warten.

Von seinem Beobachtungsposten aus konnte er sehen, wie sie ein Bündel Geldscheine aus der Tasche zog und einen exorbitanten Betrag abzählte. Ihm wurde halb schlecht, als ihm klar wurde, dass das sein Geld war. Das bestärkte ihn in seinem Entschluss, sie nicht weiter zu verfolgen, sondern sofort zu attackieren, sobald sie aus dem Laden trat. Auf keinen Fall würde er ihr die Möglichkeit geben, noch mehr von seinem hart verdienten Geld auszugeben.

Als sie sich von der Assistentin verabschiedete, brachte er sich seitlich an der Tür in Position. Er hielt den Atem an, als sie nach der Tür griff und sie aufschob. Gleich, gleich … Er zwang sich, bis zehn zu zählen, und reihte sich dann hinter ihr ein. Seine langen Schritte brachten ihn schnell direkt hinter sie. Er zog sein zusammenklappbares Fleischmesser aus der Hosentasche und klappte es auf. Dann griff er nach ihrem Arm und drückte ihr gleichzeitig auf der anderen Seite die Messerspitze gegen die Rippen.

Erschreckt wollte Lorena aufschreien.

„Keinen Ton“, zischte er ihr ins Ohr. „Sonst mache ich dich gleich hier und jetzt kalt! Verstanden?“

Sein drohender Tonfall sandte einen ängstlichen Schauer über Lorenas Rücken. Wie zum Teufel hatte er sie gefunden? Und was machte er hier? Was wollte er von ihr? Das mit dem Messer meinte er wohl nicht ernst! Oder doch?

„Hör doch auf mit diesem Scheiß“, blaffte sie ihn an. „Du tust mir weh.“

Terry grinste böse und bewegte das Messer ein wenig. Gerade so, dass sie den Stich leicht spürte.

„Tatsächlich? Die guten Neuigkeiten nehmen ja kein Ende.“

Alles Blut wich Lorena aus dem Kopf, als die scharfe Spitze des Messers schmerzhaft ihre Haut ritzte. Sofort verlegte sie sich aufs Betteln.

„Tu mir nichts“, jammerte sie. „Bitte, bitte, bitte. Ich gebe dir alles, was du willst.“

„Ach ja?", antwortete er unbeeindruckt. „Auch die Rezepte?"

„Die Rezepte? Ach! Die Rezepte!"

Lorena verstummte. Auch die hätte sie ihm gegeben. Nur blöd, dass sie sie nicht hatte.

„Klar", erwiderte sie gespielt munter. „Komm mit und ich gebe sie dir."

„Das bezweifle ich nicht."

Dafür würde er schon sorgen.

Lorena hatte inzwischen wirklich Schiss. Was, wenn er ihr etwas antat? Aber fürs Erste war es sicher am klügsten, so zu tun, als würde sie auf all seine Forderungen eingehen.

Es war ein berauschendes Gefühl, Lorena einmal so kleinlaut zu erleben. Daran könnte er sich direkt gewöhnen. Nach nur wenigen Minuten kamen sie vor einem kleinen Hotel an.

„Zimmer?"

„104."

„Verlang den Schlüssel. Aber keine Tricks, ja?"

Mit zitternder Stimme holte sich Lorena den Schlüssel für ihr Zimmer. Während der ganzen Zeit wich ihr Terry nicht von der Seite. Langsam bekam sie es wirklich mit der Angst zu tun. Wenn sie erst einmal in ihrem Zimmer waren, war sie ihm komplett ausgeliefert.

Denselben Gedanken hatte auch Terry. Kaum schloss sich die Tür des Lifts hinter ihnen, verdunkelten sich seine Pupillen.

„Zeit für ein kleines Spiel", flüsterte er, seine Stimme ganz heiser vor Vorfreude.

In trügerischer Langsamkeit ließ er die Spitze seines Messers über ihre Rippen, weiter über den Brustkorb bis hoch an ihren Hals tanzen. Sie schluckte und starrte ihn mit weitaufgerissenen Augen an. Er grinste.

„Der Spaß beginnt erst."

16

Lorenas Herz schlug ihr bis zum Hals. Das Blut rauschte in ihren Ohren, als die Panik sie zu überwältigen drohte. Ein Gedanke jagte den anderen, während sie fieberhaft überlegte, wie sie die Situation zu ihren Gunsten drehen konnte. Das war ihr doch bislang auch immer gelungen? Schließlich war er nur ein Mann. Männer fielen immer auf einen heißen Körper herein. Nicht umsonst setzte sie ihn erfolgreich ein, um zu bekommen, was sie wollte. Seit sie sechzehn war und dank Josh Brown unter der Highschool-Tribüne herausgefunden hatte, dass Jungs alles versprachen, so lange sie Brüste sehen durften oder sie ihren Schwanz in den Händen hielt.

Terry war da nicht anders gewesen. Seine raue Stimme und ein Stich in ihrer Seite erinnerte sie schmerzhaft an ihre missliche Lage.

„Wo ist dein Zimmer?"

Um Zeit zu gewinnen, sah sie sich im Flur suchend um, als könnte sie sich nicht mehr genau erinnern.

Terry schüttelte den Kopf, als wäre er von ihren kleinen Spielchen enttäuscht. Sie schluckte, als er dank der Tafel an der Wand selber die korrekte Richtung herausfand und sie in Richtung ihres Zimmers zerrte.

„Aufschließen", blaffte er.

Wie hatte sie sich in ihm nur so irren können?, fragte sie sich, als sie mit zitternden Fingern die Karte unter den Türknauf hielt. Bis jetzt war er immer so leicht lenkbar gewesen. Angespannt hielt sie den Atem an, während sie darauf wartete, dass die Schlüsselkarte gelesen wurde. Ein Surren ertönte. Das kleine Licht sprang auf Grün. Mit einem Klick öffnete sich das Schloss.

Ungeduldig langte er an ihr vorbei, drückte die Tür auf und schob sie grob vor sich ins Zimmer.

Terry fühlte sich wie berauscht. Seit langem hatte er endlich wieder das Gefühl, die Kontrolle über sein Leben zu haben. Nie mehr würde er zulassen, dass andere über sein Schicksal bestimmten. Lorena war erst der Anfang.

Lorena stolperte in ihren hohen Schuhen über den Teppich. Teilnahmslos sah er zu, wie sie sich aufs Bett fallen ließ. Sie drehte sich auf den Rücken und schob mit einer Hand den Saum ihres ohnehin schon kurzen Rockes ein wenig hoch.

„Ich muss sagen, diese neue, bestimmende Seite an dir macht mich richtig heiß", flüsterte sie mit heiserer Stimme. Demonstrativ drückte sie ihre Brust raus und umkreiste ihren Nippel mit dem Zeigefinger.

Terry spürte, wie sich sein Schwanz regte. Wie sie so da lag, bereit, sich von ihm vögeln zu lassen, blieb nicht ohne Wirkung auf ihn. Wieso auch nicht nehmen, was sie ihm anbot? Aber zuerst wollte er wissen, wo die verdammten Rezepte waren. Entschlossen dämpfte er die Welle der Lust, die sich mit seiner Wut vermischt hatte.

Das Messer immer noch in der Hand, fasste er mit der anderen nach seiner Gürtelschnalle und begann den Gürtel zu öffnen.

Lorenas Augen weiteten sich hoffnungsvoll und glitzerten triumphierend, als sie ihn dabei beobachtete, wie er wie ein Raubtier den Weg zum Bett zurücklegte. Wie sie sich gedacht hatte. Fast war sie ein wenig enttäuscht, dass es so leicht gewesen war.

Als Terry das siegesgewisse Aufblitzen in ihrem Gesicht sah, gewann die Wut wieder die Oberhand. Die manipulative

Schlampe dachte, sie hätte bereits gewonnen. Sie wusste es nicht, aber mit diesem Blick hatte sie ihr Todesurteil unterschrieben. Blieb nur noch die Frage, ob es kurz und schmerzlos sein würde … oder eben nicht.

Er ließ sich mit einem Knie auf dem Bett nieder und strich mit der freien Hand über ihre entblößten Beine, über ihren kaum verborgenen Schritt rauf zu ihren Brüsten.

Unwillkürlich erschauderte sie unter seiner Berührung.

Terry lächelte. Doch es war kein freundliches Lächeln. Lorenas aufgesetzte Miene verlor etwas von ihrer Leuchtkraft.

„Du wolltest mir noch etwas zeigen? Die Rezepte?", erinnerte er sie und kniff sie grob in die Brust.

„Au!", rief sie aus, „du tust mir weh!"

Diesmal grinste er böse.

„Das ist nur ein kleiner Vorgeschmack, das kann ich dir versichern. Wo. Sind. Die. Rezepte."

Lorena hatte genug von diesem kranken Spielchen. Sollte er doch hingehen, wo der Pfeffer wuchs. Sie war definitiv fertig mit ihm. Was für ein Psycho. Ihr eigenes Temperament flammte auf. Bevor sie die Weisheit ihrer Worte in Frage stellen konnte, herrschte sie ihn an: „Ich habe sie nicht gefunden, verdammt!"

Blind vor Wut versuchte sie ihn wegzuschieben, da landete Terrys Hand an ihrer Kehle. Unerbittlich drückte er zu. Weiße Flecken erschienen in ihrem Blickfeld, während sie panisch mit ihren Fingern an seiner Hand zerrte und kratzte. Vergebliche Versuche, den Druck auf ihre Luftröhre zu lindern. Luft, dachte sie verzweifelt.

Das Letzte, was sie sah, war sein mitleidiger Blick. Es folgte ein stechender Schmerz an ihrer linken Seite. Dann nichts mehr.

*

Erst als Lorenas Körper unter seiner Hand erschlafft war, richtete Terry sich auf. Fasziniert starrte er auf den stetigen

Strom von Blut, der aus dem Schnitt an ihrer Seite quoll. Er fühlte sich großartig. Unbesiegbar.

Erst nach ein paar Minuten meldeten sich seine eigenen Verletzungen. Seine Kopfschmerzen kamen zurück, seine Schulter und die Hüfte pulsierten und seine linke Hand brannte wie Feuer. Er warf einen Blick auf seinen Handrücken. Die verdammte Wildkatze hatte Hackfleisch aus seiner Haut gemacht. Noch eine Verletzung, die er geschickt verbergen musste. Leider konnte er ja noch nicht zurück nach Los Angeles, da die Rezepte noch immer bei Gregory waren. Angewidert wandte er sich von Lorenas totem Körper ab. Nicht einmal das hatte die Schlampe hingekriegt.

Aus dem Badezimmer holte er sich ein Tuch und wischte akribisch alle Oberflächen ab, die er angefasst hatte. Unter dem Wasserstrahl im Waschbecken reinigte er das Messer vom Blut, bevor er es wieder zusammenklappte und in seine Hosentasche schob.

Er warf einen letzten Blick auf Lorena und den Rest des Zimmers. Ihre Augen starrten blicklos an die Decke. Die Haare waren strähnig auf dem Kopfkissen ausgebreitet und verstärkten den Eindruck einer Kleiderpuppe. Ihre Handtasche, die sie achtlos auf den Boden geworfen hatte, lag neben dem Bett. Besser, er nahm sie mit. Er hatte keine Ahnung, ob sich in all dem Müll, den sie mit sich herumschleppte, auch ein Hinweis auf ihn befand. Er hatte keinen Zweifel, dass die Polizei irgendwann die Verbindung zu ihm herstellen würde. Aber das hieß nicht, dass er es ihnen einfach machen wollte. Er brauchte Zeit, um sich ein Alibi und die Rezepte zu verschaffen. Zuversichtlich, dass ihm beides in den nächsten Tagen gelingen würde, griff er nach der Tasche und verließ das Zimmer.

*

Geduldig wartete Gregory mit Julia auf einer Bank vor dem Spital, bis Vi ihren Termin beim Arzt hinter sich hatte. Er hatte ihr vorgeschlagen, mitzukommen. Sie hatte ihn erst erstaunt angesehen, aber dann verlegen abgewinkt. Irgendwie konnte er sie verstehen. Er war selber überrascht gewesen, als er sich selbst sprechen hörte. Als sie ablehnte, war er gleichzeitig erleichtert und irgendwie enttäuscht gewesen. Er wusste selber nicht genau, weshalb er sich so solidarisch fühlte mit ihr. Schließlich war es nicht sein Kind. Aber hey, das war ein richtiger Mensch, der da in ihrem Bauch heranwuchs. Sicher, momentan bereitete er ihr nichts als Ärger mit dieser Übelkeit, dabei war der kleine Mensch noch nicht einmal auf der Welt. Trotzdem. Jetzt, wo er zum ersten Mal in seinem Leben so direkt und aus nächster Nähe eine Schwangerschaft miterlebte, konnte er nicht verhindern, dass er fast so etwas wie Ehrfurcht vor diesem Wunder empfand. Was ihn zu der Frage führte, wie jemand, genauer gesagt der Vater, sich dazu entscheiden konnte, nicht Teil davon sein zu wollen. Was für ein Arschloch. Oder hatte es ihm Vi gar nie gesagt? Doch das konnte er sich bei Vis direkter Art eigentlich nicht vorstellen. Andererseits hatte sie ihrer Familie immer noch nichts von dem erwarteten Nachwuchs erzählt. Während eine Minute nach der anderen verstrich, tauchten in seinem Kopf immer neue Fragen auf, bis er das Gefühl hatte, zu platzen.

„Tut mir leid, dass du so lange warten musstest“, riss ihn Vis Stimme aus seinen Gedanken.

Er drehte sich zu ihr um und schaute ihr zu, wie sie sich auf die Bank neben ihm plumpsen ließ. Sie hatte ein wenig mehr Farbe im Gesicht, schaute aber nach wie vor müde aus.

„Kein Problem. Ist alles gut gegangen?“, erkundigte er sich besorgt.

Vi schnitt eine Grimasse.

„Ja, schon.“

„Können sie etwas machen gegen die Übelkeit? Wie geht es dem Baby? Ist es gesund?“

Vi lachte, als dieser Schwall Fragen von seinen Lippen purzelte. Anstatt ihm zu antworten, griff sie in ihre Hosentasche und zog einen zerknitterten Zettel hervor.

„Hier. Schau selbst."

Gregory nahm den Zettel entgegen und drehte ihn, im Versuch etwas zu erkennen, in verschiedene Richtungen.

„Das ist … eine Kaulquappe? Ein Alien?"

„Das ist der Wurm", erklärte ihm Vi, die immer noch vor sich hin gluckste.

„Der Wurm." Er neigte zustimmend den Kopf. „Ganz treffend, die Bezeichnung."

„Alle Ultraschallbilder sehen so aus. Zumindest so früh in der Schwangerschaft."

„Stimmt. Ich erinnere mich vage an die entsprechenden Seiten in meinem Ratgeber. Aber da ich nicht sicher war, welcher Spezies sie angehören, habe ich schnell weitergeblättert", witzelte er. „Und sonst? Abgesehen vom Fototermin?"

Er deutete auf die Bilder.

Sie seufzte.

„Abgesehen von dem Fototermin durfte ich den Herzschlag hören. Das war ziemlich beeindruckend. Weniger beeindruckt war ich über die Infusion, an die sie mich gehängt haben."

„Du hattest es offensichtlich nötig", erinnerte er sie streng. „Du wirst immer dünner anstatt dicker."

Sie schnaubte.

„Zeig mir das Mädchen, das dicker sein will."

„Na ja, wenn sie für zwei essen soll, ist das quasi schon Vorschrift. Zudem bist du so schlank, dass du ein paar Kilos mehr gut vertragen könntest."

Vi lehnte ihren Kopf an seine Schulter.

„Du bist schwer in Ordnung, weißt du das?"

Nein, das wusste er nicht. Zumindest nicht im zwischenmenschlichen Bereich. Dass er kochen konnte, wusste er. Aber dieses Kompliment bezog sich auf ihn als Person. Ein warmes

Gefühl breitete sich in seiner Herzgegend aus und strahlte in jeden Winkel seines Körpers aus. Vorsichtig schielte er zu ihr. Sie lächelte ihn an. Unwillkürlich lächelte er zurück. Plötzlich verlegen, stupste er sie mit seiner Schulter an.

„Bereit für ein kleines Abenteuer?"

„Abenteuer?"

„Ich dachte, nachdem du bestimmt die Anweisung bekommen hast, es in nächster Zeit ruhig angehen zu lassen, und ich aus meiner Küche verbannt bin, könnten wir einen Ausflug machen."

„Einen Ausflug!", rief sie, sichtlich begeistert von der Idee. „Aber wohin denn?"

Er zuckte mit den Schultern, ein verschmitztes Lächeln im Gesicht.

„Das würde ich dir überlassen. Nachdem du hier aufgewachsen bist, kennst du bestimmt die besten Plätze. Du könntest sozusagen Fremdenführer spielen."

„In Ordnung. Ich muss nur um vier zurück sein."

„Stimmt. Esmeralda kommt. Ich bin ja mal gespannt, was sie alles für Wörter kennt."

Vi lachte.

„Ich hoffe, dass wenigstens ihr Vokabular nicht ausschließlich aus Schimpfwörtern und Befehlen besteht."

*

Nachdem Gregory darauf bestanden hatte, erst einen Laden zu suchen, in dem sie ein paar Dinge für ein spontanes Picknick kaufen konnten, schlenderten sie durch das Zentrum von Breckenridge. Im Sommer waren nicht ganz so viele Touristen hier, was den Stadtbummel sehr angenehm machte. Bei einem kleinen Café, das auch Smoothies und belegte Brote über die Gasse verkaufte, hielten sie an. Während sie darauf warteten, dass sie drankamen, vertrieb sich Vi die Zeit damit, die anderen Besucher zu beobachten. Unerwartet erblickte sie ein ihr vage bekanntes Gesicht. Sie stieß Gregory mit dem Ellbogen an.

„Ist das nicht dein ehemaliger Chef? Der gerade dort drüben lang geht? Wohnt er eigentlich immer noch mit dir im Bed & Breakfast?“

Er drehte sich um und schaute in die von ihr angezeigte Richtung. Tatsächlich. Terry schlenderte die Straße entlang. Zum Glück hatte er sie nicht entdeckt. Er hatte null Bock darauf, die Zeit mit Vi mit seinem ehemaligen Chef zu teilen.

„Stimmt, du hast recht. Was er wohl hier macht? Anscheinend hat er irgendwo ein Auto aufgetrieben. Dann bleibt ja zu hoffen, dass er bald abhaut.“

„Ich habe mich schon die ganze Zeit gefragt, wie du es aushältst mit ihm.“

Sie konnte sich nur zu gut an das unheimliche Gefühl erinnern, das ihre erste und einzige persönliche Begegnung mit ihm ausgelöst hatte. Sie hatte ihn zwar gestern Abend im Diner gesehen, als alle mit ihr gefeiert hatten, doch er hatte sich nicht wirklich unter die Gäste gemischt, sodass sie nicht mit ihm hatte reden müssen.

Gregory schnitt eine Grimasse.

„Ich frage mich das auch ständig. Allerdings konnte ich ihn ja schlecht ohne Geld und fahrbarem Untersatz auf der Straße stehen lassen. Ich hoffe, dass es immerhin meinem karmischen Konto gut geschrieben wird.“

„Frag mal Jaz“, schlug sie ihm scherzhaft vor.

„Ah, ja. Das wäre dann die Yogalehrerin, Frau vom Sheriff und Schwiegertochter von Brenda, dem inoffiziellen Oberhaupt von Independence.“

„Ausgezeichnet aufgepasst“, lobte sie ihn. „In Kürze bist du ein waschechter Independencler.“

„Das will ich doch hoffen“, erwiderte er. „Das Restaurant muss ein Erfolg werden.“

„Und wenn du das erreicht hast? Was dann?“, erkundigte sich Vi erstaunlich ernst. „Zieht es dich dann wieder in die Großstadt zurück?“

„Ich weiß es nicht“, gab er ehrlich zu. „Wenn du mich gefragt hättest, gleich als ich angekommen bin, hätte ich das auf jeden Fall bejaht. Aber jetzt …“

„Was hat sich geändert?“

„Die frische Luft, die Leute, die wunderschöne Umgebung, all das ist mir ans Herz gewachsen.“ Er lächelte versonnen, als er daran dachte, wie ihm all die Leute, die ihn gar nicht kannten, zu Hilfe gekommen waren. „Alle sind so entschlossen, für die anderen da zu sein. Klar, es gibt Dinge, die ich am Großstadtleben vermisse. Aber ganz ehrlich, die verblassen angesichts der Bereitschaft, für andere da zu sein. Ich meine, obwohl sie mich nicht kannten, waren sie bereit, deinem Ruf Folge zu leisten und ihre wertvolle Zeit für mein Projekt zu investieren. Dieser Gemeinschaftssinn, das Gefühl, Teil von etwas Größerem zu sein, ist wunderbar.“

„Wow. Das war eine ziemlich lange Rede.“ Ein Lächeln umspielte ihre Lippen. „Das wirft ein tolles Licht auf unsere kleine Stadt. Vor allem, nachdem du liebenswürdigerweise die negativen Seiten wie neugierige Einwohner und ein Buschtelefon, das mit Lichtgeschwindigkeit funktioniert, vergessen hast zu erwähnen.“

„Ach, das hat seinen ganz eigenen Charme.“ Er schaute ihr tief in die Augen. „Zudem …“

Die Warteschlange schob sich ein Stück vorwärts und unterbrach den Moment. Vi wusste nicht so recht, ob sie darüber erleichtert oder davon enttäuscht sein sollte. Instinktiv wusste sie, dass seine nächste Offenbarung mit ihr zu tun gehabt hätte. Sie wusste nicht, ob sie damit zurechtkommen würde. Lieber wollte sie den heutigen Tag genießen und den Tag danach. Einfach einen Tag nach dem anderen so nehmen, wie er kam. Sie musste schon so viel planen und überlegen für ihr berufliches

Leben, wie sie das mit einem Neugeborenen organisieren wollte, wann sie endlich ihre Familie einweihte … einfach alles, sodass sie der Gedanke überforderte, der Sache zwischen ihr und Gregory ein Label zu verpassen. Sie befanden sich in einem undefinierten Zwischenstadion. Nicht nur Freunde, aber auch keine Liebhaber. Aber es funktionierte. Sie genoss es, Zeit in seiner Gesellschaft zu verbringen, das war alles, was zählte. Nachdem sie sowieso eine unglaublich tiefe Toleranzgrenze hatte für fremde Leute in ihrem Privatleben, war diese Tatsache allein ein kleines Wunder, das sie möglichst lange erhalten wollte.

Sie bestellten ihre Sandwiches und die Getränke. Nach einer kleinen Diskussion über den Gesundheitsgehalt verschiedener Inhalte gab Vi auf und ließ Gregory entscheiden. Wenn sie nicht wollte, dass er ihr die nächsten neun Monate vorschrieb, was sie essen durfte und was nicht, musste sie vielleicht zu drastischen Maßnahmen greifen und ihm die Schwangerschaftsratgeber, die er sich gekauft hatte, klauen. Miss Daisy würde ihr bestimmt dabei helfen. Andererseits … Wieso nicht von seinem grundsätzlichen Wissen übers Kochen Gebrauch machen? Sie war zwar selber durchaus in der Lage, ein paar Gerichte zu zaubern. Die meisten enthielten allerdings viele exotische Gewürze und waren ziemlich scharf. Nicht gerade das, was man ausgewogene, kleinkindtaugliche Kost nannte. Panik schwappte in ihrem Inneren über, als ihr wieder einmal auffiel, wie unvorbereitet sie tatsächlich war für dieses Muttersein. Wieso gab es dafür keinen Lehrgang, verdammt noch mal?

Gregory, der gemerkt hatte, wie sie in ihre eigenen Gedanken versunken war, hatte auf dem Rückweg bewusst nichts gesagt. Er hoffte nur, dass ihre plötzlich so grüblerische Stimmung nichts damit zu tun hatte, was er vorhin fast gesagt hätte. Als sie im Auto saßen, blieb ihm allerdings nichts anderes übrig, als das Schweigen zu brechen.

„Wohin soll's gehen?“

„Hä? Ah, ja. Der Ausflug.“

„Willst du lieber nicht gehen?", bot er ihr an.

„Doch, doch", beeilte sie sich zu sagen. „Sorry. Ich war nur in Gedanken."

„Willst du darüber reden?"

Sie runzelte die Stirn, als müsste sie sich das überlegen.

„Vielleicht", sagte sie schließlich. „Aber lass uns erst losfahren."

*

Sie fuhren zurück nach Independence, durch die kleine Stadt hindurch und weiter auf der Hauptstraße, bis Vi ihn anwies, nach links abzubiegen. Es handelte sich um eine Schotterstraße, die mehr Löcher als ein Schweizer Emmentaler-Käse aufwies. Das Auto schwankte auf und ab. Die Federung seines Autos ächzte und stöhnte.

„Dir ist schon klar, dass das hier", er tätschelte das Armaturenbrett, „kein Offroader ist?"

„Keine Angst, wir sind gleich da. Da vorne bei dem Baum kannst du anhalten. Den Rest legen wir zu Fuß zurück."

Erleichtert steuerte er das Auto an den Straßenrand. Er langte nach hinten und griff nach der Tüte mit ihrem Proviant. Vi wartete, bis er Julia aus dem Kofferraum gelassen hatte, und streckte ihm dann die Hand hin.

„Ich zeige dir eine der schönsten Stellen hier in der Gegend."

Er ergriff ihre Hand und folgte ihr auf dem holprigen, mit Felsbrocken und kleineren Steinen bestückten Pfad. Julia sprang munter voran und schnüffelte mal hier, mal dort. Sie war sichtlich erfreut, eine neue Umgebung erkunden zu können. Bald durchquerten sie ein kleines Kiefernwäldchen. Die knorrigen, kleinen Bäume verströmten in der Mittagssonne ihren würzigen Duft. Ein Rauschen wurde hörbar.

„Du hättest mir auch sagen können, dass wir neben der Autobahn essen", witzelte er.

„Das ist der Fluss, du Idiot", konterte sie und versetzte ihm einen Stoß.

„Der Fluss? Ich wusste gar nicht, dass es hier einen Fluss gibt."

Vi lächelte zufrieden.

„Das dachte ich mir. Deshalb sind wir hier. Das nächste Mal können wir angeln gehen. Oder baden. Letzteres ist allerdings eine frostige Angelegenheit."

„Auch im Sommer?", wunderte er sich.

„Das Wasser ist primär Schmelzwasser. Auf seinem Weg in die Tiefe hat es nicht genügend Zeit, sich signifikant zu erwärmen."

Endlich lag der Fluss vor ihnen. Das Wasser funkelte hell im Sonnenlicht. Insekten und Sprühwasser schwebten über der Oberfläche. Ein Fisch sprang in die Höhe und verschwand wieder im kühlen Nass. Am Ufer lag ein großer Felsen, der mehrere flache Stufen formte und halb im Schatten einiger Espen lag.

Leichtfüßig hüpfte sie von Stein zu Stein. Beim Felsen angekommen, setzte sie einen Fuß in eine für Gregory unsichtbare Kante und zog sich geschickt hoch. Julia folgte ihr mit einem eleganten Satz. Jetzt fehlte nur noch Gregory.

„Komm", rief sie, ein herausforderndes Grinsen im Gesicht.

Das ließ er sich natürlich nicht zweimal sagen.

*

Nach dem Essen lagen sie nebeneinander faul in der Sonne. Selbst Julia hatte aufgehört, im flachen Wasser zu plantschen und sich auf den aufgewärmten Stein gelegt. Jetzt lag sie der Länge nach ausgestreckt da. Nur wenn sich eine Fliege auf ihren warmen Pelz verirrte, lief ein Zucken durch ihren Körper.

„Willst du mir jetzt erzählen, was dich nach dem Sandwichkauf so beschäftigt hat?", fragte Gregory beiläufig, während er träge mit einer Hand durch ihre Haare fuhr.

„Oh. Das hast du bemerkt?"

„War schwierig, das nicht zu bemerken. Wir haben uns nett unterhalten und von einem Moment auf den anderen bist du verstummt. Sollte ich dich irgendwie beleidigt haben, tut es mir leid. Ich kann mir allerdings beim besten Willen nicht vorstellen, was es war."

„Nein, nein. Mein Schweigen hatte nichts mit dir zu tun. Es ist nur …" Sie setzte sich auf und blickte auf den Fluss.

„Ja?"

„Würdest du mir das Kochen beibringen?", platzte sie heraus.

17

Gregory stützte sich auf die Ellbogen auf und schaute auf Vi hinunter, die den Kopf in seinen Schoß gelegt hatte. Er wusste nicht, welche Antwort er erwartet hatte. Aber diese bestimmt nicht.

„Du kannst nicht kochen? Ernsthaft jetzt?"

Verlegen kaute sie auf ihrer Unterlippe.

„Nicht kochen ist vielleicht übertrieben – ich kann ein paar Gerichte kochen. Mehrheitlich Eintöpfe. Scharfe Eintöpfe mit viel Chili und anderen scharfen Gewürzen."

Er blinzelte, sichtlich verwirrt über ihre widersprüchlichen Aussagen. „Das ist ja mehr, als die meisten können. Normalerweise, wenn Leute sich beschweren, sie könnten nicht kochen, dann kriegen sie knapp Spiegeleier hin. Nicht afrikanische Eintöpfe."

„Spiegeleier. Hm. Das würde ich vielleicht auch hinkriegen. Aber ich habe keine Ahnung von milden, ausgewogenen Mahlzeiten, die trotzdem schmackhaft sind. Kurz, Essen, das ich auch meinem Kind vorsetzen kann."

Mit einem Blick auf ihren Busen grinste er belustigt.

„Ich dachte, die Milchbar werde bei der Geburt mitgeliefert?"

Zwischen Ärger und Lachen schwankend hob sie eine Augenbraue und warf ihm einen kritischen Blick zu.

„Soweit ich informiert bin, ist das nur die ersten sechs Monate ausreichend. Anschließend wollen die kleinen Mäuler gefüttert werden. Und da ich nicht vorhabe, ein Vermögen für diese fertigen Gerichte in den doofen Gläschen auszugeben …"

Er runzelte die Stirn.

„Das ist auch besser so. Da weißt du wieder nicht genau, was drin ist."

„Siehst du? Also muss ich kochen lernen."

„Bücher? Kochkurse?"

Vi richtete sich auf und rückte von ihm weg. Sofort vermisste Gregory ihre körperliche Nähe.

„Wenn du es nicht machen willst, kannst du es einfach sagen", sagte sie irritiert.

„Ah, deshalb hast du dich aufgesetzt."

„Was?"

„Na, um mir böse Blicke zuzuwerfen." Er klang amüsiert. „Das geht zugegebenermaßen schlecht, wenn man auf dem Rücken liegt."

„Ach, vergiss es!"

Sie sprang auf die Füße und wollte vom Felsen springen. Wenn sie nicht ein wenig Abstand zwischen sich und den Mann brachte, geriet sie in Versuchung, ihm einen Kinnhaken zu verpassen. Sie zwang sich, tief durchzuatmen, ohne sich anmerken zu lassen, dass sie sich durch tiefe Atemzüge beruhigen musste. Natürlich misslang ihr das, was dazu führte, dass sie wie ein wütendes Rhino schnaubte.

Gregory hingegen lachte laut und griff nach ihrem Hosenbein. Daraufhin entschlüpfte Vi ein Laut, der wie ein Knurren klang. Ihre Augen blitzten wütend.

Julia hingegen betrachtete das seltsame Verhalten der Zweibeiner als eine Aufforderung zum Spielen. Sofort hellwach sprang sie bellend vom Felsen hinunter ins Wasser und wieder hoch. Das wiederholte sie so lange, bis die Felsstufe und auch Vi und Gregory innerhalb kürzester Zeit ziemlich nass waren. Schließlich zog Gregory Vi an sich und führte sie zu einem höher gelegenen Teil des Felsens. Enttäuscht, dass die Spielzeit so schnell wieder vorbei war, sprang die Hündin zurück ins Wasser und begann nach Steinen zu tauchen.

„Komm her. Hier werden wir nur nass. Ich bring dir kochen bei. Versprochen. Tatsächlich habe ich noch etwas viel Besseres als das."

Einladend klopfte er auf den warmen Felsen neben sich. Widerwillig setzte sich Vi wieder hin. Julia verstand die Geste ebenfalls als Einladung. Augenblicklich ließ sie von den Steinen im Wasser ab, sprang, tropfnass wie sie war, die Felsabsätze hoch und ließ sich hechelnd gegen Vi fallen.

„Iiih. Du bist nass, meine Liebe", kommentierte sie und rümpfte die Nase. Sie liebte Hunde. Alle Hunde. Und speziell Julia hatte einen ganz besonderen Charme. Trotzdem hätte sie auf das nasse Hosenbein gern verzichtet. An Gregory gewandt, meinte sie: „Ich hoffe, das viel Bessere ist auch tatsächlich gut."

„Ist das so?"

„Außer du willst, dass ich meinen gewalttätigen Tendenzen freien Lauf lasse und dir eine auf die Nase gebe", erwiderte sie zuckersüß. „Du weißt doch, wie temperamentvoll wir tätowierten, asozialen Künstler sind."

„Das habe ich nie gesagt", protestierte er.

Allerdings nicht, ohne schuldbewusst zusammenzuzucken, was Vis scharfem Blick natürlich nicht entging.

„Ha! Aber gedacht hast du es."

Er kniff die Augen zusammen. Weil er ihrem bösen Blick entgehen wollte oder weil er sich schuldig fühlte, war nicht so ganz klar.

„Okay, okay. Vielleicht war ich ein ganz kleines bisschen voreingenommen. Aber ich bin ein geläuterter Mensch. Du hast mich in Windeseile davon überzeugt, dass meine Vorurteile komplett falsch waren."

Dieses Geständnis brachte Vi, die schon die nächste Tirade vorbereitet hatte, zum Verstummen.

„Meinst du, ich hätte sonst den Widerstand gegen dein Tattoo-Studio so schnell aufgegeben?“

„Ach, und ich dachte, das hätte nur am Sex gelegen“, konterte sie sarkastisch.

Er wackelte anzüglich mit den Augenbrauen.

„Das natürlich auch.“

„Aarrgh! Du bist unmöglich“, rief sie aus und versetzte ihm einen Schubs.

Gleichzeitig konnte sie nicht verhindern, dass ihre Mundwinkel zuckten. Auch ihre Schultern bebten vor unterdrücktem Lachen.

Er beugte sich verschwörerisch zu ihr hinüber.

„Willst du jetzt mein Geheimnis wissen?“

„Ach, jetzt ist es bereits ein Geheimnis?“, erwiderte sie schnippisch, obwohl sie natürlich vor Neugier brannte.

„Mein größtes“, erwiderte er schmunzelnd und griff in die Gesäßtasche seiner Jeans. Als er die Hand wieder hervorzog, hatte er einen ganzen Packen vergilbter Seiten in der Hand, die geschützt in einer Klarsichthülle lagen.

„Was ist das?“

„Das ist die Rezeptsammlung meiner Großmutter. Sozusagen ihr Vermächtnis an mich.“

Fast ehrfürchtig streckte Vi die Hand danach aus. Im letzten Augenblick zögerte sie und warf ihm einen fragenden Blick zu.

„Darf ich?“

Er nickte ihr aufmunternd zu.

„Na klar. Schau sie dir an.“

Während Vi die zerfledderten Seiten studierte und hin und wieder die Stirn runzelte, wenn sie die verblichenen Buchstaben nicht entziffern konnte, erzählte er ihr die Geschichte der Rezepte.

„Meine Familie war wohl ziemlicher Durchschnitt. Meine Eltern waren unzufrieden mit ihrem Leben und ließen das alle in ihrem direkten Umfeld spüren. Vor allem meine Mutter verpasste keine Gelegenheit zu erwähnen, dass sie eigentlich Besseres zu tun hatte, als Hausfrau zu spielen. Mein Vater äußerte sich weniger lautstark. Er vergrub sich einfach in seine Arbeit." Er holte tief Luft. Offensichtlich fiel es ihm nicht leicht, diese Geschichte zu erzählen. Vi hatte schon lange aufgehört, in den Rezepten zu blättern. Die konnten warten. Sie war viel zu fasziniert von dem Einblick in Gregorys Leben, den er ihr bot.

„Das macht ihn zwar mitschuldig am Scheitern ihrer Ehe, doch wenigstens vergiftete er mit seinem Rückzug nicht die ganze Atmosphäre, wie es ihre Litaneien und Schuldzuweisungen taten."

„Ist das der Grund, weshalb du bis heute noch mehr Kontakt zu ihm hast? Zu deinem Vater, meine ich?"

Er legte den Kopf schief, dachte nach und nickte dann.

„Vermutlich. Allerdings spielt sicher auch eine Rolle dabei, dass sie uns schließlich den Rücken gekehrt und nie zurückgeblickt hat. Sie ist durchgebrannt."

Vi lächelte schief.

„Lass mich raten. Mit einem tätowierten Biker?"

„Erwischt. Genau so war es. Offenbar hat mich dieses Erlebnis mehr geprägt, als ich dachte. Wie auch immer – während also meine Eltern ihren Krieg ausfochten, verbrachte ich viel Zeit mit meiner Nana. Sie war der Meinung, Liebe geht durch den Magen, auch bei ihrem Enkel. Also bekochte sie mich. Ungefähr als ich zwölf war, habe ich angefangen, ihr dabei zu helfen." Er zuckte mit den Schultern. „Der Rest ist Geschichte, wie man so schön sagt."

Ungläubig starrte Vi erst ihn, dann wieder die Rezepte in ihrer Hand an.

„Und die hier hast du die ganze Zeit behalten? Sind das die Rezepte, mit denen du dir deinen Stern verdient hast? Die Rezepte, die das Geheimnis deines Erfolgs beinhalten?"

Gregory lachte.

„Nein, ganz und gar nicht. Ihre Spezialität war die italienische Küche. Solide Hausmannskost, die einem beim Essen automatisch in bessere Stimmung versetzte. Rezepte, die auch einen Teenager wie mich dazu brachten, Gemüse zu essen. Einfach, aber lecker. Aber es hat natürlich den Grundstein für meine Faszination mit dem Kochen gelegt." Er deutete auf die losen Seiten. „Diese Rezepte waren lange wie ein Talisman für mich."

„Ein Talisman? Aber …"

„Ich brauche ihn, beziehungsweise die Rezepte, nicht mehr", versicherte er ihr. „Ich trage sie eigentlich nur noch aus Gewohnheit mit mir rum. Wenn du sie gebrauchen kannst, um besser kochen zu lernen, noch dazu kindergerecht, dann umso besser." Er lächelte. „Das hätte meiner Großmutter gefallen."

„Wow. Danke." Misstrauisch schaute sie zu ihm hoch. „Inwiefern gilt das als Kochen beibringen, wenn du mir einfach eine Handvoll Rezepte in die Hand drückst?"

„Ich werde dir natürlich mit Rat und Tat zur Seite stehen." Er nahm ihre Hand und küsste ihre Fingerspitzen. „Später, wenn du mehr Übung hast, kannst du dir ein Rezept aussuchen, es selber kochen und mich zum Verkosten einladen. Rein aus dem Grund der Qualitätsprüfung natürlich."

„Natürlich."

Er ließ seine Zungenspitze zwischen ihre Finger gleiten. Ein heißer Blitz schoss durch Vis Bauch gegen Süden.

„Andere Naturalien werden ersatzweise auch akzeptiert", murmelte er, den Blick auf ihre Augen gerichtet.

„Das würde dir so passen", konterte sie und schüttelte den Kopf.

Unbekümmert antwortete er: „Einen Versuch war es wert."

„Freunde? Du erinnerst dich?"

Er seufzte und stand auf. Julia tat es ihm gleich und schaute ihn abwartend an.

„Komm. Wir müssen einen Papagei begrüßen“, sagte er zu Vi.

Julia bellte.

„Sie will den Papagei offensichtlich auch wieder besuchen.“

„Sieht ganz so aus.“

*

Beide in ihre eigenen Gedanken versunken, legten sie den Rückweg nach Independence schweigend zurück.

Vi kaute an der Haut an ihrem Daumen. Vorhin, als Gregory über die Rezepte gesprochen hatte, war ihr ein absurder Gedanke gekommen. Dummerweise ließ er sich trotz seiner Absurdität nicht abschütteln, sodass sie schließlich doch damit herausplatzte.

„Deine Rezepte, weiß sonst noch jemand davon?“

„Hm. Keine Ahnung. Nicht wirklich.“

„Nicht wirklich? Oder einfach nicht viele Leute?“

„Mein Vater sicherlich. Und vielleicht habe ich es sonst noch mal beiläufig erwähnt.“ Er drehte den Kopf und sah sie fragend an. „Wieso meinst du?“

„Ich habe mich nur gefragt, ob ich vielleicht nicht die Einzige bin, die deinen Erfolg als Koch auf diese Rezepte zurückführt.“

Gregory zuckte mit den Schultern.

„Das kann ich mir kaum vorstellen.“

„Aber denk doch mal nach! Das würde den Einbruch erklären.“ Sie warf die Hände in die Luft. „Herrje, es würde vielleicht sogar die Anwesenheit deines Ex-Chefs erklären.“

„Das ist jetzt aber ein wenig weit hergeholt.“ Gregory war offensichtlich nicht überzeugt von ihrer Theorie.

„Du hast selbst erzählt, er hätte zugegeben, dass es mit seinem Restaurant nicht zum Besten steht“, beharrte sie hitzig auf ihrem Standpunkt. „Was, wenn er sich einbildet, dass alleine die

Rezepte für deinen Erfolg, selbst in seinem Restaurant, verantwortlich waren?"

„Das spricht aber nicht sehr für meine tatsächlichen Kochkünste." Er klang fast ein wenig beleidigt.

Vi winkte ab.

„Lass doch für einen Moment mal dein Ego beiseite. Du weißt, dass du kochen kannst und ich weiß es ebenso. Aber Terry ist ganz klar nicht zurechnungsfähig."

„Wie kommst du zu diesem Schluss?"

„Ist doch logisch. Sonst hätte er dich gar nie gehen lassen."

Gregory war sprachlos über ihr blindes Vertrauen in seine Fähigkeiten.

„Ich habe noch nicht mal für dich gekocht", murmelte er verlegen. „Vielleicht bin ich völlig unfähig in der Küche."

„Ja, ich habe auch schon gehört, dass Sterne an jeden dahergelaufenen Hot-Dog-Verkäufer verteilt werden."

„Der Stern wurde mir ja aberkannt", erinnerte er sie ehrlichkeitshalber.

„War das nicht eine weitere schräge Geschichte, die verschiedene verletzte Egos beinhaltete?", antwortete sie leichthin.

Er zuckte mit den Schultern.

„Alles, was ich zu meiner Verteidigung sage, klingt nach Ausrede." Um den Emotionen zu entfliehen, die dieses Thema aufwühlte, konzentrierte er sich wieder auf die Straße. Die Espen bildeten hellgrüne Farbtupfer in den Kiefernwäldern an den Hängen links und rechts von der Straße. Weiter unten, in der Schlucht rechterhand, glitzerte der Fluss. „Weshalb ich es gelassen habe."

„Kann ich verstehen. Aber darum geht es mir auch nicht", brachte ihn Vi konsequent auf ihre anfängliche Überlegung zurück. „Sprich mit Jake. Das Motiv ist alles. Wenn er weiß, was die Einbrecher gesucht haben, kommt er ihnen vielleicht auf die Spur."

„Okay, Nancy Drew", erwiderte er und rollte die Augen. „Ich werde dem Sheriff von deiner abstrusen Idee erzählen."

„Gut. Dann kann er ja gleich die Fingerabdrücke mit Terrys vergleichen."

„Schon mal daran gedacht, dass es auch eine ganz einfache Erklärung geben könnte?"

„Welche denn?", fragte Vi misstrauisch. Sie war nicht gewillt, ihre Theorie so einfach aufzugeben.

„Na, es sind bestimmt nicht alle erfreut, dass ein neues Restaurant im Ort aufmacht."

Verdutzt musterte Vi ihn und brach dann in lautes Lachen aus.

„Du verdächtigst ernsthaft die Disney Sisters? Oder vielleicht Aileen vom Sweets?"

Sie wischte sich eine Träne aus dem Gesicht.

„Der war wirklich gut."

„Könnte ja sein", beharrte er mürrisch. Ihm erschien das gar nicht abwegig. „Vielleicht ist es gar nicht gegen mich persönlich gerichtet. Wie mir mitgeteilt wurde, läuft zwischen der VGI und dem Bürgermeister eine ganz eigene Fehde."

„Deine Verdächtigungen werden immer abenteuerlicher", brachte Vi zwischen zwei größeren Lachanfällen heraus. „Als Nächstes verdächtigst du den Strickclub."

Gregory runzelte die Stirn, als würde er diese Möglichkeit ernsthaft in Betracht ziehen. In Anbetracht dessen, dass die Hälfte des VGI-Komitees auch Mitglied im Strickclub war, war das nur konsequent. Das musste sie ihm lassen.

Inzwischen standen sie vor der Buchhandlung. Spontan beugte sie sich zu ihm hinüber und drückte ihm einen Kuss auf die Wange.

„Halt mich auf dem Laufenden. Kat kommt gleich mit Esmeralda. Danke für den Ausflug."

*

Gregory sah ihr hinterher, als sie aus dem Auto stieg und im Buchladen verschwand. Was für ein Tag. Eigentlich hätte er gerne Esmeralda kennengelernt. Aber das konnte er auch noch die nächsten Tage tun. Ohne Vis Gesellschaft als Ablenkung kehrten die mannigfaltigen Sorgen um sein Restaurant zurück. Er wendete sein Auto und fuhr in Richtung Polizeistation. Vielleicht hatte er ja Glück und die Spurensicherung hatte den Tatort freigegeben. Tatort. Wenn das mal kein böses Omen war. Noch nicht mal eröffnet, hatte dort schon ein Verbrechen stattgefunden.

Er zwang sich, die trüben Gedanken abzuschütteln, und parkte am Straßenrand. Da es ihm zu warm war, um Julia im Auto zu lassen, nahm er sie kurzerhand mit. Wenn im Restaurant Hunde erlaubt waren, durfte sie ihn sicher aufs Revier begleiten.

„Hallo Polly", begrüßte er Jakes Mitarbeiterin.

Sie war gerade am Telefon und hob den Zeigefinger, um ihm zu bedeuten, kurz zu warten. Also wanderte er zum Fenster und schaute hinaus. Julia untersuchte währenddessen jeden Winkel des Raums mit ihrer Nase.

Gestern Abend hatte ihm ein sehr gesprächiger Jake während der Partie Billard die Hintergründe zu Polly erzählt. Offenbar war sie früher selber Polizistin gewesen. Jetzt, mit knapp siebzig, arbeitete sie nicht mehr im aktiven Dienst. Genau genommen war sie schon einmal offiziell pensioniert worden. Doch zwei Wochen, nachdem sie aufgehört hatte, war sie wieder im Polizeirevier aufgetaucht.

„Entweder, du gibst mir hier wieder einen Job", waren ihre Worte gewesen, „oder du musst mich nächstens in die Zelle dort hinten sperren. Wegen vorsätzlichen Mordes." Dabei hatte sie die Schrotflinte, die sie mitgebracht hatte, am Lauf gefasst und den Schaft demonstrativ auf den Holzboden sausen lassen.

Sie behauptete, schlicht nicht für das Rentnerleben geschaffen zu sein. Jake vermutete, dass es vielmehr darum ging, dass sie ihren Mann Fred nicht den ganzen Tag aushielt. Im Gegensatz zu ihr ging ihr Mann seit seiner Pensionierung völlig in seinen Hobbys auf. Hobbys, die er zu Pollys Leidwesen alle zu Hause ausübte. Da sie sich in der Zwischenzeit als unersetzlich erwiesen hatte und vor allem seinen Anteil an Papierkram auf ein absolutes Minimum reduzierte, hütete sich Jake, das Wort Pensionierung in ihrer Nähe auch nur zu denken.

Seit er diese Story kannte, betrachtete Gregory Polly in neuem Licht. Respektvolle Ehrfurcht beschrieb seine Gefühle ihr gegenüber wohl am besten. Kompetent im Büro, der hellwache Verstand einer Ermittlerin und eine erstklassige Schützin, diese Kombination verlangte Respekt. Schon alleine aus Sicherheitsgründen.

Polly legte den Hörer auf und kritzelte etwas auf den vor ihr liegenden Notizblock.

„Gibt es was Neues in Bezug auf mein Restaurant? Wann kann ich mit dem Aufräumen beginnen?"

„Dein Restaurant?", fragte sie abgelenkt. „Äh, ja. Die Spurensicherung ist fertig. Du kannst wieder rein."

„Gibt es neue …" Er brach ab, als er sah, dass sie bereits die nächste Nummer wählte. Toby, einer der beiden Deputies, die hier arbeiteten, stürzte aus seinem Büro. Während er zur Tür eilte, steckte er seine Waffe ins Holster.

„Gibst du Melissa Bescheid, dass ich es nicht zum Abendessen schaffen werde?"

„Geht klar", versicherte ihm Polly und winkte ihm nach.

„Ist etwas passiert?"

„Ein Mord in Breckenridge. Die haben zwar ihre eigene Polizei, doch in Fällen wie diesen helfen wir uns gegenseitig aus", erwiderte sie abwesend, ganz klar gedanklich bei der Organisation des neuesten Falles.

Entsetzt wich Gregory zurück.

„Mord?"

Sie nickte nur und begann in schnellen Sätzen mit der Person am anderen Ende der Leitung zu sprechen.

Betroffen schaute Gregory zu Boden. Ein Mord. Das relativierte den Einbruch in seinem Restaurant tatsächlich wie nichts anderes. Wie gut, dass er nichts weiter als ein paar Löcher in der Wand und der Theke sowie einige Farbschäden zu beklagen hatte.

Leise rief er nach Julia, um Polly nicht bei ihrem Gespräch zu stören, und verließ das Polizeirevier. Draußen angekommen beschloss er, das Auto stehen zu lassen und zu Fuß zum Restaurant zu gehen. Die frische Luft würde ihm gut tun, um diesen Schock zu verdauen. Während sein Blick über die adretten, wenn auch hie und da ein wenig vernachlässigten Ladenfassaden glitt und er die majestätischen Berggipfel im Hintergrund bestaunte, stellte er fest, dass ihn die Neuigkeiten ziemlich schockiert hatten. Natürlich wusste er, dass es auch hier Kriminalität gab. Trotzdem traf es ihn völlig unvorbereitet, dass jetzt in nächster Nähe ein tödliches Verbrechen stattgefunden hatte.

Beim Restaurant angekommen riss er das Polizeiband weg und trat ein. Die Verwüstung traf ihn aufs Neue mitten ins Herz. *Täglich grüßt das Murmeltier*, oder wie hatte der Film aus den neunziger Jahren geheißen?

Nachdem er alle Räume und den jeweiligen Schaden inspiziert hatte, war er versucht, selber seine Faust in eine Wand zu schlagen. Resigniert zog er sein Handy hervor. Es blieb ihm nichts anderes übrig, als Verstärkung zu rufen.

18

Gregory kehrte todmüde und mit dem Muskelkater seines Lebens ins Bed & Breakfast zurück. Die letzten fünf Stunden hatte er mit Jasons und Thors Hilfe im Restaurant geschuftet. Die beiden hatten Zeit zwischen ihren Aufträgen und hatten sich bereit erklärt, ihm für wenig Geld zur Hand zu gehen und zu versuchen, den Schaden zu beheben. Gott sei Dank. Beide waren richtige Künstler, was den Umgang mit Werkzeug anging, sodass Gregorys bescheidenes Talent nicht so ins Gewicht fiel.

Terry war nirgends zu sehen. Nur das zerwühlte Bett und ein achtlos hingeworfenes Hemd zeugten davon, dass er die Nacht hier verbracht hatte und plante, irgendwann wieder hierher zurück zu kommen. Schade. Es wäre ihm mehr als recht gewesen, wenn er inzwischen abgereist wäre. Er runzelte die Stirn, als er das Hemd genauer in Augenschein nahm. Das war eins von seinen! Was erlaubte der Typ sich eigentlich? Angewidert warf er das Kleidungsstück zu dem ständig wachsenden Berg von Schmutzwäsche.

Im Bad hielt er als Erstes Ausschau nach seinen Schmerztabletten. Wenn er den morgigen Tag überleben wollte, würde er die pharmazeutische Unterstützung brauchen. Irritiert, dass sie nicht an ihrem gewohnten Platz standen, blickte er sich suchend um. Schließlich entdeckte er die offene Dose auf dem Badewannenrand. Da hatte er sie ganz sicher nicht hingestellt. Tatsächlich hatte er seit seiner Ankunft keine Tabletten gebraucht. Hatte sich sein unwillkommener Gast etwa auch daran bedient? Er nahm die Dose zur Hand. Zur Hälfte leer. Die Haare an seinem Nacken stellten sich auf. Wozu brauchte Terry so viele Schmerztabletten? Er hatte ganz gesund auf ihn gewirkt. Das rezeptfreie Produkt war nicht einmal dazu geeignet, einen Rausch zu verursachen. Einen Leberschaden vielleicht. Aber ganz sicher keinen Rausch.

Auf einmal wurde ihm klar, wie wenig er eigentlich über seinen ehemaligen Chef wusste. Außer der Tatsache natürlich, dass er ein Arschloch war.

In diesem Moment wurde die Tür hinter ihm aufgestoßen. Die unvermittelte Bewegung erschreckte Gregory so sehr, dass ihm die offene Dose aus der Hand flog. In hohem Bogen verteilten sich die Tabletten im Raum.

„Herrje!", rief er aus und presste eine Hand auf sein wild klopfendes Herz. „Hast du mich jetzt erschreckt! Schon mal was von anklopfen gehört?"

Terry hob gleichgültig die Schultern und ließ sie wieder fallen.

„Wusste ja nicht, dass du hier bist."

„Julia ist da? Das hätte dir zu denken geben müssen."

Der andere erwiderte nichts, sondern ging zum Waschbecken, drehte den Hahn auf und begann seine Hände gründlich zu waschen.

Gregory trat neben ihn.

„Was ist denn mit deiner Hand passiert?", fragte er entsetzt, als er die tiefen Kratzer sah.

Terry hob spöttisch eine Augenbraue.

„Begegnung mit einer Wildkatze. Aber das kennst du ja zur Genüge. Schöne Nacht gehabt? Sie sieht heiß aus, deine Braut."

Terry so über Vi sprechen zu hören, ließ Gregory rot sehen.

„Halt deine Klappe und lass die Finger von Vi."

„So, wie du deine Finger von Lorena gelassen hast", höhnte Terry.

„Du weißt genau, dass es Lorena war, die sich an mich herangemacht hat und nicht umgekehrt", presste er zwischen zusammengebissenen Zähnen hervor.

Die Verlockung, dem anderen eine in die Fresse zu hauen, war überwältigend. Nur das Wissen, dass er in dem engen Raum auch nicht ohne Blessuren davonkommen würde, hielt ihn ab. Und der Muskelkater. Angewidert stürmte er aus dem Badezimmer. Julia, die die Spannung spürte, die in der Luft lag, winselte und wedelte unsicher mit der Schwanzspitze.

„Komm", sagte er zu seiner Hündin. „Wir bitten Vi um Asyl."

Er hatte keine Ahnung, ob sie ihn nochmals bei sich übernachten lassen würde. Er wusste nur, dass er keine weitere Nacht mit Terry im selben Raum verbringen konnte. Der Typ verhielt sich immer seltsamer. Abgesehen von seinen Übergriffen auf seine persönlichen Dinge wurde er den unangenehmen Gedanken nicht los, dass Vi recht haben könnte. Er glaubte nicht unbedingt, dass er hinter seinen Rezepten her war, diese Vorstellung war einfach lächerlich, aber es sah ganz so aus, als hätte er ein verborgenes Motiv für seine Anwesenheit in Independence.

Erleichterung erfasste ihn, als er ins Freie trat. Auch Julia schien froh, dem Hotelzimmer entronnen zu sein, und rannte erwartungsvoll zum Auto. Er öffnete den Kofferraum und seine Hundebox und ließ sie hineinspringen. Auf dem Weg zu Vis Wohnung fuhr er am Mini-Markt vorbei. Spontan fuhr er auf den Parkplatz.

„Warte hier", sagte er über die Schulter zu Julia. „Ich komme gleich wieder."

Er ließ alle Fenster hinunter und stieg aus. Jetzt am Abend konnte die Sonne keinen Schaden mehr anrichten, sodass es ihr nichts ausmachen würde, kurz im Auto zu bleiben.

In dem kleinen Supermarkt kaufte er alles zusammen, was es für ein vitaminreiches und schmackhaftes Abendessen brauchte. Reis, Zitronen, Spinat, Sahne und zwei Hühnchenbrüste von Freilandhühnern aus der Nähe. Er hoffte, sie mochte Hühnchen. Zur Sicherheit packte er einen trockenen Weißwein ein und ein paar Gewürze, von denen er sich nicht sicher war, dass sie sie vorrätig hatte. Im letzten Augenblick bog er noch in die Tiefkühlsektion ein und ergatterte die letzte Familienpackung Schokoladeneis.

Mit einer großen Tüte beladen, klopfte er wenig später an Vis Tür. Er hatte gerade einen Spießrutenlauf hinter sich. Sämtliche Kunden wie auch Charlie und ihr Sohn Ethan hatten ihm bedeutungsvolle Blicke zugeworfen, als er sich seinen Weg zur Treppe gebahnt hatte. Noch während er in Hörweite war, wurden neue Wetten aufgestellt. Ihm brannten jetzt noch die Ohren von den verschiedenen Vorschlägen, wie er mit Vi den Abend verbringen sollte.

„Huch", war Vis erste Reaktion, als sie die Tür öffnete und ihn auf dem Treppenabsatz entdeckte. „Was machst du denn schon wieder hier?"

Gregory lächelte sie schief an.

„Kann ich reinkommen?" Er schielte über seine Schulter. „Dort unten sind die Hyänen."

„Oh. Hat dich der Buchclub in die Mangel genommen?" Sie grinste. „Wenn ich mich richtig erinnere, haben die eben 50 Shades of Grey gelesen."

Begleitet von einem Schaudern schob er sich an ihr vorbei durch die Tür.

„Das erklärt einige der fantasievolleren Vorschläge."

Vi tippte sich mit dem Zeigefinger an die Unterlippe.

„Hm."

„Was soll denn das wieder heißen?"

„Ich hatte eigentlich nicht den Eindruck, dass dich so schnell etwas schockt. Oder habe ich deine prüde Seite einfach übersehen?"

Er schnaubte indigniert.

„Selbstverständlich bin ich nicht prüde. Ganz und gar nicht. Was nicht heißt, dass ich mir von Frauen, die meine Großmütter sein könnten, Sex-Tipps anhören will."

„Ich verstehe."

„Küss die Hand", krächzte es aus der Richtung der Küche.

„Ich könnte alternativ einen Papagei anbieten", witzelte sie und deutete mit dem Kinn in die Richtung, aus der das Geräusch gekommen war.

„Dalli, dalli", beteiligte sich jetzt auch Jack am Gespräch.

„Einen Fernseher brauchst du nicht mehr, was?", fragte er und gluckste.

„Definitiv nicht", antworte sie mit einem Kopfschütteln. „Komm."

Gregory stellte die Tüte auf den Tresen und begann seine Einkäufe auszupacken.

Vi verschränkte die Arme vor der Brust und lehnte sich an den Kühlschrank.

„Was wird das, wenn es fertig ist?"

„Nicht erfreut, mich zu sehen?"

Die auf dem Tresen ausgebreiteten Lebensmittel begutachtend, beeilte sie sich zu sagen: „Doch, doch. Natürlich. Menschen, die Essen mitbringen, Essen, das ich hoffentlich nicht selber kochen muss, sind immer willkommen."

„Ich dachte, wir könnten heute vielleicht unsere erste Kochlektion machen", zog er sie auf.

„Solange du kochst und ich zuschauen und anschließend testessen darf, gerne", gab sie schlagfertig zurück. „Wie du selbst gesagt hast, weiß ich ja nicht einmal, ob du in der Küche was taugst."

Er verschränkte die Finger und ließ die Knöchel knacken.

„Touché. Dann mach dich mal bereit für die Kochshow deines Lebens."

*

Er hatte nicht zu viel versprochen. Das Essen war köstlich. Goldgelb gebratenes Hähnchenfleisch in einer milden und geschmacklich trotzdem interessanten, cremigen Soße. Irgendetwas mit Zitrone und Sahne. Mmmh.

„So gut?“

„Besser.“

Sie klopfte sich auf ihren vollen Bauch.

Gregory grinste stolz. Zufriedene und satte Gäste waren für ihn als Koch das höchste Kompliment.

„Bereit, das nächste Gericht selber zu kochen?“

Sie zog eine Grimasse.

„Die ganze Arbeit selber machen und dann schmeckt es sicherlich nicht halb so gut? Na, ich weiß nicht“, meinte sie zweifelnd.

„Du kannst ja wohl ein Rezept lesen und Anweisungen befolgen. Zudem werde ich ja da sein und dir, wenn nötig, auf die Finger klopfen, bevor du Salz statt Zucker verwendest oder etwas ähnlich Unverzeihliches vorhast.“

„Das hingegen glaube ich dir sofort.“ Sie rückte das Besteck auf dem leeren Teller zurecht. „Ich habe dich ja gefragt, jetzt muss ich es wohl auch durchziehen. Es hilft ja alles nichts. In ein paar Monaten ist der Wurm da und will gefüttert werden.“

„Wie gesagt: Er oder sie wird nicht gleich zu Anfang nach Steak verlangen.“

„Wer weiß“, witzelte sie. „Warst du eigentlich beim Sheriff?“

Gregorys Miene verdüsterte sich.

„Ja, war ich.“

„Und?“

Sie schaute ihn erwartungsvoll an. Er zuckte mit den Schultern.

„Es gab keine großen Neuigkeiten. Die Spurensicherung war bereits fertig, sodass ich mich ans Aufräumen machen konnte. Details weiß ich keine. Als ich kam, herrschte gerade große Aufregung.“

„Große Aufregung? In Independence? Und das so kurz nach dem Einbruch bei dir?“ Ungläubig schüttelte sie den Kopf. „Und ich hatte gedacht, ich würde hier eine Oase des Friedens vorfinden, wo ich mein Kind in aller Ruhe aufziehen kann. Fern von Vandalen, Einbrechern und Drogen oder was es sonst noch alles gibt.“

„Keine Sorge. Die Aufregung galt einem Vorfall in Breckenridge.“

„Das beruhigt mich kolossal“, konterte sie trocken. „Ist ja meilenweit weg von uns. Im nächstgelegenen Kaff.“

„Okay, wenn du es so formulierst, klingt es schon nicht mehr ganz so gut“, gab er, begleitet von einem reuevollen Grinsen, zu.

„Was ist denn passiert?“

„Ein Mordfall.“

Vor Schreck sprang sie fast aus dem Stuhl.

„Ein was?“

„Räuber“, krächzte Jack wie auf Kommando. „Räuber. Hopp. Hopp.“

„Halt die Klappe“, gab Esmeralda zurück.

Gregory schaute zu dem neuen, etwas kleineren Papagei hinüber. Auch Julia hatte sich bei dem Krächzen aufgerichtet und ihre Kippohren auf Empfang gerichtet.

„Schon fast unheimlich, die zwei so sprechen zu hören. Fast, als würden sie tatsächlich einen Dialog führen.“

„Das stimmt. Aber vergiss jetzt mal die beiden Vögel. Ich will Details zu diesem Mordfall hören.“

„Da fragst du besser Facebook oder Herrn Google. Die wissen meist als Erstes Bescheid. Mir haben sie nichts weiter gesagt.“

„Oh. Dann konntest du ihnen meine Theorie gar nicht präsentieren?“

„Deine … Ach so. Das. Nein. Der Sheriff war gar nicht da.“

In diesem Moment klingelte sein Telefon. Er zog es aus seiner Jeans.

„Wenn man vom Teufel spricht …“

Vi formte mit den Lippen tonlos den Namen Jake.

Gregory nickte und hob das Gerät zum Ohr. „Jake, was gibt's?“ Seine Miene wurde ernster und ernster, während er dem Sheriff zuhörte.

Vis Hände wurden feucht. Auch Julia schien zu spüren, dass etwas nicht stimmte und gab ihren Beobachtungsposten vor der Voliere auf, um sich an sein Bein zu schmiegen. Zusammen warteten sie gespannt, bis Gregory das einseitige Gespräch beendete. Es dauerte nicht lange, bis er das Gerät auf den Tisch legte.

Vi lehnte sich erwartungsvoll nach vorn.

„Und?“

„Er will, dass ich aufs Revier komme. Es hätten sich neue Dinge ergeben“, antwortete er, immer noch verwirrt über die Vorladung. „Was könnte denn das sein?“, grübelte er.

Vi sprang auf, schnappte sich die Teller und trug sie zur Spüle.

„Keine Ahnung. Aber wir werden es gleich herausfinden, wenn wir hinfahren.“

„Wir?“

„Natürlich wir. Oder glaubst du, ich bin nicht neugierig?“

„Aber …“

„Nichts da. Ich komme mit.“

Nachdem sie bereits fertig angezogen in der Tür stand, blieb ihm nichts anderes übrig, als ihr zu folgen. Eigentlich war er ganz froh, dass sie mitkam. Einerseits, weil ihm etwas mulmig war, Jake war sehr kryptisch gewesen am Telefon, und andererseits war er gern in ihrer Nähe. Alles schien irgendwie leichter zu sein. Und das nicht nur wegen der schönen Aussicht.

*

Jake und Toby standen am Pult und studierten irgendwelche Papiere, als sie eintraten. Jake schaute erst auf, als Julias feuchte Schnauze ihn anstupste.

„Hallo zusammen. Danke, dass ihr kommen konntet. Setzt euch doch."

Er deutete auf einen großen Tisch, der am anderen Ende des Raumes stand. Eine ganze Auswahl verschiedener Stühle stand rundherum.

„Kannst du uns sagen, worum es geht?", fragte Gregory, kaum hatten sich alle hingesetzt. „Ehrlich gesagt bin ich ein wenig beunruhigt."

Jake fuhr sich mit der Hand durchs Haar und anschließend übers Gesicht. Er sah müde aus.

„Sorry, das war nicht meine Absicht. Aber es hat sich etwas ergeben."

„Wegen dem Einbruch im Restaurant? Ich verstehe nicht … Ich dachte, ihr wärt den ganzen Nachmittag mit dem Mord beschäftigt gewesen? Das hat mir zumindest Polly zu verstehen gegeben."

Jake nickte grimmig.

„Das war auch so. Bis wir einen Zusammenhang zwischen dem Vandalismus in deinem Lokal und dem Mord festgestellt haben."

Betroffen schlug sich Vi eine Hand vor den Mund. Auch Gregory starrte verständnislos den Sheriff an.

„Ich verstehe nicht … Einen Zusammenhang mit dem Mord?"

Toby schob die Papiere, die vor ihm lagen, zu einem ordentlichen Stapel zusammen.

„Die Fingerabdrücke, die wir gefunden haben."

„Ja?"

„Sie stammen von der Toten."

„Was?", platzte Vi heraus.

Sie konnte nicht glauben, dass ihre schöne Theorie, dass Gregorys Ex-Chef für den Einbruch verantwortlich war, so einfach widerlegt worden war. Sie zog unmerklich den Kopf ein, als sie schuldbewusst feststellte, dass sie ihre Empörung wohl besser gegen den Mörder richten sollte.

Jake stand auf und begann mit hinter dem Rücken verschränkten Händen im Büro umherzugehen.

„Es war purer Zufall. Im System haben wir sie immer noch nicht gefunden. Aber einem Mitarbeiter des Spurensicherungsteams sind gewisse Ähnlichkeiten aufgefallen, sodass er einen kurzen Abgleich gemacht hat. Reines Glück wahrscheinlich, weil er am selben Tag am anderen Fall gearbeitet hat."

„Aber wer ist es denn?", fragte Gregory ratlos.

„Wir haben gehofft, dass du uns das sagen könntest", erklärte Jake und gab Toby ein Zeichen.

Dieser zog einen gelben Aktendeckel hervor.

„Hier drin sind Fotos. Ich muss dich allerdings warnen, sie sind nicht schön anzuschauen." Er ließ seinen Blick zu Vi gleiten. „Vielleicht möchtest du lieber draußen warten?"

Stumm schüttelte sie den Kopf und fasste unterm Tisch nach Gregorys Hand. Wenn es je eine Zeit gegeben hatte, zu der er einen Freund an seiner Seite gebraucht hatte, dann jetzt.

Toby wartete noch einen Moment, um sicherzugehen, dass sie es sich nicht anders überlegte, und schlug dann den Aktendeckel zurück.

„Oh mein Gott", brach es aus Gregory hervor. Seine Haut war aschfahl geworden. Das Entsetzen war ihm ins Gesicht geschrieben.

Vi studierte das Tatortfoto und schluckte. Die Frau auf dem Bild sah schrecklich aus, die Augen blicklos gegen den Himmel gerichtet. Trotzdem war zu erkennen, dass sie zu ihren Lebzeiten ein Hingucker gewesen war.

„Du kennst sie?", unterbrach Jakes Stimme ihre Gedankengänge, obwohl die Frage natürlich nicht an sie gerichtet war.

Gespannt schaute sie zu Gregory hinüber. Wer war sie gewesen? Eine Ex-Freundin von ihm? Ein grauenvoller Gedanke schlich sich in ihren Kopf. Oder etwa seine aktuelle Freundin? Sofort verwarf sie diese absurde Idee. Sie konnte zwar nicht beurteilen, ob er fremdgehen würde, aber eines wusste sie mit Sicherheit: Wenn es sich bei der Toten um eine Freundin gehandelt hätte, wäre seine emotionale Reaktion um vieles stärker gewesen. Er mochte ja nach außen eine stoische Fassade präsentieren, doch seine Gefühle gingen tief.

„Sie war die Freundin meines ehemaligen Chefs in Kalifornien", beantwortete Gregory mit rauer Stimme Jakes Frage.

„Der, der dich gefeuert hat, weil er dir eine Affäre mit seiner Freundin unterstellt hat?"

Gregory nickte. Dieses eine Mal war er froh um die gut funktionierende Gerüchteküche. Das ersparte es ihm jetzt, die ganze leidige Geschichte abermals zu erzählen.

„Hast du eine Ahnung, was sie hier in der Gegend gemacht hat?"

Er schüttelte den Kopf.

„Nicht wirklich. Allerdings …", er zwang sich, den Blick von den grausigen Bildern loszureißen und aufzuschauen.

„Ja?", fragte Jake gespannt.

„Mein ehemaliger Chef, ihr Freund Terry, ist vor ein paar Tagen unverhofft in Independence gestrandet. Ohne Geld und ohne Auto. Er hatte mir eine etwas abenteuerliche Geschichte aufgetischt." Er hob die Schultern und ließ sie ratlos wieder fallen. „Ich habe sie ihm nicht ganz abgenommen. Aber ehrlich gesagt war es mir auch nicht so wichtig."

„Warst du wütend, dass er hier aufgetaucht ist?"

„Wütend nicht unbedingt. Ehrlich gesagt hatte ich mit der geplanten Eröffnung des Restaurants so viel um die Ohren, dass es mich nicht sonderlich interessiert hat."

„Wo ist er denn jetzt? Weißt du das?"

„Wahrscheinlich in meinem Hotelzimmer. Er brauchte einen Platz zum Übernachten. Ich hatte ein Zimmer."

Jake und Toby tauschten einen Blick aus, bevor sie fast zeitgleich aufsprangen.

„Danke für die Informationen. Du hast uns sehr geholfen."

„Wir melden uns wieder."

Innerhalb von Sekunden lag das Büro verlassen da. Vi starrte Gregory mit großen Augen an.

„Was soll das heißen? Ist Terry jetzt ihr Hauptverdächtiger?"

Gregory unterdrückte ein Schaudern.

„Keine Ahnung. Aber eins steht fest."

„Was denn?"

„Meine Gastfreundschaft ist ab morgen vorbei. Darf ich heute nochmals bei dir schlafen?"

„Na klar", antwortete sie wie aus der Pistole geschossen.

Mal ehrlich. Wer war nicht froh um die Gesellschaft eines Kerls und seines Hundes, wenn sich da draußen ein Mörder herumtrieb. Dass sie unglaublich gern an ihn gekuschelt einschlief, war dabei völlig irrelevant.

*

Terry war auf dem Weg ins Diner und befand sich schon im Flur, welcher das Bed & Breakfast mit dem Restaurant verband, als die Stimmengeräusche, die er von dort hörte, sich plötzlich verdoppelten. Instinktiv hielt er inne und versuchte mitzuhören, was gesagt wurde.

Nachdem mehrmals sein Name und der Name des Sheriffs genannt worden war, trat er lautlos den Rückzug an. Verdammt. War ihm die Polizei etwa bereits auf der Spur? Wie konnte das nur sein? Egal. Jetzt musste er erst einmal entscheiden, wie er reagieren sollte. Er brauchte Zeit, um sich neu zu orientieren und endlich einen schlauen Plan zu fassen. Es wurde immer dringender, die Rezepte zu finden. Erst dann konnte er endgültig dieser Gegend den Rücken kehren und in der Anonymität der Großstadt verschwinden.

Ihm war klar, dass ihn die Polizei auch dort aufspüren würde. Sollten sie doch. Sie konnten ihm nichts beweisen, dafür hatte er gesorgt. Dieser Gedanke stellte seine Zuversicht wieder her. Er rieb sich die Hände und grinste. Eigentlich war es ganz amüsant, mit der Polizei Katz und Maus zu spielen. Das bot wenigstens eine Abwechslung von der totalen Einöde hier. Er freute sich richtiggehend. Dann würden sie ja sehen, wer cleverer war. Der Langweiler von Sheriff oder er.

19

Vi war auf dem Weg zur Apotheke. Dort hatte sie sich mit Astrid und Anabelle verabredet. Es wurde Zeit, zumindest ihre Schwestern einzuweihen. Es war ja schön und gut, Gregory zu haben, der Bescheid wusste, doch gewisse Sorgen und Ängste besprach sie doch lieber mit einer anderen weiblichen Person. Wer eignete sich dazu besser als ihre Schwestern?

Zudem hoffte sie, dass Astri d noch einen Joker in ihrem Kräuterschrank hatte. Der Tee, den sie Gregory beim letzten Mal mitgegeben hatte, wirkte überhaupt nicht. Vermutlich, weil sie nicht unter einer Magenverstimmung litt, sondern schwanger war. Sie seufzte. Nachdem sie heute wieder drei Stunden zwischen Küche, Bett und Toilette hin und her gesprintet war, hatte sie die Schnauze voll. War ja nett, wenn die Ärztin meinte, sie solle mehr essen, nur wann? Jetzt war es beinahe Mittag und ihr Appetit ließ ernsthaft zu wünschen übrig. Gegen den Abend wurde es jeweils besser. Doch einfach dreimal so viel zu Abend zu essen schaffte sie auch nicht.

Sie schob die beunruhigenden Gedanken weg und konzentrierte sich auf die schöne Umgebung. Der Wind schob ein paar vereinzelte Wolken über den ansonsten strahlendblauen Himmel. Die Luft war angenehm warm. Der Duft von Kiefernharz lag in der Luft. Sie warf einen kritischen Blick in Richtung der Bergflanke im Westen. Juli war die ideale Jahreszeit, um durch die Rockies zu wandern. Ob entlang des Bighorn-Trails, der seinen Namen von den großen Dickhornschafen hatte, die

die Hänge besiedelten, wohl immer noch Bergsalbei wuchs? Eigentlich handelte es sich bei der aromatischen Pflanze um silbernen Beifuß, doch weißer Salbei oder Bergsalbei waren die geläufigen Namen. Auf einmal konnte sie es nicht erwarten, es herauszufinden. Nicht mehr lange und sie würde nicht mehr in der Lage sein, spontan auf einen Campingtrip zu gehen. Zuerst, weil sie zu ungelenk sein würde und später, weil sie sich um den Wurm kümmern musste. Deprimierender Gedanke. Hoffentlich würden die Hormone, die bei der Geburt ausgeschüttet wurden, ihr Versprechen halten und sie in einen Nebel von Babyliebe einhüllen, sodass ihr Campingpläne oder ähnliches völlig absurd vorkommen würde.

Sie kickte gegen einen Kiesel, der auf der Straße lag. Abwesend schaute sie ihm hinterher, wie er über die Straße hüpfte, eine kurze Strecke rollte und dann im Rinnstein liegenblieb. Ob Gregory wohl Lust hätte, mitzukommen? Ihre lebhafte Vorstellungskraft lieferte sofort einige Vorschläge, was sie mit ihm in einem Zelt alles anstellen könnte. Die Gründe dafür, weshalb sie vor ein paar Tagen seinen Vorschlag, nur Freunde zu sein, aufgegriffen hatte, wurden immer unklarer. Nervös rieb sie sich über ihren immer noch flachen Bauch. Nur eine kleine Wölbung unter dem Bund ihrer Hosen, die dank der Kleidung noch nicht sichtbar war, verriet ihr, dass sie tatsächlich schwanger war. Sobald der Bauch größer wurde, würden ihr die Gründe vermutlich sofort wieder einfallen.

Aber wieso nicht bis dahin die Zeit genießen?, flüsterte eine Stimme in ihrem Hinterkopf. Oder waren das die Hormone, die ihre Klappe nicht halten konnten?

Weil Sex mit Gregory nie *nur* Sex sein würde, gestand sie sich insgeheim ein. Während sie die letzten Jahre ohne je zurückzublicken wie ein Schmetterling von Mann zu Mann geflattert war, hatte es ihr Gregory irgendwie angetan. Jeden Tag wurde die Gefahr größer, dass sie tatsächlich ihr Herz an ihn verlor. Ach, was machte sie sich eigentlich vor. Ein großer Teil davon war ihm bereits vor die Füße gekullert, als sie entdeckt hatte, dass er sich ein Buch über die Schwangerschaft gekauft hatte, nur weil er zufällig über sie gestolpert war, als sie sich wieder einmal die Seele aus dem Leib gekotzt hatte. Welcher Mann tat so etwas? Vor allem, wenn es sich nicht um sein Kind handelte?

Zum Glück war sie endlich bei der Apotheke angelangt und konnte die tiefe Introspektion auf einen späteren Zeitpunkt verschieben. Immerhin hatte sie die Analyse der potentiellen Herzensangelegenheiten davon abgehalten, sich wegen des Treffens mit ihren Schwestern verrückt zu machen. Also nicht wegen des Treffens selber, aber wegen ihrer Beichte, die sie gleich ablegen würde.

Als sie die Tür aufstieß und in die Apotheke trat, traf die Nervosität sie mit aller Wucht. Wie erklärte man seinen Schwestern am besten, dass sie in Kürze auch Tanten sein würden? Noch schwieriger, wie offenbarte man ihnen, dass man sie so lange im Dunkeln gelassen hatte? Bevor sie eine Antwort auf diese Fragen gefunden hatte, stürzte Anabelle auf sie zu. Offensichtlich hatten sie schon auf sie gewartet.

„Da bist du ja endlich! Mein cooles Schwesterchen. Gehen wir ins Diner? Ich will mit dir angeben."

Vi blinzelte verwundert.

„Mit mir angeben?"

„Ja, du weißt schon. In der Schule hat man doch auch immer gehofft, der Glamour der beliebten Schüler würde auf einen abfärben, wenn man mit ihnen zusammen war."

„Äh, kleiner Tipp: *Du* warst eine der populären Schülerinnen", erinnerte Vi sie. „Während ich mit meinen Emo-Freunden abhing und nicht einmal davon träumen durfte, zu den coolen Kids zu gehören."

„So ändern sich die Zeiten", gab Anabelle, unbekümmert von dieser Portion Realität, zurück. „Jetzt bist du die Coole. Wild, frei, unabhängig."

„Möglich. Aber auch arbeitslos."

„Ach Quatsch", tat ihre Schwester den Einspruch ab. „Du hast ein eigenes Geschäft. Also bist du eine waschechte Businessfrau. Fast zum Neidischwerden."

„Du hast doch auch die Ranch? Das macht dich auch zur Businessfrau, oder nicht?"

„Irgendwie fühlt es sich einfach nicht gleich an, wenn man die meiste Zeit damit verbringt, Zäune zu flicken oder Pferdemist zu schaufeln", antwortete sie trocken. „Zudem will heutzutage jeder ein Tattoo."

„Du auch?"

„Hör nicht auf sie", mischte sich Astrid ein, die gerade mit ihrer Kundin fertig geworden war. „Sie ist in einer ganz speziellen Stimmung. Ich konnte nur noch nicht herausfinden, ob es eine gute Laune oder eine schlechte Laune ist."

„Wenn ich nicht bald etwas zu essen bekomme, werde ich definitiv schlechter Laune sein", informierte Anabelle ihre Schwestern.

„Dann lass uns gehen", schlug Vi vor, nachdem klar wurde, dass Anabelle ihr die Frage nach dem Tattoo nicht beantworten würde. Zumindest nicht jetzt. Vielleicht ergab sich beim Lunch eine Gelegenheit, sie so lange zu löchern, bis sie Farbe bekannte.

Astrid drehte das Schild, das vor der Scheibe in der Tür hing, um.

„Wollt ihr wirklich ins Diner?", fragte Astrid, während sie beiden Schwestern einen bedeutungsvollen Blick zuwarf.

„Wieso nicht?", fragten Vi und Anabelle gleichermaßen perplex.

„Weil ihr beide", sie zeigte mit dem Zeigefinger erst auf Anabelle, dann auf Vi, „mir in der nächsten Stunde euer Geheimnis verraten werdet."

Anabelle und Vi tauschten einen schuldbewussten Blick aus.

„Verdammt", platzte Vi schließlich heraus. „Wie machst du das nur."

„Euch auf die Schliche kommen, meinst du?“ Astrid lächelte wie eine Katze, die gerade ein Jahresabo Sahne gewonnen hatte. „Das bleibt mein Geheimnis.“

„Unfair“, murmelte Anabelle ohne viel Überzeugung in der Stimme.

Es lohnte sich auch nicht wirklich, sich aufzuregen. Astrid hatte schon immer einen siebten Sinn besessen, wenn es darum gegangen war, den Geheimnissen ihrer kleinen Schwestern auf die Spur zu kommen.

„Und du meinst, im Café Sweets haben wir mehr Privatsphäre?“, fragte Vi zweifelnd.

Aileen, die Besitzerin des Cafés, war vielleicht etwas subtiler, wenn es darum ging, ihre Gäste auszuhorchen. Nichtsdestotrotz war sie über sieben Ecken mit den Disney Sisters verwandt und sich ihrer Funktion als Klatschzentrale sehr wohl bewusst.

„Wieso statten wir nicht der Spielhalle einen Besuch ab?“, schlug Anabelle vor. „Die Pizzas sind sehr gut dort.“

Vor gut einem Jahr hatte eine Spielhalle mit angeschlossener Pizzeria aufgemacht. Es war der ideale Ort für Familien mit Kindern. Das italienische Menü, welches jede erdenkliche Pizza und allerlei Variationen von Pastasoßen beinhaltete, war sehr beliebt. Während die Kinder nach dem Essen eine Runde Computergames oder anderes spielten, konnten die Erwachsenen sich eine Weile ungestört unterhalten.

„Gute Idee. Da war ich noch gar nicht, seit ich zurück bin.“

Wieso eigentlich nicht?, fragte sich Vi. War sie so von dem Tumult in ihrem eigenen Leben vereinnahmt, dass sie es nicht mehr schaffte, über den Tellerrand zu blicken? Kein gutes Zeichen. Sie nahm sich fest vor, das ab sofort zu ändern. Schließlich wollte sie hier Wurzeln schlagen. Erfolgreich ihr Tattoo-Studio führen. Dazu musste sie sich ein Netzwerk schaffen.

„Mouse wird sich endlos über mich lustig machen, wenn er hört, dass ich mich mit Pizza vollgestopft habe.“

„Hast du ihm etwa wieder Vorträge über gesunde Ernährung gehalten?“, zog Anabelle sie auf.

„Vorträge würde ich das nicht nennen“, verteidigte sich Astrid.

„Ach ja, ich vergaß“, Anabelle rollte mit den Augen. „Vorschläge heißt der korrekte Begriff.“

Das gutmütige Gezanke dauerte den ganzen Weg von der Apotheke bis zur Spielhalle.

„Kinder, Kinder“, tadelte Vi die beiden gespielt. „Reißt euch zusammen. Wir sind da.“

*

Im Nu hatten sie an einem Tisch in der Ecke Platz genommen und nahmen von der Bedienung die Menüs in Empfang. Vi stellte erfreut fest, dass der Gedanke an Pizza sie nicht erneut zur Toilette rennen ließ. Vielleicht schaffte sie es diesmal, dass das Essen dort blieb, wo es hingehörte, nämlich in ihrem Magen.

„Wer von euch beiden fängt an?“, fragte Astrid mit herausforderndem Blick in die Runde, als sie alle bestellt hatten.

Vi zog leicht den Kopf ein, als sie sich versuchte vorzustellen, wie ihre Neuigkeiten wohl ankommen würden.

Anabelle, die sie scharf beobachtet hatte, hob erstaunt die Augenbrauen, als sie die unmerkliche Bewegung sah.

„So schlimm? Hm?“ Sie hörte auf, mit dem Serviettenspender zu spielen, und faltete die Hände. „Dann fang ich mal an.“

Vi atmete erleichtert auf. Der Aufschub würde nicht von langer Dauer sein, aber immerhin etwas. Astrid hingegen beugte sich gespannt vor.

„Ich bin schwanger“, eröffnete Anabelle den beiden und schaute verlegen in die Runde.

„So schnell?“, platzte Astrid ungläubig heraus.

Vi biss sich auf die Zunge, um eine scharfe Erwiderung zurückzuhalten. Anabelle kannte keine solche Zurückhaltung.

„Was meinst du denn, wie lange es dauert? Nicht aufgepasst in Biologie? Einmal reicht! Und Bäm!“

Diesmal konnte Vi sich ein Lachen nicht verkneifen.

„Bäm. Das ist richtig.“

Anabelle fiel in ihr Lachen ein.

„Das trifft es ziemlich genau. Bist du aufgeregt?“

Anabelle schnaubte wenig ladylike durch die Nase.

„Die ersten vierundzwanzig Stunden war ich nicht mehr zurechnungsfähig. Bis mich Jerome liebevoll darauf hingewiesen hat, dass ich meinen Stuten diesen Zustand jedes Jahr zumute. Ab da hab ich mich wieder beruhigt.“

„Typisch, du bist auch die einzige Frau, die es entspannt, wenn man sie mit einem Pferd vergleicht.“

„Ja, irgendwie hatte er aber auch recht.“

„Abgesehen von der Tatsache, dass sich die vierbeinigen Mütter nur … wie lange? Zwölf Monate um ihren Nachwuchs kümmern und nicht zwanzig Jahre.“

„Ach, das ist ein Detail“, winkte Anabelle unbekümmert ab. „Meine Pferde habe ich ja auch alle mindestens zwanzig Jahre oder länger. Ob da noch ein Zweibeiner dabei ist, spielt keine große Rolle.“

Vi war fast ein wenig neidisch auf die pragmatische Weltanschauung ihrer Schwester. Aber vielleicht konnte sie sich ein wenig davon abschauen?

„Hat er sich gefreut?“, fragte sie, um das Gespräch am Laufen zu halten. Je länger Anabelle redete, desto länger konnte sie ihre eigene Beichte aufschieben. Anderer Leute Probleme boten sich dafür hervorragend an.

Bei ihrer Frage leuchtete Anabelles Gesicht auf.

„Und wie. Ich muss zugeben, ich hatte ziemlich Bammel davor, es ihm zu erzählen. Ich meine, wir hatten zwar mal über die theoretische Möglichkeit gesprochen. Irgendwann. In ein paar Jahren. Jetzt mit dem Zusammenlegen von unseren beiden Ranches, dem Start meiner Pferdezucht und auch Onkel Toms

Tod war so viel los, dass sich die Frage gar nicht ernsthaft gestellt hat."

„Na ja, wann ist schon der perfekte Zeitpunkt. Ich glaube nicht, dass der sich tatsächlich eines Tages einstellt. So lange man keine Kinder hat, hat man auch keine Zeit für sie. Es ist ja nicht so, dass man künstlich so und so viel Zeit pro Tag reserviert und frei hält, wie man für ein Kind bräuchte."

„Das stimmt auch wieder. Auf jeden Fall hat er sich riesig gefreut. Mit Tränen in den Augen und allem, was dazu gehört. Mom und Dad wie auch seine Eltern wissen es schon."

Erstaunt hob Vi beide Augenbrauen.

„Tatsächlich? Wow. Und?"

„Alle haben sich gefreut."

„Und was wolltest du uns erzählen?", mischte sich plötzlich Astrid, die bisher nur stumm zugehört hatte, mit knapper Stimme ins Gespräch.

Vom Tonfall ihrer Schwester überrascht, warf Vi ihr einen prüfenden Blick zu. Wenn sie es sich recht überlegte, hatte sie noch gar nichts zu Anabelles Neuigkeiten gesagt. Wieso nur?

„Au ja", rief Anabelle und klatschte in die Hände. „Jetzt bist du dran."

Abermals versuchte Vi, aus Astrid schlau zu werden. Doch die hatte ihr Pokerface aufgesetzt.

„Tja, ich will dir hier ja nicht die Show stehlen. Aber ich bin ebenfalls schwanger."

Nach ihrer Eröffnung starrten beide Schwestern sie gleichermaßen ungläubig an. Anabelle blieb sogar der Mund offenstehen. Dann blinzelte sie und klappte ihn wieder zu, bevor sie sich an Astrid wandte.

„Jetzt wäre dein Kommentar von vorhin angebracht. Das nenn ich tatsächlich schnelle Arbeit."

Astrid erwiderte nichts, sondern starrte Vi nur mit großen Augen an.

Als Anabelle merkte, dass von Astrid keine Unterstützung zu erwarten war, drehte sie sich zu Vi um.

„Das ist ja großartig. Unsere Kinder werden wie Geschwister aufwachen. Tolles Timing.“ Sie hielt erwartungsvoll die Hand hoch.

„Soll ich einschlagen oder was?“

„Äh, ja?“

Zögerlich schlug Vi ein.

„Was meint Gregory dazu?“

„Gregory?“, fragte sie verdutzt. „Was soll er dazu meinen?“

„Na, das, was du mich vorher gefragt hast. Freut er sich darauf, Vater zu sein?“

Vi hob abwehrend die Hände und erklärte eilig: „Gregory ist nicht der Vater.“

Auf diese Erklärung hin herrschte fassungsloses Schweigen. Vi rutschte unruhig auf ihrem Stuhl hin und her.

„Sagt doch was“, bat sie.

„Okay“, ließ sich Anabelle erweichen. „Ich finde es immer noch großartig, ganz egal, wer der Vater ist. Es wundert mich natürlich schon, wer es ist.“

Vi winkte ab.

„Eine flüchtige Bekanntschaft. Wir haben eine einzige Nacht miteinander verbracht. Der Übeltäter war wohl ein Kondom, das sein Verfallsdatum schon überschritten hatte.“

Wenn sie ehrlich war, hatte sie ihn bereits vergessen gehabt, als sie entdeckte, dass sie schwanger war. Die Begegnung war nett gewesen, aber einfach nicht sonderlich erinnerungswürdig. Seine Reaktion, als sie ihn angerufen hatte, um ihm von seinem Vaterglück zu erzählen, allerdings schon. Er hatte die Möglichkeit, dass er der Vater sein könnte, schlicht und einfach abgestritten. Schließlich hätten sie ein Kondom benutzt – als wenn die Dinger hundert Prozent zuverlässig wären. Sie hatte ihm innerlich kochend zugehört, ihm zähneknirschend ein schönes Leben gewünscht und aufgelegt. Klar, sie könnte auf einen

DNA-Test bestehen und von ihm Unterhalt verlangen. Aber sie hatte nicht vor, sich die nächsten Jahre mit Gerichtsstreitigkeiten zu vermiesen. Sie hatte ihre Pflicht getan und ihn informiert. Wenn er kein Interesse an seinem Kind hatte, waren sie und der Wurm ohne ihn besser dran.

Eine Reaktion ihrer großen Schwester vermissend, drehte sie sich zu ihr um. Diese saß wie versteinert da. Irgendetwas war hier ganz und gar nicht in Ordnung. Behutsam legte sie ihr eine Hand auf den Arm. Bei der Berührung wich Astrid zurück. Vi tauschte mit Anabelle einen besorgten Blick aus.

„Was ist denn los, Astrid? Freust du dich nicht für uns? Oder zumindest für Anabelle? Dass meine eigene Situation nicht ganz so rosig und nicht unbedingt ein Grund zum Feiern ist, ist mir auch klar."

Astrids Kinn zitterte. Eine Träne löste sich aus ihrem Auge und rollte einsam über ihre Wange.

Betroffen rückte auch Anabelle näher, bis sie Astrid von links und rechts umarmten. Schweigend warteten sie, bis sich ihre große Schwester wieder gefasst hatte.

„Es tut mir so leid", schniefte sie, während sie sich mit einem Taschentuch das Gesicht abwischte. „Ich freue mich für euch, wirklich. Es ist nur so, dass Mouse und ich auch gerne ein Kind hätten."

Verständnislos schauten sie Astrid an.

„Was ist denn das Problem? Das wäre ja umso lustiger, wenn du jetzt auch bald schwanger werden würdest", ermutigte Anabelle sie.

„Das ist exakt das Problem", antwortete Astrid und brach erneut in Tränen aus. „Ich war gestern beim Arzt. Erinnert ihr euch noch, dass ich während meiner Tage immer unter diesen starken Schmerzen litt?"

Beide nickten. Wie sollten sie das auch vergessen? Astrid hatte so darunter gelitten. Nicht einmal Schmerzmittel hatten wirklich geholfen.

Astrid holte tief Luft und wischte sich zornig über die nassen Wangen.

„Jetzt ist auch endlich klar, warum. Ich habe Endometriose."

„Davon habe ich schon gehört, aber ich weiß eigentlich nicht genau, was es ist", gab Vi zu.

Anabelle hingegen verzog den Mund.

„Ich weiß, was es ist. Das gibt es bei Stuten auch."

Diese Antwort brachte ihr von Vi ein ungläubiges Kopfschütteln ein.

„Findest du das nicht ein wenig taktlos?"

„Was? Immerhin weiß ich mehr als du", verteidigte sich Anabelle.

„Dann weißt du sicher auch, was die Konsequenzen sind", unterbrach Astrid die schwesterlichen Sticheleien.

Anabelle nickte bedeutungsvoll.

„Unter Endometriose versteht man eine degenerative Veränderung der Gebärmutterschleimhaut. Konzeption ist massiv erschwert, wenn auch nicht komplett unmöglich."

Astrid presste die Lippen zusammen.

„Laut der Einschätzung meines Arztes ist es in meinem Fall praktisch unmöglich. Auf natürlichem Weg schwanger zu werden, sieht er als ausgeschlossen an."

„Bei der Stute gilt es auch als irreversible Erkrankung. Durch ein gutes Besamungsmanagement ist eine erfolgreiche Trächtigkeit aber durchaus möglich."

Astrid zuckte bei der klinischen Beschreibung zusammen. Vi warf Anabelle für ihre unsensible Bemerkung einen bösen Blick zu.

Anabelle schloss die Augen und zog den Kopf ein.

„Sorry. Nicht sehr romantisch. Aber immerhin … Optionen gibt es."

„Momentan muss ich mich erst mit der Diagnose anfreunden. Es ist ja nicht so, dass es eilt. Aber Mouse und ich hätten halt gerne bald Kinder."

Verloren zuckte sie mit den Schultern. Vi nahm sie einseitig in den Arm und drückte sie.

„Das tut mir echt leid."

„Ich weiß. Aber ihr könnt ja nichts dafür. Das weiß ich auch. Aber gleich zweimal mit ungeplanten Schwangerschaften konfrontiert zu werden, war jetzt grad ein bisschen viel."

„Das glaub ich dir", versicherte Anabelle ihr tröstend. „Themawechsel: Was sagen die Eltern zu deiner Schwangerschaft?"

„Äh, sie wissen es noch nicht", gab Vi zu. „Aber das hole ich bald nach", versicherte sie den ungläubigen Gesichtern ihrer Schwestern.

„Dann bin ich ja mal gespannt, wie sie das aufnehmen. Mom freut sich bestimmt und Dad wird versuchen, den Namen des Typen, der dich in diese Situation gebracht hat, herauszukriegen, damit er ihm einen Besuch abstatten kann."

„Der soll sich beruhigen. Ist ja nicht so, dass er mich zum Sex gezwungen hat", murmelte Vi.

„Und Gregory? Was meint er zum bevorstehenden Nachwuchs?", fragte Anabelle mit einem listigen Ausdruck im Gesicht.

Vi spürte, wie ihr die Röte ins Gesicht kroch. Nichts, gar nichts, meinte er dazu. Das war die einzig richtige Antwort. Stattdessen hörte sie sich sagen:

„Er hat einen Ratgeber über Schwangerschaft gekauft."

Diese Aussage entlockte selbst Astrid, die immer noch um ihre Fassung rang, ein Lächeln.

„Tatsächlich. Scheint, als hättest du einiges zu erzählen."

„Das wundert mich gar nicht", behauptete Anabelle neunmalklug. „Die beiden wohnen ja schon fast zusammen."

Vis Röte vertiefte sich. Nicht zum ersten Mal verfluchte sie ihre helle, fast durchscheinende Haut.

„Er hat nur ein paar Nächte bei mir übernachtet. Weiter nichts."

Anabelle kicherte.

„Nennt man das heute so?“

„Nein, wirklich“, protestierte Vi. Wenn wenigstens etwas an Anabelles Vermutung dran wäre. Aber nachdem sie schon wieder eine völlig unschuldige Nacht neben ihm verbracht hatte, nervte sie irgendetwas ziemlich. Ob allein die Bemerkung oder die Tatsache, dass sie sich selbst um Sex mit Gregory gebracht hatte, wusste sie nicht.

In diesem Moment wurden ihnen ihre Pizzas serviert.

Astrid schnappte sich ihr Besteck und deutete mit der Spitze des gefährlich scharf aussehenden Messers auf Vi.

„Das ist nur ein temporärer Aufschub. Sobald wir mit dem Essen fertig sind, erwarte ich einen vollständigen Bericht. Ist das klar?“

Vi grinste, froh zu sehen, dass Astrids kämpferischer Geist zurückgekehrt war.

„Yes, Ma’am.“

20

Die Hände in den Hosentaschen, schlenderte Terry durch die Tür der Polizeistation. Nachdem er letzte Nacht mit der Polizei Katz und Maus gespielt hatte, war er nach reiflicher Überlegung zum Schluss gekommen, dass er einen besseren Plan brauchte, als von einer Straße zur nächsten zu schleichen. Nachdem er die Scheißrezepte noch nicht gefunden hatte, war er gezwungen, noch länger in diesem Kaff zu bleiben. Also hatte er beschlossen, den Weg in die Höhle des Löwen zu wagen. Oder sollte er besser „zahme Hauskatze" sagen? Er verkniff sich ein Grinsen, als er an den unfähigen Sheriff und seine Deputies dachte. Diese Provinzpolizisten konnten ihm nichts nachweisen.

„Hallo?", rief er, als er niemanden hinter dem Schreibtisch entdeckte. Was war denn das für ein Saftladen? Jetzt nahm er ihnen schon die Mühe ab, nach ihm zu fahnden, und dann war niemand hier. Ungeduldig tigerte er in dem Entree hin und her.

Eine Tür öffnete sich, und eine erschöpft aussehende Frau steckte den Kopf hindurch. Ihre Augen wurden groß, als sie ihn erblickte. Ohne ein Grußwort verschwand sie wieder hinter der Tür und ließ sie hinter sich zufallen. Offenbar hatte sie ihn erkannt, dachte Terry zufrieden.

*

„Ihr werdet nicht glauben, wer uns gerade mit seiner Anwesenheit beehrt", teilte sie Jake und Toby mit.

Jake schaute von dem Plan von Independence auf.

„Wer?“

„Dieser Terry, den ihr die ganze Nacht gesucht habt. Der Ex-Freund der Toten.“

Sofort sprang Jake von seinem Stuhl auf.

„Er ist hier? Freiwillig?“, fragte er ungläubig. „Was will er hier?“

Polly zuckte mit den Schultern.

„Keine Ahnung. Ich bin sicher, du findest es gleich raus.“

Jake schob einige Papiere zusammen und klemmte sie sich unter den Arm.

„Toby, du und Polly kümmert euch um den Papierkram.“

„Geht klar, Boss.“

„Dann schaue ich mal, was unser hilfsbereiter Koch zu sagen hat.“

*

Jake nahm sich einen Moment Zeit, den Mann, der am Fenster stand, zu mustern. Er hatte zwar mitbekommen, dass er unverhofft in Independence eingetroffen war und sich aus irgendwelchen vagen Gründen jetzt mit Gregory ein Zimmer teilte. Das alleine hatte natürlich nichts zu bedeuten. Trotzdem sah es natürlich gar nicht gut aus für ihn, dass nur ein paar dutzend Meilen von hier entfernt seine Ex-Freundin ermordet worden war. Rein statistisch gesehen passierten die meisten Gewaltverbrechen im engsten Familien- und Freundeskreis. Immerhin hatten sie Gewebespuren unter den Fingernägeln der Toten gefunden. Er war gespannt, ob Terry einem DNA-Test zustimmen würde.

Er trat ins Büro und streckte Terry die Hand hin, um ihn zu begrüßen. Der andere ergriff sie und erwiderte den Händedruck. Auf den ersten Blick erschien der Besucher völlig entspannt. Nur seine kalten Augen, die unablässig hin- und herflitzten, als würde er versuchen, alle Informationen in der Polizeistation zu registrieren, verrieten seine innere Anspannung.

„Freut mich, dass Sie ihren Weg zur Polizeistation gefunden haben“, bemerkte Jake.

„Ja. Ich bin sofort gekommen, als ich gehört habe, dass die Polizei mich sucht.“

Was für ein großer Haufen Scheiße, dachte Jake. Er war sich ziemlich sicher, dass der andere bereits gestern Abend gewusst hatte, dass sie ihn suchten. Da er diese Vermutung nicht beweisen konnte, sagte er jedoch nichts zu dem Thema.

„Das ist sehr lobenswert“, antwortete er stattdessen. „Setzen Sie sich doch bitte.“ Er deutete auf einen Stuhl an dem großen Tisch.

Terry folgte seiner Einladung und setzte sich hin.

„Was mir noch nicht ganz klar ist …“, begann er, „ist, weshalb Sie mit mir sprechen möchten?“

Jake musterte ihn und überlegte, wie er am besten vorgehen sollte. Aktuell lagen keine Beweise vor, die er gegen ihn verwenden konnte. Das konnte sich ändern, sobald die Resultate der DNA-Probe zurückkamen. Erfahrungsgemäß würde das aber mehrere Wochen dauern, nachdem die Labors ständig überlastet waren. Aufgrund der aktuellen Beweislage konnte er ihn höchstens für vierundzwanzig Stunden festhalten, und das machte nicht viel Sinn.

„Sie kennen diese Frau?“, fragte er, anstatt Terrys Frage zu beantworten. Ohne jegliche Vorwarnung legte er die Bilder schon säuberlich in einer Reihe vor Terry aus.

„Um Himmels willen!“, rief er aus und legte geschockt eine Hand vor den Mund.

Fast hätte ihm Jake das Entsetzen abgenommen, wenn er nicht das triumphierende Aufleuchten in seinen Augen gesehen hätte. Der Typ verbarg auf jeden Fall etwas. Nur was? Einen Mord? Eine Affäre? Zwei komplett verschiedene Dinge.

„Das ist meine Ex-Freundin“, stieß Terry hervor. „Was ist … Wer hat ihr das angetan?“

Wieder waren es die richtigen Worte, doch sie klangen hohl in Jakes Ohren.

„Ihre Ex-Freundin? Was hat sie hier gemacht? Ich dachte, Sie seien zufällig hier gestrandet?"

Terry beugte sich vor, als wollte er Jake etwas im Vertrauen mitteilen.

„Wir wollten zusammen Gregory besuchen. Als wir fast da waren, hat sie mich aus dem Auto geworfen."

„Aus dem Auto geworfen?", wiederholte Jake skeptisch.

Gregory hatte ihm eine ähnliche Geschichte erzählt, doch er hatte sich das nicht so richtig vorstellen können. Konnte er immer noch nicht, aber vielleicht ergab sich ein klareres Bild, wenn er es von Terry selber hörte.

„Ja, Mann. Ich habe den Wagen angehalten, um im Wald pinkeln zu gehen. Das Nächste, was ich weiß, ist, dass ich den Rücklichtern hinterherschaute." Während er redete, geriet er immer mehr in Rage. Die Wut, die am Anfang noch dicht unter der Oberfläche gebrodelt hatte, wurde immer deutlicher sichtbar.

Jakes Instinkte schlugen Alarm. Das war nicht das Verhalten eines trauernden Partners. Mit ausdrucksloser Miene setzte er die Befragung fort.

„Hatten Sie Geld dabei?"

Terry schüttelte bedauernd den Kopf.

„Natürlich nicht. Geld, Gepäck, ach … einfach alles befand sich in meinem Auto."

„Das ist tatsächlich ärgerlich."

Terry sprang auf und begann in einem kleinen Kreis vor dem Tisch auf und ab zu gehen.

„Das kann man wohl sagen. Mir blieb nichts anderes übrig, als zu Fuß zu gehen. Sie war schon immer sehr temperamentvoll. Aber diesmal ging sie definitiv zu weit. Wir hatten schon länger Probleme in unserer Beziehung. Aber das hat das Fass zum Überlaufen gebracht."

Jake verengte die Augen.

„So sehr, dass Sie sie umgebracht haben?“

„Nein!“, rief Terry aus und griff sich mit einer Hand ans Herz. „Natürlich nicht.“ Er schüttelte ungläubig den Kopf, als könnte er nicht glauben, wie Jake zu diesem Schluss kommen konnte. „Aber ich muss gestehen, dass mich ihr Tod unter diesen Umständen nicht sonderlich berührt.“

Als hätte ihn das Erzählen der Geschehnisse erschöpft, ließ er sich wieder auf seinen Stuhl fallen.

Was für ein Arschloch, dachte Jake angewidert.

„Sie ist nicht einfach gestorben. Sie wurde ermordet“, wies er ihn barsch zurecht.

Terry starrte mit kalten Augen zurück.

„Das ist natürlich schrecklich.“

Es war die korrekte Antwort. Bis auf das Detail, dass seiner Stimme jegliche Emotion fehlte. Jake beschloss, die Taktik zu wechseln. Wenn er es schaffte, ihn mit scheinbar harmlosen Fragen in Sicherheit zu wiegen, würde er vielleicht einen Fehler machen.

„Wissen Sie noch, wie weit es war? Von der Stelle, wo Sie sie sitzen gelassen hat, bis nach Independence?“

„Keine Ahnung. Spielt das eine Rolle?“

Jake zuckte mit den Schultern und gab dem anderen zu verstehen, dass er die Frage einfach beantworten solle.

„Als ich endlich das erste Haus gesehen habe, wurde es bereits hell. Wenig später hatte ich das Glück, auf Gregory zu stoßen.“

„Sind Sie und Gregory nicht im Streit auseinandergegangen?“

„Doch“, antwortete Terry bedauernd. „Mein Fehler. Deshalb waren wir überhaupt in der Gegend. Ich wollte die Sache zwischen uns bereinigen.“

„Hat das geklappt?“

Terry lächelte. „Immerhin war er freundlich genug, mir einen Platz zum Schlafen anzubieten. Aber das wissen Sie sicher bereits."

Jake nickte zustimmend. Abrupt wechselte er das Thema.

„Wo waren Sie gestern Vormittag?"

„In Breckenridge", antwortete Terry freimütig.

Jakes Augen weiteten sich erstaunt, weil der andere Mann dieses Detail einfach so zugab.

„Tatsächlich." Er machte eine Pause, um die Wichtigkeit seiner nächsten Frage zu unterstreichen. „Das heißt, Sie hätten sowohl Zeit als auch ein Motiv gehabt, Lorena umzubringen", stellte er fest.

„Wieso ein Motiv?"

Jake lehnte sich im Stuhl zurück.

„Na ja, wenn man mich ohne Geld und ohne Telefon mitten in der Pampa absetzen würde, käme ich vielleicht auch auf mordlustige Gedanken."

Terry lachte leise. „Sie stimmen mir sicher zu, dass wir alle oft mordlustige Gedanken haben. Wenn Sie die alle einsperren müssten …" Er grinste. „Das heißt noch lange nicht, dass ich hingehe und alle, die mich nerven, einfach umbringe."

„Die Indizien deuten aber stark auf Sie hin", bluffte Jake.

„Ach ja? Ich bin sicher, es waren außer mir noch verschiedene andere Leute in Breckenridge. Unter anderem auch Vi und Gregory", gab er listig zu bedenken. „Und Gregory hatte seine eigenen Gründe, auf Lorena wütend zu sein."

„Ist das so?"

„Sie sind der Ermittler", foppte Terry ihn. „Finden Sie es heraus."

Jake biss die Zähne zusammen und zwang sich, nicht auf die höhnischen Worte zu reagieren. Leider gab es noch kein Gesetz, welches den Leuten verbot, ein Arschloch zu sein. In Momenten wie diesen wurde ihm diese Tatsache schmerzlich bewusst.

„Wenn Sie so von ihrer Unschuld überzeugt sind …"

„Ja?“, fragte Terry gelangweilt.

„… haben Sie bestimmt nichts dagegen, uns ihre DNA zu überlassen?“

Er beobachtete den anderen Mann scharf. Ein Muskel zuckte an seiner Wange. Davon abgesehen gab es keinerlei Anzeichen, dass ihn der Verlauf der Unterhaltung beunruhigte.

„Braucht es dafür nicht einen Gerichtsbeschluss?“, fragte er gedehnt.

Jakes Stimme nahm einen harten Klang an.

„Den kriegen wir, keine Angst. Aber wieso die Zurückhaltung?“

„Ach, Sie wissen schon. Privatsphäre und so. Ich bin nicht sonderlich scharf darauf, der Regierung meine DNA anzuvertrauen“, gab Terry lässig zurück.

Interessant, dachte Jake. Aus irgendeinem Grund dachte der Typ wohl, er hätte jetzt die Oberhand. In Momenten wie diesen wünschte er sich die guten alten Zeiten der Selbstjustiz zurück. Er spürte es in den Knochen, dass Terry Lorena umgebracht hatte. Nur beweisen konnte er es nicht. Verdammt. Wohl wissend, dass er mit dem Verhör nicht weiterkommen würde, stand er auf und ging um den Tisch herum, um den anderen Mann zu verabschieden.

„Danke fürs Vorbeikommen.“

Terry hob erstaunt eine Augenbraue.

„Sind wir schon fertig?“

Jake hob die Hände in einer entschuldigenden Geste.

„Ich wüsste nicht, was es aktuell noch zu besprechen gibt. Sie beteuern Ihre Unschuld, ich zweifle sie an. Um sie zu beweisen, müssten Sie nur ihre DNA abgeben, doch das haben Sie verweigert. Mir scheint, das Gespräch ist in einer Sackgasse angelangt. Wenn neue Beweise zutage treten, werden wir uns wieder melden. Halten Sie sich also zur Verfügung.“

Mürrisch ergriff Terry die ausgestreckte Hand und schüttelte sie. Was für ein Saftladen. Er trat nach draußen und schaute sich um. Immerhin konnte er sich jetzt wieder frei bewegen und weiter nach den Rezepten suchen.

Trotz dieser Aussicht war er fast ein wenig enttäuscht, dass das Gespräch so unspektakulär verlaufen war. Es schien, als ob die Polizei ihn nicht ernst nehmen würde. Das würde er noch ändern, bevor er zurück nach Kalifornien ging, schwor er sich.

*

„Das war ein ziemlicher Schock, was Astrid erzählt hat", bemerkte Anabelle, als sie gemeinsam mit Vi zur Poststelle fuhr, um die frisch eingetroffene Liege abzuholen.

„Es tut mir wahnsinnig leid für sie. Ich hoffe, sie kann es behandeln."

„Das hoffe ich auch." Sie verstummte für einen Moment, bevor sie sich auf die Unterlippe biss und ihre Schwester schelmisch von der Seite ansah. „Was läuft denn jetzt tatsächlich zwischen dir und Gregory? Astrids Diagnose hat verhindert, dass wir das Thema weiterverfolgt haben."

„Was mir sehr gut gepasst hat", murmelte Vi und reihte sich in die Schlange der wartenden Leute vor dem Schalter ein.

„Du hast aber nicht wirklich gedacht, dass ich es vergessen würde?"

„Natürlich nicht. Du hast ein Gedächtnis wie ein Elefant", brummte Vi.

„Sieh es doch positiv. Ich bin so was wie ein unbezahlter Therapeut."

Vi rollte mit den Augen.

„Ich wusste gar nicht, dass ich Therapie brauche."

Die Frau in der Schlange vor ihr drehte sich um. Es war Rose, Jaz' Großmutter. Sie lächelte freundlich und tätschelte ihre Hand.

„Ach, Schätzchen, brauchen wir das nicht alle? Und Therapeuten in Form von Schwestern oder besten Freundinnen sind tatsächlich die Besten", versicherte sie ihr.

„Was macht man, wenn die Klienten nicht mit der Sprache herausrücken wollen?"

Rose lachte, während Vi ihrer Schwester auf den Fuß trat.

„Tequila. Viel Tequila."

„Das, äh, ist aktuell nicht wirklich eine Option", druckste Anabelle herum.

Die Augen der älteren Frau leuchteten interessiert auf.

„Ist das so."

Vi schloss die Augen und betete um ein Erdbeben, das ein Loch im Fußboden öffnen würde. Vorzugsweise groß genug, dass sie darin verschwinden konnte. Wieso Anabelle nicht gleich einen öffentlichen Anschlag im Diner machte, um ihren Zustand anzukündigen, war ihr ein Rätsel. Das hätte ungefähr die gleiche Wirkung gehabt wie ihre ungeschickten Äußerungen Rose gegenüber.

„Dann würde ich wahrscheinlich auf alternative Quellen zurückgreifen. Was willst du denn wissen?"

„Ich will wissen, wie es zwischen Gregory und meiner Schwester steht."

Vi stöhnte peinlich berührt.

„Was", verteidigte sich Anabelle. „Ich muss doch informiert sein. Sonst weiß ich gar nicht, ob ich ihn verprügeln muss oder nicht."

„Musst du nicht."

„Hm."

Anabelle klang nicht sehr überzeugt.

„Das ist einfach", mischte sich Rose abermals ins Gespräch. Zwei Augenpaare schwenkten überrascht zu ihr zurück. Beide schienen sehr an ihrer Sicht der Dinge interessiert zu sein.

Vi war sehr gespannt darauf, was jetzt kam. Wie konnte die Sache einfach sein, wenn sie selbst so gar keinen Durchblick hatte?

„Gregory hat deiner Schwester, aus unverständlichen Gründen, die nur ihm bekannt sind, eine platonische Freundschaft vorgeschlagen, nachdem er vergeblich versucht hat, sie daran zu hindern, ihr Tattoo-Studio neben seinem Edelschuppen zu eröffnen."

Anabelles Mund blieb offenstehen. Das war alles neu für sie. Vi suchte immer noch nach dem sprichwörtlichen Mauseloch. Ihr war diese öffentliche Diskussion peinlich. Andererseits wollte sie unbedingt hören, was Rose zu sagen hatte.

„Was hat Vi dazu gemeint?", fragte Anabelle.

„*Vi* steht direkt neben dir", bemerkte Vi ironisch

Anabelle ignorierte sie und wartete gespannt auf die Antwort von Rose.

„Vi hat ihn geküsst, bis ihm Hören und Sehen verging", erwiderte diese grinsend.

„Wow. Ich bin stolz auf dich, Schwesterchen."

Ohne den Blick von Rose zu wenden, langte sie zu Vi hinüber und tätschelte ihre Schulter.

„Was dann geschah, ist leider sehr spekulativ", meinte Rose bedauernd.

„Kein Problem", versicherte ihr Anabelle. „Spekulationen sind mehr, als ich zurzeit habe."

„Vermutlich hat Vi ihm anschließend auch im Bett gezeigt, wie idiotisch sein Vorschlag ist. Allerdings hat sie nicht damit gerechnet, dass dieser Plan auch nach hinten losgehen kann. Also hat sie es nach dieser einen Nacht mit der Angst zu tun bekommen und Gregory eiligst versichert, dass er schon die ganze Zeit recht gehabt hat und platonische Freundschaft der einzige gangbare Weg zwischen ihnen ist. Der arme Mann, vermutlich hat er ein Schleudertrauma von dem Hin und Her."

„He", protestierte Vi, der es ein wenig unheimlich war, wie akkurat Roses Spekulationen waren.

Abermals wurde sie ignoriert.

„Und wie geht es jetzt weiter?" Diese Frage stammte natürlich von Anabelle. Das war ja klar.

„Hm … Das ist die große Frage. Alle möglichen Optionen findest du im Wettbüchlein der Disney Sisters. Meine Vermutung ist, dass sich die beiden in eine Sackgasse manövriert haben und jetzt traut sich keiner, als Erster dem anderen zu gestehen, dass er seine Meinung geändert hat."

„Aber …" Vi klappte ihren Mund wieder zu. Was sollte sie auch darauf antworten? Außerdem war es nicht wirklich eine Frage gewesen.

„Und was würdest du den beiden raten?", bohrte Anabelle nach. Wie ein Terrier hatte sie sich in das Thema verbissen und tat sich jetzt schwer, es wieder fallen zu lassen.

„Hm. Wenn der Herr nicht von selbst die Initiative ergreift, ist es vielleicht Zeit für ein bisschen freundliche Konkurrenz."

Die Reihe rückte ein Stück vor und Rose war an der Reihe.

Vi starrte ihre Schwester ungläubig an.

„Bin ich aber froh, dass du das Bedürfnis hattest, alle Postkunden in mein Liebesleben einzuweihen", platzte sie schließlich heraus.

Immerhin hatte Anabelle den Anstand, verlegen zur Seite zu blicken.

„Sorry. Das war nicht meine beste Idee."

„Doch, doch", widersprachen ihr einige Leute hinter und neben ihnen. „Ich werde gleich nachher meine Wette anpassen", fasste jemand in Worte, was wohl alle insgeheim dachten.

Vi seufzte.

„Und was jetzt?"

Anabelle legte Vi einen Arm um die Schulter.

„Jetzt beratschlagen wir mit Jack und Esmeralda, was *du* tatsächlich willst."

Der Gedanke, die beiden vorlauten Papageien auch noch zu Wort kommen zu lassen, zauberte ein Lächeln auf Vis Gesicht.

„Ich bin nicht so sicher, ob das die beste Idee ist. Wer weiß, auf was für Ideen die beiden kommen."

„Darauf hoffe ich“, teilte ihr Anabelle mit einem Augenzwinkern mit.

Oje. Worauf hatte sie sich da bloß eingelassen?

*

„Warum noch mal bin ich hier?“, murmelte Vi und warf Anabelle einen zweifelnden Blick zu.

„Weil ich aus bester Quelle weiß, dass Gregory heute mit Mouse, Thor und ein paar anderen auf eine Biketour geht und anschließend hier Halt macht, um Billard zu spielen“, erklärte sie ihr geduldig.

„Und was soll das bringen?“

„Wenn Gregory dich sieht, wie du von anderen Männern umgarnt wirst, merkt er vielleicht, dass er sich besser beeilen sollte, wenn er dich will. Stell dir nur vor, dann hat dein Wurm vielleicht eine Chance, doch einen Dad zu haben? Und seitdem du mir erzählt hast, dass er dir sogar die Rezepte seiner Großmutter geschenkt hat …“ Sie seufzte entzückt.

Vi stöhnte.

„Nur weil du absolut happy und verliebt in deinen Jerome bist, gilt das nicht automatisch für alle anderen. Es gibt Leute wie mich, die alleine total zufrieden sind.“

Anabelles Miene wurde ernst.

„Das weiß ich doch. Ich bezweifle keine Sekunde, dass du das auch selber hervorragend hinkriegen würdest. Aber ich höre auch, welchen Klang deine Stimme annimmt, wenn du über Gregory redest.“

„Tut sie das?“, fragte Vi verwundert.

„Tut sie. Pst, nicht schauen, aber da kommen sie.“

Natürlich konnte Vi der Versuchung nicht widerstehen und warf einen Blick über ihre Schulter. Tatsächlich. Gregory und Mouse kamen zusammen durch die Tür. Hinter ihnen folgten Jason und Thor. Gregory sah glücklich aus. Seine Wangen waren vom Wind gerötet. Seine kurzen Haare standen in alle

Richtungen, vermutlich hatte er einen Helm aufgehabt. Hoffentlich! Während sie ihn verstohlen beobachtete, breitete sich ein Prickeln in ihrem Bauch aus. Sämtliche Nervenenden schienen in Alarmbereitschaft zu sein, dabei hatte er sie noch nicht einmal angeschaut.

In diesem Moment ließ er seinen Blick über die Menge schweifen. Als sich ihre Blicke trafen, hatte sie das Gefühl, ihr Herz bliebe stehen. Sie schluckte.

Gregory war gerade zwei Stunden über schmale Bergstraßen der untergehenden Sonne hinterhergefahren. Die Geschwindigkeit, der Wind, die atemberaubende Aussicht, all das hatte ihn seine Sorgen für kurze Zeit vergessen lassen. Er fühlte sich wie ein neuer Mensch. Gemeinsam mit Mouse trat er ins Diner. Ein gemütlicher Abend mit seinen Kumpels war jetzt genau das Richtige.

Neugierig, wer sonst noch alles da war, sah er sich um und entdeckte Vi. Sie stand am Tresen mit ihrer Schwester und schaute in seine Richtung. Als sich ihre Blicke trafen, fiel ihm ein, was die gleiche oder sogar noch bessere Wirkung gehabt hätte als ein Ausflug mit dem Motorrad. Erotische Erinnerungen tauchten vor seinem inneren Auge auf. Aber diese Möglichkeit hatte sie ja leider nach dieser einzigen Nacht im Keim erstickt, dachte er bedauernd. Besser, er winkte ihr nur aus der Ferne zu. In seiner momentanen Stimmung traute er sich selber nicht über den Weg. Vermutlich würde er der Versuchung nicht widerstehen können, sie stürmisch zu küssen und so seinen Anspruch auf sie öffentlich bekannt zu geben. Er verzog den Mund zu einem trockenen Grinsen. Er konnte sich gut vorstellen, wie das ankommen würde.

Also winkte er ihr zu und folgte Mouse und den anderen zum Billardtisch.

„Wow." Anabelle fächelte sich Luft zu. „Das war h-e-i-ß! Bei den Funken, die bereits fliegen, wenn ihr euch quer durch den

Raum anschaut, will ich ja nicht wissen, wie ihr es schafft, dein Schlafzimmer nicht in Brand zu setzen."

Vi senkte den Kopf und zupfte am Saum ihres locker sitzenden Shirts herum. Ausgerechnet heute hatte der Wurm beschlossen, sich auch äußerlich in Form eines kleinen Bäuchleins bemerkbar zu machen. So kam es, dass sie zwar ihre besten Skinny-Jeans trug, aber der oberste Knopf offenstand. Um das zu kaschieren, hatte sie sich für ein übergroßes T-Shirt entschieden, welches ihr über die linke Schulter rutschte.

„Pah. Offenbar nicht heiß genug! Schließlich ist er nicht mal hergekommen, um mich zu begrüßen", maulte sie mürrisch. „Und überhaupt. Damit dein Plan funktioniert, müsste mich ja erst einmal jemand ansprechen. Bislang stehen die Kandidaten noch nicht Schlange."

Anabelle räusperte sich und wich ihrem Blick aus.

„Das wollte ich dir noch sagen …"

„Was?"

„Das habe ich, äh, organisiert."

„Du hast was? Ein Blind Date organisiert?"

Anabelle zog den Kopf ein.

„Es ist nicht so, wie du meinst. Ich habe nur einem Freund von mir, er ist Single", ergänzte sie hilfreich, „gegenüber erwähnt, dass wir heute hier sind und ich meine tolle Schwester dabeihabe. Die zufälligerweise auch Single ist … Muss ich mehr sagen?"

Vi verbarg das Gesicht in den Händen. Na großartig. Jetzt verhalf ihr ihre Schwester bereits zu Mitleids-Dates. Konnte der Abend noch schlimmer werden? Nicht zum ersten Mal an diesem Tag wünschte sie sich, Alkohol trinken zu können. Viel davon. Aber nein, nicht einmal das war ihr vergönnt.

21

Vi musste herzhaft lachen, als ihr Kane eine lustige Geschichte über seine Tochter Moira erzählte. Die Kleine hatte es faustdick hinter den Ohren. Entgegen ihren Befürchtungen hatte sich das *Blind Date*, das Anabelle eigenmächtig organisiert hatte, als richtig nett entpuppt.

Kane Evers war ein gutaussehender Cowboy. Seine Haare, die ein wenig zu lang waren, lockten sich über dem Kragen. Die Ärmel seines karierten Hemdes hatte er hochgekrempelt. Seine sonnengebräunten, kräftigen Unterarme lagen auf dem Tresen. Fasziniert beobachtete sie das Muskelspiel, während er seine Bierflasche im Kreis drehte. Leider, leider verspürte sie nichts von den Funken, die sich bemerkbar machten, sobald Gregory in der Nähe war. Nichtsdestotrotz machte ihr die Unterhaltung Spaß. Es war ganz erfrischend, sich wieder einmal mit einem neuen Gesicht zu unterhalten.

Kane war Witwer und wohnte mit seiner Tochter auf der anderen Seite der Bergflanke, die sich hinter der Stone Ranch erstreckte. Als Informant des FBI hatte er eine Bande von Viehdieben infiltriert. Um sein Cover aufrecht zu erhalten, hatte er sich selber als Viehdieb betätigt und sich dazu ausgerechnet Jeromes Herde ausgesucht. In einer gefährlichen Aktion, die sowohl Anabelle und Jerome als auch Kane und sogar seine Tochter involvierte hatte, hatten sie den Kopf der Bande dingfest gemacht. Seither waren sie befreundet.

„Unglaublich, wieviel Energie Moira besitzt, obwohl sie doch so krank ist.“

Moira litt unter Mukoviszidose, einer seltenen Erbkrankheit, die verschiedene Organe beeinträchtigte. Bei Moira war vor allem die Lunge betroffen. Immer wieder hatte sie mit schweren Lungenentzündungen zu kämpfen, welche bei ihr zu einer chronischen Bronchitis geführt hatten. Momentan ging es ihr vergleichsweise gut, doch die nötigen medizinischen Behandlungen waren teuer.

Kane lächelte, als er an den Wirbelwind dachte, der sein Leben so bereicherte.

„Sie hat eine richtig gute Phase“, bestätigte er. „Nicht zuletzt deshalb, weil mir deine Schwester und Jerome einen großen Teil des Geldes überlassen haben, das die Vereinigung der Viehzüchter als Kopfgeld auf die Viehdiebe ausgesetzt hatte. Das war echt nett von den beiden. So konnte ich mir eine bessere Versicherung und die neuesten Behandlungsmethoden leisten.“

„Das freut mich sehr.“

Vis Bemerkung kam von Herzen. Er musterte sie. Anabelle hatte ihm bereits bei der Einladung gesagt, vage angedeutet, um was es ging. Schade eigentlich. Vi mochte zwar ein ungewöhnliches Erscheinungsbild haben, mit ihren Tätowierungen und dem halb geschorenen Kopf, doch ihr Herz war am rechten Fleck. Nachdem den ersten gestelzten Sätzen hatte sie mit einem Scherz das Eis gebrochen. Seither genoss er die Unterhaltung. Vielleicht sollte er trotzdem versuchen, sie dazu zu überreden, mit ihm auszugehen? Einen Versuch war es wert.

Er legte den Kopf schief und warf ihr ein amüsiertes Lächeln zu.

„Ich würde dich ja gerne zu einem echten Date einladen. Aber ich habe den Eindruck, dass du anderweitig interessiert bist?“

Vi fuhr sich frustriert durch die Haare.

„Oh je. Ist es so offensichtlich?“

„Was heißt hier offensichtlich? Du wirfst immer vermeintlich verstohlene Blicke in Richtung des Billardtisches, und wenn Blicke töten könnten, läge ich schon lange reglos am Boden. Der Mann ist nicht sehr erfreut über meine Aufmerksamkeit."

Ein warmes Gefühl breitete sich in Vis Brust aus. Es war vielleicht kindisch, doch zu wissen, dass sie Gregory nicht egal war, war Balsam für ihre Seele.

„Zum Glück hat Anabelle mich eingeweiht, als sie mich angerufen hat", fuhr Kane fort. „Sonst wäre mein armes, fragiles, männliches Ego jetzt am Boden zerstört."

Vi verschluckte sich fast an ihrer Cola, die vor ihr stand und dank der Zitrone wenigstens den Anschein eines Drinks erweckte.

„Das hätte ich auf keinen Fall gewollt", gab sie gespielt ernst zurück. „Wieso bist du überhaupt immer noch Single?"

Er zuckte mit den Schultern.

„Keine Ahnung. Lange Zeit, nachdem Jenny, Moiras Mutter, gestorben war, konnte ich mir tatsächlich nicht vorstellen, dass ich mich je wieder verlieben würde. Aber inzwischen sind viele Jahre vergangen. Ich vermisse sie immer noch. Sie wird immer meine große Liebe bleiben. Schließlich war sie die Mutter meiner Tochter."

„Das ist schön, eine Tochter zu haben, in der die Erinnerung an deine Frau weiterlebt", antwortete Vi leise.

„Das stimmt", pflichtete ihr Kane bei. „Aber in letzter Zeit ertappe ich mich dabei, wie ich mich nach einer Partnerin sehne. Du hast nicht zufällig noch ein paar andere Schwestern?", witzelte er.

„Leider nein", sagte sie entschuldigend und grinste. „Damit kann ich nicht dienen."

Sie sah aus, als würde sie diese Tatsache ernsthaft bedauern. Spontan beugte sich Kane vor und küsste sie auf den Mundwinkel.

„Ehrlich? Der Kerl hat dich nicht verdient, wenn er dich einfach gehen lässt“, murmelte er an ihrem Ohr.

Im nächsten Moment landete eine Hand auf seiner Schulter. Erschrocken wich Vi zurück und schaute auf. Was zum … Gregory?

Noch während Kane zuließ, dass Gregory ihn quer durch den Raum schob und ihm unmissverständlich zu verstehen gab, dass er Vi in Ruhe lassen sollte, zwinkerte er ihr zu.

Vi hielt sich die Hand vor den Mund, um nicht laut herauszulachen. Es war ihr bewusst, dass sie Gregorys Neandertalerverhalten nicht gutheißen sollte. Schließlich war sie eine emanzipierte Frau etc. etc. Andererseits war es ein aufregendes Gefühl, so deutlich demonstriert zu bekommen, dass sie ihm alles andere als gleichgültig war.

Bei all der Aufregung, inzwischen hatten sich einige von Gregorys neuen Freunden um die beiden Männer geschart und die Streithähne getrennt, hatte sie gar nicht bemerkt, dass sich ihre Schwester wieder zu ihr gesellt hatte.

„Mein Plan funktioniert hervorragend“, stellte sie mit einem selbstzufriedenen Grinsen fest.

„Ja, ja“, gab Vi gespielt verdrossen zu. „Andererseits betrachte ich das Ganze erst als Erfolg, wenn ich als Resultat mit ihm im Bett lande.“

„Mit welchem jetzt?“

„Natürlich mit Gregory!“, entrüstete sich Vi.

Anabelle hob entschuldigend die Hände.

„War ja nur eine Frage. Es sah sehr vertraut und intim aus, eure Unterhaltung.“

„Zugegeben, Kane ist ein toller Mann. Würde ich sofort unterschreiben. Nur nicht für mich.“

„Dann ist ja gut, dass dein Schwesterchen helfend eingegriffen hat.“

„Das wird sich noch zeigen. Aktuell habe ich nur einen guten Gesprächspartner verloren und nichts gewonnen.“

„Ts, ts. Immer so ungeduldig. Wenn ich die hitzige Situation richtig interpretiere, sagt ihm Kane gerade deutlich seine Meinung. Wart's ab, jetzt dauert es nicht mehr lange, bis Gregory hier rüberkommt, dich über die Schulter wirft und in seine Höhle schleppt."

„In seine Höhle ist richtig. Eigentlich sollte ich ihm dafür die Leviten lesen", grummelte Vi.

„Kleiner Gratisratschlag von deiner großen Schwester?"

„Was denn nun schon wieder?"

„Warte mit der Gardinenpredigt zum Thema Emanzipation und Frauenrechte bis nach dem Sex."

„Du bist unmöglich!", rief Vi aus und rollte mit den Augen.

„Vielleicht. Aber es erhöht zumindest die Chance auf eine heiße Nacht." Anabelle wackelte bedeutungsvoll mit den Augenbrauen.

Vi legte den Kopf in den Nacken und lachte. In diesem Moment tauchte Gregory auf, schenkte Anabelle ein knappes Nicken, legte Vi eine Hand in den Nacken und zog sie in Richtung Ausgang. Ein Prickeln lief über ihre Wirbelsäule und verteilte sich von dort an alle strategisch wichtigen Stellen in ihrem Körper.

„Viel Spaß euch zwei", trällerte Anabelle ihnen hinterher. „Und gern geschehen."

*

Kaum hatten sie die Türschwelle des Diners überschritten, fasste Gregory Vi an den Schultern und schob sie mit dem Rücken an die Wand, bevor er sich auf sie stürzte.

Wow, dachte Vi, als sie die Bretter des Hauses an ihrem Rücken spürte. Das war also das Ergebnis, wenn man es wagte, den *Bären* zu triezen. Sie war begeistert. Lust rauschte wie eine Droge durch ihre Adern. Am liebsten wäre sie wie ein Klammeräffchen an ihm hochgeklettert.

Doch Gregory hatte andere Ideen. Mit sanftem Griff hielt er ihre Hände links und rechts von ihrem Körper gefangen, während er den Kopf senkte und sie küsste. Viel zu bald ließ er von ihren Lippen ab. Ihr entschlüpfte ein frustrierter Laut. Sie hatte noch lange nicht genug. Zum Glück ließ er sie nicht lange warten. Mit der Zunge leckte er an ihrem Kieferknochen entlang, bis zur empfindlichen Stelle an ihrer Kehle, wo ihr Puls heftig schlug. Dort biss er sie leicht in den Hals.

Gänsehaut breitete sich wie ein Lauffeuer über Vis Haut aus. Sie schauderte. Sein heißer Atem streifte ihre empfindliche Ohrmuschel.

„Ich habe deinen Wunsch, nur Freunde zu sein, respektiert", raunte er. „Aber damit ist jetzt Schluss."

Er wusste, dass er damit verriet, wie schlimm es um ihn stand. Wie sehr er sie begehrte, nein *brauchte*.

„Gott sei Dank. Endlich", stieß sie hervor, die ganze Frustration der letzten Tage deutlich hörbar in ihrer Stimme.

Ihre mit Inbrunst ausgestoßenen Worte ließen ihn innehalten. Erstaunt hob er den Kopf ein paar Zentimeter, sodass er ihr in die Augen schauen konnte. Als sich ihre Blicke trafen, stolperte das Herz in seiner Brust und setzte für einen Schlag aus, bis es wieder umso heftiger zu klopfen begann. Konnte es wirklich sein? Tatsächlich. Aus ihren Augen sprach dieselbe Sehnsucht. Sie brauchte ihn genauso sehr wie er sie.

Stumm starrte er sie an, ohne zu wissen, worauf er wartete.

Vi hielt die elektrische Spannung, die sich wie ein Bogen zwischen ihnen spannte und knisterte, nicht mehr aus. Wieso küsste er sie nicht endlich? Nicht willens, noch länger zu warten, entzog sie ihm ihre Hände, stellte sich auf die Zehenspitzen, schlang ihm einen Arm um den Nacken und zog seinen Kopf zu sich heran.

Ihre Handlung schien den Bann, unter dem er stand, aufzuheben. Er legte ihr die Hände auf die Hüften und zog sie an sich. So eng, dass sie nicht umhinkam, zu spüren, was sie für eine Wirkung auf ihn hatte. Sie stöhnte. Oder war es ein Knurren? Egal. Ihre Zungen tanzten miteinander, die Zähne prallten aufeinander. Vi schmeckte den metallischen Geschmack von Blut in ihrem Mund, hätte aber nicht sagen können, von wem es war. Lust jagte wie flüssige Lava durch ihre Adern.

Gregory trat einen Schritt von ihr zurück. Anstatt ihn loszulassen, sprang Vi hoch und schlang ihre langen Beine um seine Hüften, ohne den Kuss auch nur für eine Sekunde zu unterbrechen.

„Dein Auto?", murmelte er an ihrem Mund, ihr Hinterteil fest im Griff. Natürlich nur, damit sie nicht runterfiel. Klar.

Vage deutete sie auf den gegenüberliegenden Parkplatz. Sofort steuerte er diese Richtung an.

„Wäre dein Zimmer nicht näher?", murmelte sie abwesend.

„Besetzt", antwortete Gregory kurzangebunden. „Terry."

„Oh." Vi löste ihre Lippen von ihm. „Dann tatsächlich lieber zu mir nach Hause. Was ist mit Julia?"

„Die wird wohl oder übel die Nacht bei Kat verbringen müssen. Ich habe sie vor meinem Motorradausflug zum Safe Haven gebracht."

„Nachdem das so was wie ein Fünf-Sterne-Hotel für Hunde ist, hält sich mein schlechtes Gewissen in Grenzen."

Inzwischen waren sie neben ihrem Wagen angekommen. Gregory versetzte ihr einen leichten Klaps auf ihren Hintern und stellte sie zurück auf den Boden. Er hielt die Tür auf der Beifahrerseite auf.

„Rein mit dir."

„Immer so herrisch und in Eile", zog sie ihn mit einem Augenzwinkern auf.

Gregorys Miene wurde ernst.

„Darauf kannst du wetten, wenn die Frau, die seit Wochen meine Gedanken beherrscht, endlich zur Besinnung kommt."

*

Von seinem Beobachtungsposten hinter der Hausecke des Diners beobachtete Terry, wie die beiden liebestrunken zum Auto taumelten.

Was für Idioten!, dachte er verächtlich. Er hätte sie jederzeit überfallen können. Wenn sich sein Glück nicht bald wendete, würde er das auch ohne zu zögern tun. Der einzige Ort, den er noch nicht durchsucht hatte, war Gregorys Auto. Wenn die Rezepte nicht dort waren, würde ihm nichts anderes übrig bleiben, als die direkte Konfrontation zu suchen. Seine Finger zuckten und schlossen sich um das Messer in seiner Tasche. Fast hoffte er, nicht fündig zu werden. Er vermisste den Adrenalinrausch, das Gefühl von Macht, das sich einstellte, wenn er mit dem Messer seine Meinung vertrat.

Ein Blick auf die Uhr verriet ihm, dass es erst kurz vor zehn Uhr war. Zu früh, um Gregorys Auto zu durchsuchen. Er hatte keine Lust auf einen weiteren Zusammenstoß mit irgendwelchen gesetzestreuen Bürgern. Er wandte sich zum Diner. Ein Bier und eine Ladung Klatsch und Tratsch waren jetzt genau das Richtige. Man wusste nie, welche nützlichen Dinge man erfahren würde.

*

Vi war unerwartet nervös, als sie vor Gregory die alte Holztreppe zu ihrer Wohnung hochstieg. Wieso, wusste sie auch nicht. Schließlich hatte er die letzten Tage praktisch bei ihr gewohnt. Das erste Mal Sex hatten sie auch schon hinter sich. Warum also war sie nervös? Aber irgendwie spürte sie, dass es diesmal anders sein würde. Bedeutungsvoller. Wenn sie sich jetzt darauf einließ, würde sich alles ändern. Sie glaubte nicht, dass sie nochmals damit davonkommen würde, ihn mit einer fadenscheinigen Ausrede auf Abstand zu halten. Wenn sie ehrlich war, wollte sie das auch gar nicht. Aber was bedeutete das für sie beide? Für den Wurm? Ohne eine Antwort auf die vielen

Fragen zu haben, die durch ihren Kopf wirbelten, steckte sie den Schlüssel ins Schloss.

Kurz darauf standen sie in der Diele.

„Räuber, Räuber", krächzte Jack schlaftrunken aus der Küche und schaffte es so, die Stimmung ein wenig aufzulockern.

„Mist. Ich hab den Raum nicht verdunkelt, bevor ich gegangen bin", murmelte sie und eilte in die Küche, um die Vorhänge zuzuziehen.

Irgendwann wollte sie Rollos an der Außenseite der Voliere anbringen. Aber in der Zwischenzeit musste sie halt den ganzen Raum verdunkeln.

„Küss die Hand", begrüßte Esmeralda sie.

„Du hast eindeutig mehr Charme als dein Freund hier", schmunzelte Vi.

Das Zischen eines Streichholzes ertönte, eine Flamme loderte auf. Mit sicherer Hand entzündete Gregory die große Kerze auf dem Tisch.

„Feuer!", rief Jack aus und trat von einem Bein aufs andere.

Vi ignorierte ihn und beobachtete Gregory gebannt.

Sobald die Kerze brannte, hob er sie an ihrem Untersetzer hoch und schaute zu Vi, die ihm stumm zuschaute. Im Flackern des Kerzenscheins wirkten Vis Augen riesig und überraschenderweise unsicher. Er streckte seine Hand aus.

„Komm", forderte er sie auf.

Vi zögerte, dann legte sie ihre Hand in seine. Die Wärme seiner Haut schien sie einzuhüllen. Sie schluckte. Konnte sie ihm vertrauen? Oder besser gefragt: Traute sie sich selbst zu, die aufkeimenden Gefühle zwischen ihnen nicht zu ersticken?

Gregory spürte ihre Nervosität. Da er das Gefühl hatte, dass diese Diskussion länger dauern könnte, platzierte er die Kerze auf der Kommode neben der Schlafzimmertür.

„Wovor hast du Angst? Vor mir? Vor der Zukunft?"

„Nicht vor dir, per se", gab sie widerwillig zu und senkte den Blick auf den Boden. „Aber vor dem, was wir, du und ich, hier anfangen.“ Sie hob den Kopf und schaute ihm direkt in die Augen. „Das zwischen uns, das geht nicht einfach weg, oder?“

Er legte den Kopf schief und lächelte. Wie aus eigenem Antrieb hob sich seine Hand. Mit dem Rücken seines Zeigefingers strich er liebevoll über ihre Wange.

„Ich glaube nicht. Bei mir zumindest nicht.“

„Bei mir eben auch nicht. Das ist es, was mir Angst macht. Bis jetzt fiel es mir immer leicht, zu gehen und zu vergessen. Ich glaube nicht, dass mir das mit dir gelingen wird.“

„Und das ist etwas Schlechtes, weil?“, hakte er nach. Er begriff ihre Logik wirklich nicht.

Sie entzog ihm ihre Hand und gestikulierte wild in der Luft.

„Verstehst du denn nicht? Ich kann nicht einfach ein wenig Spaß haben mit dir, bis es entweder dir oder mir langweilig wird.“ Schützend legte sie eine Hand über die winzige Wölbung und schluckte. „Der Wurm ist auch mit dabei. Ob es mir gefällt oder nicht, ich muss jetzt auch an ihn denken.“

Er machte einen Schritt auf sie zu, legte eine Hand in ihr Kreuz, die andere auf ihre Hand auf dem Bauch.

„Glaubst du, das weiß ich nicht? Ich bin ja schon fast so aufgeregt wie du! Vermutlich habe ich bereits mehr Schwangerschaftsbücher gelesen als du.“

Das entlockte ihr ein schiefes Lächeln.

„Vermutlich. Ich habe mich wohlweislich fern gehalten von derartiger Lektüre. Aber du kannst doch unmöglich an mir und dem Kind eines anderen Mannes interessiert sein.“

„Der Wurm gehört zu dir. Was den Erzeuger angeht, bin ich der Meinung, dass es mehr braucht als nur Sperma, um sich als Vater zu qualifizieren. Klar, es ist nicht mein leiblicher Wurm. Aber es ist dein Wurm und somit automatisch Teil von dir, von uns.“

Nach dieser Eröffnung buchstäblich sprachlos, starrte sie ihn nur an. Er schien nicht zu bemerken, wie sehr sie seine Worte berührten, und fuhr fort: „Logisch. Ich kann nicht in die

Zukunft schauen. Es wäre also falsch, irgendwelche Garantien abzugeben. Aber ganz ehrlich? Das, was ich für dich empfinde, übersteigt alles, was ich je mit einer Frau erlebt habe." Nervös fuhr er sich durch die Haare. „Du schaffst es sogar, mich von meinem Restaurant abzulenken. Glaub mir, das ist vor dir noch keiner gelungen."

„Ist das jetzt ein Heiratsantrag?", platzte sie heraus.

Gregory schnaubte.

„Nein. Natürlich nicht. Du würdest mich ja sofort zum Teufel jagen."

„Stimmt." Sie grinste.

„Und glaub mir. Wenn ich dir einen Antrag mache, wirst du es schon merken."

„So zuversichtlich und selbstbewusst", stellte sie fest.

Es stimmte. Trotzdem kam es nicht arrogant rüber. Im Gegenteil. Mit seinen Worten hatte er es geschafft, ihre Dämonen zum Schweigen zu bringen. Klar gab es noch viel zu besprechen. Sie war nicht naiv. Aber wenn sie beide die richtige Einstellung hatten und bereit waren, Schwierigkeiten gemeinsam anzugehen, bestand die Hoffnung, dass sie es tatsächlich schaffen würden. Als Paar und sogar als Familie. Sie lehnte ihren Oberkörper an seine Brust und den Kopf an seine Schulter.

„Wenn du das so siehst, bin ich gerne bereit, das Abenteuer zu wagen."

Seine Augen leuchteten vor Freude auf. Im nächsten Moment nahm jedoch die Lust wieder überhand und sie verdunkelten sich erneut.

„Dann darf ich dich endlich offiziell ins Schlafzimmer schleppen? Ich habe noch einiges mit dir vor."

Sie entwand sich ihm und ging rückwärts auf ihr Zimmer zu.

„Ist das so? Da bin ich ja mal gespannt."

„Kleine Hexe", knurrte er belustigt und griff nach der Kerze.

Sie kicherte, drehte sich um und flüchtete durch die Tür, bevor er sie erreichte. Sie war immer noch aufgeregt. Diesmal waren jedoch nicht Sorgen die Ursache. Sondern pure Vorfreude.

„Schätzchen", ließ sich Jack vernehmen. „Bring mir ein Bier. Dalli, dalli!"

„Tut mir leid, Kumpel. Sie hat grad keine Zeit", antwortete Gregory ihm und zog die Tür hinter sich zu.

*

Terry schaute sich vorsichtig um, bevor er durch die Einfahrt schlüpfte, um zum Hof zu gelangen. Immerhin war Gregory so zuvorkommend gewesen, sein Auto im Hinterhof abzustellen. Hier würden wenigstens keine neugierigen, nächtlichen Spaziergänger vorbeikommen und in Frage stellen, was er hier machte. Den mitgebrachten, vorsorglich zurechtgebogenen Draht in der Hand, machte er sich daran, die Autotür zu knacken.

Nach drei vergeblichen, sehr nervigen Versuchen brach er ab. Irgendwie hatte das auf den Videos viel einfacher ausgesehen, verdammt! Frustriert griff er nach der Türklinke und zog daran. Wie durch Zauberei schwang die Tür auf. Das geschah so unerwartet, dass er sie sich beinahe ins Schienbein gerammt hätte. Er blinzelte und starrte erst die Tür und dann sein semiprofessionelles Einbruchswerkzeug an. Die verdammte Karre war gar nicht abgeschlossen gewesen? Wenn er das gewusst hätte, hätte er sich nicht den ganzen Nachmittag auf YouTube in Punkto Autodiebstahl weiterbilden müssen. Angewidert warf er den Draht zu Boden. Um möglichst wenig Aufmerksamkeit zu erwecken, bückte er sich und lehnte sich ins Auto, um die Innenbeleuchtung auszuschalten. Erst dann setzte er sich hinters Steuer. Das Auto war piekfein aufgeräumt. Sehr gut. Das würde seine Arbeit vereinfachen.

Zwanzig Minuten später war seine Zufriedenheit verschwunden. Jetzt hatte er alle Papiere, die sich im Auto befanden, zigmal durchsucht. Achtlos warf er die Fahrzeugpapiere und die Bedienungsanleitung hinter sich auf den Rücksitz. Der

Verzweiflung nahe stieg er aus und bückte sich, um mit der Taschenlampe seines Handys unter die Sitze zu leuchten. Wieder nichts. Er richtete sich auf und ging um das Auto herum. Den Kofferraum hatte er noch nicht durchsucht. Der Gedanke an das Fach mit dem Reservereifen, das vermutlich unter der Abdeckung lag, verlieh ihm neuen Antrieb. Aber leider war auch dort nur langweiliges, mit dem Auto in Zusammenhang stehendes Zeugs zu finden. Außer sich vor Wut holte er aus und versetzte dem Wagen einen Tritt. Es war zum Aus-der-Haut-fahren. Jetzt gab es nur noch eine Möglichkeit. Entweder war Gregory tatsächlich so schlau gewesen, die wichtigen Papiere in einem Bankschließfach oder ähnlichem zu deponieren, oder er trug sie ständig bei sich.

So oder so war ein Gespräch unter Männern nötig. Er lächelte böse. Er kannte genügend Mittel und Wege, wie er ihn zum Reden bringen konnte. Bevor er das tat, würde er aber noch dem älteren Paar einen Besuch abstatten. Er hatte die Demütigung, von dem viel älteren Mann ausgetrickst geworden zu sein, immer noch nicht überwunden. Außerdem waren die beiden die Einzigen, die ihn mit dem Einbruch im Restaurant und somit mit Lorenas Anwesenheit dort in Verbindung bringen konnten.

Schließlich musste er in Topform sein, wenn er Gregory konfrontierte. Da kamen ihm die zwei freiwilligen Übungsobjekte gerade recht.

Ganz zu schweigen von dem Spaß, den er dabei haben würde. Den hatte er sich nach dem ganzen Frust verdient. Unwillkürlich schlossen sich seine Finger um das Messer in seiner Hosentasche. Vielleicht sollte er die Suche nach den Rezepten bleiben lassen und ganz einfach seinen Beruf wechseln. Offenbar hatte er verborgene Talente.

22

Die Sonnenstrahlen, die über die umliegenden Berggipfel direkt in Vis Zimmer schienen, weckten sie am nächsten Morgen. Gregorys warmen Körper neben sich spürend, lächelte sie. Er hatte das Gesicht im Kissen vergraben und schien noch tief und fest zu schlafen. Träge drehte sie sich zu ihm um. Aufmerksam horchte sie in sich hinein, besorgt, ob sich ihre Übelkeit gleich melden würde. Erleichtert stellte sie fest, dass sie wohl ihre Ruhe haben würde, solange sie in der Waagrechten blieb. Erst das Aufstehen schien der Auslöser zu sein. Sie musterte den breiten Rücken ihres Bettgefährten. Seine Haut war erstaunlich golden, dafür, dass er meist drinnen arbeitete. Versuchsweise ließ sie ihre Finger federleicht über seine Wirbelsäule gleiten. Langsam, ganz langsam bahnte sie sich einen Weg zu seiner Taille, dem Steißbein und schließlich noch tiefer, zwischen seine Beine.

Seine Atmung veränderte sich, wurde schneller. Unregelmäßiger. Sie grinste und beugte sich vor, um in sein Ohr zu flüstern.

„Aufstehen, mein Siebenschläfer."

Er protestierte stöhnend.

„Warum?"

„Warum? Weil du ein Restaurant zu eröffnen hast und ich mein Studio."

Fairerweise sollte sie wohl aufhören, ihn zu streicheln. Aber seine samtige Haut unter ihren Fingerspitzen fühlte sich einfach zu gut an.

„Arbeiten wird überbewertet", knurrte er und schob sich dichter an sie und ihre magischen Hände heran.

Jeden Morgen so aufzuwachen wäre ein Traum, stellte er fest, als sie fester zulangte und ihn rhythmisch zu streicheln begann.

„Du erinnerst mich an einen Kater."

Er schmunzelte.

„Ich werde definitiv ebenso gerne gestreichelt."

Ohne Vorwarnung drehte er sich um und schob sich halb über sie. Seine rechte Hand kam auf ihrer linken Brust zu liegen. Bombardiert von intensiven Gefühlen schnappte sie nach Luft.

„Du sollst allerdings auch nicht leer ausgehen", erklärte er überflüssigerweise. Er hielt inne und musterte sie besorgt, während er besitzergreifend über ihre Rippen strich und schließlich auf der kleinen Wölbung unter ihrem Bauchnabel stoppte. „Ist dir schlecht?"

Atemlos schaute Vi zu ihm hoch. Seine Position über ihr und die Erinnerungen an letzte Nacht jagten ihren Puls in die Höhe.

Seine Sorge um sie berührte sie tief und intensivierte ihre Lust noch. Sie schlang ihm einen Arm um den Hals und begegnete seinem eindringlichen Blick.

„Mir geht's gut. Sehr gut sogar. Solange ich auf dem Rücken liegen bleiben kann, sollte das auch so bleiben."

Er grinste.

„Wenn das alles ist? Dieser Wunsch lässt sich leicht erfüllen."

Seine Hand wanderte tiefer, bis sie sich ihm entgegenwölbte. Sie wusste nicht, wie er das schaffte, dass sie so extrem auf ihn reagierte. Einfach magisch.

„Du hast recht. Die Arbeit kann warten", stimmte sie ihm verspätet zu. Sie zog seinen Kopf zu sich heran und küsste ihn.

Funken sprühten, als ihre Lippen sich trafen. Sie überließ sich völlig seiner Berührung, dem köstlichen Rausch seiner Umarmung.

Was auch immer das zwischen ihnen war, würde vielleicht nicht für immer halten. Aber gerade jetzt, in diesem Moment fühlte es sich vollkommen richtig an. Und das war das Einzige, das zählte.

*

Das nächste Mal, als sie erwachte, stand Gregory vollständig angezogen neben dem Bett, eine Tasse Tee in der Hand.

Sie blinzelte und schob sich eine widerspenstige Haarsträhne aus dem Gesicht.

„Wie spät ist es?“

„Fast neun.“

„Ups. Schon. Gut, dass ich noch keine Termine habe“, murmelte sie und schob sich im Bett ein wenig hoch.

Gregory setzte sich auf die Bettkante und hielt ihr den Tee unter die Nase.

Sie schnupperte daran und zog die Nase kraus.

„Ingwer?“

„Magst du keinen Ingwer?“

„Doch, doch. Ich war nur überrascht.“

Er musterte die Tasse, um ihr nicht in die Augen schauen zu müssen.

„Das stand in einem meiner schlauen Bücher“, murmelte er verlegen.

„Wirklich?“, fragte sie interessiert.

„Es soll wohl einigen Frauen gegen die Übelkeit helfen.“

„Na, dann her damit“, witzelte sie. „Wäre ja mal eine Abwechslung, nicht stundenlang spuckend auf der Toilette zu hängen.“

Sie nahm die Tasse in Empfang und trank vorsichtig einen kleinen Schluck.

„Der ist gut", stellte sie überrascht fest.

„Mhmh", stimmte ihr Gregory abwesend zu.

Er war gerade dabei, mit den Fingerspitzen ihre Tätowierungen am Arm nachzuzeichnen.

„Das ist wie mein privates Bilderbuch", bemerkte er.

Vi schüttelte lachend den Kopf.

„Du kannst gerne ein eigenes Tattoo haben. Sag einfach Bescheid."

Gregory schüttelte sich in gespieltem Grauen. Oder vielleicht war es auch echt.

„Nein danke. Dein Körper ist die viel schönere Leinwand."

„Ausreden, Ausreden", lachte Vi ihn aus. „Sehen wir uns später?"

„Auf jeden Fall, Nachbarin. Die Vögel habe ich übrigens gefüttert."

„Oh. Danke."

„Nichts zu danken. Ich wollte vermeiden, dass sie dich mit ihrem Gekrächze wecken. Futter erschien mir dafür als die effizienteste Lösung."

Vis Mundwinkel zuckten.

„Das war vermutlich eine äußerst korrekte Einschätzung."

Gregory bückte sich und küsste sie auf den Mund.

„Bis später."

„Ja, bis später."

Versonnen sah sie ihm nach. Bis jetzt ließ sich diese Beziehungskiste gut an. Wer wusste schon, wie sich das entwickeln würde, wenn der Wurm erst mal da war. Aber gerade jetzt war sie glücklich.

*

Pat hatte gerade ein Personal Training beendet, als Ranger plötzlich aufsprang, zum Fenster rannte und bellte.

„Was ist denn los?"

Ranger ließ sich nicht ablenken und starrte weiterhin konzentriert nach draußen, während er Laut gab.

Pat trat neben ihn hin und legte ihm eine Hand in den Nacken. Sofort verstummte der gut erzogene, ehemalige Polizeihund. Das Zittern, das durch seinen Körper lief, verriet aber, dass er nach wie vor sehr angespannt war. Als Pat hinausschaute, entdeckte er den Grund für Rangers Aufregung. Gregory stand neben seinem Auto. Er schimpfte lautstark vor sich hin, während er sich mit einer Hand durch die Haare fuhr und mit dem Fuß einen Stein nach dem anderen über den Hof kickte. Die Tür des Fahrzeugs stand weit offen und gab den Blick auf verstreute Papiere frei. Was da wohl passiert war?

„Tyler, ich bin kurz draußen", rief er seiner Freundin zu, die im vorderen Teil des Studios gerade eine Barrée-Klasse unterrichtete.

„Alles klar."

„Ich nehme Ranger mit."

Der Malinois-Rüde streckte seine Schnauze durch den Spalt, sobald die Tür offen war, wartete aber gespannt auf die Erlaubnis, hindurch zu treten. Pat strich ihm über den Kopf und bedeutete ihm, bei Fuß zu bleiben. Besser, er fand erst heraus, was all die Aufregung sollte.

„Hey, was ist denn los, Mann?"

Erschrocken wirbelte Gregory herum.

„Was? Ach, du bist es." Erleichtert sackten seine Schultern nach unten.

„Wen hattest du denn erwartet?"

Unauffällig gab er Ranger ein Zeichen, damit er wusste, dass er sich frei bewegen durfte. Der Rüde senkte die Nase auf den Boden und strebte zielstrebig auf das Auto zu.

„Na, die Person, die gestern nichts Besseres zu tun hatte, als mein Auto komplett auf den Kopf zu stellen!"

Pats Augen wurden groß. „Was? Schon wieder?"

Gregory nickte grimmig.

„Richtig. Schon wieder. Langsam frage ich mich, ob ich nicht besser von hier verschwinden soll."

„Und dem Mistkerl in die Hände spielen?", forderte Pat ihn heraus. „Wurde etwas geklaut?"

„Nein", antwortete er unwirsch. „In dem Auto gibt es nichts zu klauen. Na, den Wagen selbst, aber der ist ja offensichtlich noch da. Aber sonst bewahre ich nichts drin auf, das wertvoll wäre. Darum war er auch nicht abgeschlossen." Unsanft warf er die Autotür zu. „Nicht, dass es etwas gebracht hätte. Der Dieb war zu blöd, um zu merken, dass das Auto offen war. Jetzt ist zu allem anderen auch noch die Tür verkratzt."

„Sehr seltsam, die Geschichte. Hast du Jake schon informiert?"

„Ja. Toby kommt im Laufe des Tages, um meine Aussage entgegenzunehmen. Aber der Vorfall ist natürlich nicht sonderlich wichtig. Verständlich. Aber ich wüsste schon gerne, wer hinter all diesen Vorfällen steckt."

„Du meinst, das war dieselbe Person?"

Gregory warf ihm einen ungläubigen Blick zu.

„Du etwa nicht?"

Pat zuckte mit den Schultern.

„Gut möglich."

„Was macht eigentlich dein Hund dort drüben?"

Pat drehte den Kopf und schaute sich nach Ranger um. Der Malinois-Rüde saß still ein paar Meter neben dem Fahrzeug im Staub und schaute konzentriert auf einen Gegenstand, der vor seinen Pfoten am Boden lag. Ohne lange zu überlegen, ging er zu ihm hin und in die Knie.

„Was hast du denn da gefunden? Toller Hund." Er kraulte Ranger den Nacken.

Dieser schaute ihn erwartungsvoll an.

„Sorry, Kumpel. Das sind meine Trainingshosen, die enthalten leider keine Leckerlis."

Inzwischen hatte sich auch Gregory zu ihnen gesellt.

„Was ist es?"

„Ein Messer." Er nahm einen Zweig vom Boden und stieß es damit an. „Hast du das verloren?"

„Nein." Stirnrunzeln betrachtete er das Messer. Es war ein Klappmesser, das einfach in der Hosentasche verstaut werden konnte. Irgendetwas regte sich in seinen Gehirnwindungen. Irgendwo hatte er ein solches Messer schon gesehen. Aber vielleicht war es auch nur in einem der Restaurants gewesen, wo er gearbeitet hatte? Solche Messer wurden manchmal in edlen Fleischrestaurants den Gästen zur Verfügung gestellt. Die Klinge war sehr scharf und schnitt Steaks wie Butter.

„Dann hat es vielleicht der Einbrecher verloren." Nachdenklich betrachtete er erst den Hund und dann wieder das Messer. „Sehr wahrscheinlich sogar. Ansonsten wüsste ich nicht, weshalb Ranger es anzeigen sollte."

„Meinst du?"

Gregory war skeptisch. Wie sollte der Hund auch wissen, wonach er suchen sollte?

„Es kann auf jeden Fall nicht schaden, das Ding von der Polizei auf Fingerabdrücke untersuchen zu lassen."

„Stimmt."

Gregory zog ein Taschentuch aus der Hosentasche und hob das Messer vorsichtig auf.

„Ich nehme es mit und bringe es später auf dem Revier vorbei."

„Gut. Wir sind nebenan, falls du noch was brauchst."

„Danke. Ich werde mich jetzt erst einmal um die restliche Einrichtung kümmern. Die Schäden und das Chaos sind so gut wie beseitigt. Wenn alles glatt geht, findet in einer Woche endlich die Eröffnung statt."

„Cool. Wir werden da sein. Kleiner Tipp: Wenn du eine friedliche Koexistenz mit den anderen Restaurants in der Gegend anstrebst, wäre es vielleicht eine gute Idee, die Besitzer zur Eröffnung einzuladen."

„Auf jeden Fall. Das hatte ich sowieso vor."
Pat nickte und pfiff nach Ranger.
„Bis später."
Gregory hob die Hand und winkte.

*

„Hier auf der linken Seite hätte ich gerne diese verschiedenen Designs. In der Mitte dann den Textblock und das Foto vom Studio", erklärte Vi gerade Susan, die aufmerksam zuhörte. Der Laden bot nebst den üblichen Souvenirs auch Digitaldruck an. Nachdem ihr Studio sozusagen fertig eingerichtet war, konnte sie beginnen, Flyer zu verteilen.

Susan Montgomery half seit Kurzem stundenweise im Geschenkeshop aus. Es war nicht so, dass sie das Geld brauchte. Sie verdiente genug als Buchhalterin. Aber seit einem knappen halben Jahr versuchte sie, ihre Abneigung gegen Menschenkontakt zu überwinden. Bis vor Kurzem hatte sie noch mit ihrer Mutter zusammengewohnt. Für eine vierzigjährige Frau mit einem fast erwachsenen Sohn eine eher außergewöhnliche Situation.

Ihre Mutter war eine sehr kontrollierende Frau. Sie hatte die agoraphobischen Tendenzen ihrer Tochter immer unterstützt, bedeutete das doch, dass sie keine Freunde hatte und immer zu Hause war, sprich ihr zur Verfügung stand. Susan hatte immer wieder versucht, aus diesem toxischen Kreislauf auszubrechen, doch vergeblich. Ihre eigenen Hemmungen und Ängste waren einfach zu groß gewesen. Bis zwei Dinge passiert waren, die ihr Leben in seinen Grundfesten erschüttert hatten. Nein. Eigentlich waren es sogar drei gewesen.

Erstens hatte ihr Sohn Tony ihr unmissverständlich zu verstehen gegeben, dass er bald aufs College ging und sich Sorgen machte, dass sie dann völlig untergehen würde. Er wünschte sich nichts mehr, als dass sie Freunde fand, vielleicht sogar einen Partner, und mehr am gesellschaftlichen Leben teilnahm.

Das vom eigenen Sohn so direkt zu hören, hatte sie dazu gebracht, einen ehrlichen Blick auf ihr eigenes Leben zu werfen. Was sie entdeckt hatte, war nicht so schön gewesen. Sie hatte sich geschämt, als sie gemerkt hatte, wie kritisch Tony die Beziehung, wenn man das überhaupt so nennen konnte, zwischen ihr und ihrer Mutter sah.

Aber das hätte wahrscheinlich nicht gereicht, um sich endgültig von ihrer Mutter zu lösen. Zu fest eingefahren waren die Strukturen. Doch dann war Maura endgültig übergeschnappt. Anders ließ sich das, was dann geschehen war, nicht ausdrücken. In der irrigen Annahme, dass eine Charity-Weihnachtsaktion das Stipendium ihres Enkels bedrohte, hatte sie versucht, die Spenden an sich zu bringen. Mit purer Waffengewalt.

Bei der Erinnerung daran lief es ihr immer noch jedes Mal eiskalt über den Rücken. Natürlich hatte sie gewusst, dass ihre Mutter psychische Probleme hatte. Aber dass sie so eskalieren würde, hätte sie nie geglaubt. Diese Tatsache hatte ihrem ohnehin schon sehr kleinen Selbstbewusstsein einen argen Schlag verpasst. Wie sollte sie je wieder ihrer eigenen Urteilskraft vertrauen?

Erst ein Scharfschütze, der ihrer Mutter das Gewehr aus der Hand geschossen hatte, hatte ihrem Plan ein Ende bereitet. Jetzt saß sie hinter Gittern und Susan war endlich frei.

Das und die Tatsache, dass sie sich diesen Winter tatsächlich und irgendwie versehentlich verliebt hatte, hatten ihr den Antrieb gegeben, ihre Ängste in Angriff zu nehmen. Henrik, der ursprünglich nur nach Independence gekommen war, um in Ruhe seine Knieverletzung zu therapieren, war zwar inzwischen abgereist, doch das war okay. Sie hatte von Anfang an gewusst, dass es ihr nicht vergönnt sein würde, ihn auf Dauer zu behalten. Um Himmels willen, er war ein international bekannter Snowboardfahrer. Mit Groupies, Werbeverträgen und allem, was dazu gehörte. Noch dazu war er um einiges jünger als sie.

Trotzdem war sie ihm dankbar für die Zeit, die sie mit ihm verbringen durfte. Ihrem Selbstbewusstsein hatte der kurze Flirt extrem gut getan. Es war fast so, als hätte er sie aus einem Dornröschenschlaf wachgeküsst.

Tony hatte Henriks plötzliche Abreise nicht ganz so locker weggesteckt. Seiner Meinung nach war der Snowboarder der ideale Kandidat für den Stiefvaterposten. Die gemeinsame Liebe zum Wintersport hatte die beiden schnell einen Draht finden lassen. Die Tatsache, dass Henrik ihn tatsächlich auf die Skipisten begleitet und ihm zahlreiche Tipps gegeben hatte, hatte ihm in Tonys Augen fast schon Heldenstatus verliehen.

Wie dem auch sei, dachte sie ein wenig wehmütig, jetzt war er weg.

In ihrem Bestreben, mehr unter die Leute zu kommen und neue Bekanntschaften zu knüpfen, hatte sie nach einem Teilzeitjob außer Haus Ausschau gehalten. So war sie im Geschenkeshop gelandet. In der Nebensaison hielt sich die Zahl der Kunden in Grenzen. Daher fühlte sie sich erstaunlich wohl hier. Ob sie es im Oktober, wenn all die Skitouristen über Independence hereinbrechen würden, auch noch aushalten würde, musste sie abwarten.

„Wie viele Exemplare wolltest du denn?“, erkundigte sie sich bei Vi, nachdem sie alle Infos aufgeschrieben hatte.

„Ich dachte an hundert. Geht das?“

„Na klar. Wir sind spezialisiert auf Kleinstaufträge.“

Sie fügte die Zahl zu den anderen Details hinzu, die sie auf dem Zettel notiert hatte. Als sie aufschaute, fiel ihr auf, dass Vi ganz untypisch auf ihrer Unterlippe kaute.

„Brauchst du noch etwas anderes?“

„Ja. Ich habe noch eine andere Frage. Druckt ihr auch ganze Bücher?“

Susan runzelte die Stirn.

„Bücher. Hm. Ich weiß nicht, ob wir das schon gemacht haben. Eventuell müsstest du es woanders hinschicken, um es binden zu lassen. Außer, du wärst auch mit einer simplen Ringbindung einverstanden?"

Vi legte den Kopf schräg und tippte sich mit dem Zeigefinger auf die Lippen.

„Das ginge eigentlich auch. Solange der Druck gut ist, spielt das keine Rolle. Es handelt sich sowieso um ein Geschenk. Ein Einzelstück. Zumindest vorerst. Sollte es jemals im Verkauf landen, müssten wir ein professionelles Layout machen lassen."

Vor ein paar Tagen war ihr spontan die Idee gekommen, aus den Rezepten, die Gregory ihr anvertraut hatte, ein Buch zu gestalten und es ihm anschließend zu schenken. Sozusagen ein Andenken an seine Großmutter. Verziert mit Illustrationen aus eigener Hand, wäre es ein sehr persönliches Geschenk. Heute, nach den gemeinsam verbrachten, innigen Stunden, fühlte sich die Entscheidung umso richtiger an.

„Ich rechne es durch und sende dir ein Angebot zu. Lass mir einfach deine Mailadresse hier. Es kann allerdings eine Weile dauern", warnte sie Vi. „Ich muss es zuerst mit meiner Chefin besprechen. Da Bücher nicht zu unserem Alltagsgeschäft gehören, kenne ich die Konditionen nicht genau."

„Klingt gut."

„Die Flyer kannst du aber auf jeden Fall in zwei Stunden abholen."

Vi schaute auf die Uhr. Mittagszeit. Im Diner konnte sie ohne Probleme zwei Stunden Zeit totschlagen und würde noch dazu etwas Leckeres essen können.

„Dann komme ich nach dem Mittag vorbei und hole sie ab."

„Gern. Bis später."

*

Müde, aber glücklich stemmte Gregory beide Hände in die Hüften und begutachtete zufrieden sein Werk. Die Tische und sämtliche Tischtücher, Gläser, das ganze Geschirr und die Bestecke waren im Verlauf des Vormittags geliefert worden.

Zusammen mit dem Fahrer, der sich für ein großzügiges Trinkgeld gerne hatte überreden lassen, mitanzupacken, hatten sie die Tische in die zukünftige Gaststube geräumt. Anschließend hatte er die Kisten ausgepackt und probehalber alle Tische weiß eingedeckt. Jetzt war seine gute Laune wiederhergestellt. In Anbetracht der Art und Weise, wie sein Morgen begonnen hatte und dem Fortschritt bei der Einrichtung und Gestaltung seines Restaurants, war der mysteriöse Einbruch in sein Auto nicht der Rede wert. Vermutlich sollte er es trotzdem dem Sheriff melden, aber das hatte Zeit bis später.

Ein Klopfen an der Tür riss ihn aus seinen Gedanken. Er drehte den Kopf in Richtung Tür. Terry trat ein, die Hände in den Hosentaschen vergraben.

Gregory zog die Augenbrauen hoch.

„Ich hätte nicht erwartet, dich noch hier zu sehen, nach Lorenas Tod."

Terry warf ihm einen Blick zu, den er nicht entziffern konnte.

„Was sollte ihr Tod mit meiner Anwesenheit hier zu tun haben?"

Die Gefühlskälte in seinem Tonfall überraschte Gregory. Irritiert runzelte er die Stirn.

„Ihr wart doch bis vor kurzem ein Paar. Findest du es nicht schrecklich, was ihr widerfahren ist?"

Terry zuckte mit den Schultern und begann im Raum umherzuwandern. Hie und da blieb er stehen und rückte ein Messer zurecht, zupfte an einer der Stoffservietten herum und hielt eines der Gläser ins Licht. Gregorys Ärger wuchs. Er hatte nicht die letzten beiden Stunden damit verbracht, die Tische perfekt herzurichten, nur damit Terry daran rumpfuschte. Er musste sich sehr zurückhalten, um dem anderen nicht buchstäblich eins auf die Finger zu geben.

Terry hingegen freute sich diebisch über das Unbehagen, das er auf Gregorys Gesicht lesen konnte. Der eingebildete Schnösel sollte sich ruhig ärgern. Schließlich war es seine Schuld, dass er immer noch in diesem gottverlassenen Nest festsaß.

„Du bist schon ganz schön weit gekommen mit deiner Einrichtung.“ Er hob den Kopf und schaute den anderen herausfordernd an. „Du solltest eigentlich froh sein, dass dir jemand die Arbeit abgenommen und die dumme Kuh kaltgemacht hat.“

„Wieso denn das, um Himmels willen?“, fragte Gregory entsetzt und starrte ihn ungläubig an.

„Wie ich gehört habe, war sie es, die dein Lokal verwüstet hat.“

„Das war vielleicht ein Ärgernis, klar. Aber deshalb wünscht man doch nicht jemandem gleich den Tod!“

„Nicht?“

Inzwischen hatte Terry seine Inspektion beendet und war wieder beim Tresen im hinteren Teil des Raumes angelangt. Sein Blick fiel auf die verschiedenen Utensilien auf dem Tisch. Er blinzelte überrascht. Was machte sein Messer auf dem Tisch? Ohne lange zu überlegen, griff er danach.

„Was machst du da?“, stoppte ihn Gregory mit scharfer Stimme.

Was machte das verdammte Messer hier? Er hatte noch nicht einmal bemerkt, dass er es nicht mehr in der Hosentasche hatte. Sich um einen möglichst gelassenen Gesichtsausdruck bemühend, meinte er beiläufig: „Das ist mein Messer. Ich muss es bei einem meiner letzten Besuche hier verloren haben.“

„Meinst du nicht eher, als du in mein Auto eingebrochen bist?“, forderte Gregory ihn heraus.

Gespielt erstaunt riss Terry die Augen weit auf. Innerlich schwitzte er Blut und Wasser.

„In dein Auto eingebrochen? Wieso sollte ich so etwas tun. Ist ja nicht so, als gäbe es in deinem Wagen etwas, das sich zu stehlen lohnt, oder?“

Gregory verschränkte die Arme vor der Brust.

„Nein. Aber das weißt du ja nicht.“

„Nicht? Das war doch schon in Kalifornien ein Running Gag, wie peinlich sauber du dein Auto hältst. Ich gehe nicht davon aus, dass du auf einmal deine Einstellung komplett geändert hast. Überhaupt, wer bewahrt schon Wertsachen in seinem Fahrzeug auf."

Terry klang so überzeugend, dass Gregory unsicher wurde. Zwar war er sich keines Running Gags bewusst. Aber das konnte durchaus daran liegen, dass er so in seine Arbeit versunken war, dass der Witz einfach an ihm vorbei gegangen war. Aber wenn nicht Terry, wer war dann in sein Auto eingebrochen? Und vor allem, wie war sein Messer dahin gelangt?

„Das Messer wurde aber draußen gefunden. In der Nähe meines Autos."

„Das bedeutet höchstens, dass ich es draußen verloren habe. Ich war ja bereits ein paar Mal hier. Wahrscheinlich lag es schon seit Tagen dort." Als würde es ihn nicht weiter kümmern, zuckte er gleichgültig mit den Schultern. „Aber jetzt darf ich es doch wieder mitnehmen? Oder ist es etwa ein Beweisstück in einem Verbrechen?", fügte er spöttisch hinzu.

Wenn Terry so fragte, klang es wirklich lächerlich. Trotzdem behagte es ihm gar nicht, das Messer, das die einzige greifbare Spur im Zusammenhang mit dem Einbruch darstellte, einfach so herauszugeben. Aber was sollte er auch anderes machen? Widerwillig nickte Gregory.

Erleichtert griff Terry nach dem Messer und schob es sich in die Hosentasche.

„Wollen wir zusammen zu Mittag essen?"

Innerlich schaudernd, wenn er ehrlich war, gruselte es ihm vor seinem ehemaligen Chef, schüttelte er den Kopf.

„Ich habe leider keine Zeit. Es gibt hier noch so viel zu tun."

„Na, dann …" Er hob die Hand zum Gruß und schlenderte aus dem Restaurant.

Ungläubig den Kopf schüttelnd, sah ihm Gregory hinterher. Das war eine mehr als seltsame Begegnung gewesen. Irgendwie hatte er das Gefühl, dass hinter der ganzen Konversation ein Subtext gelegen hatte, den er nicht verstanden hatte. Aber das war Unsinn. Er seufzte und wandte sich wieder seinem Restaurant zu. Die Gedanken an Terry und sein schräges Verhalten verbannte er in seinen Hinterkopf. Um das konnte er sich später kümmern. Vielleicht würde er es Jake erzählen, wenn er den Einbruch meldete.

23

Vi saß an der Bar im Diner und freute sich darüber, dass sie zum ersten Mal seit Wochen richtig Appetit hatte. Sie verspürte nicht nur keine Übelkeit. Nein, sie hatte richtig Hunger. Die Hauptspeise hatte sie bereits hinter sich. Jetzt saß sie am Nachtisch.

„Wow! Du verschlingst deinen Kuchen wie ein Wolf, der einen strengen Winter hinter sich hat", kommentierte Kurt erstaunt.

„Deine Freundin zaubert aber auch in der Küche", gab Vi zurück. Sie hatte keine Lust, sich in die Gründe für ihren gesunden Appetit zu vertiefen. „Richte ihr bitte aus, dass dieser Aprikosenkuchen himmlisch ist. Gibt es eine Chance, dass sie das Rezept rausrückt?"

Kurt lachte dröhnend.

„Da hoffst du besser auf Weltfrieden."

Enttäuscht ließ Vi ihre Schultern hängen.

„Echt?" Hm. Vielleicht musste sie ihr nur das richtige Angebot machen? „Sag ihr, ich würde eins meiner Rezepte tauschen."

Zweifelnd hob Kurt seine Augenbrauen.

„Bist du so eine gute Köchin?"

„Ha! Ich wünschte, ich wäre es. Aber ich habe etwas viel Besseres."

„Jetzt bin ich aber gespannt."

„Gregory hat mir seine Rezeptsammlung hinterlassen. Okay, nicht direkt seine, aber die seiner Großmutter. Er meinte, die wären perfekt, wenn ich wirklich gerne kochen lernen würde.

Ich bin sicher, er hat nichts dagegen, wenn sich Miss Daisy eins davon aussucht."

Zumindest hoffte sie das. Aber nachdem er sie so bereitwillig mit ihr geteilt hatte und ihr keinerlei Einschränkungen auferlegt hatte, ging sie davon aus, dass er damit einverstanden war. Immerhin bekam er dann auch ein neues Rezept. Auch wenn er es wohl besser nicht in seinem Restaurant verwendete, dachte sie mit einem Grinsen. Das würde mit Sicherheit für böses Blut sorgen, wenn er plötzlich dieselben Gerichte anbot wie das Diner.

„Ich frag sie mal", versprach Kurt.

„Super. Das wäre großartig. Übrigens, ist Miss Minnie auch hier?"

„Ja. Sie ist hinten im Lager. Wolltest du was von ihr?"

Ohne auf seine Frage direkt einzugehen, nickte Vi.

„Ich muss sie was fragen. Schickst du sie vorbei, wenn du sie siehst?"

Kurt antwortete mit einem zustimmenden Brummen. Zumindest hoffte Vi, dass es Zustimmung ausdrückte. Ganz sicher war sie sich nicht. Brummbärensprache war nichts, was sie auf ihren Reisen gelernt hatte. Sich nicht allzu große Sorgen machend, dass sie Miss Minnie verpassen könnte, widmete sie sich mit ungebrochenem Elan dem Rest ihres Mittagessens.

Als sie bereits beim Tee angelangt war, Kaffee fiel für die nächsten Monate ja leider aus (was sie jeden Morgen zutiefst bedauerte, wenn sie nicht gerade über der Kloschüssel hing), marschierte Miss Minnie mit wogendem Busen durch die Schwingtüren, die den Barbereich von der Küche trennten. Als sie Vi entdeckte, hellte sich ihr Gesicht auf.

„Du hast nach mir gesucht?"

Vi, die gerade einen Schluck Tee getrunken hatte, nickte nur.

„Bedeutet das, was ich hoffe, dass es bedeutet?"

Vi grinste, als sie die offensichtliche Begeisterung auf dem Gesicht der anderen Frau erkannte.

„Ich denke schon. Mein Studio ist fertig. Wie versprochen sind Sie meine erste Kundin. Falls das immer noch Ihr Wunsch ist“, beeilte sie sich, hinzuzufügen.

Es kam oft vor, dass sich Leute umentschieden, sobald ein Termin feststand. Während es ganz spannend war, sich mit dem Gedanken zu tragen, sich tätowieren zu lassen, änderte sich die Einstellung oft, wenn es dann ernst wurde. Sie respektierte das. Schließlich war so ein Tattoo doch eine dauerhafte, meist lebenslange Entscheidung. Sicher, heutzutage war mit Laser vieles möglich. Auch die Entfernung eines Tattoos. Wie sich jemand für eine Narbe anstelle einer kunstvollen Tätowierung entscheiden konnte, lag zwar außerhalb ihrer Vorstellungskraft. Aber die Leute waren verschieden. Das Einzige, was sie genau aus diesem Grund nicht machte, waren Namen. Genauer gesagt, Namen von Ehe- oder Liebespartnern. Kindernamen waren okay. Die Kinder blieben. Liebhaber kamen und gingen.

„Darauf kannst du Gift nehmen!“, antwortete Miss Minnie enthusiastisch. „Ich kann es nicht erwarten, das Gesicht meiner Schwester zu sehen, wenn sie es sieht.“

„Perfekt. Wollen wir uns heute Abend in meinem Studio treffen? Oder arbeiten Sie dann?“

„Nein, nein, das trifft sich gut. Melissa hat die Abendschicht. Das heißt, ich bin um sechs Uhr fertig. Dann dusche ich kurz und komme zu dir rüber. Ist sieben Uhr okay?“

„Auf jeden Fall. Ich werde da sein. Dann können wir uns die Entwürfe anschauen, die ich bisher gezeichnet habe. Sollte dir gar keiner zusagen, mache ich neue.“

„Ich freue mich so.“

Vi lachte.

„Ich hoffe, das sagen Sie auch noch, wenn es weh tut. Denn das wird es“, warnte sie die ältere Frau.

„Pah. Das schreckt mich nicht.“

„Gut. Gibt es noch was von dem sündhaften Browniekuchen?“

„Bringe ich dir gleich", versprach ihr Miss Daisy und zwinkerte ihr zu. „Ich muss dich ja bei Laune halten. Nicht, dass du mir noch einen Ziegenhintern oder etwas ähnlich Schreckliches tätowierst."

*

Terry, der bis zu Vis Eintreffen gelangweilt vor seinem Bier gesessen hatte, spitzte die Ohren, sobald er das Wort Rezept hörte. In dieser Hinsicht hatte er beinahe schon einen pawlowschen Reflex entwickelt. Peinlich eigentlich. Aber auch äußerst hilfreich. Sonst hätte er die Unterhaltung womöglich verpasst. Er konnte kaum glauben, was er da hörte. Er setzte Himmel und Hölle in Bewegung, um diese verdammten Rezepte zu finden, und Gregory ging einfach hin und verschenkte sie? Da hätte er noch lange suchen können!

Aber im Endeffekt war es ideal. Vi würde viel leichter zu überwältigen sein als Gregory. Die tätowierte Schlampe würde sich noch wundern. Nachdem sie ihm netterweise auch noch verraten hatte, wo er sie später finden würde, würde es ein Kinderspiel sein, ihr die Rezepte abzunehmen. Freudig rieb er sich die Hände. Er hatte zwar sein Messer wieder. Doch diesmal würde er sich mehr Zeit lassen, bevor er sie umbrachte. Das Hochgefühl, das er erlebt hatte, als er das Messer in Lorena stieß, ließ sich bestimmt verlängern. Wenn er die Rezepte erst einmal hatte, war es Zeit zum Spielen. Er spürte, wie sich sein Schwanz in der Hose regte. Abwesend langte er sich in den Schritt und rieb ein paar Mal darüber. Es war ein unglaubliches Gefühl, so dicht neben seinem nächsten, nichtsahnenden Opfer zu sitzen. Endlich hatte er ein Hobby gefunden, das ihm entsprach.

*

Gregory grinste, als er nach seinem Handy griff. Den ganzen Vormittag schon hatte er mit Vi Textnachrichten ausgetauscht.

Er wusste jetzt alles über ihren Flyer, das Mittagessen, das sie offensichtlich zum ersten Mal seit langem genießen konnte, und ihren Deal mit Miss Daisy, eins seiner Rezepte gegen eines der ihren zu tauschen. Vorhin hatte er ein Foto der fertigen Flyer erhalten. Wieder einmal hatte er über Vis künstlerisches Talent gestaunt. Obwohl ihn der Gedanke, sich tätowieren zu lassen, immer noch in Angst und Schrecken versetzte, konnte er inzwischen gut nachvollziehen, weshalb jemand sich ihr anvertraute. Sie war wirklich, wirklich gut. Er öffnete die Text-App.

Ist Julia noch bei Kat?

Er tippte schnell eine Antwort.

Ja. Gefolgt von einem Affen, der sein Gesicht beschämt hinter den Händen verbarg. Sie hatte ihn dazu gebracht, zum ersten Mal in seinem Leben Emojis zu verwenden. Nach der ersten Flut völlig zusammenhangloser Bildchen – ein Wildschwein, ein Polizist und eine Flamencotänzerin waren nur einige davon – hatte er nicht widerstehen können, selber einige hinzuzufügen. Und jetzt war er süchtig nach diesen idiotischen Bildchen. So schnell konnte es gehen. Aber er schmunzelte, während er diese Feststellung machte.

Ich muss sowieso zu Kat und mit ihr etwas besprechen. Soll ich sie mitbringen?

Sehr gerne. Ich bin noch ungefähr bis fünf im Restaurant. Passt das?

Ja, das passt. Ich bringe sie kurz vor fünf zu dir.

Sehen wir uns später?

Prompt kam ihre Antwort.

Auf jeden Fall. Ich muss doch kochen lernen. Nicht mal mehr 180 Tage, bis das kleine Raubtier da ist.

LOL. Ich glaube nicht, dass es von Anfang an nach fester Nahrung verlangt. Du kannst dich also entspannen.

Sagt sich so leicht, wenn man kochen kann.

Du hast ja mich. Ich koch für das Raubtier, falls es tatsächlich schon mit einem ausgewachsenen Gebiss zur Welt kommt.

Er hielt den Atem an, während er auf ihre Antwort wartete. Er hatte ihr seine Absichten und Gefühle, die er für sie und selbst für den ungeborenen Wurm hegte, deutlich zu verstehen gegeben. Trotzdem war er sich nicht hundertprozentig sicher, ob sie ihn ernst genommen hatte. Er hoffte es.

Dann ist ja alles gut.

Erleichtert atmete er auf. Schien ganz so, als ob sie sich langsam an den Gedanken gewöhnen würde, dass er vorhatte, an ihrer Seite zu bleiben. Er lächelte.

*

„Danke, dass Julia ungeplant die Nacht über bleiben durfte."

„Mach dir keine Gedanken. Das war überhaupt kein Problem. Ich wünschte mir, alle meine Gasthunde wären so gut erzogen wie Julia. Aber sag mal … Du und Gregory? Ich dachte, du wärst schwanger?"

Bei der unverblümten Frage schüttelte Vi lachend den Kopf.

„Das hat ja nicht lange gedauert, bis das die Runde gemacht hat."

„Meinst du jetzt den Nachwuchs oder den Liebhaber?"

„Hm … Bei meiner Schwangerschaft war es mir im Grunde schon klar, dass es alle wissen, sobald ich meine Familie einweihe. Aber bei Gregory …"

„Tja. Nachwuchs ist immer ein spannendes Thema." Kat warf Vi einen schelmischen Seitenblick zu. „Aber bei Gregory … Tja … Nachdem der ganze Buchclub mitbekommen hat, dass er bei dir ein- und ausgeht, war es nur eine Frage von Sekunden, bis alle Bescheid wussten."

Vi schlug beide Hände vors Gesicht.

„Stimmt. Wie konnte ich das vergessen?"

„Verdrängung?", schlug Kat vor.

Ihre Augen funkelten amüsiert. Ihre Schultern bebten, während sie versuchte, das Lachen zu unterdrücken.

„Das wird es sein." Vi wurde wieder ernst. „Hör mal, eigentlich wollte ich deinen Rat bezüglich der Papageien."

Kats Augen wurden groß, während sie abwehrend die Hände vor dem Körper ausstreckte.

„Nein, nein, nein, du kannst sie nicht zurückgeben. Zumindest noch nicht."

„Keine Angst, das war es nicht, was ich sagen wollte. Ganz im Gegenteil."

„Puh. Da bin ich aber erleichtert." Kat wischte sich theatralisch imaginären Schweiß von der Stirn.

„Ich dachte nur, ich könnte im Studio eine Voliere einrichten. Schließlich werde ich bald hoffentlich die meiste Zeit dort verbringen."

Nachdenklich legte Kat den Kopf zur Seite.

„Das ist eine gute Idee. Hättest du denn genügend Platz zur Verfügung?"

„Platz ist da. Ich brauche nur Hilfe bei der Konstruktion. Ich kann zwar vieles selber machen, doch es komplett alleine zu machen traue ich mir nicht zu. Am Ende bricht das Ding noch über Jack und Esmeralda zusammen. Das würde ich mir nie verzeihen."

„Am besten fragst du Pat. Kennst du Pat?"

„Ja klar. Tylers Freund."

„Genau. Er hat die Voliere in deiner Wohnung gebaut."

„Super. Dann frag ich ihn, sobald ich ihn sehe."

„Darf ich hoffen, dass das bedeutet, dass du sie permanent behalten willst?"

„Ja. Die beiden sind mir ans Herz gewachsen", gab Vi zu. „Das müssen die Hormone sein, das passiert mir in letzter Zeit öfter", fügte sie grummelnd hinzu.

Kat lachte nur.

„Solange das heißt, dass wieder einmal zwei meiner Schützlinge ein Für-immer-Zuhause gefunden haben, soll es mir recht sein."

Vi kniff die Augen zusammen.

„Du gehst ganz schön raffiniert vor.“

„Ich weiß.“

*

Vi betrat den Eingang, den sich das Tanz- und Kampfsportstudio mit dem Yogastudio im ersten Stock teilte. Sie trat zur Seite, um eine Gruppe von Leuten durchzulassen. Offensichtlich war gerade eine Yogastunde zu Ende. Zum Glück hatte sie Julia eben noch bei Gregory abgegeben. Das wäre ganz schön eng geworden für die Hündin. Sie konnte sich vorstellen, wie unangenehm das für einen Hund sein musste, inmitten einer Menschenmenge zwischen lauter Beinen zu stehen.

„Ich weiß wirklich nicht, weshalb du uns zwingst, diese idiotischen Yogastunden zu besuchen!“, maulte ein junger Mann Mitte zwanzig.

Die junge Frau, an die das gerichtet war, zog bloß eine Augenbraue hoch.

„Würdest du lieber Tanzstunden nehmen?“

Der Mann verschluckte sich beinahe, als er ihre Worte wiederholte.

„Bitte was? Tanzstunden?“

Eve, die sich zwischen den anderen Yogaschülern befand, schlängelte sich durch, bis sie neben dem jungen Mann mit der struppigen Frisur stand. Er schluckte und schob sich nervös seine Brille auf der Nase hoch, als sie ihm die Wange tätschelte.

„Hör auf Marley. Yoga- oder Tanzstunden lassen dich zu einem Hit bei den Ladys werden.“

Der junge Mann, der aussah wie ein typischer Computer-Nerd, schluckte abermals. Sein prominenter Adamsapfel hüpfte auf und ab.

„Wirklich?“

„Wirklich“, bestätigte ihm Eve und zwinkerte ihm zu. „Hätte ich dich früher entdeckt, wärst du sogar in mein Gefolge aufgenommen worden.“

Verschreckt trat der junge Mann vorsichtshalber einen Schritt zurück.

Marley lachte.

„Bekommst du es mit der Angst zu tun, Phil?“

„Kein Grund zur Sorge“, fuhr Eve fort und kniff ihn in die Wange, wo sie immer noch ihre Hand liegen hatte. „Vor Kurzem bin ich den Worten eines alten Schmeichlers erlegen.“ Sie beugte sich vor und raunte ihm zu: „Er teilt nicht gern, kannst du dir das vorstellen?“ Sie seufzte und ließ ihre Augen langsam an Phils Körper heruntergleiten. „Wirklich ein Jammer.“

Phil murmelte etwas von einem Computercode, den er dringend fertig programmieren musste, und flüchtete aus der Tür. Vi musste sich das Lachen verbeißen. Seine Sorge, dass Eve ihn sich schnappen würde, war nicht unbegründet. Die lebenslustige alte Dame war lange dafür berühmt-berüchtigt gewesen, dass sie einen ganzen Harem an jungen Liebhabern um sich scharte. Seit sie mit Dagobert zusammen war, hatte sich das gelegt. Aber sie verstand, dass er lieber auf Nummer sicher ging.

„Ich bin mir nicht sicher, dass deine Worte hilfreich waren“, murmelte Marley Eve zu, während sie auf den Ausgang starrte, wo ihr Mitarbeiter verschwunden war. Sie schob sich die Ärmel ihres Yogashirts hoch. Eine Tätowierung blitzte hervor.

Spontan streckte Vi die Hand aus.

„Hi. Ich bin Vi, die Besitzerin des neuen Tattoo-Studios nebenan. Ich kam nicht umhin, einen Blick auf deine Tätowierungen zu erhaschen. Falls du mal Lust auf etwas Neues hast …“ Sie lächelte.

„Hey, cool. Gut zu wissen. Nachdem ich jedes Mal etwas Neues machen lasse, wenn ich eine Krise überwunden habe, komme ich bestimmt bald vorbei.“

„Was machst du denn, wenn ich fragen darf?“

Marley war nicht in Independence aufgewachsen, da war sie sich sicher. Sie schätzte, dass die andere Frau ungefähr im gleichen Alter war wie sie. Somit wären sie sich in der Schule bestimmt begegnet. Daran konnte sie sich aber nicht erinnern. Also musste sie in den letzten zehn Jahren zugezogen sein.

„Ich und mein Team", sie deutete mit ihrem Kinn auf zwei Männer und eine Frau hinter sich, die am Ende der Treppe in eine hitzige Diskussion vertieft schienen, „Phil, der gerade geflüchtet ist, gehört auch noch dazu, wir entwickeln Computerspiele. Wir haben vom Bürgermeister einen Start-Up-Kredit bekommen."

Vi grinste.

„Dann gehörst du also zum Team Wilkinson. Ich bin von der gegnerischen Partei."

Marley blinzelte verwirrt.

„Gegnerischen Partei? Mir war gar nicht bewusst, dass es da Parteien gibt."

„Oh doch. Ich werde von der Vereinigung der Geschäftsfrauen von Independence unterstützt. Ich kann dir sagen, da läuft ein erbitterter Wettkampf hinter den Kulissen."

Marley stöhnte und verbarg das Gesicht hinter den Händen.

„Ich komme definitiv zu wenig unter die Leute. Die Yogastunde über Mittag zweimal die Woche ist ungefähr der einzige Zeitpunkt, wo ich meine Höhle, sprich mein Büro verlasse."

„Schlafen? Essen?", fragte Vi ungläubig.

„Schlafen findet öfter, als mir lieb ist, auf der Couch im Büro statt, weil mir einfach die Energie fehlt, für vier Stunden Schlaf nach Hause zu gehen."

Vis Augen wurden groß.

„Vier Stunden Schlaf? Ich wäre ein totaler Zombie!"

„Glaub mir, genauso fühle ich mich oft. Aber wir gehen in Kürze mit unserem neusten Game live und immer, wenn wir glauben, alle Fehler ausgemerzt zu haben, stolpern wir über den nächsten Bug."

„Bug bedeutet Fehler", vergewisserte sich Vi.

„Ja. Sorry. Nerdspeak. Ich versuche mich zu bessern."

„Keine Sorge. Ich kann ja fragen. Das Thema Schlaf hätten wir jetzt abgehakt, aber was ist mit Essen?"

„Ach, das Café und auch dieses Pizzarestaurant liefern ins Haus."

„Das wusste ich gar nicht. Muss ich mir unbedingt merken", murmelte Vi mehr zu sich selber. „Aber du solltest dringend mal mit mir und meinen Schwestern feiern gehen. Es kommen bestimmt noch andere Frauen aus dem Ort. Arbeit ist ja schön und gut. Aber ein privates Netzwerk aus großartigen Frauen zu haben, auf die man zählen kann, wenn es darauf ankommt, ist unbezahlbar."

„Hm. Damit hast du sicherlich recht. Ich frage Maya, ob sie auch kommen will, falls das okay ist."

„Klar, je mehr, desto besser. Hier, mein Flyer. Druckfrisch aus der Presse. Da ist meine Handynummer drauf. Schick mir eine Nachricht, dann lasse ich dich wissen, wann wir uns treffen."

„Super, danke. Ich freue mich. Gehst du zum Yoga?"

„Nein." Vi deutete mit dem Daumen aufs Tanz- und Kampfsportstudio. „Ich muss zu Pat."

„O-o. Muss ich mich vor dir in Acht nehmen?"

„Was? Wieso?"

„Na, Kampfsport? Das ist ja voll krass."

„Ja. Voll krass. Vielleicht schickst du Phil mal dahin. Dann schätzt er anschließend Jaz' Yogastunden wieder."

„Gute Idee. Beantwortet aber meine Frage nicht, ob du regelmäßig mit Pat trainierst."

„Keine Sorge. Ich habe nur eine Frage an ihn und kein Personal Training. Wenn ich das in Angriff nehmen würde, wäre ich am nächsten Tag vermutlich tot. Gestorben an Muskelkater oder so."

„So gings mir ehrlich gesagt auch nach der ersten Yogastunde“, gab Marley zu.

„O je. Und ich hatte schon so gute Vorsätze, endlich mit Yoga anzufangen.“

Marley lachte, winkte ihre restlichen Mitarbeiter zu sich heran und verließ das Gebäude.

*

Im Studio wurde sie bereits an der Tür von Ranger erwartet. Er wedelte und schob seine feuchte Schnauze in ihre Hand.

„Hallo, mein Schöner.“

Pflichtschuldig streichelte sie ihm über das goldbraune Stockhaar. Seine intelligenten Augen schienen bis auf den Grund ihrer Seele sehen zu können. Sie hatte irgendwo einmal den Spruch gelesen: *„Mir ist es egal, was andere Leute von mir denken. Ich will nur, dass Hunde mich mögen.“* Sie stimmte dem Grundgedanken hinter diesem Spruch aus ganzem Herzen zu, auch wenn sich seit ihrer Rückkehr auch ihr Horizont gegenüber anderen Menschen erweitert hatte.

Sie sah sich im Raum um. Rechterhand war eine Ballettstunde im Gange. Alle bewegten sich unter höchster Konzentration im Einklang zur Musik. Von weiter hinten waren dumpfe Geräusche zu hören. Sie konnte jedoch nichts sehen, was ihr verraten hätte, was es war.

„Wo finde ich denn Pat?“, fragte sie den freundlichen Vierbeiner.

Froh, eine Aufgabe zu haben, drehte Ranger sich um und trabte los. Amüsiert folgte Vi ihm. Ranger war besser als jeder Portier, dachte sie bei sich.

Der Hund führte sie in den nächsten Raum, wo sich das Geheimnis der dumpfen Geräusche lüftete. Nur mit einer langen Trainingshose bekleidet bearbeitete Pat einen riesigen Sandsack mit verschiedenen Kicks seiner Beine. Ein dünner Schweißfilm bedeckte seinen nackten Oberkörper. Vi blinzelte und schluckte, um sicherzugehen, dass ihr Mund nicht offenstand. Sein Körper war wirklich ein Kunstwerk. Die fließenden, zielsicheren Bewegungen verstärkten diesen Eindruck noch.

„Sabberst du gerade beim Anblick meines halbnackten Verlobten?“, flüsterte Tyler ihr ins Ohr.

„Huch, hast du mich jetzt erschreckt! Und ja, ich bekenne mich schuldig.“ Sie biss sich auf die Unterlippe. „Ich bin vielleicht schwanger und Gregorys … irgendetwas, so genau definiert ist das nicht, aber ich bin nicht tot“, verteidigte sie sich. „Und das ist einfach ein Anblick, der die Götter zum Weinen bringt.“

„Ich weiß“, gab Tyler zu, einen leicht träumerischen Klang in der Stimme.

„Weißt du, wie lange er noch beschäftigt sein wird? Ich wollte etwas mit ihm besprechen.“

„Er ist sicher gleich fertig. Und sonst schicke ich Ranger. Der holt ihn dann schon.“

*

Nachdem sie fünf Minuten gewartet hatten und klar wurde, dass Pat doch vorhatte, länger zu trainieren, tat sie genau das. Sie schickte den Hund. Vi lachte sich halbtot, als sie zuschaute, wie der Rüde praktisch auf dem Bauch zu ihm robbte, den richtigen Augenblick abwartete und dann nach dem Hosenbein schnappte. Als er den Stoff zwischen den Zähnen hatte, lief er langsam und leise knurrend rückwärts. Pat hatte gar keine andere Wahl, als ihm nach einem halbherzigen Protest zu folgen.

„Das hast du toll gemacht“, lobte Tyler ihren Hund, als er mit Pat im Schlepptau bei ihnen ankam. Sofort ließ der Malinois das Hosenbein los und wartete auf seinen Keks.

Pat griff nach einem Handtuch, trocknete sich das Gesicht und den Oberkörper ab und zog sich ein T-Shirt über.

„Sorry, dass du warten musstest. Ich war völlig im Training versunken.“

„Kein Problem. Ist ja nicht so, dass ich einen Termin gehabt hätte."

Pat und Tyler sahen sie weiterhin erwartungsvoll an. Also sprach sie hastig weiter.

„Kat hat mir gesagt, du hättest die Voliere für die Papageien in meiner Wohnung gebaut."

Pat nickte.

„Ich würde gerne die Vögel ins Studio umsiedeln. Dann hätten sie tagsüber mehr Gesellschaft. Wir könnten also die Voliere in meiner Wohnung abbauen, das Material wiederverwenden. Das würde bestimmt Kosten und auch Arbeit sparen."

„Das ließe sich sicher machen", stimmte Pat zu.

„Aber willst du nicht lieber im Studio eine zusätzliche Voliere errichten? Oder brauchst du bei dir zu Hause den Platz für etwas anderes?", fragte Tyler.

„Nein, ich dachte nur …"

„Weil dann könntest du die Vögel zumindest am Wochenende mit nach Hause nehmen. Oder wolltest du Samstag und Sonntag immer zum Füttern vorbeikommen? Und wenn sie es gewöhnt sind, in der Transportbox zu reisen, kannst du dir sogar überlegen, ob du sie am Abend auch zu dir nach Hause nimmst. Wer weiß, vielleicht lernen sie sogar, auf deiner Schulter zu sitzen, während du den Weg vom Studio zur Buchhandlung zurücklegst und umgekehrt."

„Ui, das weiß ich nicht, ob ich mich das je trauen werde. Schon gar nicht in einigen Monaten. Da werde ich alle Hände voll mit der Miniaturausgabe von mir zu tun haben."

„Verständlich. Aber die Transportbox kannst du sicher aufs Dach des Kinderwagens stellen."

„Wie auch immer", bremste Pat seine übereifrige Freundin aus. „Ich bin auch der Meinung, dass es mehr Sinn macht, eine zusätzliche Voliere zu bauen. Wo die Vögel dann schlafen, kannst du dir immer noch überlegen. Aber zumindest hast du dann alle Optionen."

„Okay, gut. Das wäre natürlich toll“, gab Vi zu. „Ich kann dir auch gerne helfen. Ich wäre nur froh, wenn wir es an einem Wochenende machen könnten.“

„Auf jeden Fall. Hat Tyler deine Nummer?“

Vi warf der anderen Frau einen fragenden Blick zu. Tyler nickte.

„Ich schau, welches das nächstmögliche Wochenende ist, und gebe es dir durch. Und wegen den Kosten musst du dir keine Sorgen machen. Ich bekomme alles zu sehr günstigen Preisen.“

„Uff, da fällt mir aber ein Stein vom Herzen. Ich habe zwar noch eine kleine Reserve, aber mit der bevorstehenden Ankunft des Wurms und dem Aufbau meiner eigenen Existenz will ich die lieber nicht zu stark angreifen.“

„Klar. Das verstehe ich. Dann bis später, ich habe jetzt ein Training.“

Als die beiden Frauen alleine waren, erinnerte sich Vi an die Begegnung mit Marley. In ein paar kurzen Sätzen erzählte sie Tyler davon.

„Wärst du bei einem Treffen auch mit dabei?“

„Auf jeden Fall“, freute sie sich. „Was dagegen, wenn ich meine Schwester und Kat mitbringe?“

„Natürlich nicht. Hoffentlich finden wir bald einen Termin.“

„Ich schlage allen gleich den nächsten Freitag vor. Es ist immer einfacher, wenn schon ein Termin feststeht. Sonst gibt das ein riesiges Durcheinander.“

„Du bist so schlau!“, stellte Vi bewundernd fest.

„Das sind nur die Jahre hinter und auf der Bühne. Du glaubst gar nicht, wie es dort zugeht.“

Jetzt erinnerte Vi sich. Vor ein paar Jahren hatte Tyler ihre vielversprechende Karriere als Primaballerina verletzungshalber aufgeben müssen. Während sie noch mit dem abrupten Ende ihrer Träume rang, geriet sie in das Visier eines Psychokillers. Fast wäre sie dabei ums Leben gekommen. Vi kannte die

Geschichte nur aus Erzählungen. Sie wollte sich gar nicht vorstellen, wie es war, das alles zu erleben.

„Wie geht es dir damit? Mit deinem neuen Leben?", fragte sie vorsichtig. „Vermisst du es manchmal, das Tanzen, die Aufführungen?"

Tyler lächelte und schüttelte den Kopf.

„Seltsamerweise nein. Damals hätte ich das nicht geglaubt, wenn es mir jemand gesagt hätte. Aber mein Leben ist seither so viel reicher geworden. Ich habe Pat gefunden, Ranger gehört zu uns und jedes Jahr reisen wir für ein Restaurationsprojekt, das Pat betreut, in einen anderen Bundesstaat. Während er sich mit der Denkmalpflege streitet, eröffne ich meine Streetdance-Gruppe und tingle mit dem Programm von Schule zu Schule. Früher bestand mein Leben aus Training. Von frühmorgens bis spätabends. Es war eine Schinderei für meinen Körper. Klar. Das Gefühl, vom Publikum eine Standing Ovation zu bekommen, ist unbeschreiblich. Aber nicht alles."

„Wow. Bei deiner Rede habe ich gleich Gänsehaut gekriegt", gab Vi zu. „Das gibt mir Hoffnung, dass man sich tatsächlich auch in einem komplett neuen Leben, das man sich eigentlich ganz anders vorgestellt hatte, zurechtfinden und sogar glücklich werden kann."

„Auf jeden Fall. Ein guter Partner hilft auch. Aber den hast du ja bereits gefunden, wie ich gehört habe."

Vi lächelte.

„Ja. Sieht ganz so aus. Auch etwas, was ich kaum glauben kann. Aber auf jeden Fall werde ich es so lange wie möglich genießen."

Tyler zwinkerte ihr zu.

„Das ist die richtige Einstellung. Das packst du schon."

24

Von seinem Beobachtungsposten auf der anderen Seite der Straße sah Terry, wie Vi das Tanzstudio verließ. Endlich. Wurde auch Zeit. Er wollte sich schon von der Mauer abstoßen und die Jagd aufnehmen, als er zögerte. Jetzt im Sommer waren die Tage lang und die Menschen hielten sich länger auf der Straße auf. Ein Blick in beide Richtungen bestätigte seinen Eindruck.

Wenn er jetzt einfach durch die Vordertür in Vis Studio platzte, würde es bestimmt mehrere Zeugen geben, die ihn hineingehen sahen. Es war ihm klar, dass ihm die Polizei so oder so früher oder später auf die Schliche kommen würde. Das machte für ihn sogar einen Teil des Reizes aus. Schließlich sollten die Bullen ruhig feststellen, wer der bessere Spieler war. Aber er war nicht so kurzsichtig, um nicht den Vorteil eines zeitlichen Vorsprungs zu erkennen.

Also musste er wohl oder übel die Mühe auf sich nehmen, unauffällig um den Häuserblock herumzuschlendern und den Weg über den Hintereingang zu nehmen. Er würde sichergehen, dass die Schlampe ihn angemessen entschädigte. Vielleicht würde er sie zwingen, seinen Schwanz zu blasen. Oder sie auf ihrem Behandlungstisch ficken, während er ihr die Luft abschnürte.

Bei diesen Gedanken pulsierte heißes Verlangen durch seine Adern. Er musste sich sehr zusammennehmen, um nicht loszurennen. Seine Hand schloss sich um das Messer in seiner Hose. Das scharfe Werkzeug fühlte sich wie eine Erweiterung seines

Körpers an. Eine lebenswichtige Ergänzung. Er grinste böse. Bald. Bald durfte er spielen.

*

Vi summte, während sie den Raum, sprich ihren Arbeitsplatz, so vorbereitete, dass sie und Miss Minnie gleich anfangen konnten. Vorausgesetzt natürlich, dass ihr einer der Vorschläge gefiel. Aber sie war zuversichtlich. In den letzten Tagen hatte sie sich immer wieder einmal Fotos von Tätowierungen zeigen lassen, die Miss Minnie gefielen. Jedes Mal hatte sie eine genauere Vorstellung von ihren Wünschen mit nach Hause genommen und in ihre Entwürfe einfließen lassen.

Sie spannte die für die Außenlinie benötigte Nadel in die Tätowiermaschine ein und legte sie auf den Tisch neben der Liege. Anschließend griff sie nach einer kleinen Truhe und klappte den Deckel aus. Mit sicherer Hand wählte sie die Farben aus, von denen sie dachte, dass sie sie benötigen würde. Dabei orientierte sie sich einerseits am Design, aber auch am Hautton des jeweiligen Kunden. Natürlich würde Miss Minnie die letzte Entscheidung treffen. Persönlicher Geschmack war unberechenbar, aber sie würde ihr Möglichstes tun, um sicherzustellen, dass Miss Minnie mit ihrer Wahl am Schluss zufrieden war. Das hieß manchmal auch, jemandem von einer Farbwahl abzuraten. Oft war das schwieriger, als die Entscheidung für ein bestimmtes Design zu fällen. Manche Kunden waren regelrecht beratungsresistent, andere wiederum waren froh um die professionelle Beratung. Sie war gespannt, zu welcher Kategorie Kunde Miss Minnie gehören würde.

Während sie friedlich vor sich hinarbeitete und sich auf ihre allererste Kundin freute, stellte sie erstaunt fest, dass sich die Übelkeit heute den ganzen Tag in Grenzen gehalten hatte. Ob es an ihrer guten Laune lag? Oder hatte sie einfach die kritische Zeit überschritten? Oder war es etwa die positive Wirkung des Ingwers? Sicher würde sie es wohl erst in den nächsten Tagen wissen. Sie seufzte. Hoffentlich war es nicht nur eine glückliche Ausnahmeerscheinung gewesen. Es wäre wirklich schön, wenn sie dazu kommen würde, diese Schwangerschaft vielleicht nicht gerade zu genießen, das war wohl etwas viel verlangt, aber doch immerhin ohne lästige Nebenerscheinungen zu ertragen.

Jetzt, wo sie Gregory an ihrer Seite hatte, erschien ihr die Vorstellung, ein Kind zu haben, auf einmal auch gar nicht mehr so beängstigend. Er schien wirklich voll dabei zu sein. Nichts schien ihn zu erschüttern. Seine Vorfreude auf das Kind, auf jeden Tag mit ihr … Sie traute der Hundertachtzig-Grad-Kehrtwende immer noch nicht ganz, aber jeden Tag bewies er aufs Neue, dass es ihm ernst war mit ihr. Ein warmes Gefühl breitete sich von ihrem Herzen nach allen Seiten aus. Hatte sie sich etwa bereits in den Kerl verliebt?

Sie hielt mitten in der Bewegung inne. War das innerhalb dieser kurzen Zeit überhaupt möglich? Oder machte sie sich nur etwas vor, weil er versprochen hatte, heute Abend mit dem Essen auf sie zu warten? Er kochte wirklich himmlisch, sinnierte sie.

*

Terry stand an der Hintertür und genoss das Gefühl seines bevorstehenden Angriffs und Sieges. Der Wind wirbelte ein paar trockene Blätter auf. Über den Gipfeln der Berge sammelten sich dunkle Wolken. Wie treffend, dachte er sarkastisch. Ein Gewitter. Das würde seine Flucht um vieles einfacher machen. Er lächelte. Das Heulen des Windes ließ für einen Moment nach. Durch das dünne Holz der Tür konnte er Vi summen hören.

Bei dem sorglosen Geräusch zuckten seine Hände reflexartig, als würden sie schon um ihren schlanken Hals liegen. Er wünschte sich nichts mehr, als seine Finger um ihre Kehle zu legen. Er würde langsam zudrücken, immer mehr, während er ihr zuschaute, wie sie um ihr Leben bettelte. Tränen würden über ihr Gesicht rinnen. Ihre ganze hartgesottene Persönlichkeit, die sie mit diesen abartigen Tattoos zur Schau stellte, würde zu Staub zerfallen, sobald sie erkannte, dass es ihm ernst war. Das war der Moment, auf den er wartete. Dies war der Moment, wo er sich wie der König der Welt fühlen würde. Vorfreude auf den bevorstehenden Triumph wallte in ihm auf. Es war viel zu lange her, seit er diese Macht verspürt hatte. Es war an der Zeit, das richtigzustellen. Vage erinnerte er sich daran, dass sie ja noch die Rezepte hatte, die er wollte. Doch im Vergleich zu seinen anderen Bedürfnissen trat diese Tatsache völlig in den Hintergrund.

Das Summen wurde lauter. Er grinste bösartig. Sie lieferte ihm sogar einen Soundtrack zu seinem Triumph. Und zu ihrem Ende. Donner grollte in der Ferne. Zeit zum Spielen.

*

Ein Geräusch schreckte Vi auf und riss sie aus ihren philosophischen Überlegungen. War das ihre Tür gewesen, die geknarrt hatte? Offensichtlich musste sie dem Scharnier mit WD-40 zu Leibe rücken. Ein Blick zur Tür verriet ihr, dass diese sich nicht bewegt hatte. Außerdem war es noch viel zu früh für Miss Minnie. Ihr Termin war erst in einer Stunde.

Sie richtete sich auf. Hatte sie vielleicht Gregorys Tür gehört? Aber nein, der war schon lange weg. Er wollte noch auf dem Polizeiposten vorbei und anschließend im Diner ein Bier trinken.

Während sie noch versuchte, logische Erklärungen für das Geräusch zu finden, erkannte ihr Körper die drohende Gefahr und schaltete in den Notfallmodus. Ihr Herz schlug schneller. Ihr Atem kam stoßweise. Adrenalin schoss durch ihre Adern. Wie ein Reh im Scheinwerferlicht stand sie da und starrte wie gebannt in Richtung Hintertür.

Eine Gestalt materialisierte sich im dämmrigen Licht des hinteren Raumes, der zum Hinterausgang führte.

„Terry!", rief sie aus und sackte erleichtert ein wenig in sich zusammen, während sie mit einer Hand an ihr immer noch hektisch klopfendes Herz fasste. „Du hast mich aber erschreckt. Kannst du nicht klopfen wie alle anderen?"

*

Mit Julia bei Fuß, nahm Gregory die paar Stufen zur Polizeistation. Der Wind war in den letzten Stunden immer stärker geworden. Ein Gewitter lag in der Luft. Er freute sich schon auf einen gemütlichen Abend mit Vi. Er würde etwas Leckeres kochen, dann konnten sie Vis erste Kundin feiern, während draußen der Regen an die Scheiben prasselte. Er konnte sich nichts Schöneres vorstellen. Wenn sein Restaurant erst einmal lief, würden so ruhige Abende sowieso selten werden.

„Hey Polly. Ist Jake da?"

„Ja, er ist im Büro. Du hast Julia mitgebracht, wie schön! Darf sie bei mir bleiben?"

Amüsiert sah Gregory, wie Julia bereits artig vor Polly saß und eine Pfote in die Höhe hielt.

„Du hast nicht zufällig Hundekekse in deiner Schublade."

„Ich?" Polly klimperte gespielt unschuldig mit den Wimpern. „Auf keinen Fall." Sie beugte sich zu der Hündin vor und raunte: „Die sind natürlich wie immer in meiner Hosentasche. Aber psst, das bleibt unser Geheimnis."

Julia ignorierte die Menschen und bot die andere Pfote zum Schütteln an. Manchmal brauchte es mehrere Versuche, bis die Zweibeiner verstanden, was man meinte.

Belustigt den Kopf schüttelnd, ließ Gregory die beiden im Eingangsbereich zurück und machte sich auf den Weg in Jakes Büro.

„Hallo Gregory, was machst du denn schon wieder hier? Ich hoffe, es ist nicht schon wieder jemand in dein Restaurant eingebrochen."

„Das zum Glück nicht. Aber in mein Auto."

In wenigen Worten erklärte er, was er heute Morgen vorgefunden hatte. Er ließ nichts aus, auch das Messer nicht. Vielleicht hielt ihn der Sheriff für paranoid, aber das war ihm egal. Es war inzwischen so viel passiert, dass er nicht mehr bereit war, Dinge einfach als Zufallsbegebenheiten abzuhandeln. Klar, bis jetzt war nicht viel passiert. Immerhin waren keine Menschen zu Schaden gekommen. Trotzdem wurden ihm die Zwischenfälle langsam unheimlich.

Eigentlich war es ironisch. Von der Seite, von der er Ärger befürchtet hatte, nämlich von Vi und ihrem Tattoo-Studio oder ihren unkonventionellen Freunden, hatte er nichts als Unterstützung erfahren. Dafür schien es, als hätte es ein Unbekannter auf ihn und sein Restaurant abgesehen.

Zu seiner Überraschung nahm Jake seine Sorgen durchaus ernst.

„Wo sagst du, hast du das Messer gefunden?", fragte er interessiert und setzte sich aufrechter hin. Sein ganzer Körper schien von unterdrückter Spannung zu vibrieren.

„Genau genommen habe nicht ich es gefunden. Sondern Ranger. Er hat erst beim Auto geschnüffelt und anschließend eine Spur aufgenommen, die ihn zum Messer geführt hat."

Bevor Jake etwas darauf erwidern konnte, ertönten aus dem Vorzimmer laute, hitzige Stimmen.

„Du kannst da jetzt nicht hinein, Greene! Der Sheriff ist besetzt!"

„Polly, es ist mir egal, ob der Papst persönlich eine Audienz beim Sheriff hat! Ich werde jetzt da hineingehen und ihm sagen, was ich von seiner arroganten Vorgehensweise halte!"

„Du wirst nichts dergleichen tun, Freundchen."

Ein dumpfer Gegenstand schlug auf dem Boden auf. Jake richtete den Blick gegen die Zimmerdecke.

„Es tut mir leid, aber ich muss kurz nach dem Rechten sehen. Das, was du eben gehört hast, war Pollys Schrotflinte.

Und da ich mir nie ganz sicher sein kann, wie locker ihr Finger am Abzug sitzt…"

„Geh nur", entgegnete Gregory und lehnte sich mit einem amüsierten Lächeln im Stuhl zurück. Ob er sein Autodiebproblem jetzt oder in zehn Minuten mit Jake besprach, spielte schließlich keine Rolle.

Der Sheriff stand auf und ging zur Tür. Er riss sie auf und steckte den Kopf durch die Öffnung.

„Ian, du weißt so gut wie ich, dass der Anbau von Cannabis trotz der Legalisierung strengen Regeln unterliegt. Du hast die entsprechenden Bewilligungen nicht eingereicht, also haben wir die Ernte konfisziert."

Der andere, ein breitschultriger Mann mit kantigem Gesicht und dichtem Bart, ging mit ausgestrecktem Zeigefinger auf Jake zu, was diesen veranlasste, ganz durch die Tür zu treten.

„Doch, das habe ich", wetterte Ian. „Für Hanf, wie ich ihn anbaue, sind nur die zwei Bewilligungen nötig, die ich eingereicht habe. Sein THC-Wert liegt nämlich unter einem Prozent. Wenn du mir zugehört hättest, als ich es dir erklärt habe, wüsstest du das."

„Mein Problem ist, dass ich das der verdammten Pflanze ja schlecht ansehen kann. Sie sieht aus und riecht wie völlig normales Cannabis. Die Droge", fügte der Sheriff erklärend hinzu.

„Industriell angebauter und zertifizierter Hanf sieht auch aus und riecht wie Cannabis. Mit dem entscheidenden Unterschied, dass er einen hohen Gehalt an Cannabioniden hat, die keinerlei psycho-aktive Wirkung haben."

Jake zuckte mit den Schultern.

„Gut möglich. Nur muss ich sie trotzdem ins Labor senden, um das festzustellen."

Inzwischen stand Ian Jake praktisch auf den Zehen.

„Es gibt einen einfachen Test, der dir das innerhalb weniger Minuten misst, du Idiot! Wenn du zu mir gekommen und mich gefragt hättest, hätte ich dir das sagen können. Aber nein, deine

Witzfiguren von Deputies tauchen einfach auf und führen eine unangekündigte Razzia durch."

„Das ist Beamtenbeleidigung", meldete sich Polly zu Wort, nicht bereit, sich eine Chance entgehen zu lassen, Ian, der ihrem Befehl nicht nachgekommen war, eins auszuwischen. Julia stand immer noch neben ihr und verfolgte mit wachsamen Augen den Schlagabtausch zwischen den Menschen.

Jake winkte müde ab.

„Er hat recht. Ich hätte mich genauer informieren müssen. Wir sind einfach so notorisch unterbesetzt, dass ich keine Zeit hatte, mich genauer damit zu befassen." Er reichte dem anderen die Hand. „Es tut mir leid. Die Weisung von oben war, vehement gegen illegale Cannabisfelder vorzugehen. Auch wenn Cannabis in Colorado inzwischen legalisiert ist, braucht es die entsprechenden Bewilligungen."

Widerwillig ergriff Ian die Hand.

„Und wer bezahlt mir jetzt den Ausfall der Ernte", stieß er zwischen zusammengebissenen Zähnen hervor. Eine Entschuldigung war ja schön und gut, ersetzte ihm aber nicht das verlorengegangene Geld. Ganz zu schweigen von der Zeit, die die neuen Pflanzen zum Wachsen benötigen würden.

Jake rieb sich über das Gesicht.

„Ich schaue, was ich tun kann, okay? Aber im Moment habe ich wirklich dringendere Sorgen."

„Das war ja wohl klar", brummte Ian, sichtlich unzufrieden.

„Wenn mich nicht alles täuscht, haben wir einen Mörder unter uns. Entschuldige also, wenn ich dem Fall Vorrang gebe", entgegnete Jake mit stählerner Stimme.

Ian riss erstaunt die Augen auf.

„Oh."

„Genau. Oh."

„Tut mir leid, Mann. Das wusste ich nicht. Viel Glück. Ich hoffe, ihr schnappt den Kerl."

„Das hoffe ich auch", antwortete Jake grimmig.

„Gib Bescheid, wenn du Hilfe brauchst."

Jake nahm das Angebot mit einem Nicken zur Kenntnis und marschierte wieder ins Büro.

*

Als er in sein Büro trat, war Gregory, der die ganze Unterhaltung natürlich mitangehört hatte, von seinem Stuhl aufgesprungen.

„Du hättest etwas sagen sollen. Dann hätte ich dir nicht die Zeit gestohlen. Mein Auto ist weiß Gott nicht so wichtig. Es wurde ja nicht einmal etwas geklaut. Das geht ja hier zu wie in L.A. Zuerst die Tote in Breckenridge und jetzt vermutest du einen Mörder in Independence?"

Ungläubig schüttelte er den Kopf, als könnte er nicht glauben, was er da eben gehört hatte.

Jake seufzte und ließ sich hinter seinem Schreibtisch auf den Stuhl fallen.

„Setz dich wieder hin."

„Aber …"

„Ich habe Grund zur Annahme, dass der Mörder von Breckenridge unter uns weilt."

„Du meinst, ein und derselbe?"

„Ja. Wie du vielleicht gehört hast, habe ich Terry zum Verhör vorgeladen."

„Terry?", antwortete Gregory überrascht. „Aber ich dachte, das sei eine reine Formsache gewesen?"

„Zuerst schon. Doch alle meine Cop-Instinkte sagen mir, dass er und der Mörder ein und derselbe sind. Der arrogante Bastard ist hier hereinspaziert, ohne einen Funken Mitgefühl für seine Ex-Freundin, und hat mich praktisch herausgefordert, zu beweisen, dass er sie umgebracht hat. Ohne Motiv und vor allem ohne Tatwaffe fehlen mir aber die dazu nötigen Beweise. Kein Gericht der Welt wird ihn nur aufgrund meiner Antipathie und einem schlechten Bauchgefühl verurteilen. Was im Grunde ja auch richtig ist", schloss Jake frustriert. „Deshalb bin ich sehr hellhörig geworden, als du mir von dem Messer erzählt hast. Du hast es nicht zufällig mitgebracht?"

Ein Gedanke nach dem anderen jagte durch Gregorys Kopf. Terrys plötzliches Auftauchen in Independence. Sein unverschämtes Verhalten, nachdem er ihm aus der Patsche geholfen hatte. Lorenas Tod in Breckenridge. Sein unerwarteter Besuch heute Morgen im Restaurant, wo er behauptet hatte, das Messer sei seines und die fadenscheinige Erklärung, wie es in seinem Hinterhof gelandet war. Er schluckte leer.

„Leider nein."

Jake zog eine Schublade an seinem Schreibtisch auf und holte eine gelbe Mappe hervor. Sorgfältig blätterte er den Inhalt durch, bis er nach einem einzelnen Foto griff und es auf den Tisch legte.

„Laut Autopsie-Bericht war es ein Messer wie dieses. Sieht es dem, das du gefunden hast, ähnlich?"

Mit wachsendem Grauen starrte Gregory auf das Bild und nickte stumm.

„Wo ist es jetzt? Bei dir im Restaurant?"

„Nein. Terry kam vorbei und behauptete, er hätte es verloren. Es sei seins."

Eine Reihe farbenfroher Fluchwörter entschlüpfte den Lippen des Sheriffs.

„Verdammt. Sieht ganz so aus, als hätten mich meine Instinkte nicht getrogen. In solchen Fällen wünsche ich mir allerdings oft, nicht recht zu haben."

Gregory starrte immer noch wie gebannt auf das Messer.

„Aber was ist sein Motiv? Wieso sollte er Lorena umbringen? Und was will er von mir?"

„Was Lorena angeht, kann ich nur Vermutungen anstellen. Ein Streit unter Liebhabern? Oder eher unter Komplizen? Das ist die große Preisfrage. Denk nach, Mann. Was könnten sie von dir wollen? Immerhin war es nachweislich Lorena, die die Zerstörung in deinem Restaurant angerichtet hat. Gut möglich, dass sie etwas gesucht und nicht gefunden hat und den Frust darüber an deiner Einrichtung ausgelassen hat. Und Terry? Er wohnt doch in deinem Zimmer im Bed & Breakfast, stimmt's?"

Gregory wurde schlecht, als er daran dachte, dass er mit einem mutmaßlichen Mörder unter einem Dach gewohnt hatte. Gott sei Dank war er zeitgleich praktisch bei Vi eingezogen.

„Jetzt, wo du es sagst, fällt mir auf, dass Dinge plötzlich nicht mehr an ihrem angestammten Platz waren."

Er dachte an die offene und auf einmal halbleere Dose Schmerzmittel. Die Kleider, die verstreut waren.

„Zu dem Zeitpunkt hatte ich allerdings nur gedacht, dass er sich einfach an meinen Sachen bedient, arrogant wie er ist. Ehrlich gesagt war es mir die Mühe nicht wert, ihn damit zu konfrontieren. Ich war mit anderen Dingen beschäftigt."

„Mach dir keine Vorwürfe. In der Retrospektive ist man immer schlauer. Du konntest ja nicht wissen, dass es wichtig war", beschwichtigte ihn Jake. „Die viel dringendere Frage ist: Was will er von dir?"

Gregory öffnete die Hände in einer hilflosen Geste.

„Ich habe keine Ahnung."

„Erzähl nochmals, wie es dazu gekommen ist, dass du deinen Job verloren hast", forderte Jake, jetzt ganz im Verhörmodus, ihn auf.

„Puh. Lorena war langweilig. Also hat sie mich gefragt, ob sie mich ab und zu zum Markt begleiten dürfte. Ich habe ja gesagt. Schließlich war sie die Freundin des Chefs. Als sie dann allerdings anfing, mir richtige Avancen zu machen, habe ich sie abblitzen lassen. Angepisst, dass sie ihren Willen nicht bekommen hat, ist sie zu Terry gerannt und hat behauptet, ich hätte sie sexuell belästigt. Ende der Geschichte."

„Hm. Über was habt ihr auf euren Fahrten denn gesprochen?"

„Über dies und das. Gott und die Welt. Nichts Spannendes. Einmal hat sie mich gefragt, wie ich zum Kochen gekommen sei. Da habe ich ihr von den Rezepten meiner Großmutter erzählt.“ Er grinste. „Ich habe die Geschichte etwas ausgeschmückt. Sie meinen Talisman genannt. Aber das war nur Show. Eine Anekdote halt, die sich in den Medien gut verkauft. Ich habe Erfolg, weil ich gut koche. Nicht wegen ein paar alten Papieren.“

„Wie hat sie darauf reagiert?“, fragte Jake lauernd. Er witterte eine Spur. Noch war er sich nicht sicher, wohin sie führen würde. Aber einen Versuch war es wert. Vermutlich klammerte er sich an Strohhalme. Aber er wollte nichts unversucht lassen.

„Sie wollte sie unbedingt sehen. Zu diesem Zeitpunkt kam mir ihr plötzliches Interesse an ein paar alten Rezepten seltsam vor. Lorena konnte nicht einmal Wasser zum Kochen bringen. Also habe ich mich geweigert und behauptet, sie seien geheim und ich würde sie wie meinen Augapfel hüten. Völliger Quatsch natürlich.“

„Und kurz darauf hat sie versucht, dich ins Bett zu kriegen“, vermutete der Sheriff.

„Stimmt. Jetzt, wo du es sagst …“

„Hatte Terry nicht etwas davon erzählt, dass sein Restaurant schlecht lief?“

Gregory nickte.

„Ob das stimmt, weiß ich allerdings nicht. Es hat mich nicht interessiert. Mein Fokus lag einzig und allein auf meinem neuen Restaurant.“

„Dann stelle ich jetzt einfach mal die These auf, dass Lorena ihm von den Rezepten erzählt und er die fixe Idee entwickelt hat, sein eigenes Lokal nur mit Hilfe deines Talismans retten zu können. Dich wieder einzustellen war für ihn sicher keine Option. Dann hätte er ja zugeben müssen, dass sein eigenes Versagen zum Niedergang seines Restaurants geführt hat.“

„Vorher friert die Hölle zu“, gab ihm Gregory recht. „Aber wieso bringt er plötzlich Lorena um?“

„Keine Ahnung. Vielleicht war sie ihm im Weg? Oder er war ihrer einfach überdrüssig? Nachdem beide um den gleichen Zeitpunkt herum in der Gegend aufgetaucht sind, liegt die Vermutung nahe, dass sie ihn sitzengelassen hat. Buchstäblich. Ohne Auto und ohne Geld. Das kann schon zu extremen Reaktionen führen.“

„Aber gleich Mord? Das wäre dann ja mehr eine Affekthandlung.“

„Glaub mir, wenn es Mord im Affekt war, bin ich ein glücklicher Mensch. Dann ist die Chance hoch, dass niemand anders gefährdet ist. Falls er aber daran Gefallen gefunden hat, ist das nächste Opfer nicht weit. Nachdem er immer noch in der Gegend ist, scheint er es nach wie vor auf etwas abgesehen zu haben. Lass uns für einen Moment bei der Theorie bleiben, dass es die Rezepte sind. Wo sind sie jetzt? An einem sicheren Ort?“

Gregory wurde bleich. Ihm gefror das Blut in den Adern, als ihm bewusst wurde, dass Vi in Gefahr war.

„Ich habe sie Vi gegeben. Und seit heute Mittag weiß das auch ganz Independence. Sie hat mit Miss Daisy ein Rezept ausgetauscht. Ich bin sicher, nachdem Miss Daisy sonst nie ein Rezept herausgibt, hat diese erstaunliche Information bereits die Runde gemacht.“

Jakes Gesichtsausdruck wurde todernst.

„Wo ist Vi jetzt?“

Gregory schaute auf die Uhr.

„In ihrem Studio. Allein.“

Jake sprang auf, griff nach seiner Dienstwaffe, die auf dem Schreibtisch lag, und sprintete zur Tür.

„Polly, schick beide Deputies zu Vis Studio. Alarmstufe 1. Sie ist in höchster Gefahr!“

„Geht klar“, antwortete seine zuverlässige Mitarbeiterin und griff nach dem Funkgerät.

Er drehte sich zu Gregory um, der hinter ihm herkam.

„Du bleibst hier“, befahl er

„Keine Chance“, presste Gregory zwischen zusammengebissenen Zähnen hervor und setzte ihm nach. Als Julia ihn vorbeirennen sah, bellte sie überrascht und heftete sich an seine Fersen.

25

Vis anfängliche Erleichterung, als sie Terry als ihren unangemeldeten Besucher erkannt hatte, verflog, als sie das manische Glitzern in seinen Augen sah. Auf einmal war ihr wieder schlecht. Ihr Herz raste. Was wollte er hier? Sie zwang sich, aus ihrer Schockstarre zu erwachen und bewegte sich zögerlich auf ihn zu.

„Suchst du Gregory?“, fragte sie versuchsweise.

Terry stieß ein hämisches Lachen aus.

„Gregory kann mir gestohlen bleiben. Jetzt habe ich, was ich wollte.“

Vis Unwohlsein stieg ins Unermessliche, als sie seine unheimlichen Worte hörte.

„Und das wäre?“, krächzte sie.

Sie hasste es, dass ihre Stimme nicht fester klang. Vor allem, nachdem ihn ihre Angst zu amüsieren schien. Terry antwortete nicht. Er musterte sie nur, als würde er über ein schwieriges Rätsel nachdenken. Oder als wäre er ein Raubtier, das auf etwas lauerte. Verspätet ging ihr auf, dass sie wohl sein auserwähltes Opfer sein musste. Außer ihr war ja niemand hier. Ihre Augen flitzten zur Tür und sie rannte los.

Terry ließ ein dreckiges Lachen hören, als er ihr nachsetzte. Ihre Hand griff bereits nach dem Türgriff, war nur noch Millimeter davon entfernt, als er ihre Haare zu fassen bekam und sie unerbittlich rückwärts zog. Sterne explodierten hinter ihren

Augen, als sie dabei mit dem Kopf an die Wand stieß. Vi schrie auf.

„Ruhe, du Schlampe!", herrschte er sie an. „Hier mach ich die Regeln." Seine linke Hand fuhr zu ihrem Hals und drückte zu. „Ist das klar?"

Sie röchelte, während sie verzweifelt versuchte, Luft in ihre Lungen zu ziehen.

Er schob sie grob rücklings auf ihren Behandlungstisch und beugte sich zu ihr hinunter, bis seine Nasenspitze fast die ihre berührte. Sein schlechter Atem stieg ihr in die Nase und brachte sie zum Würgen. Verzweifelt krallte sie mit ihren Fingernägeln an seiner Hand herum und versuchte den schraubstockartigen Griff um ihren Hals zu lösen. Vergeblich. Mit einiger Verspätung und voller Wucht setzte die Panik ein.

Es war schon ironisch. Auf all ihren Reisen durch gefährliche Länder war sie nie in eine so lebensbedrohliche Situation geraten. Jetzt, wo sie wieder zu Hause war, im angeblich sicheren Independence, fand sie sich in der Gewalt eines Psychokillers wieder. Blindlings schlug sie um sich, in der Hoffnung, seine Augen zu treffen oder einen gezielten Tritt zwischen seinen Beinen zu platzieren. Doch der Mangel an Sauerstoff und die Angst schwächten die Kraft ihrer Versuche.

Terry lachte laut auf. Das Hochgefühl, das er seit dem Mord an Lorena jeden Tag vermisst hatte, war mit voller Wucht zurück. Das war das richtige Leben. Diesmal würde er jeden Augenblick genießen. Ihn auskosten.

„Du glaubst wirklich, du könntest gegen mich gewinnen? Du bist nichts. Gar nichts!" Grob schob er ihr mit der freien Hand das T-Shirt hoch. Als er es nicht über ihre Brüste schieben konnte, griff er ungeduldig nach dem Messer in seiner Tasche, zog es hervor, klappte es auf und schnitt den Stoff entzwei.

Vi wimmerte, als das kalte Metall ihre Haut berührte.

Terry lächelte zufrieden, als er den erstickten Laut hörte und lockerte den Griff um ihren Hals ein wenig. Nicht viel, aber gerade so, dass sie wieder Hoffnung schöpfte und nicht in Ohnmacht fiel.

„So ist es recht. Bald wirst du mich um Gnade anflehen. Darum betteln, dass ich dich erlöse. Aber so schnell geht das nicht. Erst wirst du mir zu Gefallen sein. Erst werde ich dich ficken“, erzählte er ihr im Plauderton. „Dann darfst du mir meinen Schwanz blasen, bis er wieder steif ist. Anschließend verrätst du mir, wo du die Rezepte versteckt hast. Dann darfst du dir aussuchen, welches Stück Fleisch ich zuerst aus deinem Körper schneiden soll.“

Mit wachsendem Horror hörte Vi ihm zu. Der Typ war krank! Mit jedem Wort stieg mehr Ärger in ihr auf und verdrängte die Angst Stück für Stück. Sie hatte endlich Frieden geschlossen mit ihrer Schwangerschaft. Hatte einen Mann gefunden, den sie liebte. War näher zu ihren Schwestern gerückt. Hatte ein eigenes Studio eröffnet. Und dieser Irre wollte sie um all diese Erlebnisse bringen?

Ihre rebellischen Gedanken nahmen ein jähes Ende, als er die Hand an ihrem Hals wegnahm und ihr die Klinge seines Messers an die Kehle setzte, während er sich an seiner Hose zu schaffen machte. Es war ihm tatsächlich ernst, sie erst zu vergewaltigen und anschließend umzubringen. Hass stieg in ihr auf. Sie hatte zuvor noch nie Hass verspürt, aber jetzt brannte er wie ein Feuer in ihr. Dieser Irre hatte einen perfekten Tag zerstört. Blindlings tastete sie mit beiden Händen nach irgendetwas, was sie als Waffe verwenden konnte. Der Kerl dachte wohl, sie würde geduldig darauf warten, dass jemand sie rettete. Das würde sie auf keinen Fall tun. Niemand würde zu ihrer Rettung kommen. Sie musste sich schon selber retten. Sie würde die erste Chance packen, die sich ihr bot, schwor sie sich im Stillen.

Terry, der ihre Bewegungen als Lust interpretierte, ließ sein hässliches Lachen hören.

„Das gefällt dir wohl, du Schlampe. Eigentlich wollte ich ja, dass du mich um dein Leben bittest, aber das kommt sicher später noch. Vorher haben wir noch ein wenig Spaß miteinander."

Das Ploppen, als sich ein Knopf nach dem anderen öffnete, hallte durch den Raum. Panisch verstärkte Vi ihre Versuche, sich zu befreien. Prompt glitt die scharfe Klinge des Messers durch ihre hektischen Bewegungen in ihre zarte Haut.

Terrys Augen leuchteten auf, als er das tiefrote Blut aus ihrem Hals austreten sah. So wunderschön. Er beugte sich vor, um es gierig abzulecken.

In diesem Moment schlossen sich Vis Finger um die Tätowiermaschine, die sie vorher, es erschien ihr, als wären seither Stunden vergangen, bereitgelegt hatte. Das war genau die Gelegenheit, auf die sie gewartet hatte! Ohne nachzudenken packte sie sie, riss den Arm hoch und rammte sie ihrem Angreifer in den Hals. Terry schrie. Ihre Finger krampften sich um den Mechanismus. Unerbittlich stach die Nadel in seinen Hals, bis ein roter Sprühnebel ihr die Sicht nahm. Sie stieß einen markerschütternden Schrei aus. Terry sackte über ihr zusammen.

Dunkelheit trübte ihr Sichtfeld. Alles um sie herum wurde schwarz, und sie verlor das Bewusstsein. Das Messer, das dabei in ihren Hals glitt, spürte sie nicht mehr.

*

Diesen Schrei hörte Gregory, als er hinter dem Sheriff her rannte. Sie waren zu spät, dachte er verzweifelt und beschleunigte seine Schritte. Ein erneuter Adrenalinstoß verlieh ihm Flügel. Bald hatte er Jake überholt. Die Befehle, anzuhalten, ignorierte er. Nur Julia war noch schneller. Die Zähne gebleckt, die Ohren flach am Kopf, rannte sie mit grimmiger Entschlossenheit und ohne Rücksicht auf Passanten oder Hindernisse auf Vis Studio zu.

Der verdammte Hitzkopf, dachte Jake und legte selber einen Zahn zu. Auf das Schlimmste vorbereitet, trug er seine Waffe längst schussbereit in der Hand. In der Ferne hörte er die Sirene des Rettungsautos der Feuerwehr. Gut. Polly hatte keine Zeit verloren und sämtliche Truppen alarmiert. Nicht zum ersten Mal war er dankbar für die Tatsache, dass seine Sekretärin eine ehemalige Polizistin war. Wenn es darauf ankam, wusste sie genau, was zu tun war. Er hoffte nur, dass sie in diesem bestimmten Fall nicht zu spät kamen. Der Schrei, den sie gehört hatten, hatte wie der eines im Sterben liegenden Tieres geklungen.

*

Als Gregory endlich beim Studio ankam, stand Julia bereits auf den Hinterbeinen und versuchte verzweifelt, sich einen Weg durch das Holz zu kratzen.

„Ich weiß, wie du dich fühlst, Mädchen", stieß Gregory keuchend aus und langte nach dem Türgriff.

„Jetzt warte doch, verdammt noch mal! Oder willst du uns etwa alle umbringen?", herrschte der Sheriff ihn an und stieß ihn grob zur Seite.

Widerwillig gehorchte Gregory. Er fasste Julia, die immer noch tobte, am Halsband und platzierte sich rechts vom Eingang. Jake stellte sich auf die andere Seite hinter den Türpfosten, langte nach der Klinke und riss die Tür auf. Tödliche Stille schlug ihnen entgegen. Die Waffe im Anschlag, trat Jake einen Schritt vor, ließ seinen Blick durch den Raum schweifen und überprüfte ihn auf mögliche Angreifer.

Der Anblick, dem er sich gegenüber fand, war furchtbar. Terry lag zusammengesunken über Vi auf dem Tisch. Beide lagen absolut regungslos da. Überall war Blut. In Vis Gesicht. In Terrys Haaren. Auf der Liege und an den Wänden. Gregory, der lautlos hinter ihm eingetreten war, erfasste die Situation mit einem Blick. In zwei Sätzen war er bei den beiden Personen und zerrte Terry von Vi runter. Erst jetzt, als er sie wirklich sehen konnte, erstarrte er.

Sie war unglaublich bleich. Das verdammte Messer, das er heute Morgen an Terry zurückgegeben hatte, steckte zwischen ihrem Hals und dem Schlüsselbein bis zum Anschlag in ihrem Fleisch. Entsetzt wich er zurück. Genauso gut hätte er sie selber umbringen können. Er war schuld, dass sie so leblos da lag.

Jake warf nur einen Blick auf Gregory und sah, dass der andere kurz davor war, einer Panikattacke zu erliegen. Er fasste ihn unsanft an den Schultern und schüttelte ihn.

„Hast du ihren Puls gefühlt? Ist er kräftig?"

„Puls?", wiederholte Gregory, als würde er die Worte zwar hören, aber nicht verstehen.

„Ja. Ihren Puls. Siehst du das Blut, das stetig aus ihrer Wunde gepumpt wird? Dazu braucht es einen Herzschlag!"

Er nahm die Sache selbst in die Hand und legte zwei Finger an Vis Halsschlagader. Er war da. Schwach zwar, aber regelmäßig.

Endlich schien Gregory zu begreifen.

„Wo bleibt denn die Ambulanz? Soll ich das Messer rausziehen?"

Jake stoppte ihn mit einer Hand auf der Brust.

„Besser nicht. Momentan fließt nur wenig Blut aus der Wunde. Wenn wir das Ding rausziehen, können wir die Blutung vielleicht nicht mehr stoppen."

„Oh. Okay."

Gregory bewegte sich immer noch nicht. Er befand sich im Schockzustand. Jake fasste ihn an den Schultern und schob ihn sanft in Richtung Vi.

„Geh zu ihr hin und nimm ihre Hand. Erzähl ihr was Schönes. Die Feuerwehr sollte gleich mit ihrem Ambulanzfahrzeug hier sein."

Wie in Trance tat Gregory wie geheißen und ergriff ihre Hand. Mit der anderen strich er ihr leicht über die Wange, die sich bläulich verfärbte. Dieser kranke Bastard. Wenn es möglich wäre, jemanden zweimal umzubringen, hätte er das ohne zu zögern getan. Er hatte sie doch erst gerade gefunden, seine Seelengefährtin. Wenn es ihm nicht so todernst gewesen wäre, hätte er vermutlich über seine esoterischen Anwandlungen gelacht. Aber es war so. Seine Liebe zu Vi und ihrem ungeborenen Kind hatte ihn selber überrascht. Gerade erst hatte er sie zwar sehr attraktiv, aber als ein ausgesprochenes Ärgernis empfunden. Und jetzt konnte er sich ein Leben ohne sie nicht mehr vorstellen.

„Du darfst nicht aufgeben, hörst du?“, flüsterte er mit heiserer Stimme. „Du musst durchhalten. Der Wurm, du und ich haben doch noch so viel vor. Unser gemeinsames Leben fängt doch erst an.“

Er beobachtete sie eingehend in der Hoffnung, irgendeine, auch nur die kleinste Reaktion von ihr zu erhaschen, doch sie reagierte nicht. Einzig das fast unmerkliche Heben und Senken ihres Brustkorbs verriet ihm, dass sie noch am Leben war. Gerade noch so.

In diesem Moment traten Sunny Rivers, die eine Zusatzausbildung als Sanitäterin hatte und Ace, der Chef der örtlichen Feuerwehr, mit einer Bahre in den Raum. Sofort begann Sunny, alle Lebenszeichen von Vi zu checken.

Julia, die zu Gregorys Füßen Wache hielt, beobachtete die Neuankömmlinge misstrauisch. Als sie merkte, dass von ihnen keine Gefahr drohte, legte sie den Kopf zurück auf die Pfoten, behielt die Fremden aber in ihrem wachsamen Blick.

„Gut gemacht, dass ihr das Messer drin gelassen habt“, kommentierte sie und befestigte es mit Tape an Ort und Stelle. Gregory wurde grün im Gesicht.

„Du bist sicher, dass es ungefährlich ist, sie so zu transportieren?“

Sie warf ihm einen Blick voller Mitgefühl zu.

„Zumindest machen wir so nicht mehr kaputt, als es sowieso schon ist. Im Krankenhaus können sie sich professionell darum kümmern und etwaige verletzte Blutgefäße sofort wieder zusammenflicken."

„Das macht Sinn."

Er drückte nochmals sanft Vis Hand und ließ sie dann widerwillig los, um den Transport nicht zu behindern. Bedrückt folgte er den beiden aus dem Haus. Als er sah, wo sie Vi einladen wollten, protestierte er.

„Was zum Teufel ist das? Das ist ja nicht einmal ein richtiger Krankenwagen."

„Das ist ein perfekt umgebauter Truck. Independence hat keinen eigenen Krankenwagen. Und wenn wir erst einen von Breckenridge anfordern, schwinden Vis Chance mit jeder Minute, die wir hier herumstehen und warten. Also, was ist jetzt. Kommst du mit? Oder machst du dich lieber über unser Rettungsmobil lustig?"

„Geh schon", forderte ihn Paige auf, die von irgendwoher gekommen war. Sie hatte Julia an die Leine genommen. Ein schwarzer Schipperke versteckte sich hinter ihren Beinen. „Ich pass auf deinen Hund auf."

Erleichtert drehte er sich um und stieg in das abenteuerliche Gefährt, das sich als Rettungswagen verkleidet hatte. Hoffentlich hatte es wenigstens einen schnellen Motor.

*

Vi blinzelte, als sie zu sich kam. Wo zur Hölle war sie? Und weshalb tat ihr jeder einzelne Knochen im Leib weh? Als sich ihre Sicht endlich klärte, sah sie als erstes Gregorys Kopf. Er saß am Bett und hatte den Kopf auf ihre Beine gelegt. Tiefe Schatten lagen unter seinen geschlossenen Augen. Bartstoppeln zierten sein Gesicht, als hätte er sich einige Tage nicht rasiert.

Sie war offensichtlich im Krankenhaus. Aber warum? Auf einmal brach alles mit schrecklicher Klarheit über sie herein. Der Überfall. Terry. Das Messer. Ihre Tätowiermaschine. Ein fürchterlicher Gedanke kam ihr. Das Baby! Hektisch legte sie eine suchende Hand auf ihren Bauch. Als sie die kleine harte Kugel spürte, atmete sie erleichtert auf. Irgendwie war ein Wunder geschehen und sie hatten beide überlebt.

Von ihren plötzlichen Bewegungen aufgewacht, richtete sich Gregory auf. Auf seiner Wange war noch der Abdruck der Bettdecke zu sehen. Vi hatte nie etwas Schöneres gesehen.

„Hey", sagte sie versuchsweise und erschrak. Sie krächzte schlimmer als ihre Papageien.

„Schsch …", versuchte Gregory sie zu beruhigen. „Die Ärztin hat uns gewarnt, dass es eine Zeitlang dauern würde, bis deine Stimme sich normalisiert. Wie fühlst du dich?"

„Als hätte ein psychotischer Killer versucht, mich umzubringen", antwortete sie trocken. Leider sorgte ihre Papageienstimme dafür, dass der Humor, mit dem sie versucht hatte, die Stimmung ein wenig zu lockern, komplett unterging.

Gregory auf jeden Fall warf ihr einen dunklen Blick zu.

„Das ist nicht witzig, hörst du? Mach so etwas nie wieder!"

„Ich habe mich auch beim ersten Mal nicht gerade vorgedrängt", murmelte sie und wurde von Sekunde zu Sekunde schlechter gelaunt.

„Sorry." Gregory legte den Kopf wieder zurück auf die Bettdecke. „Ignorier mich einfach. Ich bin fast gestorben vor lauter Sorge. Sie haben dich im letzten Moment zusammengeflickt."

„Zusammengeflickt?"

Ihre Hand fuhr zu der Stelle, wo der Schmerz unablässig pochte. Dort, wo ihr Hals in ihre Schulter überging.

„Er hat dich erwischt."

Vi zog scharf die Luft ein, und Gregory rutschte seinen Stuhl näher zu ihr heran.

„Das Messer ist bis zum Heft eingedrungen. Du hattest sehr viel Blut verloren. Zum Glück wurden weder lebenswichtige Arterien noch Sehnen verletzt."

„Das klingt, als hätte ich noch mal Glück gehabt."

„Das stimmt. Allerdings wolltest du dann für drei Tage nicht aufwachen. Die Ärzte hatten keine Erklärung dafür.“

Vi lächelte schief.

„Wahrscheinlich war ich einfach froh, mal drei Tage durchschlafen zu können.“

„Wir haben uns alle große Sorgen gemacht!“

Augenblicklich wurde sie wieder ernst.

„Das glaube ich gern.“ Sie schauderte. „Habt ihr Terry geschnappt? Ist er hinter Gittern?“

Sie hielt den Atem an, während sie auf seine Antwort wartete. Wenn der Psycho noch frei herumlief, wusste sie nicht, ob sie hierbleiben konnte.

Entgeistert starrte Gregory sie an und langte nach ihrer Hand.

„Du kannst dich nicht erinnern?“

Kaltes Grauen kroch Vis Rücken hoch. Sie schüttelte den Kopf.

„Was?!“

„Du hast ihn überwältigt, meine mutige Kriegerin. Er ist tot.“

Die Erleichterung war so groß, dass sie in Tränen ausbrach. Alarmiert sprang Gregory hoch und nahm sie in den Arm.

„Nicht weinen, mein Schatz. Er hat es verdient. Und die Wunde an deinem Hals ist auch am Heilen. Bald bist du so gut wie neu.“

Vi hörte seine Worte, konnte aber nicht verhindern, dass ihr weiterhin die Tränen über das Gesicht liefen. Es tat ihr nicht leid, dass der Mistkerl tot war. Das einzig andere mögliche Resultat wäre gewesen, dass an seiner Stelle sie tot wäre. Da war sie schon froh, dass es umgekehrt war. Vielleicht machte sie das zu einem gefühllosen Menschen, aber sie würde sich nicht dafür entschuldigen.

Nein. Sie weinte, weil es wirklich vorbei war. All die Angst, die sie während des Überfalls und anscheinend auch jetzt noch so krampfhaft im Zaum gehalten hatte, brauchte offensichtlich ein Ventil. Herrje, sie musste schrecklich aussehen, dachte sie, während sie mit dem Handrücken über ihre triefende Nase wischte. Sie war keine dieser Frauen, die hübsch aussahen, wenn sie weinten. Im Gegenteil. Zu den seltenen Gelegenheiten, bei denen sie Tränen vergoss, ging sie aufs Ganze. Ihr Gesicht wurde fleckig rot und ihre Nase machte Rudolph, dem Rentier, Konkurrenz.

Gregory schien sich nicht daran zu stören. Er nahm sie einfach in den Arm und ließ sie weinen, bis sie keine Tränen mehr hatte. Eine vorzügliche Eigenschaft bei einem zukünftigen Ehemann. Er wusste es vielleicht noch nicht, aber das würde er vor Ende des Jahres sein. Sie hatte nicht vor, ihn je wieder gehen zu lassen. Bei diesem Gedanken versiegte der unablässige Tränenstrom endlich und ein kleines Lächeln stahl sich auf ihr Gesicht.

„Besser?", fragte Gregory besorgt.

Sie nickte. Er entdeckte das schiefe Lächeln auf ihren Lippen.

„Das ging aber schnell! Ich schwöre, du bist die belastbarste Frau, die ich kenne. Kaum bist du dem Tod von der Schippe gesprungen, lächelst du schon wieder. Was heckst du nun schon wieder aus?"

Sie schmunzelte.

„Das bleibt noch ein Weilchen mein Geheimnis."

Amüsiert, aber viel zu erleichtert, dass sie die Tortur einigermaßen unbeschadet überstanden zu haben schien, ließ er es auf sich beruhen. Er schloss die Augen und legte seinen Kopf auf ihren Scheitel. Allein die Tatsache, dass sie aufgewacht war und er sie im Arm halten konnte, ließ ihn einfach nur dankbar sein.

Epilog

Vi saß in Gregorys Restaurant an einem großen Tisch, umringt von ihren Freundinnen. Seit der Attacke durch Terry waren drei Wochen vergangen. Eine davon hatte sie im Krankenhaus verbracht. Gregory war nicht von ihrer Seite gewichen. Am Ende war er ihr so auf den Keks gegangen, dass sie versucht hatte, ihm Schuldgefühle dafür einzuimpfen, dass er sein Restaurant vernachlässigte. Das alleine hatte allerdings nicht gereicht. Sie hatte noch Julia und die Papageien ins Spiel bringen müssen. Erst dann hatte er sich grummelnd bereit erklärt, nach Hause zu fahren und sich um alles zu kümmern.

Endlich wieder zu Hause war es nicht viel besser geworden. Wie ein Schatten klebte er an ihrer Seite. Während sie seine Besorgnis gut verstehen konnte und seine Rolle als Beschützer als sehr romantisch empfand, war es in Wirklichkeit völlig unpraktisch. Und auch unnötig. Die Gefahr war vorüber. Es war an der Zeit, ihr normales Leben wieder aufzunehmen. Das Einzige, was sie mit keinem Wort kommentierte, war, dass er stillschweigend bei ihr eingezogen war. Sein Zimmer im Bed & Breakfast hatte er aufgegeben. Sie war froh darüber. In der Nacht plagten sie oft Albträume. Zu wissen, dass er da war, wenn sie aufwachte, ließ sie entspannter damit umgehen.

Sein überbordender Beschützerinstinkt war auch der Grund gewesen, weshalb sie ihren Frauenabend, der nun, mit ein paar Wochen Verspätung, endlich stattfand, nicht im Diner, sondern in seinem Restaurant abhielt. Ihr sollte es recht sein. Gutes

Essen gab es auch hier und wenn es ihn beruhigte, umso besser. Heute Nacht wollte sie ihn davon überzeugen, dass sie wieder ganz hergestellt war. Sie hatte die Schnauze voll von unschuldigen Gute-Nacht-Küssen und einem freundlichen Streicheln des Kopfes.

Sie und ihre Freundinnen teilten sich den größten Tisch im Raum. Es waren aber auch noch andere Gäste hier. Seit Gregory das Lokal letzte Woche unter dem überraschenden Namen *Bounty* eröffnet hatte, war das Interesse der Bevölkerung groß gewesen. Am ersten Abend war er, nachdem alle gegessen hatten, aus der Küche gekommen und hatte sich zu den Gästen gesetzt, um ein wenig zu plaudern. Natürlich waren alle neugierig gewesen, zu erfahren, weshalb er sich so einen exotischen Namen ausgesucht hatte.

Vi, die zu Hause geblieben war, hatte innerhalb einer Viertelstunde via Facebook gehört, was dahintersteckte. Leslie hatte ihn direkt in der Timeline zitiert, während Shauna ein Videointerview geführt hatte.

„Ich bin hierhergekommen mit dem Gefühl, dass das meine letzte Chance sein würde. Dankbar dafür, aber auch extrem frustriert, weil ich in meiner Arroganz dachte, dass ich in einem kleinen Ort wie Independence…"

Hier hatte Shauna trocken eingeworfen: „Du kannst schon Kaff sagen, wenn du Kaff meinst."

„… dass ich in Independence", war er unbeirrt fortgefahren, „unmöglich Gäste finden würde, die die Feinheiten einer guten Küche schätzen würden."

„Hat er uns etwa gerade Hinterwäldler genannt?", war Miss Minnies misstrauische Stimme aus dem Off zu hören.

„Entgegen meiner Erwartungen habe ich nicht nur Feinschmecker gefunden, sondern eine großartige Gemeinschaft, ein schönes Zuhause für meinen Hund, und vor allem, die Liebe meines Lebens."

Lautes Klatschen ertönte.

„Ich fühle mich wirklich reich belohnt vom Leben. Deshalb der Name Bounty."

Natürlich hatten Jack und Esmeralda einiges zu sagen gehabt, als plötzlich Gregorys Stimme aus dem Lautsprecher ertönte. Abwechslungsweise gaben sie Wörter aus ihrer Sammlung zum Besten und versuchten, einander zu übertrumpfen. Vi hingegen hatte sich dichter an Julia gekuschelt und ein paar Freudentränen vergossen.

Sie gab den Schwangerschaftshormonen die Schuld, beschloss sie, als sie an den besagten Abend zurückdachte. Die schienen im gleichen Maße überhandzunehmen, wie ihr Bauchumfang zunahm.

Paiges Stimme unterbrach ihren Ausflug in die jüngste Vergangenheit.

„Wurde eigentlich gegen dich Anklage erhoben?"

„Natürlich nicht", mischte sich Avery, die ehemalige Agentin des Drogendezernats, ein und ersparte es Vi somit, diese Frage schon wieder zu beantworten. „Das war ja ganz klar Notwehr. Wie immer, wenn man selber dabei fast ums Leben kommt."

„Herrje, ich habe ja nur gefragt!"

„Erst denken, dann fragen", gab Avery zurück. „Das war doch genau das Verhalten, das dich anfangs in Independence in Teufels Küche gebracht hat. Ich dachte, du hättest den Enthüllungs-Journalismus aufgegeben?"

„Habe ich auch. Trotzdem interessiere ich mich für meine Mitmenschen."

Ihre Schipperkehündin Maybellene versteckte sich unter ihrem Stuhl und winselte leise.

„Ist schon gut", beruhigte Vi Paige. „Danke, Avery. Aber die Frage stört mich nicht wirklich."

Ihre Freundin grummelte etwas, was in etwa klang wie „Verdammte Reporter!"

Prompt warf ihr Paige einen bösen Blick zu.

„Ich bin natürlich froh, dass die Anklage fallen gelassen wurde“, mischte sich Marley ein, die tatsächlich zusammen mit ihrer Angestellten Maya aufgetaucht war. „Aber man fragt sich schon, weshalb es bei anderen Dingen so lange dauert, bis sich die Bürokratie bewegt.“

Ihre Augen glitten verstohlen nach links. Vi und die anderen folgten ihrer Blickrichtung. An der Wand standen Astrid und Ian in ein Gespräch vertieft.

Jaz setzte sich interessiert auf.

„Hast du etwa mit Ian geredet?“

Marley kniff die Augen zusammen und schenkte Jaz einen misstrauischen Blick.

„Wir sind zufällig ins Gespräch gekommen. Er hat mir von seinem Business erzählt, ich von meinem und das war's.“

Vi grinste.

„Ich dachte, du würdest nur arbeiten und kämst nicht raus?“

„Das stimmt auch. Aber er ist aus der Polizeistation gestürmt und hat mich über den Haufen gerannt, als ich im Sweets für alle Kaffee holen wollte. Er musste in dieselbe Richtung, so kamen wir ins Gespräch.“

„Wenn mich jemand übern Haufen rennen würde, der aussieht wie Ian Greene, müsste ich anschließend auch dringend in dieselbe Richtung“, witzelte Anna.

„Was hat er denn für ein Problem mit der Polizei?“, erkundigte sich Anabelle besorgt.

„Er hat gar kein Problem mit der Polizei“, mischte sich Jaz ein. „Es ist nichts weiter als ein Missverständnis, das sich sicher bald klärt.“

„Das wird ihn sicher freuen, das zu hören“, antwortete Marley und studierte Jaz nachdenklich. Diese zwinkerte ihr zu.

„Ich spreche morgen mit Jake. Er hatte jetzt lange genug Zeit, sich um die Nachbearbeitung von Terrys Fall zu kümmern.“

„Vielleicht solltest du ihm die gute Neuigkeit persönlich überbringen?“, schlug Vi Marley vor.

„Äh, nein, ich glaube nicht. Ich arbeite immer noch zu viel und überhaupt.“

„Ausreden, Ausreden“, schalt ihre Mitarbeiterin sie.

„Stimmt das, Maya?“, fragte Vi gespannt, während sie Julia streichelte, die zu ihr herübergewandert war.

Diese zuckte mit den Schultern.

„Natürlich arbeiten wir viel, aber …“

„Ein weiteres Wort und du bist gefeuert“, warnte Marley.

„Ha … Als würdest du das Testing selbst übernehmen wollen! Das glaub ich kaum“, antwortete Maya selbstsicher und zwinkerte ihr zu.

Vi überließ die beiden ihrem freundschaftlichen Gezanke und beobachtete ihre Schwester Astrid und Ian. Über was die beiden wohl sprachen?

*

„Hast du deine Prototypen schon fertig? Und wann bekomme ich den Tee? Ich kann es nicht erwarten, die Produkte auszuprobieren!“

„Das merke ich und das freut mich natürlich“, stellte Ian fest. „Ich hätte nie gedacht, dass du als Pharmazeutin solches Interesse an diesen natürlichen Produkten hast.“

„Auf jeden Fall. Zelda, die Inhaberin, kennst du doch auch?“

Er schüttelte den Kopf.

„Ich bin immer zu dir gekommen. Du weißt doch, dass ich lieber für mich bleibe.“

„Damit ist es sowieso bald vorbei. Jetzt, wo du unter die Unternehmer gegangen bist.“

Er schnitt eine Grimasse.

„Leider ja. Das ist mir tatsächlich nicht ganz geheuer.“

Vor allem, nachdem er gute Gründe gehabt hatte, all die Jahre unter dem Radar zu fliegen. Er konnte nur hoffen, dass seine Feinde ihn tatsächlich vergessen hatten. Sonst drohte ihm ein böses Erwachen. Aber diese Geschäftsidee war einfach zu gut, um sie ungenutzt verstreichen zu lassen.

„Aber egal, du wolltest mir etwas über Zelda erzählen?“

„Ja. Sie hat die ganzen Kräuterrezepte von Cruz’ Tante geerbt. Inzwischen stellt sie eine ganze Reihe hoch wirksamer Tinkturen und Tees selber her. Sie wäre bestimmt auch interessiert an deinen Produkten. Zudem wäre ihr Kater ein idealer Testkandidat.“

Ian lachte überrascht.

„Testkandidat? Ist ihr Kater nervös?“

„Er ist ein Psycho“, brummte Astrid, eigentlich eine Katzenliebhaberin. Aber Murphy war wirklich speziell.

„Sobald ich fertig bin mit der ersten Testproduktion, komme ich und bringe euch Probechargen vorbei.“

„Großartig. Ich drück dir die Daumen.“

„Danke“, brummte er. „Ich kann es brauchen.“

*

Vi beobachtete ihre Schwester Astrid und Ian Greene eine Weile. Sie hatte gar nicht gewusst, dass sich die beiden kannten. Sie selber hatte keine Ahnung, wer Ian war. Außer, dass er offensichtlich Marleys Aufmerksamkeit geweckt hatte. Was kein kleines Unterfangen war. Die Frau lebte und atmete für ihren Job. Sie zuckte mit den Schultern. Astrid würde ihr später bestimmt erzählen, wer dieser Typ war. Ein Klingeln wie Besteck an einem Glas ertönte, und sie drehte sich um. Gregory würde ihr doch nicht etwa zuvorkommen?

Erleichtert sah sie, dass es nur Miss Minnie war, die sich von ihrem Sessel hochgehievt hatte. Sie grinste. Wenn sie richtig lag, würden die anderen gleich eine Überraschung erleben. Sie hatte eine ziemlich genaue Vorstellung, was jetzt kommen würde.

„Alle mal herhören! Ich weiß, dass wir alle hier sind, um Vis Genesung zu feiern und dass der Bastard tot ist.“

Vi zuckte ein wenig zusammen. Sie war auch froh, dass er tot war. Aber gleich darauf anzustoßen? Avery, die zu erahnen schien, was ihr durch den Kopf ging, stupste sie mit dem Ellbogen an.

„Es ist okay. Du wärst ansonsten nicht hier. Wenn das mal kein Grund zum Feiern ist?"

So gesehen hatte sie irgendwie recht. Vi grinste und hob das Glas.

„Aber", fuhr Miss Minnie mit ihrer gehaltvollen Stimme fort, „was die meisten nicht wissen, ist, dass Vi bereits wieder arbeitet."

Ohne Umschweife begann sie ihre Bluse aufzuknöpfen. Mr. Wilkinson, ihr On-and-off-Lover, stürmte zum Tisch.

Vi verschluckte sich fast vor Lachen. Seit er sie wegen einer Sitzung vor zwei Wochen versetzt hatte, waren sie gerade in einer Off-Phase. Vermutlich würde seine Einmischung nicht sonderlich gut ankommen.

„Honey, glaubst du nicht …?"

„Ich glaube nicht, dass Sie das was angeht, Herr Bürgermeister." Sie beugte sich vor und zischte zusätzlich: „Und nenn mich nicht Honey."

„Aber …"

Ohne ihn noch eines Blickes zu würdigen, entledigte sie sich mit einer schwungvollen Geste des lästigen Kleidungsstücks. Darunter trug sie ein spitzenbesetztes Unterhemd, das am Rücken tief ausgeschnitten war. Mr. Wilkinson und allen anderen blieb der Mund offen stehen.

Feierlich drehte sie sich im Kreis, sodass jeder einen Blick auf ihren Rücken werfen konnte.

Eingerahmt von Rosen erhoben sich die Gipfel der Rocky Mountains majestätisch zwischen ihren Schulterblättern. Die Sonne schickte ihre letzten Strahlen über die Hänge und tauchte die angedeuteten Wälder in ein goldenes Licht. Überall waren angedeutete Schatten der dort lebenden Wildtiere.

Es war ein hartes Stück Arbeit gewesen. Für Vi, aber auch für Miss Minnie, die tapfer durchgehalten hatte. Sie hatten es in zwei Sessions geschafft, mit nur einer Woche Pause. Nichts, was Vi im Normalfall empfahl, doch Miss Minnie hatte darauf beharrt.

Ahs und Ohs erfüllten den Raum. Mr. Wilkinson war sprachlos. Ihre Schwester, Miss Daisy, eilte auf sie zu.

„Wow. Das ist fantastisch! Ich brauche auch dringend einen Termin“, schwärmte sie.

Miss Minnie strahlte und genoss ihren Moment im Scheinwerferlicht sichtlich. Leslie und Shauna, die mit Paula gekommen waren, schossen natürlich gleich ein Foto und stellten es zusammen mit Vis Telefonnummer online.

Marley hob die Hand und winkte Vi zu.

„In zwei Wochen ist unser Abgabetermin. Bringst du mich dann noch in deinem Terminkalender unter?“

„Auf jeden Fall.“

Anabelle schob ihr ein in Leder gebundenes Buch hin.

„Am besten, du fängst gleich an, Termine entgegenzunehmen.“

Gerührt schlug Vi den Kalender auf und blätterte darin. Einige Termine waren bereits vermerkt. Ihr Geburtstag. Der ihrer Schwestern. Der ungefähre Geburtstermin vom Wurm. Gregorys Restauranteröffnung.

„Hast du das gemacht?“, fragte sie überwältigt.

Anabelle zog eine Grimasse.

„Du kennst doch meine Handschrift. Absolut unleserlich. Ich habe nur die Daten geliefert. Gezeichnet haben Leslie und Shauna, geschrieben hat Astrid.“

„Wow. Auf jeden Fall vielen Dank!“

Als die Aufregung rund um Miss Minnie etwas am Abklingen war, stand sie selber auf. Ihr Herz klopfte aufgeregt.

„Ich habe auch noch ein Geschenk. Und zwar für den wichtigsten Mann in meinem Leben.“

„Sie meint mich", rief ihr Vater fröhlich.

Alle lachten und Vi zwinkerte ihm zu.

„Ausnahmsweise nicht. Gregory?"

Sich mit einem Handtuch die Hände abtrocknend, eilte Gregory aus der Küche.

„Wo brennt's?"

„Hoffentlich nirgendwo. Sonst müsste ich diesen sündhaft guten Kuchen stehen lassen", brummte Sunny.

Vi bückte sich, zog das nun fertige Kochbuch aus der Tasche und reichte es Gregory.

„Hier. Deine Rezepte. Ich fand es nur passend, dass sie Eingang in ein Buch finden, nachdem sie schon so viel Aufregung verursacht haben. Momentan sind sie illustriert. Wenn du sie später mit Fotos ersetzen willst, kannst du das jederzeit machen."

Sie merkte, dass sie unsinniges Zeug plapperte und zwang sich, still zu sein.

Ehrfürchtig nahm Gregory das Buch entgegen.

„Für mich?" Er blätterte vorsichtig die Seiten um. Die detailgetreuen, kunstvollen Zeichnungen raubten ihm den Atem. Wann hatte sie denn die alle gemacht? „Aber … Diese verdammten Rezepte waren doch überhaupt erst der Grund, dass Terry auf dich losgegangen ist. Ich dachte, du wolltest sie nie mehr sehen! Es tut mir so leid, dass ich dir je von ihnen erzählt habe, geschweige denn, dass ich sie dir gegeben habe."

„Geht's noch!", rief sie aus. „Wegen diesen Rezepten habe ich mich in dich verliebt", protestierte sie.

„Und ich dachte, das wäre wegen meines guten Aussehens", witzelte Gregory.

„Das kommt nicht gegen dein Zitronen-Hühnchen-Rezept an."

„Trotzdem." Er legte das Buch zur Seite. „Du bist einfach wunderbar, weißt du das? Meine Großmutter hätte sich auf jeden Fall riesig gefreut."

„Dann hoffe ich, sie gibt uns ihren Segen, wenn wir heiraten."

Den Blick immer noch auf dem Buch, murmelte er: „Sie gibt uns sicher ihren Segen. Wenn wir ..." Sein Kopf schnellte hoch. „Warte mal. Wenn wir was?"

„Heiraten", wiederholte sie.

„Hast du mir eben einen Antrag gemacht?"

„Na ja. Ich habe es dir mehr oder weniger mitgeteilt", antwortete sie mit einem nervösen Lächeln. Würde seine Antwort so ausfallen, wie sie es hoffte?

Das Lächeln auf seinem Gesicht breitete sich aus, bis er von einem Ohr zum anderen grinste.

„Natürlich werde ich dich heiraten."

„Gott sei Dank", stieß sie erleichtert aus und stürzte sich in seine Arme.

Lautes Gejohle und Gelächter erklang hinter ihnen. Doch Vi und Gregory hatten nur Augen für einander.

„Das Leben ist schön", flüsterte Vi.

„Und voller Überraschungen."

Julia wollte sich die Gelegenheit einer Familienumarmung nicht entgehen lassen und steckte ihre Schnauze zwischen die beiden.

„Ich bin ja mal gespannt, was Jack und Esmeralda zu sagen haben, wenn wir es ihnen später erzählen", murmelte Gregory an ihrem Mund.

Vi kicherte.

„Jack will auf diese Neuigkeit hin bestimmt ein Bier. Aber bei Esmeralda besteht noch Hoffnung, dass sie vielleicht was Nettes sagt."

„Ja. Zum Beispiel ‚*Bist du sicher, Schätzchen?*'"

Sie schaute ihm tief in die Augen.

„Dann gibst du dir besser Mühe, dass ich es mir bis dahin nicht anders überlege", scherzte sie und zwinkerte ihm vielsagend zu. „Ich erwarte mehr als nur einen Gutenachtkuss heute Abend."

Gregorys Augen wurden dunkel vor Verlangen, während er erstickt lachte.

„Yes Ma'am."

*

Liebe Leserin, lieber Leser

Falls Dir das Buch gefallen hat, würde ich mich sehr freuen, wenn Du Dir die Zeit nimmst, eine kurze Rezension auf Amazon zu schreiben, und all Deinen Freunden davon erzählst. So hilfst Du mir und diesem Buch, ein wenig sichtbarer zu werden.

Falls Du gerne über sämtliche Neueröffnungen informiert werden willst, kannst Du Dich hier in meinen Newsletter eintragen: http://virginiafox.com/virginias-welt/

Selbstverständlich kannst Du Dich jederzeit wieder abmelden. Deine Daten werden nicht an Dritte weitergegeben.

Vielen, vielen Dank für Deine Unterstützung!
Liebe Grüße
Virginia

Anmerkungen der Autorin

Liebe Leserinnen und Leser. Dank eurer Begeisterung für die Rocky Mountain-Serie fiel mir das Weiterschreiben der Serie sehr leicht. Wahnsinn. Jetzt sind es bereits fünfzehn Bände, der sechzehnte ist in Vorbereitung. Die Einwohner von Independence sind mir in dieser Zeit sehr ans Herz gewachsen und haben noch viel vor. Die Serie wird also eine ganze Weile weitergehen.

Ein paar Hintergründe zur Serie für diejenigen unter euch, die neu dabei sind: Mit der Rocky Mountain-Serie kehre ich in eine Gegend zurück, in der ich während meiner Teenagerjahre eine erlebnisreiche Zeit verbracht habe. Der amerikanische Bundesstaat Colorado besticht durch seine abwechslungsreichen und atemberaubenden Landschaften. Von steppenähnlichen Gegenden bis hin zu den beeindruckenden Gipfeln der Rockies, die selbst auf knapp dreitausend Metern ü. M. bewaldet sind, ist alles dabei. Kein Wunder, dass Colorado für sein riesiges Angebot an Outdoor-Aktivitäten bekannt ist.

Independence ist eine fiktive Kleinstadt in der Nähe der bekannten Skiorte Breckenridge, Aspen und Vail und liegt ungefähr 2.900 Meter ü. M. Es hat großen Spaß gemacht, die Kleinstadt zu bevölkern. Ich bin sicher, die Einwohner werden uns noch lange gut unterhalten.

In diesem Buch treffen verschiedene Themen aufeinander, die mir auch persönlich wichtig sind. Vorurteile gegenüber Unbekanntem, Erfolg, Neid, zu scheitern und wie man damit umgeht und nicht zuletzt auch die Balance zwischen (frei gewähltem) Außenseitertum und der Sehnsucht nach Zugehörigkeit.

Wie vielleicht einige von euch wissen, bin ich selber ein Tattoo-Aficionado. Mich faszinieren die kunstvollen Verzierungen der Haut, die schon so alt sind wie die Menschheit selbst. Das Können vieler Tattoo-Künstler ist atemberaubend. Leider ist es auch heute noch so, dass Tätowierungen in unserem Kulturkreis unter einem gewissen Stigma leiden. Andererseits ist es an vielen Orten richtig in Mode gekommen.

Die Rebellin Vi, zurück von ihren jahrelangen Weltreisen, versucht gerade, ihre Sehnsucht nach Familienbande mit ihrem Streben nach Unabhängigkeit in Einklang zu bringen. Überrascht stellt sie fest, dass die kleine Stadt Independence genug Überraschungen bereithält, damit es ihr nicht langweilig wird. Gleichzeitig merkt sie, dass sie sich nicht selber aufgeben muss, wenn sie eine engere Bindung zu ihrer Familie und ihren Freunden eingeht. Vor allem in Anbetracht der riesigen Herausforderung, alleine ein Kind großzuziehen, ist es schön zu wissen, auf Unterstützung zählen zu können.

Gregory tut sich anfangs recht schwer, Vi offen zu begegnen. Obwohl er zeitweise eine erfolgreiche Karriere hatte, musste er schon mehrmals wieder ganz bei null anfangen. So auch jetzt. Diesmal in Independence. Während er den Mut und die Energie hat, genau das zu tun, fällt es ihm schwer, gleichzeitig aufgeschlossen zu bleiben. Alles, was eine vermeintliche Bedrohung für das Gelingen seines Unternehmens darstellt, wird erstmal abgelehnt. Zum Glück hält seine Verbohrtheit dank Vis Intervention nicht lange an. Und wenn er sich mal entschieden hat, gibt es keine halben Sachen mehr.

Ich hoffe, ihr habt das Aufeinandertreffen dieser beiden charakterlich sehr verschiedenen Protagonisten ebenso genossen wie ich.

Mein Dank geht an meine Familie und an meine Freunde, die mich selbst dann unterstützen, wenn ich wieder einmal gedanklich für Stunden in den Rockies verloren gehe. Meine Mutter war wie immer meine erste Betaleserin und strengste Kritikerin. Meine unglaublich tolle PR-Frau Tanja Rörsch kümmerte sich um alles, was mein Schriftstellerleben leichter macht, während Juliane Schneeweiss für das wunderschöne Coverdesign verantwortlich war. Mit der Hilfe meiner Lektorinnen Monika Popp und Lena Eichinger sowie meiner treuen Vorableserinnen konnte ich den Fehlerteufel in seine Schranken verweisen. Nicht zu vergessen mein wunderbarer Mann, der vollstes Verständnis für meine Deadlines hat und mich selbst in unseren Ferien unterstützt, wenn ich meine Zeit vor dem Computer anstatt am Strand verbringe. Vielen Dank euch allen.

Aber mein allergrößter Dank geht an euch, meine Leserinnen und Leser. Ihr seid meine tägliche Motivation zum Schreiben. Über eine Rezension auf Amazon würde ich mich sehr freuen. Mit einer Rezension unterstützt ihr aktiv mein Schreiben und meine Bücher, da es für mich als Indieautorin eine der wenigen Möglichkeiten ist, auf die Bücher aufmerksam zu machen. Mitglieder meines Rezensenten-Teams erhalten zudem kostenlose Rezensionsexemplare. Alle Infos zur Bewerbung findet ihr auf meiner Webseite.

Den persönlichen Kontakt zu meinen Lesern schätze ich sehr. Besucht mich auf Facebook oder schreibt mir direkt eine E-Mail – ich freue mich!

http://virginiafox.com – hier könnt ihr euch auch in meinen >> Newsletter eintragen. So werdet ihr immer sofort über alle Neuerscheinungen informiert.

Oder ihr geht auf meine Autorenseite auf Amazon und drückt dort auf den Folge-Button unter meinem Portrait.

Auf Facebook findet ihr mich hier: http://www.facebook.com/authorvirginiafox

Weiter geht es im September 2018 mit Band 16, *Rocky Mountain Games,* der Geschichte von Marley Spencer und Ian Greene (vorbestellbar auf Amazon).

Ich wünsche euch viel Spaß beim Lesen des Previews von *Rocky Mountain Games,* Band 16 der Rocky Mountain-Serie, und weiteren Büchern aus meiner Feder.

Im Anhang findet ihr wieder einige Rezepte aus Independence.

*

Ihr kennt meine Drachenschwestern-Serie noch nicht? Band 1-4 ist auf Amazon erhältlich. Am Ende dieses Buches findet ihr das erste Kapitel von Band 1, *Die Drachenschwestern*, sowie das erste Kapitel des 4. Drachenromans, *Das Drachenmädchen – Das Zeichen des Drachen.*

Miss Daisys Rezepte

Die Rezepte sind jeweils für vier Personen berechnet, außer es ist anders vermerkt. Neben Miss Daisy hat diesmal auch Gregory Rezepte beigesteuert.

Gregorys fluffig-leichtes Rührei bzw. Omelett

Genau das Richtige, um in einen anstrengenden Tag zu starten! Das Rezept ist für eine Person.

2 – 3 Bio-Eier

2 EL Bio-Sahne

Schinkenstreifen (möglichst Bio)

Speckwürfel (möglichst Bio)

1 kleine Zwiebel, gehackt

Peperoncini, 1 kleines Stück, in Streifen geschnitten (Achtung: scharf!)

Schnittlauch, gehackt

Petersilie, gehackt

Manchego- oder Gruyère-Käse, gerieben

Olivenöl

Frühlingszwiebeln

Cayennepfeffer

Salz

Fleisch, Gemüse und Kräuter vorbereiten. Olivenöl in einer Bratpfanne bei tiefer Temperatur erhitzen. Kleingeschnittenes Gemüse, Fleisch und Kräuter hinzugeben. Dünsten.

Tipp: Wenn du Speck verwendest, beginne mit dem Speck und füge die anderen Dinge erst zu, wenn der Speck das Fett ausgelassen hat. So brauchst du kein zusätzliches Öl.

Eier in eine Schüssel mit hohem Rand schlagen. Sahne hinzufügen. Etwas Salz und Cayennepfeffer dazugeben. Mit dem Mixer kurz schlagen, sodass sich an der Oberfläche ganz viele Luftbläschen bilden.

Tipp: Durch das Rühren wird das Omelett bzw. das Rührei sehr luftig. Nicht zu lange schlagen.

Die Eimasse zu den übrigen Zutaten in die Pfanne geben. Hitze ist immer noch niedrig. Nicht ungeduldig werden und heißer einstellen (ich spreche aus Erfahrung). Stocken lassen. Käse auf die Oberfläche streuen.

Für ein Rührei bald anfangen, die Masse zu vermischen.

Für ein Omelett empfiehlt es sich, für ein bis zwei Minuten einen Deckel auf die Pfanne zu legen, damit die Hitze auch auf die Oberseite einwirken kann. Wenn der Käse geschmolzen ist und die Eierspeise eine goldgelbe Farbe angenommen hat, zusammenklappen und mit geschnittenen Frühlingszwiebeln bestreut servieren.

Tipp: Wenn man nur das Eiweiß verwendet, wird das Frühstück noch leichter und besser verträglich. Für eine vegetarische Variante einfach das Fleisch weglassen.

Die geheimen Rezepte von Gregorys Großmutter

Alles dreht sich um die Rezepte von Gregorys Großmutter. Hier ein Klassiker daraus für eine herzhafte, im Handumdrehen zubereitete Mahlzeit.

Kartoffel-Lauch-Suppe

3 Lauchstangen, in Ringe geschnitten

2 EL Butter

1,2 l Gemüsebrühe

1 kg Kartoffeln, geschält und in Stücke geschnitten (Sorte: eher festkochend wie für Salzkartoffeln)

1 Prise Majoran, getrocknet

1 Prise Thymian, getrocknet

Petersilie, gehackt (frisch oder getrocknet)

Tabasco

Salz

Cayennepfeffer

Butter in einem weiten Topf schmelzen. Lauch zugeben und andünsten. Wenn er weich ist, den Rest inklusive der Gemüsebrühe hinzugeben. Köcheln lassen, bis die Kartoffeln weich sind. Mit Salz und Pfeffer abschmecken.

Ein Drittel der Suppe wegnehmen. Zwei Drittel pürieren. Die nicht pürierte Suppe hinzugeben und servieren. Die Suppe muss nicht gebunden werden. Die Stärke der Kartoffeln reicht.

Tipp: Mit gebratenen Speckwürfeln oder geriebenem Käse servieren.

Gregorys Nudeln mit Hühnchen in Zitronensoße

Mit diesem Rezept hat sich Gregory in Vis Herz gekocht.

Hühnchen

1 EL Butter

1 EL Olivenöl

4 Bio-Hühnerbrüste

Zitronenpfeffer

Soße

1 EL Butter

Paprika (süß oder scharf)

1 Schalotte, gehackt

2 Zehen Knoblauch, gehackt

Thymian, getrocknet

1 dl Weißwein, trocken

1/2 Zitrone, Saft

60 ml Gemüsebrühe

Maisstärke

700 ml Bio-Sahne

30 g Parmesan, gerieben

Salz

Cayennepfeffer

2 Handvoll frischer Babyspinat

Petersilie, gehackt (frisch)

Die Hühnerbrüste mit Küchenpapier abtupfen und mit Zitronenpfeffer und Salz auf beiden Seiten würzen. Öl und Butter in einer Bratpfanne schmelzen. Das Fleisch auf beiden Seiten für 3 – 5 Minuten bei mittlerer Temperatur braten. Dabei einen Deckel auf die Pfanne legen, so wird das Fleisch schneller und gleichmäßiger durch.

Tipp: Fleisch in Streifen schneiden. Dann verringert sich die Kochzeit auf 1 – 2 Minuten. Auch die anschließende Kochzeit in der Soße reduziert sich auf max. 5 Minuten.

Fleisch aus der Pfanne nehmen, mit Küchenpapier überschüssiges Öl abtupfen und in Alufolie wickeln.

Hitze reduzieren und bei tiefer Temperatur die Butter schmelzen, ohne die Pfanne vorher zu reinigen. Zwiebeln, Knoblauch und Thymian zugeben und goldgelb andünsten.

Tipp: Wer wie ich Knoblauch nicht gut verträgt, aber den Geschmack gerne mag, kann die Knoblauchzehen einfach halbieren und so mitkochen. Vor dem Servieren dann einfach die einzelnen Stücke heraussuchen und entfernen.

Die Hitze der Herdplatte erhöhen. Mit dem Wein und dem Zitronensaft ablöschen. Mit einer Holzkelle über den Pfannenboden fahren und alle festgesetzten Reste lösen.

Die Maisstärke in der Gemüsebrühe lösen (Menge bitte auf der Packung nachlesen und nur die Hälfte davon nehmen). Hitze wieder reduzieren und die Gemüsebrühe zusammen mit der Sahne in die Pfanne geben. Köcheln lassen, bis die Soße eindickt.

Parmesan hinzugeben. Rühren, bis eine schöne cremige Soße entsteht. Mit Salz und Pfeffer abschmecken.

Hühnerbrüste hinzufügen und für 10 – 15 Minuten köcheln lassen, bis das Fleisch durch ist. Am Ende den Spinat dazugeben, mitkochen, bis er zusammenfällt und mit Petersilie besprenkelt servieren.

Tipp: Dazu passen breite Bandnudeln und auch sonst Nudeln jeglicher Art.

Miss Daisys Key Lime Pie Riegel

Auch so eine Nachspeise, wo jeder nach dem Rezept fragt. Herrlich frisch durch die Säure und trotzdem süß. Für ein Blech mit hohem Rand, das ungefähr 22 x 22 cm misst, oder zwei Auflaufformen von 20 x 12 cm.

Boden

120 g Vollkornbutterkekse (z.B. von Leibniz)

2 EL Zucker

2 EL Palmzucker

½ TL Zimt, gemahlen

¼ TL Muskatnuss

120 g Butter, geschmolzen, leicht gebräunt

Füllung

3 Bio-Eier, Eigelb

420 ml Kondensmilch, gezuckert

1 EL Bio-Limettenschale

20 Bio-Limetten, Saft

Meringue-Haube für Ambitionierte

3 Bio-Eier, Eiweiß

6 EL Zucker

½ TL Maisstärke

1 Prise Salz

Backofen auf 180 Grad vorheizen. Formen gut ausbuttern. Boden evtl. zusätzlich mit Backpapier auslegen.
Butter bei niedriger Temperatur schmelzen und leicht braun werden lassen. Von der heißen Herdplatte wegnehmen. Währenddessen Kekse im Mixer zerkleinern. In einer Schüssel mit dem Zucker und den Gewürzen vermischen. Flüssige

Butter hinzufügen. Die Mischung auf dem Boden des Blechs/der Form verteilen und festdrücken.

Tipp: Wenn man anstelle der Vollkornbutterkekse z.B. Lotus Karamellgebäck oder Spekulatius nimmt, kann man den Zucker und die Gewürze weglassen.

10 Minuten backen.

In dieser Zeit die Limetten pressen und die Limettenschale reiben.

Eigelb in eine Schüssel geben (Eiweiß im Kühlschrank kaltstellen). Eigelb mit dem Mixer schlagen, bis es hell wird. Kondensmilch und Limettenschale und -saft hinzufügen. Kurz weiter mixen.

Füllung auf den vorbereiteten Boden geben und 15 – 30 Minuten backen (bis die Füllung fest ist). Herausnehmen und für einige Stunden kühl stellen. In rechteckige Stücke schneiden und servieren.

Falls du zu den Ambitionierten gehörst:

In einer Schüssel Zucker, Salz und Maisstärke mischen. Beiseite stellen.

Eiweiß aus dem Kühlschrank nehmen und mit dem Mixer schlagen, bis sich kleine Spitzen bilden. Langsam die Zucker-Salz-Maisstärke-Mischung hinzufügen. Dabei ständig weitermixen, bis sich der Zucker aufgelöst hat.

Die Eiweißmasse nach 15 Minuten Backzeit auf den heißen Kuchen geben und für weitere 15 Minuten backen. Für eine braune Färbung evtl. am Ende für ein paar Minuten die Grillfunktion des Ofens zuschalten.

Kann gleich (also heiß) oder kalt (nach einigen Stunden im Kühlschrank) genossen werden.

Preview
Rocky Mountain Games

(Band 16 der Rocky Mountain-Serie)

Kapitel 1

Marley Spencer fröstelte, als eine Windbö sie erfasste, und zog die karierte Steppjacke enger um sich. Was machte sie eigentlich hier, fragte sie sich nicht zum ersten Mal, als sie auf den schmalen Pfad zurückblickte, auf dem sie gekommen war. Dunkle Wolken hingen über den Berggipfeln. Obwohl erst Ende September war, schien der erste Schneefall kurz bevorzustehen. Und ausgerechnet jetzt musste sie ausprobieren, ob Wandern ein passendes Hobby für sie wäre? Wenn sie wenigstens den Rat ihrer Yogalehrerin befolgt und sich um einen Bergführer bemüht hätte. Aber nein. Nachdem sie dringend ein paar Stunden für sich haben wollte, hatte sie darauf verzichtet. „Wirklich schlau!", schimpfte sie laut mit sich selber.

Sie war noch nie eine Outdoor-Person gewesen. Als Leseratte und Mathematikgenie hatten bald Computer ihre Aufmerksamkeit geweckt, sodass sie auch in ihrer Jugend mehr Zeit drinnen als draußen verbracht hatte.

Vor einem Jahr, gerade zu der Zeit, als sie verzweifelt nach Ideen gesucht hatte, ihr Start-Up zu finanzieren, war sie zufälligerweise über eine Anzeige gestolpert. Independence, eine kleine Stadt hoch in den Rocky Mountains mit etwas über 1.000 Einwohnern, offerierte Unternehmen einen interessanten Bonus, wenn sie sich dazu verpflichteten, ihren Standort für mindestens fünf Jahre nach Colorado zu verlegen.

Mit Feuereifer hatte sie ihr Team zusammengetrommelt und ihnen den Vorschlag unterbreitet. Nachdem alle darauf brannten, endlich ihre eigene Firma zu starten und das Computerspiel ihrer Träume zu programmieren, waren sie von der Idee begeistert gewesen. In Windeseile hatten sie die erforderlichen Bewerbungsunterlagen zusammengestellt und abgeschickt. Dann hatte das lange Warten begonnen. Nach drei Wochen kam endlich die Einladung für das persönliche Gespräch. Sie hatte ihre kümmerlichen Ersparnisse zusammengekratzt, der Rest ihres Geldes steckte bereits in der Firma, und war in ein Flugzeug nach Denver gestiegen.

Aber es hatte sich gelohnt. Kurz darauf hatten sie den Zuschlag erhalten und waren zu fünft nach Independence gezogen. Mit dem Geld des Bürgermeisters hatten sie umgehend mit der Umsetzung ihrer Vision starten können. Nach einem Jahr harter Arbeit, unzähligen schlaflosen Nächten und viel zu viel Kaffee standen sie kurz vor der Produktivsetzung.

Der Erfolg hatte allerdings auch seinen Tribut gefordert. Sie griff in ihre Hosentasche und zog eine Rolle mit Säureblockern hervor. Die Ärztin Kristina Mertens in Breckenridge hatte ihr letzte Woche offenbart, dass sie sich offenbar ein ordentliches Magengeschwür herangezüchtet hatte. Streng hatte sie ihr erklärt, dass sie ab sofort mehr auf sich achten müsse. Mehr Ruhe. Anständige Mahlzeiten. Körperliche Bewegung. Entspannung. Auf ihre Aussage, dass sie bereits zweimal die Woche zum Yoga gehe, hatte sie wenig beeindruckt mit den Achseln gezuckt.

„Das ist schön zu hören. Doch anscheinend reicht es nicht aus, um den restlichen Stress zu kompensieren."

Theoretisch nahm sie die Warnungen von Dr. Mertens durchaus ernst. Praktisch war es so, dass alle Entspannungsversuche bis nach der Veröffentlichung von Discovery Run würden warten müssen. Abermals fragte sie sich, was zum Teufel sie denn auf diesem verdammten Berg machte, wenn sie doch hinterm Schreibtisch sitzen sollte.

Daran war nur dieser Ian schuld. Sie hatte den humorvollen Mann mit den blitzenden braunen Augen und dem dichten Bart per Zufall bei einer der seltenen Gelegenheiten, wo sie mal unter Leute kam, kennengelernt. Sie waren ins Gespräch gekommen. Erstaunlicherweise war es nicht sofort abgebrochen, nachdem er erfahren hatte, was sie machte. Im Gegenteil. Vor allem die Tatsache, dass sie Neuunternehmerin war, schien ihn sehr zu interessieren. Offenbar war er auch gerade dabei, eine Firma aufzubauen.

Als sie sich verabschiedet hatten, hatten sie Nummern ausgetauscht. Seither war kein Tag vergangen, an dem sie sich nicht kurz geschrieben hatten.

Gestern hatte er sie spontan eingeladen, ihn zu besuchen. Dem Text waren Koordinaten hinzugefügt gewesen und eine Wegbeschreibung mit dem Auto. Ebenso spontan hatte sie heute auf einmal die angespannte Stimmung im Büro nicht mehr ausgehalten. Mit jedem neuen Problem, das sich ihnen stellte, stieg die Spannung. Auch untereinander. Eigentlich waren sie ein hervorragendes Team, das auch unter enormem Druck extrem gut zusammenarbeitete. Aber die Schwierigkeiten der letzten Monate und die schlechte Presse, die der Veröffentlichung vorauseilte, hatte bei allen ihren Tribut gefordert.

Also hatte sie sich verabschiedet und sich auf den Weg zu Ian gemacht. Allerdings zu Fuß. Nicht mit dem Auto. Mit Hilfe ihrer neuesten Wander-App war sie sich sogar ziemlich sicher, auf dem richtigen Weg zu sein. Sie hatte allerdings ihre persönliche Fitness ziemlich überschätzt. Und die Wetter-App ignoriert.

Ein Blick in Richtung Himmel bestätigte ihre Befürchtungen. Gemäß den Offlinekarten auf ihrem Handy befand sie sich genau auf halber Strecke. Sollte sie besser umkehren? Unschlüssig kaute sie auf ihrer Unterlippe. Es war nicht ihre Art, auf halbem Weg aufzugeben. Nein. Sie würde das jetzt durchziehen. Ein paar Schneeflocken würden sie nicht aufhalten.

Eine halbe Stunde später musste sie einsehen, dass der erste Schneefall in den Bergen nicht mit demjenigen im Flachland zu vergleichen war. Kleine, feine Flocken, die einzeln völlig harmlos aussahen, fielen unablässig vom Himmel und bedeckten innerhalb kürzester Zeit alles mit einer gleichmäßigen, weißen Decke. Noch war es hell genug, dass sie keine Probleme hatte, ihren Weg zu finden.

Obwohl sie ihre Zehen in ihren dünnen Turnschuhen bereits nicht mehr spürte, setzte sie stur einen Fuß vor den anderen. Nur noch gefühlte siebzehn Serpentinen und weiß der Himmel wie viele Höhenmeter.

*

Ian Greene fluchte laut, als die ersten Flocken fielen. Selbst für die Rocky Mountains war der Schnee dieses Jahr verdammt früh dran. Seine Pflanzen hielten zwar Kälte gut aus, aber die tiefen Temperaturen schränkten das Wachstum ein. Hier auf fast 3.000 Metern wurden sie lange nicht so groß wie im Flachland oder im Gewächshaus. Trotzdem hatte er sich dafür entschieden, die Pflanzen im Freien anzupflanzen. Ob das Produkt dank des natürlichen Sonnenlichts tatsächlich so viel besser war, wie er hoffte, würde er erst nach der Ernte im Labor feststellen können. Die Qualität würde schon hervorragend sein müssen, um ihn davon zu überzeugen, diese Art der Aufzucht weiterzuführen. Mutter Natur war zwar großzügig mit ihren Gaben, aber auch unglaublich launisch. Siehe Schnee im September. Er seufzte und wollte sich eben umdrehen, um nach Hause zu gehen, als ihn eine Bewegung im Augenwinkel innehalten ließ. Langsam und mit einem ungläubigen Gesichtsausdruck drehte er sich um.

Welcher Idiot war dumm genug, sich bei diesem Wetter auf einen Ausflug zu begeben? Wer zum Teufel war bei diesem Wetter auf dem Trail unterwegs? Er verlagerte das Gewicht auf die Fersen und steckte seine kalten Hände in die Taschen seines warmen, winddichten Anoraks. Sollte er nachschauen, wer es war? Eigentlich hatte er überhaupt keine Lust auf Gesellschaft. Er war ein Einzelgänger. Seit er aus der Armee ausgeschieden war, hatte er sein Möglichstes getan, um unter dem Radar zu fliegen. Kein Handy, kein ungesichertes Internet. Nur Jobs, bei denen er unterm Tisch bezahlt wurde. Sein Zuhause war ein alter Trailer im Bear Peak Trailer Park, der früher seinem Großvater gehört hatte. Auf dem Papier gehörte der Trailer immer noch dem alten Bastard, obwohl er schon seit Jahren tot war.

An Weihnachten jedoch war etwas geschehen, das ihn aus seinem ewig gleichen Trott gerissen hatte. Astrid Stone hatte angefangen, ihre schon länger andauernde Hilfestellung für die weniger privilegierten Einwohner von Independence zu verstärken. Sie hatte nicht nur ganz Independence davon überzeugt, eine große Wohltätigkeitsfeier auszurichten, sondern sie war zusätzlich viele Nächte mit ihrem Bike unterwegs gewesen, um anonym dringend benötigte Geschenke in den Trailerparks zu verteilen. Bei den Betroffenen war sie als Schwarzer Engel bekannt gewesen. Andere waren über ihre Aktionen weniger erfreut gewesen und hatten sich ihr in den Weg gestellt. Doch sie hatte sich nicht beirren lassen und einfach weitergemacht.

Schließlich unternahm ein besonders fanatisches Trio einen Versuch, sie umzubringen. Zufällig war er in der Nähe gewesen und hatte wenigstens eine kleine Rolle bei ihrer Rettung spielen können. So viel Mut und Tatkraft in Form einer entschlossenen, hübschen Frau hatten ihm vor Augen geführt, dass das, was er bislang für eine friedliche Existenz gehalten hatte, eigentlich nur ein halbes Leben war.

Das hatte ihn dazu veranlasst, seine Prioritäten zu überdenken. Eine Überlegung hatte zur nächsten geführt. Inzwischen hatte er sein eigenes Unternehmen gestartet. Bei der Erinnerung an all die bürokratischen Hürden, die ihm noch bevorstanden, fuhr er sich gestresst über die kurzgeschorenen Haare. An manchen Tagen war er sich immer noch nicht sicher, ob es die richtige Entscheidung gewesen war, aus seiner einsiedlerischen Versenkung aufzutauchen.

Einzig Marley, eine junge Frau, die er vor kurzem kennengelernt hatte, würde er gerne sehen. Sie war auf eine unkonventionelle Art und Weise hübsch. Braune Locken umrahmten ihr herzförmiges Gesicht. Ihre dunklen, blitzenden Augen schauten immer so konzentriert, als müsste sie ein Problem lösen. Genau diese Mischung aus Intelligenz und Verletzlichkeit hatte ihn so fasziniert, dass er entgegen seiner Gewohnheit das Gespräch gesucht hatte. Zu seiner Überraschung war es ihm total leicht gefallen, sich mit ihr zu unterhalten. Am Ende hatten sie sogar Telefonnummern ausgetauscht.

Gestern hatte er es nicht mehr ausgehalten und sie spontan eingeladen, seine Felder anzuschauen. Vielleicht etwas langweilig. Aber sein neues Projekt bedeutete ihm alles. Leider hatte sie sich auf seine Einladung hin noch nicht gemeldet. Es war auch eine spontane Idee gewesen, geboren aus der Vertrautheit, die während ihres intensiven Textaustausches entstanden war. Er seufzte. Anscheinend hatte ihm ihr Austausch mehr bedeutet als ihr. Oder sein plötzlicher Wunsch nach einem erneuten persönlichen Treffen hatte sie erschreckt. Wer wusste schon, was in Frauen vorging. Er sicherlich nicht. Ein Frauenexperte war er noch nie gewesen. Die letzten Jahre mit wenig Menschenkontakt halfen dabei auch nicht.

Während er noch über die verschiedenen Gründe für ihr Schweigen nachdachte, wandte er sich zum Gehen. Der in der letzten halben Stunde immer stärker gewordene Wind zerrte an seiner Jacke. Entschlossen zog er sie dichter um seinen Körper.

Er kniff die Augen zusammen, um die Person auf dem Trail besser sehen zu können. Das Schneetreiben verhinderte, dass er ein klares Bild sah. Irgendetwas an den Bewegungen kam ihm vertraut vor. War das etwa … Von einer Vorahnung erfüllt, rannte er los.

*

Die Person blickte wie gebannt auf den Bildschirm vor sich. Alle waren gegangen. Selbst die Teamchefin, Marley, war nicht wie sonst an ihrem Platz. Vor ein paar Stunden hatte sie plötzlich ihren PC heruntergefahren und war abgehauen.

Ganz untypisch, dachte sie mit einem Stirnrunzeln. Normalerweise war sie die Erste im Büro und die Letzte, die abends ging. Und jetzt, mitten im Endspurt, seilte sie sich einfach ab? Zeigte etwa der ständige Druck endlich Erfolg? Fast war sie ein wenig enttäuscht. Warf sie tatsächlich schon das Handtuch? Hoffentlich nicht. Schließlich brauchte sie Marley, um ihren Plan zu Ende zu führen.

Sie verschränkte die Finger und streckte die Hände durch, bis die Knöchel knackten. Es wurde Zeit, damit aufzuhören, ihr ständig Steine in den Weg zu legen. Es war nötig gewesen, um den Zeitplan zu strecken. Doch es schien, als müsste sie einen Zahn zulegen, wenn sie ihr Ziel erreichen wollte. Auf keinen Fall konnte sie riskieren, dass Marley das Projekt im letzten Moment abbrach. Dann wäre monatelange Arbeit umsonst gewesen. Nachdem sie sich mit einem prüfenden Blick auf die anderen elektronischen Arbeitsplätze vergewissert hatte, dass niemand mehr am Arbeiten war, hackte sie sich in Marleys Account ein. Das Passwort hatte sie schon vor Wochen geknackt. Ts, ts. Das war erschreckend einfach gewesen. Eigentlich wäre zu erwarten, dass jemand in Marleys Beruf und Position ein größeres Bewusstsein für Cyber-Sicherheit hatte.

Sie drückte ein paar Tasten auf dem Rechner, schrieb ein paar Codezeilen, um in den Maschinenmodus zu gelangen, und machte sich ans Werk.

Vor ihrem inneren Auge sah sie bereits, wie sich ganze Teile des Programms verändern würden. Der Horror auf den Gesichtern der Spieler, wenn sie mit der neuen Realität konfrontiert werden würden. Bye bye, gute alte Welt. Herzlich willkommen in der Hölle.

Fast hätten ihr Marley und die anderen leidgetan. Aber eben nur fast. Die Mission war zu wichtig, um jetzt kurz vor dem Ziel aufzugeben. Sie musste zugeben, dass sie nicht geglaubt hatte, dass Marley so lange durchhalten würde. Sie war tatsächlich ein wenig beeindruckt, wie lange sie am Ball geblieben war. Unermüdlich hatte sie gearbeitet, Fehler behoben, Interviews gegeben und falsche Meldungen in den einschlägigen Fachforen dementiert und richtiggestellt. Nur würde das am Ende alles nichts nützen.

Ein böses, schadenfrohes Grinsen im Gesicht fuhr die Person fort, fleißig den neuen Code zu schreiben.

*

Außer sich vor Sorge, blaffte Ian Marley als Erstes an, als er sie erreichte.

„Was um Himmels willen hast du dir dabei gedacht?!"

Ihre Augen, deren Wimpern mit Schneekristallen behängt waren, schenkten ihm einen bösen Blick.

„Sag jetzt bloß nicht, dass deine Einladung nicht ernst gemeint war!"

Sie war mit ihren Kräften am Ende. Sie hatte Hunger, ihr war kalt, Zehen hatte sie vermutlich sowieso keine mehr, zumindest keine überlebenden, und jetzt schnauzte sie auch noch der Mann an, der Schuld an ihrer misslichen Lage hatte. Zumindest indirekt. Normalerweise ging sie jedem Konflikt aus dem Weg. Aber in ihrem aktuellen Zustand fehlte ihr einfach die Energie für eine diplomatische Antwort.

Ian runzelte die Stirn, während er einen Arm um sie legte und den anderen unter ihre Kniekehle schob.

„He!", protestierte sie, als er sie hochhob, als würde sie nicht mehr als eine Feder wiegen. Was definitiv der Fall war. Sie war zwar schlank, umso mehr, da sie öfter Mahlzeiten vergaß, wenn sie am Arbeiten war, aber ziemlich groß. Von zierlich konnte keine Rede sein.

Ohne auf ihren Protest einzugehen, begann er den Hügel hochzumarschieren. Marley war hin- und hergerissen. Einerseits wollte sie darauf bestehen, dass er sie absetzte. Sie war durchaus in der Lage, die restlichen paar Meter auf eigenen Beinen zurückzulegen. Andererseits musste sie zugeben, dass Ians Oberkörper kuschelig warm war.

Bevor sie sich zu einer Entscheidung durchringen konnte, drang seine brummige Stimme an ihr Ohr.

„Natürlich war meine Einladung ernst gemeint. Wenn du mich hättest wissen lassen, dass du kommen willst, hätte ich dich liebend gern abgeholt. Mit meinem Truck."

Oh. Er klang verstimmt, dass sie ihn um diese Geste gebracht hatte.

„Tut mir leid", erwiderte sie. Dadurch, dass sie ihr gefrorenes Gesicht gegen die raue Wolle seiner Jacke gepresst hatte, klang ihre Stimme gedämpft. „An diese Möglichkeit hatte ich gar nicht gedacht. Ich musste nur mal ein Weilchen raus. Weg von allem. Da dachte ich, eine kurze Wanderung sei genau das Richtige."

Ian schnaubte amüsiert.

„Ausgerechnet beim Wintereinbruch."

„Das hatte ich zugegebenermaßen etwas unterschätzt."

„Tatsächlich?"

Sie hob den Kopf und schenkte ihm einen ungnädigen Blick.

„Ja, ja. Du musst es mir ja nicht auch noch unter die Nase reiben."

Er schaute auf sie hinunter und bemühte sich, sich sein Lachen zu verbeißen. Es war allerdings zu befürchten, dass es ihm nicht komplett gelang, wenn er das Feuer in ihren Augen richtig beurteilte.

„Das wäre auch unklug. In ihrem jetzigen, gefrorenen Zustand würde sie vermutlich abbrechen."

Marley versuchte an ihrer Empörung über seine frechen Kommentare festzuhalten, doch bei der offensichtlichen

Heiterkeit in seinem Ausdruck war das ein Ding der Unmöglichkeit. Wie von selbst zuckten auch ihre Mundwinkel.

„So ist es schon besser."

Ian rückte sie in seinen Armen zurecht und schlug den Pfad zu seinem Trailer ein. Als sie sich dem heruntergekommenen Wohnmobil näherten, fragte er sich plötzlich, ob das wirklich so eine gute Idee gewesen war, sie einzuladen. Die Frau hatte ein aufsteigendes Informatik-Start-Up. Sie war vermutlich anderes gewöhnt. Fairerweise musste man sagen, dass er auch nicht vorgehabt hatte, sie in sein Wohnzimmer mitzunehmen. Ein Picknick oberhalb seiner Plantage war mehr sein Plan gewesen. Also, vor dem Schneesturm und dem nicht-kommunizierten Spontanbesuch zu Fuß natürlich.

Die Stiefelspitze zu Hilfe nehmend, schob er die Tür auf, marschierte zielstrebig durch den kleinen Flur und deponierte sie sanft auf dem Sofa, bevor er sich verlegen durch die Haare fuhr.

„Ich mache Tee", brummte er und wandte sich ab, der offenen Küche zu.

Sobald Ian sie abgesetzt hatte, vermisste Marley seine starken und vor allem warmen Arme. Sofort begannen ihre Zähne wieder zu klappern. Sie beugte sich vor, streifte ihre steifgefrorenen Turnschuhe ab und zog den Quilt, der auf der Armlehne des Sofas lag, über sich. Ihre schlechte Laune von eben vergessend, schaute sie sich neugierig um. Es war klar zu sehen, dass der billige Trailer seine besten Jahre hinter sich hatte. Trotzdem wirkte der Raum erstaunlich gemütlich. Die Wände schienen von innen mit Holzbalken verstärkt zu sein. Fast könnte man meinen, in einer Blockhütte zu sein. Ein paar Schwarz-Weiß-Fotos an den Wänden zeigten Bergpanoramen.

„Ich wusste gar nicht, dass du in einem Trailerpark wohnst", sagte sie, als ihr Ian eine Tasse schwarzen Tee reichte.

„Ist auch nicht etwas, was ich beim ersten Date herausposaune."

„Ist das etwa unser erstes Date?“

Er runzelte die Stirn.

„Sicher nicht. Sonst hätte ich dich zu Hause abgeholt. Wie es sich gehört.“

„Dann kannst du unbesorgt sein. Zufällige Bekanntschaften muss man nicht beeindrucken.“

Er schaute sie für ein paar Sekunden an, als wollte er ihr widersprechen. Am Ende schwieg er und setzte sich neben sie hin.

Sie trank einen Schluck Tee und hätte ihn beinahe wieder ausgespuckt. Erstens war er heiß und zweitens extrem süß. Ihre Zähne waren vermutlich auf der Stelle in ein Zuckerkoma gefallen.

„Heiß?“, fragte er mit hochgezogenen Augenbrauen.

Sie nickte und schluckte tapfer.

„Gut“, antwortete er zufrieden. „Und bevor du dich über den Zucker beschwerst, dein Körper braucht Energie.“

Aha. Bevor ihr eine schlagfertige Antwort einfiel, schob er seine Hände unter die Decke und griff nach ihren Füßen, die sie seitlich untergeschlagen hatte. Sie blinzelte überrascht. Waren sie etwa schon an diesem Punkt angelangt? Füße waren doch etwas recht Persönliches.

„Keine Sorge“, versicherte er ihr. „Das ist eine rein medizinische Maßnahme.“

Las er etwa bereits ihre Gedanken? Und weshalb war sie enttäuscht, das zu hören? Vielleicht brauchte sie wirklich Urlaub. Der Stress schien ihr mehr zuzusetzen, als sie gedacht hatte. Ein paar Sekunden später jaulte sie auf. Durch seine Massage, die er ihr mit sanftem Druck verpasste, kehrte das Blut in ihre kalten Extremitäten zurück.

„Scheiße, tut das weh!“

„Ich weiß. Es tut mir leid. Nur noch ein bisschen. Anschließend kannst du sie ins warme Wasser halten.“

Endlich ließ der Schmerz ein wenig nach. Stattdessen wurde sie sich immer mehr der sehr intimen Zuwendung bewusst. Ein

Kribbeln, diesmal ein äußerst angenehmes, wanderte von ihren Sohlen hoch zu ihrem Zentrum. Sie studierte sein Profil, während er sich auf seine Hände konzentrierte. Dichte Augenbrauen schwangen sich über seine dunklen Augen. Die gerade Nase verlieh ihm ein entschlossenes Aussehen. Immer noch bedeckte ein kurzer, dichter Bart sein Kinn. Wie es sich wohl anfühlen würde, mit ihrer Wange darüberzustreichen? Unwillkürlich schlüpfte ein leises Stöhnen über ihre Lippen. Ian blickte auf.

„Besser?", erkundigte sich.

Ihre Wangen fühlten sich an, als wären sie flammend rot. Großartig. Bei ihrem Glück würde er auch diesmal erraten, was sie dachte. Stumm nickte sie und zog ihm ihre Füße weg.

„Erzähl mal, wie haben deine Pflanzen diesem Wintereinbruch standgehalten?", fragte sie, ohne ihm in die Augen zu blicken.

Seine Schultern bebten vor unterdrücktem Lachen. Er wusste genau, dass die Frage ein Ablenkungsmanöver war. Schön zu wissen, dass er nicht der Einzige war, den der direkte Körperkontakt aus dem Gleichgewicht geworfen hatte.

„Denen geht es gut", nahm er den Faden auf, mehr als gewillt, ihr Zeit zu lassen.

Himmel, er brauchte vermutlich ebenfalls so viel Zeit wie sie, um sich an den Gedanken zu gewöhnen, dass es da vielleicht jemanden gab für ihn.

Preview
Die Drachenschwestern

(Band 1 der Drachenromane)

Kapitel 1

„Mist, verdammter!", rief Kaja aus und trat zornig das Gaspedal durch. Doch es half alles nichts. Mit einem letzten Röcheln kam der kleine graue Peugeot zum Stehen und machte keinen Mucks mehr. Zorro, Kajas dreijähriger Husky-Schäfermischling, kläffte aufgeregt.

„Sei still, Zorro! Ich kann jetzt nicht auch noch dein Gebell brauchen, ich habe auch so schon keine Nerven mehr…", schimpfte Kaja entnervt. Was war bloß mit Zorro los?, schoss es Kaja durch den Kopf. Seit ihrem überstürzten Aufbruch von Zuhause war der Hund nicht zu beruhigen und hatte auf der ganzen Fahrt aufgeregt gewinselt. Kaja konnte sich keinen Reim darauf machen. Klar, sie war selbst angespannt und erschöpft, doch Zorro begleitete sie überallhin und war an ihr chaotisches Leben gewöhnt – das konnte es also nicht sein. Müde lehnte sie sich im Sitz zurück und versuchte, sich die Anspannung aus dem Gesicht zu reiben. Prompt schob Zorro aufgeregt seine nasse Schnauze in ihr Ohr und versuchte, Kajas Aufmerksamkeit zu bekommen. „Was ist denn, mein Großer? Willst du ein Stück von meinem Müsliriegel?" Automatisch hatte sie zu ihrer Notfallverpflegung, einem Müsli-Schokoladeriegel, gegriffen – sie war der festen Überzeugung, dass Schokolade weniger ungesund war in Kombination mit Getreide – und biss heißhungrig ein Stück ab. Gleichzeitig bot sie ihrem tierischen Gefährten etwas davon an. Doch zu ihrer Überraschung ignorierte der Hund diesen sonst so heißgeliebten Leckerbissen und fing wieder an zu fiepen. Ratlos beobachtete Kaja Zorro und begann, sich ernsthaft Sorgen zu machen, dass mit dem Hund etwas nicht stimmte. Unmittelbar danach fiel ihr allerdings wieder ein, in welcher Situation sie sich befand, und ihre Gedanken schweiften ab.

„Du brauchst dich nicht aufzuregen, du kleines Fellbündel, sie sieht mich nicht. Auch wenn ich hoffe, dass sich das bald ändert."

Zorro ließ sich von dieser Aussage jedoch nicht beruhigen und fing an zu knurren: „Was soll das heißen, sie sieht dich nicht? Mich sieht sie doch auch. Verstehen tut sie mich auch die meiste Zeit!"

„Aber jetzt hört sie dir ja auch nicht zu. Sie hat zu viele andere Dinge im Kopf. Deshalb hört und sieht sie nicht richtig hin." Der Drache schien das ganze Auto auszufüllen. Zorro heulte nochmals auf, in dem verzweifelten Versuch, Kaja auf das Ungetüm aufmerksam zu machen, und rollte sich dann resigniert ganz nah bei der Tür zusammen, möglichst weit weg von den glänzenden blauen Schuppen.

Kaja versuchte inzwischen, möglichst nüchtern ihre Situation zu analysieren, um nicht laut loszuschreien. Sie saß hier mitten in der Pampa in Südfrankreich fest, mit nur noch drei Müsliriegeln und einem Hund, der offensichtlich seinen Verstand verloren hatte. Die gute Nachricht war, dass es nur noch ca. 5 km bis zum Dorf ihrer Oma waren. Die schlechte Nachricht allerdings war, dass sie nach der durchwachten Nacht und der langen Autofahrt wirklich keine Lust hatte, eine Wandertour zu unternehmen. Dazu kam, dass unterdessen ein für diese Region typischer Nieselregen eingesetzt hatte und die grauen Wolken nicht unbedingt dazu beitrugen, ihre Stimmung zu verbessern. Aber es half alles nichts. Im Auto herumzusitzen brachte sie auch nicht weiter. Kaja stopfte den Rest ihrer Notfallration in ihre ausgebeulte Reisetasche, die sie heute Morgen in aller Hast völlig kopflos gepackt hatte. Sie hatte keine Ahnung, ob sie einen Regenschutz mitgenommen hatte. Sie vermutete, eher nicht. Das Einzige, was sie mit Bestimmtheit sagen konnte, war, dass Zorros Futter, sein Fressnapf und seine Schlafdecke mit dabei waren. „Naja, wenigstens dem Hund fehlt es an nichts", musste sie innerlich schmunzeln. Sie zog sich die Kapuze ihres Pullovers über den Kopf und ihre Jacke darüber. Schließlich öffnete sie die Autotür, stieg aus und zerrte die Tasche vom Beifahrersitz. Zorro flitzte wie der Blitz über die Mittelkonsole zur offenen Tür hinaus und Kaja knallte, ihrer Stimmung entsprechend, die Autotür des klapprigen Peugeots heftig zu.

„Autsch!"

Kajas Kopf schnellte herum. „Was war das denn? Zorro? Alles in Ordnung mit dir?" Aufgeregt begann der Hund an ihr hochzuspringen, in der festen Überzeugung, Kaja hätte den blinden Passagier endlich entdeckt – doch Fehlanzeige. Kaja kraulte nur sein Ohr und meinte: „Ich muss wirklich übermüdet sein – jetzt dachte ich schon, ich hätte dich sprechen gehört." Geistesabwesend packte sie ihre schwere Tasche auf die Motorhaube und begann, das Durcheinander darin nach einem Regenschutz zu durchsuchen.

Der Drache grinste Zorro an, der ihn wütend ansah. „Ich hab's dir doch gesagt, Kleiner – das dauert noch ein Weilchen, bis sie mich sieht."

Zorro knurrte zurück: „Nenn mich nicht Kleiner. Und überhaupt, was schreist du dann ‚Aua', wenn du weißt, dass sie dich nicht hören kann!"

„Na hör mal, sie hat meinen Schwanz in der Tür eingeklemmt! Auch wir Drachen schätzen es, wenn man uns die Tür aufhält", entrüstete sich der Drache.

„Scheint ja überflüssig zu sein", meinte der Hund, „schließlich bist du jetzt trotzdem draußen."

„Klar, ich als höhere Energieform brauche keine Türen – aber bequemer ist es allemal. Und überhaupt, wenn ich mich darauf einstelle, durch eine Tür zu gehen und die dann plötzlich zu ist, ist das sehr unangenehm“, lamentierte der Drache und fing an zu schmollen. Zorro wurde es jetzt definitiv zu blöd, mit diesem schillernden, blauen Etwas zu diskutieren, und er beschloss, es Kaja gleichzutun und den Drachen erst mal zu ignorieren.

Kaja hatte inzwischen ihre Tasche fertig inspiziert, leider wenig erfolgreich. Der Regen war stärker geworden, und so schloss sie ihre Windjacke bis zum Hals und versuchte sich einzureden, dass Regen ja bekanntlich schön machen sollte. „Wer sich das ausgedacht hat, muss zu dieser unausstehlichen, ewigen Positiv-Denker-Vereinigung gehören“, schimpfte sie leise vor sich hin. „Ich würde gerade liebend gern hässlich und dafür trocken bleiben.“ Plötzlich musste sie trotz allem grinsen. Wenn sie es genau betrachtete, ging es ihr in diesem Moment besser als all die Wochen zuvor in Zürich. Sie hatte keinen Stress, niemand war da, der ihr sagte, sie müsse sich beeilen und bitte an die nächste Deadline denken. Die Luft roch nach feuchter Erde und sommerlich nach frischen, nassen Kräutern und Gras, und Zorro schien sich auch beruhigt zu haben. In eindeutig gehobener Stimmung schulterte sie ihre schwere, alte Tasche und pfiff Zorro zu sich, der keine Zeit verloren hatte, die Wiese am Straßenrand auf der Spur einer der zahlreichen Feldmäuse umzugraben.

„Los, Zorro, wir machen uns auf den Weg zu Mémé. Dort warten schon die Mäuse im Garten auf dich“, rief Kaja und fing an, die Straße entlangzulaufen. Der Name ‚Mémé‘ für ihre Oma stammte aus ihrer Kindheit. Sie hatte als kleines Mädchen das Wort ‚Grandmère‘ einfach nicht hingekriegt, und so war es bis heute bei Mémé geblieben. Zorro warf einen letzten wehmütigen Blick auf sein aktuelles Mauseloch und beeilte sich dann, sein Frauchen einzuholen. Allerdings nicht ohne im Vorbeirennen noch schnell den verhassten Drachen anzuknurren, der sich ebenfalls anschickte, mit ihnen mitzugehen. Offensichtlich plante der Drache, ein Weilchen zu bleiben.

*

Preview
Das Drachenmädchen

(Band 4 der Drachenromane)

Kapitel 1

Luna-Maie keuchte, als sie über die Wiese rannte. Ein schneller Blick über die Schulter verriet ihr, dass sie ihren Vater fürs Erste abgeschüttelt hatte. Nicht, dass ihr das viel nützen würde. Sie konnte ihm nicht für immer aus dem Weg gehen. Wollte sie auch gar nicht. Er hatte nur einen äußerst ungünstigen Moment gewählt, um mit ihr über die aktuellen Schulnoten zu sprechen. Sie verstand, dass er ihre Noten besorgniserregend fand. Ihr passte es auch nicht, dass sie die letzten zwei Prüfungen dermaßen verhauen hatte. Leider hatten sich andere Ereignisse, die ihre Aufmerksamkeit erforderten, in den letzten Wochen dermaßen überschlagen, dass sie einfach keine Zeit gehabt hatte zu lernen. Genau, wie sie heute keine Zeit gehabt hatte, mit ihrem Vater in Ruhe ein Gespräch zu führen.

Endlich bei dem Aussichtspunkt auf dem Hügel angekommen, wo der uralte Apfelbaum stand, streifte sie sich ungeduldig ihren Anhänger über den Kopf, den sie an einem langen Lederband um den Hals trug, und atmete tief durch.

Luna-Maie, erklang eine besorgte Stimme in ihrem Kopf.

Nicht jetzt, gab sie erbost und ebenso lautlos zurück. Hatte sie denn nie ihre Ruhe? Zwischen ihren Eltern und den anderen Freunden und Verwandten, die mit ihnen in einer Hofgemeinschaft auf dem Randen wohnten, ganz zu schweigen von den drei Drachen, die sich überall einmischten, war es manchmal wirklich schwierig, ein wenig Privatsphäre zu finden. Ein deutliches Hindernis für ihre Mission, die sie neuerdings verfolgte.

Sie breitete die Arme aus und ließ dabei den Anhänger in ihrer Hand achtlos zu Boden fallen. Ein kurzes Stoßgebet an die zuständigen Drachengötter murmelnd, schloss sie die Augen und sprang.

Für einen bangen Moment, der wie eine Ewigkeit zu dauern schien, befürchtete sie, dass heute der Tag war, an dem die seltsame Drachenmagie, die sie ihr Leben lang begleitet hatte, ihren Geist aufgab. Erleichtert nahm sie das Prickeln wahr, das jede Wandlung begleitete, und streckte ihre Flügel aus. Wie immer verspürte sie eine überbordende Euphorie, als sie die Winde nutzte und auf ihnen in Richtung Tal segelte. Die rosa- und silberfarbenen Schuppen, die ihren langen Nacken entlang verliefen, sträubten sich. Sie reckte ihren Hals und erhaschte einen Blick auf ihren Vater, der neben dem Apfelbaum stand.

Zum Glück konnte er sie nicht sehen, beruhigte sie sich. Sie konnte nur hoffen, dass er ihre fadenscheinige Erklärung, die sie sich erst noch ausdenken musste, akzeptieren würde.

Nach fünfzehn Jahren konnte sie ihm schließlich schlecht offenbaren, dass seine Tochter eigentlich ein Drache war. Zumindest die Hälfte der Zeit. Irgendwie hatte sie das unangenehme Gefühl, dass er diese Neuigkeit nicht sehr gut aufnehmen würde.

*

Das Herz schlug Mathias bis zur Brust, als er die kleine Anhöhe bis zum alten Apfelbaum hinauf sprintete. Er hatte seine Tochter zwischen dem Obstgarten und der Pferdeweide aus den Augen verloren, bis er sie endlich dort oben entdeckt hatte. Als er sah, wie sie die Arme ausbreitete, als wollte sie in die Tiefe springen, blieb ihm fast das Herz stehen. Verzweifelt rief er ihren Namen, doch der Schreck reduzierte seine Stimme zu einem Krächzen. Er blinzelte und verlangsamte seine Schritte. Wo war sie hin? War sie tatsächlich gesprungen? Eiseskälte breitete sich in seiner Brust aus und drohte ihn zu lähmen. Er riss sich zusammen und schüttelte die aufsteigende Panik ab. Sicherlich hätte er gesehen, wenn sie tatsächlich gesprungen wäre. Probeweise blinzelte er ein paar Mal, um sicherzugehen, dass seine Augen noch funktionierten.

Endlich hatte er den höchsten Punkt erreicht. Aufs Schlimmste gefasst, riskierte er einen Blick in die Tiefe. Erleichtert stellte er fest, dass Luna-Maies Körper nirgends zu sehen war. Aber irgendwo musste sie doch sein? Irritiert über die Kapriolen des Teenagers suchte er prüfend die Umgebung ab. Wo zum Teufel war sie nur hin? Als sein Blick über das hohe Gras streifte, blendete ihn etwas. Er bückte sich nach dem glänzenden Gegenstand, auf dem das Sonnenlicht reflektierte.

*

Ramiro, der grüne Drache, der eigentlich für Sierra, Luna-Maies Tante, zuständig war, inoffiziell aber die Aufpasser-Rolle für die kleine Luna-Maie übernommen hatte, trat schleunigst den Rückzug an, als er sah, was Mathias da in die Hände gefallen war. Rein theoretisch hieß es, dass Männer nicht in der Lage waren, Drachen wahrzunehmen. Drachenstein hin oder her. Doch im Zusammenhang mit den Drachenschwestern schienen einige der bislang geltenden Drachenregeln ihre Richtigkeit verloren zu haben, sodass er lieber kein Risiko eingehen wollte. Seine Drachenfreunde wären bestimmt stolz auf ihn, wenn sie wüssten, wie umsichtig er sich verhielt.

Das wundert mich gar nicht. Du warst immer schon gut darin, deine eigene Haut zu retten, drang prompt Lance' Stimme an sein Ohr.

„Das ist wieder einmal typisch, dass mir sofort niedere Beweggründe unterstellt werden", protestierte Ramiro laut und materialisierte sich in einem grünen Funkenregen neben Lance auf dem Aussichtsturm.

„Ich hätte es auch hilfreicher gefunden, wenn du geblieben wärst", ließ ihn Maxi spitz wissen. Die violette Drachin saß auf dem Geländer und ließ ihren langen, violetten Schwanz ungeduldig hin und her schnellen. „Dann wüssten wir jetzt wenigstens, auf welches Desaster wir uns einstellen müssen. So sitzen wir im Ungewissen, bis Luna-Maie am Abend heimkommt."

„Falls sie überhaupt wieder kommt", antwortete Ramiro betont düster.

Ihre mit langen, schwarzen Wimpern umrandeten reptilienhaften Augen weiteten sich erschreckt.

„Was willst du damit andeuten? Ist sie etwa in Gefahr?"

Es war so einfach, die Alten aus der Ruhe zu bringen, dachte Ramiro und verdrehte gelangweilt die Augen.

„Hör nicht auf ihn. Er will dir nur Angst einjagen", erklärte Lance und faltete seine blau schillernden Flügel enger an den Körper. Die Autorität des älteren Drachen war deutlich hörbar.

Ramiro knirschte mit den Zähnen.

„Können wir uns endlich dem dringenden Thema zuwenden?"

„Welchem denn?", fragte Lance und hob provozierend eine Augenbraue.

Diese Mimik hatte er im Laufe seines langen Drachenlebens perfektioniert. Wie immer verfehlte sie ihre Wirkung nicht und ärgerte den jüngeren Drachen kolossal. Er zwang sich jedoch, der Verlockung, dem Älteren ins Gesicht zu springen, zu widerstehen.

„Ich glaube wirklich, dass die Gefahr besteht, dass Mathias uns Drachen sehen kann, wenn er den Stein anfasst."

„Papperlapapp! Jeder frisch geschlüpfte Drache weiß, dass Männer nicht in der Lage sind, Drachen zu sehen", mischte sich Maxi ein.

„Völlig ausgeschlossen", stärkte ihr Lance den Rücken.

„Aber wenn ich es doch sage!"

„Hast du irgendeinen Beweis für diese ungeheuerliche Behauptung?“, wollte Lance wissen.

„Ähm, nein. Nicht wirklich. Es war nur so ein Gefühl, das ich hatte, als Mathias den Drachenstein aufgelesen hat.“

„Ein Gefühl“, kicherte Maxi, während Lance ihm überheblich den Arm tätschelte.

„Das sind die Hormone, Jungchen. Such dir besser mal wieder ein Drachenweibchen zum Spielen.“

Ramiro stieß einen orange und grün gefärbten Feuerball aus. „Bleibt mir bloß vom Leib. Wenn ihr nicht auf mich hören wollt, ist das euer Problem. Aber ihr müsst nicht meinen, dass ihr später zu mir kommen könnt mit eurem Gejammer, wenn es sich herausstellt, dass ich recht habe.“

Wutentbrannt wirbelte er herum und erhob sich dramatisch in die Lüfte.

Eingebildetes Pack!, dachte er. Aber denen würde er es schon noch zeigen.

Das haben wir gehört, ließ ihn Maxi telepathisch wissen.

Verächtlich schnaubend stieß er die Luft aus. Grüngoldene Rauchschwaden strömten aus seinen Nüstern. Er hatte jetzt keine Zeit für einen verbalen Wettstreit. Luna-Maies Sicherheit stand auf dem Spiel. Und vielleicht sogar die gesamte Drachenexistenz, fügte er in einem Anflug von Melodramatik hinzu.

Unter ihm schauten ihm die zwei anderen Drachen besorgt nach.

„Was ist, wenn er recht hat?“, wollte Maxi wissen.

„Lass dich von ihm nicht verrückt machen. Er will sich nur wichtig machen. Die Aussagen in den alten Schriften sind ganz eindeutig.“

Maxi sagte nichts mehr, auch wenn sie das ungute Gefühl hatte, dass es nicht ganz so einfach sein würde, wie Lance es darstellte. Sie erinnerte sich deutlich daran, dass beim Schreiben der neuen Drachengesetze einige alte Legenden geflissentlich unter den Tisch fallen gelassen worden waren. Über einige davon waren sie bereits gestolpert. Die Drachenschwestern und die Existenz des Drachenkinds waren der lebende Beweis dafür.

*

Neugierig griff Mathias nach dem glänzenden Objekt in der Wiese. War das nicht Luna-Maies Anhänger? Der, den sie immer, ohne Ausnahme trug, seit sie ein kleines Kind war? Behutsam fuhr er mit dem Daumen über die weiß glänzende Oberfläche. Seltsam. Das Lederband war gar nicht gerissen. Es sah ganz danach aus, als hätte seine Tochter den Stein bewusst abgelegt. Unmittelbar, bevor sie vom Erdboden verschwunden war.

Den Anhänger in der Hand, warf er noch einmal einen Blick in die Tiefe, um sicherzugehen, dass sie nicht doch irgendwo bewusstlos auf den Felsen lag. Erleichtert stellte er fest, dass sein erster Eindruck ihn nicht getrogen hatte. Von Luna-Maie war keine Spur zu sehen. Das beantwortete nur leider nach wie vor nicht die Frage, wo sie denn steckte. Weiter unten, schon fast im Tal, erregte eine Bewegung seine Aufmerksamkeit. Was war denn das? Ein Raubvogel? Der Größe nach musste es sich fast um einen Bartgeier handeln. Obwohl ihm bekannt war, dass die Auswilderungsprogramme der letzten zwanzig Jahre erfolgreich gewesen waren, war ihm nicht bewusst gewesen, dass die Vögel so weit von ihrem natürlichen Lebensraum, den Alpen, abschweiften. Unwillkürlich verstärkte er den Griff um den Stein in seiner Hand. Augenblicklich wurden die Umrisse des vermeintlichen Vogels klarer, als hätte jemand eine Linse scharf eingestellt. Fast hätte er den Halt unter den Füßen verloren, so schockte ihn der Anblick. Was dort durch die Lüfte segelte, war definitiv kein Geier, sondern eine ganz andere Kreatur. Ein mittelalterlicher Drache, der direkt aus Grimms Märchen entsprungen schien. Obwohl er noch nie in seinem Leben ein solches Tier gesehen hatte – bis vor zwei Sekunden hätte er sogar überzeugt behauptet, dass Drachen ins Gebiet der Mythologie, sprich der Fantasie gehörten – kam ihm etwas an dem mystischen Wesen seltsam vertraut vor.

Bevor er jedoch die Gelegenheit hatte, diese seltsame Tatsache näher zu betrachten, wurde er abgelenkt. Ein unvermittelter Schmerz in seiner Handfläche beanspruchte seine ganze Aufmerksamkeit. Der Anhänger in seiner Hand schien plötzlich eine ungewöhnliche Hitze zu entwickeln und brannte sich in die Haut. Fluchend ließ er den Stein fallen und wedelte hektisch mit der Hand in der kühlen Herbstluft, um den Schmerz zu lindern. Immerhin war so wenigstens die Frage beantwortet, ob er träumte, dachte Mathias grimmig, denn diese Möglichkeit war ihm vorhin bei seiner unglaublichen Entdeckung kurz durch den Kopf geschossen. Doch der leuchtend rote, ovale Fleck, wo der Stein seine Haut versengt hatte, sprach eine deutliche Sprache. Wie hielt seine Tochter das nur aus? Auf sie schien er offensichtlich nicht dieselbe Wirkung zu haben.

Apropos Luna-Maie. Wo steckte sie nur? Das wusste er immer noch nicht. Intuitiv schaute er sich abermals nach dem fantastischen Anblick des Fabelwesens um. Doch außer eines vagen Schattens, der genauso gut von einem großen Vogel stammen konnte, sah er nichts Ungewöhnliches. Er blinzelte ein paar Mal und schüttelte leicht den Kopf, als könnte er so das Gefühl der Unwirklichkeit loswerden. Geistesabwesend strich er sich mit der Fingerspitze des Mittelfingers über die immer noch leicht brennende Handfläche. Was es nur mit diesem Stein auf sich hatte? Von einer plötzlichen Ahnung geplagt bückte er sich erneut nach der Kette und hob sie vorsichtig am Lederband auf. Ein Blick ins Tal verriet ihm, dass der vage Schatten gerade noch zu sehen war. In ein paar Sekunden wäre er ganz verschwunden. Beherzt griff er abermals nach dem Stein.

Diesmal wusste er, was ihn erwartete. Solchermaßen vorbereitet war er in der Lage, das Brennen zu ignorieren und sich ganz auf seine Beobachtungen zu konzentrieren. Wieder wurde der Schatten augenblicklich scharf. Silber und rosa glänzende

Schuppen reflektierten die herbstliche Nachmittagssonne. Schillernde Flügel bewegten sich majestätisch im Wind. Ein eleganter, mit Hörnern besetzter Kopf bildete den Abschluss eines langen, beweglichen Halses. Eine rosa und hellblond gefärbte Mähne flatterte im Wind. Ein langer, spitz zulaufender Schwanz vervollständigte den fantastischen Anblick. Leider machte das Tal an dieser Stelle einen scharfen Knick, sodass der Drache aus seinem Blickfeld entschwand.

Bedächtig fasste er nach dem Lederband und ließ das Schmuckstück in der Luft baumeln. Er würde den verdammten Stein keine Sekunde länger als unbedingt nötig anfassen. Nachdenklich betrachtete er ihn. Ein spurlos verschwundenes Mädchen. Ein altbekanntes Schmuckstück, das plötzlich ein Eigenleben und außergewöhnliche Eigenschaften zu besitzen schien. Eine unerklärliche Beobachtung. Er weigerte sich, das Ding beim Namen zu nennen. Schon nur die theoretische Formulierung des Satzes „ich habe einen Drachen gesehen" ließ ihn an seiner geistigen Gesundheit zweifeln. Doch er kam nicht umhin festzustellen, dass die Ereignisse der letzten halben Stunde einige Fragen aufwarfen. Er war fest entschlossen, die zugehörigen Antworten zu finden. Wenn das hieß, dass er die nächsten Stunden hier auf diesem Hügel verbringen musste, dann war das eben so.

Ein kleiner, langhaariger Hund sprang durchs Gras auf ihn zu.

„Nepomuk. Was machst du denn hier?"

Der kleine Chihuahua wedelte begeistert und ließ seine rosafarbene Zunge heraushängen. Er war schon alt. Kurz vor Luna-Maies Geburt hatte seine Schwester ihn in einer Mülltonne gefunden und ihn seiner Frau Miri geschenkt. Seither war der kleine Charmeur nicht mehr aus ihrem Leben wegzudenken. Inzwischen verbrachte er die meiste Zeit neben dem alten Kater Chili auf der warmen Ofenbank. Doch manchmal packte ihn die alte Abenteuerlust und er wagte sich nach draußen.

Mathias ließ sich auf der verwitterten Holzbank neben dem Apfelbaum nieder und klopfte einladend auf den Platz neben sich.

„Komm. Du kannst mir Gesellschaft leisten, bis Luna-Maie endlich aufgibt und aus ihrem Versteck auftaucht. Ich kann nämlich genauso stur sein wie sie. Von irgendjemandem hat sie das ja“, fügte er nicht ohne väterlichen Stolz hinzu.

Mit einem erstaunlich agilen Satz hüpfte Nepomuk auf die angedeutete Stelle und rollte sich prompt neben ihm zusammen. Er bezweifelte zwar, dass Mathias mit seiner Strategie Erfolg haben würde. Doch wenn er eins in seinen langen Hundejahren gelernt hatte, dann war es, dass Menschen selten auf die Meinung eines Chihuahuas hörten.

*

Oje, dachte Ramiro, als er sah, wie es sich Mathias auf der Bank gemütlich machte. Es sah ganz so aus, als würde der Vater beabsichtigen, an Ort und Stelle auf seine abtrünnige Tochter zu warten. Das konnte nur ins Auge gehen. Es war an der Zeit, Hilfe zu holen. Diesmal versuchte er sein Glück lieber bei den Menschen. Die beiden anderen Drachen hatten ihm ja deutlich zu verstehen gegeben, was sie von seiner Theorie hielten.

Smaragdgrüne Funken sprühten, als er sich lautlos in Luft auflöste.

Bei Dragonbooks von Virginia Fox auch erhältlich:

Die Rocky Mountain Serie:

(Genre: Liebesroman/Spannung)

Band 1 – Rocky Mountain Yoga
Band 2 – Rocky Mountain Star
Band 3 – Rocky Mountain Dogs
Band 4 – Rocky Mountain Kid
Band 5 – Rocky Mountain Secrets
Band 6 – Rocky Mountain Fire
Band 7 – Rocky Mountain Life
Band 8 – Rocky Mountain Race
Band 9 – Rocky Mountain Lion
Band 10 - Rocky Mountain Gold
Band 11 - Rocky Mountain Crime
Band 12 - Rocky Mountain Heat
Band 13 - Rocky Mountain Snow
Band 14 - Rocky Mountain Horses
Band 15 – Rocky Mountain Kiss (Juni 2018)
Band 16 – Rocky Mountain Games (September 2018)
Band 17 – Rocky Mountain Love (Dezember 2018)

Drachenromane:

Die Drachenschwestern Trilogie

(Genre: Frauenromane mit einem Hauch Fantasy)

Band 1 - Die Drachenschwestern
Band 2 - Das Drachenkind
Band 3 - Das Drachenpferd

Das Drachenmädchen

(Genre: Jugend-/Fantasy)

Band 4 - Das Zeichen des Drachen
Band 5 - Die Drachen der Neuen Welt

Alle Neuerscheinungen und Preisaktionen werden unter virginiafox.com oder auf FB (authorvirginiafox) angekündigt.